Tess Riley, Jahrgang 1970, wuchs als Jüngstes von sechs Kindern auf einem Bauernhof südlich von Edinburgh auf. Sie studierte Journalismus und Geschichte und arbeitet für verschiedene britische Rundfunksender. Ihre Ferien verbringt sie als Freiwillige auf archäologischen Grabungen. Riley und Brandt lernten sich bei der Arbeit zu einem Dokumentarfilm der BBC über Jack the Ripper kennen.

Christian Brandt, 1966 in Hamburg geboren, ging nach dem Abitur nach England, wo er sich als Barkeeper, Discjockey und Taxifahrer verdingte. Heute lebt er als Übersetzer und Musikmanager in London. Er bewohnt ein Hausboot in Camden Market, das einzige, auf dem sich ein Klavier befindet.

TESS RILEY &
CHRISTIAN BRANDT

JACK

THRILLER

Rowohlt Taschenbuch Verlag

Originalausgabe
Veröffentlicht im Rowohlt Taschenbuch Verlag,
Reinbek bei Hamburg, Juni 2015

Redaktion Susann Rehlein
Umschlaggestaltung Hafen Werbeagentur, Hamburg
Umschlagabbildung ullstein bild – Heritage
Images/Museum of London
Satz aus der Dolly PostScript, InDesign
Gesamtherstellung CPI books GmbH, Leck, Germany
ISBN 978 3 499 26957 8

TEIL I

1.

Vierzehn Stunden, sieben Minuten und 36 Sekunden vor der Explosion, die alles verändern sollte, saß Matthieu Savary in der Kantine des C. E. R. N. und stocherte in seinem Kartoffelbrei.

Das Institut war eine drei Milliarden Euro teure Einrichtung, in der die Geheimnisse der Materie und des Kosmos erforscht wurden. Was man der Kantine nicht ansah. Der Raum mit den Resopaltischen wirkte weder besonders kostspielig, noch ließ er an Visionen oder gar das Weltall denken. Es roch nach Frittierfett und Putzmitteln, und die Gespräche, die dank der schlechten Akustik den großen Raum mit einem diffusen Brummen füllten, drehten sich um denkbar alltägliche Dinge.

Wenigstens Savary, während er auf seinem Teller die Möhrchen von den Erbsen trennte, dachte über die eine Sekunde nach, über den entscheidenden Moment, der das Geheimnis der Welt und des Lebens enthielt. Es war die Sekunde nach dem Urknall, die alles, was existierte, ermöglicht hatte: ihn selbst. Den weißen Arbeitskittel, den er trug. Das Essen, das vor ihm stand. Das Wasserglas, in dem die Kohlensäure vor sich hin sprudelte. Und den Nebel da draußen hinter den Kantinenfenstern, durch die man bei gutem Wetter über die Grenze hinweg bis nach Frankreich schauen konnte. Alles, wirklich alles, das komplette Universum hing von dieser einzigen Sekunde ab. Dem Moment, in dem es für einen kurzen Augenblick die perfekte Symmetrie gegeben hatte. Doch dann, dann war etwas geschehen, was diese Symmetrie aus den Fugen geraten ließ. Ein Riss, der den Beginn der Welt bedeutete.

Das Leben war im Prinzip nichts anderes als ein großer Bruch. Immer und überall. *Broken symmetry*, dachte er, und zog mit der Gabel eine Diagonale durch seinen Kartoffelbrei.

«Hey, Matthieu! Wann glaubst du, werden wir es endlich finden?» Aaron Singleton von der Cambridge University balancierte sein Tablett vorbei. Mit dem Kinn deutete er auf den Sticker, den er an seinem Sweatshirt trug: *Hunting the Higgs!*

Das Higgs jagen, ja, natürlich! Die armen Idioten, dachte Savary. Higgs-Boson, pathetisch auch das «Gottesteilchen» genannt. Alles, was die Wissenschaft über das Weltall und die Naturgesetze zu wissen glaubte, basierte auf diesem einen Elementarteilchen. Vor drei Jahren war eine Versuchsreihe gelungen, von der man annahm, dass durch sie das sogenannte Higgs-Teilchen nachweisbar sei. Seine Existenz würde das Gedankengebäude der gesamten modernen Physik bestätigen. Tausende von Wissenschaftlern waren damit beschäftigt, die riesigen Datenmengen besagter Versuchsreihe auszuwerten. Ohne Unterlass starrten sie auf ihre Monitore, um endlich *die* Anomalie zu finden. Ein paar von ihnen hatten in ihrer Euphorie den Medien gegenüber behauptet, man hätte das Higgs inzwischen aufgespürt, aber das stimmte nicht.

«Wäre es nicht viel spannender, wir fänden es nicht?», gab Matthieu zurück. «Dann könnten wir in der Physik noch mal ganz von vorne anfangen. Wäre das nicht großartig?» Er grinste, und Singleton wurde blass. Das Higgs-Teilchen interessierte Matthieu schon lange nicht mehr. Er hatte es bereits vor zwei Jahren gefunden. Und seinen Nachweis vorsorglich für sich behalten. War seine Entdeckung für ihn doch erst der Beginn einer Entwicklung, die heute zu ihrem Ende kommen würde. Matthieu lächelte, als er daran dachte. Singleton machte, dass er weiterkam. Lag es an seinem Humor, dass er alleine am Tisch saß, oder ahnten all die fleißigen Arbeitsbienen ringsum, dass er ein Verräter war?

Matthieu Savary war siebenundzwanzig Jahre alt und von mittlerer Statur. Sein mattes Allerweltsgesicht fiel vor allem dadurch auf, dass sich das Blau der Augen mit dem Rot seiner Haare zu beißen schien. *Bleu, blanc, rouge* oder einfach nur *la tricolore* hatten sie ihn früher auf dem Gymnasium scherzhaft genannt. *Bleu, blanc, rouge*, das war auch Matthieus Heimat. Er war im fünften Arrondissement von Paris aufgewachsen, hatte dort die Eliteschule Louis-le-Grand besucht und als Jahrgangsbester verlassen. Es folgte ein Studium der Physik am University College in London und der City University of New York, das er in atemberaubender Geschwindigkeit und Effizienz zu einem erfolgreichen Abschluss brachte. Bevor er am C. E. R. N. angefangen hatte, lehrte er am Niels-Bohr-Institut von Kopenhagen, wo er eine Doktorarbeit über die Simulation von Elementarteilchenprozessen verfasste.

Mit anderen Worten: Savary war der Shootingstar der Szene. Ein Umstand, der ihm viele Bewunderer und ebenso viele Neider bescherte. Er genoss Privilegien, von denen der Rest des Personals nur träumen konnte: So durfte er nicht nur über ein erhebliches finanzielles Budget frei verfügen, er hatte auch uneingeschränkten Zugang zu allen Sektionen. Ein Sonderrecht, das außer ihm nur dem Generaldirektor der Organisation vorbehalten war. Das damit verbundene Prestige war Matthieu Savary ziemlich egal. Seit sein Gehirn zu denken begonnen hatte, war es ihm immer und ausschließlich um die Sache gegangen.

Zügig schaufelte er sein Essen in sich hinein. Heute Abend wäre es so weit. Er würde warten bis nach Mitternacht. Dann würde er einsteigen in ATLAS und sich hineinwerfen in ein Loch aus hochverdichteter Materie. Möglicherweise würde dieser Akt seinen Tod bedeuten. Möglicherweise würde es die größte Entdeckung der Menschheitsgeschichte werden.

Er war gespannt.

Matthieu Savary nahm einen Schluck aus seinem Wasserglas und unterdrückte einen Rülpser. Wieder sah er hinaus in den Nebel, wo sich zwischen einigen Abluftröhren die Raucher zu sammeln pflegten. Die Schweizer Luft war noch frisch in diesem April, und die Frau, die im Moment alleine dort unten stand, hatte die Arme um ihren Leib geschlungen. Sie fror – kein Wunder bei dem kurzen Rock. Ihre schlanken Beine in den Stiefeln traten auf der Stelle. Sie fiel auf, schon wegen der Kleidung, die sich abhob vom Jeans-und-Holzfällerhemd-Einerlei der Physiker, dem die wenigen Frauen, die hier arbeiteten, betont konservative Kostüme entgegensetzten. Sie nicht, bemerkte Matthieu. Sie hatte etwas von einem bunten Vogel. Ihr Blick war ziellos in die Ferne gerichtet. Matthieu bezweifelte, dass sie in dem Nebel irgendetwas von der Landschaft, ja, dass sie überhaupt irgendetwas sah. Und wieso schaute Matthieu sie jetzt schon so lange an, dass man beinahe sagen konnte, er beobachtete sie? War es die Strähne, die sich aus dem Haar gelöst hatte? Waren es ihre von der Kälte geröteten Finger? Oder lag es daran, dass sie dort so verloren herumstand, gehüllt in eine Einsamkeit, die sich, so schien es Matthieu, auch nicht auflösen würde, wenn sich um sie herum eine Menschenmenge drängte? Sie neigte sich nach vorne, um die Zigarette in dem Betonaschenbecher auszudrücken. Dann ging sie mit energischen Schritten auf die Glastür zu und verschwand.

Er bemerkte sie wieder, als sie die Kantine durchquerte. Auch hier wirkte sie wie ein Fremdkörper. Gegen seine Gewohnheit blickte er ihr nach und sah, wie sie an einem Tisch stehen blieb, um dort einen der indischen Wissenschaftler anzusprechen. Vielleicht, überlegte er, war sie eine Schreibkraft, der man die Delegation aus Neu-Delhi zugewiesen hatte. Das Englisch, das sie sprach, hatte eine stark schwyzerdütsche Färbung, und ihr Lachen klang kehlig. Nach einem kurzen Wortwechsel nahm sie das leere Essenstablett des indischen Wissenschaftlers und trug es für ihn zum Transportband. Sie bewegte sich mit provozierend wiegenden Hüften, das Tablett auf den Fingerspitzen balancierend wie eine Profikellnerin. Dabei lachte sie über die Schulter zurück zu dem Inder, der sitzen geblieben war. Eine lässige Diva, die für ihren Auftritt den Applaus entgegennahm.

Wo war sie hin, die Einsamkeit?, fragte sich Matthieu Savary. Wo war die Melancholie abgeblieben, die ihn so angezogen hatte? Er war seltsam enttäuscht. Da bemerkte er, wie die Fremde im selben Schwung, mit dem sie das Tablett an seinem Bestimmungsort absetzte, das leere Glas darauf an sich nahm und in einem Plastikbeutel verschwinden ließ. Zuerst dachte Matthieu, er sähe nicht recht. Sie wandte sich ab, schloss das Beutelchen mit einer gleitenden Bewegung und verließ zügig die Kantine. Was war sie? Kriminalpolizei? Geheimer Werkschutz? Spion? Oder einfach nur irre?

«Hey!» Savary war schon aufgestanden, um sie zur Rede zu stellen, als er eine Hand auf seiner Schulter spürte. Es war wieder Singleton, er hielt sein Funktelefon in der Hand.

«Der Generaldirektor will dich sehen. Sofort, sagt er.»

«Ja, aber ...» Matthieu versuchte, über die Schulter seines Kollegen noch einen Blick auf die geheimnisvolle Frau zu werfen. Doch die war verschwunden. Verwirrt wandte Matthieu sich um.

Der Druck auf seiner Schulter wurde stärker. «*Sofort*, hat er gesagt.» In Singletons Gesicht spiegelte sich eine gewisse Schadenfreude.

2.

Was der Generaldirektor mit «sofort» offenbar tatsächlich gemeint hatte, war eine lange Wartezeit in seinem Vorzimmer. Hier durfte Matthieu darüber nachdenken, ob er wirklich so privilegiert war, wie er gedacht hatte, und worin seine Verfehlung womöglich bestand. Arme Sünder warten zu lassen war ein altes Hausmittel der Macht, und es funktionierte.

Ob sie etwas herausgefunden hatten? War etwa seine kleine Privatforschung aufgeflogen? Hatte irgendeine der tausend Arbeitsbienen seine Datenaufzeichnungen durchschnüffelt und war auf seine Unterschlagung gestoßen, die das C. E. R. N., das noch immer sein Higgs-Teilchen jagte, bereits mehrere Millionen Euro gekostet haben dürfte? Oder schlimmer noch: Hatten sie sein Geheimnis entdeckt? Verdammt, er war doch bloß einen Schritt – eine Nacht noch – von dem Beweis entfernt, den er brauchte. Nur noch vierundzwanzig Stunden, und er wäre kein Außenseiter mehr. Kein aus dem Ruder gelaufenes Genie, sondern ... Matthieu, der in dem Vorzimmer wie ein Tier im Käfig auf und ab gelaufen war, hielt inne. Ja, was würde er dann sein? In einer ironischen Geste breitete er die Arme aus. Der Nobelpreis wäre ihm sicher. Ach was: Dieser dubiose Wissenschaftspreis aus Stockholm würde seiner Leistung nicht annähernd gerecht werden. Er wäre viel bedeutender. Matthieu Savary wäre so etwas wie der neue Messias. Das ... oder tot.

«Wo sind sie denn, die Touristen aus der Zukunft?», fragte eine Stimme hinter der Tür. Matthieu erstarrte. Also doch. Es war so weit. Für einen Moment bekam er keine Luft mehr.

Es dauerte eine ganze Weile, bis er begriff, dass es eine Computerstimme war, die da sprach. Und dass er sie kannte. Natürlich, sie gehörte Stephen Hawking, dem wohl berühmtesten lebenden

Physiker. Er hatte diesen Satz auf einem der letzten Kongresse geäußert, wo er seine Ansicht untermauert hatte, dass Zeitreisen in die Vergangenheit nicht möglich und solche in die Zukunft nur mit viel Aufwand zu bewerkstelligen seien. Mittels Raumschiffen, die mit Lichtgeschwindigkeit flögen. Matthieu hatte damals im Publikum gesessen und keinen Mucks von sich gegeben. Und er hatte gelächelt. Stephen Hawking. Der Mann im Rollstuhl war nichts anderes als ein Scharlatan. Eitel und im Grunde zutiefst unwissend.

Jetzt trat Matthieu näher an die Tür. Nach einer Weile atmete er erleichtert auf. Es war, wie er es sich gedacht hatte: Der Generaldirektor spielte eine Aufzeichnung ab, nichts weiter. Matthieu hörte auch den Rest von Hawkings Vortrag. Dann klickte es. Jemand hatte die Aufzeichnung ausgeschaltet.

«Sie können das Material gerne für die Ausstellung haben.» Es war die Stimme des Generaldirektors, Doktor Doktor Leon Carl Rodriguez.

Eine Frauenstimme antwortete ihm: «Danke. Hawking kommt immer gut an. Die Leute lieben ihn.»

Unwillkürlich schob Matthieu die Tür auf. Er erwartete ein kehliges Lachen, einsame Augen und einen kurzen Rock. Die aparte Gestalt der Unbekannten aus der Kantine.

Stattdessen schaute ihn eine junge Frau an, die ein wenig zu viel auf den Hüften hatte. Ein dicker Bauernzopf aus dunklem Haar war um ihren Kopf geschlungen. Ihr Blick war so offen und neugierig, dass er schon beinahe aufdringlich wirkte. Der Generaldirektor unterbrach seine Rede und hob seinen Blick aus dem Ausschnitt einer in der Tat gutgefüllten Bluse. Rodriguez strich sich über den Schnurbart, der so jettschwarz war wie seine Haare. Er hätte das Ebenbild eines Hidalgo sein können, eines stolzen spanischen Ritters. Dazu fehlten ihm allerdings etwa dreißig Zentimeter Lufthoheit und eine gewisse Schärfe der Gesichtszüge.

Auch war das Weiß seiner Augen unangenehm gelblich. «Ah, da kommt ja unser Genie», rief Rodriguez ohne die geringste Wärme in der Stimme. «Frau Doktor Freitag, darf ich Ihnen Monsieur Savary vorstellen?»

Die Angesprochene hielt ihm ihre Hand hin. Er trat auf sie zu und deutete einen Handkuss an. «Tut mir leid, dass ich einfach so hereingeplatzt bin.» Linkisch zog sie ihre Rechte zurück.

«Frau Doktor Karoline Freitag», fuhr der Generaldirektor fort, «ist die Kuratorin der Ausstellung, die demnächst in unseren Räumen zu sehen sein wird. ‹Zeitreise durch den Kosmos›, heißt sie nicht so?», wandte er sich an die Historikerin und fügte dann für Matthieu hinzu: «Etwas für Laien.»

Sie öffnete den Mund, überlegte es sich dann aber offenbar anders. Der Generaldirektor genoss die allgemeine Verlegenheit. «Ja, genau», rief er dann plötzlich und schnippte mit den Fingern. «Monsieur Savary sollte Ihnen den Tafelanschrieb entwerfen. So etwas kann er.» Mit einem Lächeln wandte er sich an Matthieu. «Frau Doktor Freitag dachte an eine altmodische Schultafel, wo jemand mit Kreide eine Zeitlinie aufmalt und alle wichtigen Daten markiert, vom Urknall über die Entstehung der Materie bis zu den Dinosauriern und schließlich zu uns.» Der Generaldirektor unterstrich das Gesagte mit großen Gesten. Beim ‹Uns› nahm er Haltung an, als wäre er selbst das Ziel aller kosmischen Entwicklung gewesen.

Jetzt sagte die junge Frau doch etwas: «Ich dachte eigentlich an ein Video, projiziert auf eine Großleinwand in der Eingangshalle, wo ein Wissenschaftler zu sehen ist, der genau dieses Kreidemodell entwirft. Anschließend wird es dann per Computer animiert. Auf diese Weise bekommt die ganze Sache ein Eigenleben. Alles wird anschaulicher.»

Der Generaldirektor machte ein verständnisloses Gesicht. «Die Dinos fressen dann wohl die Quarks, oder was?», sagte er.

Karoline Freitag war beleidigt.

«Nun, Savary, wäre das nichts für Sie?» Rodriguez lächelte wieder.

«Ehrlich gesagt, ich fühle mich für so etwas nicht qualifiziert», antwortete Matthieu.

Karoline Freitag klappte ihre Aktenmappe zu. Sie klopfte kurz darauf, wie um sich zu versichern, dass sie alles eingepackt hatte. «Ich störe Sie dann nicht weiter», stellte sie knapp fest und verließ den Raum.

Der Generaldirektor neigte den Kopf und schaute ihr nach. Erst jetzt bemerkte Matthieu, dass ihre Jeans in Gummistiefeln steckten. «Dass die jungen Frauen heutzutage keine Röcke mehr tragen ...» Der Generaldirektor formte den Umriss ihrer Hüften mit den Händen nach und schnalzte dabei mit der Zunge. «Sie als Franzose müssen das doch sicher bedauern.»

Matthieu enthielt sich eines Kommentars.

Sein Chef betrachtete ihn. Schlagartig war der freundliche Nachglanz auf seinem Gesicht verschwunden. «Die Stunde der Wahrheit, Savary. Lassen Sie uns Tacheles reden.»

Matthieu hätte am liebsten die Augen geschlossen. Doch er blinzelte nicht einmal.

3.

Der Generaldirektor wanderte um seinen Schreibtisch, bis er an einem Bürosessel aus Schweinsleder angekommen war. Nun wandte er sich Savary zu. Der erwartete, dass sich sein Gegenüber im nächsten Moment setzte. Doch das tat Rodriguez nicht. Er stand einfach da und sah dem angeblich genialsten Wissenschaftler seines Instituts unverwandt in die Augen. Dabei atmete er hörbar. Langsam und tief. Matthieu wurde unruhig, sein Blick begann zu flackern.

«Haben Sie mir vielleicht etwas zu sagen, Savary?», fragte der Generaldirektor in ruhigem Ton, dem plötzlich etwas Väterliches anhaftete.

Eigentlich nicht, dachte Matthieu, in dessen Kopf sich die Hypothesen überschlugen, was denn genau der Anstaltsleiter von ihm hören wollte.

Der Generaldirektor ließ sich geräuschvoll in die Sitzgelegenheit fallen. Matthieu erkannte ein Lächeln auf den Lippen des Vorgesetzten. Siegessicher und arrogant. Was hatte Rodriguez gegen ihn in der Hand?

«Nun denn ...» Rodriguez zog eine Schublade heraus. Er entnahm ihr einen Hefter, den er aufblätterte, bis er an eine bestimmte Stelle gekommen war. Dann sah er Matthieu über die Seiten hinweg an. Mit einem Blick, der sagen wollte: Jetzt hast du noch die Chance auf ein freies Geständnis. Doch wenn ich anfange zu lesen, ist es zu spät.

Matthieu rührte sich nicht.

Der Generaldirektor las vor: «Eine Mikrowasserpumpanlage, 32 000 Euro. Eine gasdichte Folie aus Neopren, acht Quadratmeter, 4000 Euro. Ein weltraumtaugliches Druckausgleichsgerät, 70 000 Euro. Fasergewebe aus feuerfestem Aramid, 20 000 Euro.

Und jetzt kommt's: ein Titanschild der NASA, das selbst gegen Mikrometeoriteneinschläge eine Resistenz von 99 Prozent aufweist, 2,4 Millionen Euro!» Rodriguez' Handfläche klatschte auf den Tisch. Gleichzeitig flog der Hefter durch die Luft, prallte an Matthieus Brust ab und fiel zu Boden. «Was zum Teufel läuft hier, Savary?»

«Moment», antwortete Savary und bückte sich nach dem Papierbündel. Jetzt hieß es Zeit gewinnen. Dazu war jedes Mittel recht.

«Verarschen Sie mich nicht! Ich bin vielleicht kein solches Genie wie Sie, aber deswegen bin ich noch lange nicht bescheuert! Und eines weiß ich: Die Sachen, die da bestellt worden sind, haben nichts, aber auch gar nichts, mit den Forschungen hier am C.E.R.N. zu tun!»

Matthieu richtete sich wieder auf. Behutsam strich er über die zerknitterten Seiten. Aaron Singleton, fuhr es ihm durch den Kopf. Er musste dem Chef die Listen gegeben haben. Ruhig sah er Rodriguez in die Augen. Wenn er jetzt nicht reagierte, dann würde sein Kartenhaus zusammenfallen. Er räusperte sich. «Das Gegenteil ist der Fall, Herr Generaldirektor. Die von mir georderten Spezialgeräte und Materialien sind ausschließlich für eine Modifikation von ALICE vorgesehen. Wie Sie wissen, konzentriert sich das Institut beinahe nur noch auf ATLAS, was den Nachweis von Higgs-Boson angeht. Ausgehend von der Annahme, dass es unbedingt eine Kollision von Protonen sein muss, bei der das Higgs-Teilchen zutage tritt. Nun gehöre ich zu den Menschen, die auch scheinbar unumstößliche Theorien anzweifeln, und darüber hinaus bin ich – wie Sie wissen – bekannt dafür, dass meine alternativen Lösungsansätze zum Erfolg führen. Ich habe die Theorie entwickelt, dass auch bei einer Kollision von schweren Teilchen, zum Beispiel Blei-Kernen, das Higgs nachweisbar sein kann. Dazu bedarf es allerdings einiger Veränderungen im Detektorraum ALICE. Hierfür sind die Komponenten vorgesehen, die auf dieser Einkaufsliste aufgeführt sind. Und noch ein Wort zu dem Titanschild, wenn Sie erlauben.» Matthieu legte eine Kunstpause ein. «Sie wissen doch selbst, Señor Rodriguez, dass bei einer Kollision schwerster Teilchen mit quasi Lichtgeschwindigkeit Kräfte freigesetzt werden, die denen von Meteoriteneinschlägen gleichen. Erinnern Sie sich bitte an den Vorfall von 2008. Hätten wir damals schon die Detektorkammern mit einem Titanschild versehen, dann wäre es vermutlich nicht zu einer Entzündung des Heliums gekommen. Über die Kosten, die dieser Unfall verursacht hat, will ich gar nicht reden. Im Vergleich hierzu sind die 2,4 Millionen Euro, die Sie zitieren, doch Peanuts!» Matthieu lehnte sich zurück.

Doktor Doktor Leon Carl Rodriguez dachte nach. Man sah, dass er an dem kaute, was Matthieu gesagt hatte. Als nach zehn Sekunden der Generaldirektor immer noch schwieg, wusste Matthieu, dass er gewonnen hatte.

4.

Es war fünf Uhr nachmittags, und Karoline Freitag hockte in einem Erdloch. Sie starrte hinauf zu der Höhe, die es zu erobern galt. Sie fror. Der verdammte Nebel kroch in alle Kleider, und ihre Fußlappen waren bereits nass. Sie packte den Fichtenspieß fester, den sie selbst geschlagen hatte, und dachte an Rodriguez und diesen arroganten französischen Physiker, der erklärt hatte, er fühle sich für eine Zusammenarbeit mit ihr «nicht qualifiziert». Diese Mistkerle! Dachten, sie könnten sie demütigen. Hielten sich für den Nabel der Welt. Hatten von nichts eine Ahnung. Die Wut hielt sie warm. Ihre Fingernägel waren eingerissen und schwarz vor Schmutz, das Haar hing ihr wirr in die Stirn. Über der Anhöhe zeigten sich die ersten Banner. Sie hörte Pferde wiehern. Die Trommeln setzten ein. Karolines Herz klopfte schneller, als sich die Umrisse der Helme zeigten. Sie spürte, was Hass bedeutete. Sie fühlte, in allen Gliedern, was es hieß, sich selbst zu verlieren.

Hinter ihr kam das Kommando: «Stürmt!»

Karoline riss den Mund auf und brüllte: «Raaaaaaaaaaaaaaaa aaaaaaa!!!!!» Sie achtete nicht auf den schlammigen Grund. Große Feldsteine, egal. Sie sah nur die Männer. Und dem ersten, der sich ihr entgegenstellte, hieb sie den Speer quer übers Gesicht.

Eine Stunde später war alles vorbei. Der Leiter ihrer Gruppe ging mit einer Thermoskanne herum. «Sehr gut», lobte er, «faszinierend.» Vor Karoline blieb er stehen. Sie sah zu ihm auf. Voller Schlamm, erschöpft, aber glücklich. Er grinste. «Die Speere taugen eben doch zum Angriff, was?» Womit sie ihre These bewiesen hätten: Nach Abschuss der Pfeile waren die Bogenschützen nicht wehrlos. Sie blieben nicht hinter den im Boden steckenden

Stangen in Deckung, um sich vor der Kavallerie zu schützen. Sie nahmen die Dinger und wurden Teil des kämpfenden Fußvolkes. Man musste mit ihnen rechnen. «Verdammt, ja!»

Karoline zeigte ihm den hochgereckten Daumen. Sie wusste, es würde wenige Menschen auf der Welt geben, die ihre Begeisterung teilten. Wie viele Historiker beschäftigten sich schon mit der Dynamik von Schlachten, wie etwa der von Azincourt, wo einfache Bogenschützen ein Ritterheer besiegten? Die meisten Geschichtswissenschaftler studierten entweder die Quellen oder schrieben bei ihren Kollegen ab. Die wenigsten machten sich vor Ort die Füße schmutzig. Und keiner, da war Karoline sich sicher, hatte je ausprobiert, wie es war, in einer mittelalterlichen Schlachtreihe zu stehen, mit nichts als Filzkleidern am Leib und einer hölzernen Waffe in der Hand, wenn ein Schlachtross auf einen zu donnerte. Aber wie wollte man die Geschichte verstehen, wenn man nicht wusste, wie sie sich anfühlte? Sie hatte einmal Kollegen gegenüber die Bemerkung gemacht, dass jeder Historiker, der sich nicht wünsche, bei einem Aufmarsch der SA dabei gewesen zu sein, um die Dynamik am eigenen Leib zu spüren, seinen Titel nicht wert sei. Das hatte sie die Privatdozentur an der Freien Universität Berlin gekostet. Aber Karoline stand dazu. Sie pustete auf ihren Kaffee und leckte sich das Blut vom Zahnfleisch. Was ein Duell war, das fand man nicht mit Larp-Waffen heraus.

«Hey, Thomas», hörte sie ihren Kollegen hinter sich. «Ist das etwa Thermo-Unterwäsche? Runter damit, aber schnell. Du kennst die Regeln.»

Der ertappte Sünder stand unter dem fröhlichen Spott seiner Kollegen auf und ging an einen Feldstein, pissen. Es dampfte, er bekam Applaus dafür. Nieselregen setzte ein.

Karoline schaute hinunter. Dorthin, wo Meyrin und das C. E. R. N. liegen mussten. Andere Welten, wie aus der Zeit gefallen. So sauber, klinisch, steril. Es schüttelte sie. Einen Moment lang stellte sie sich vor, wie sie ihre Lanze nahm und diesen Savary damit samt seinem Computermonitor aufspießte. Vom Leben keine Ahnung, dachte sie, aber die ganze Welt erklären wollen. Sie beschloss, unbedingt ihn die Zeichnung für ihre Videoanimation anfertigen lassen. Und sie würde ihn dabei quälen.

Thomas klatschte in die Hände. «Jetzt, wo mein Arsch in der Schweizer Luft hängt», rief er, «machen wir einen zweiten Durchgang, oder wie sieht's aus?»

Sie griffen zu ihren Waffen.

Später im Zelt gingen sie die Videodokumentation durch. Das hier war nicht Azincourt, aber sie hatten ein vergleichbar ansteigendes Gelände gewählt und die Breite des Feldes durch Absperrungen festgelegt. Es gehörte einem Biobauern, der zum Glück aufgeschlossen für ihre Unternehmung war. Bereitwillig hatte er das Gelände in einer Tiefe gepflügt, von der sie aufgrund ihrer Forschungen annahmen, dass sie der Furchentiefe einer spätmittelalterlichen Wintersaat entsprach. Den Rest hatte das Schweizer Regenwetter unternommen. Bis an die Knie hatten sie im Matsch gestanden. Karoline war dankbar gewesen, dass sie keinen der Ritter hatte darstellen müssen. Es musste klaustrophobisch gewesen sein, in voller Rüstung dort festzustecken.

Um Mitternacht brannte vor dem Zelt ein Lagerfeuer. Es gab selbstgebrautes Bier und Met. Ein Spanferkel drehte sich am Spieß. Wer gekämpft hatte, der durfte auch feiern.

5.

Die grünen Leuchtziffern seiner Armbanduhr zeigten 2:37. Matthieu schloss die Tür des Kontrollraums und wartete, bis alle Neonröhren brannten. Dann ging er nach vorne zur zentralen Steuerungseinheit und drückte den Hauptschalter. Das Computersystem fuhr hoch, die Bildschirme schalteten sich einer nach dem anderen ein, an den Decken, den Wänden und bei den kleineren Kontrolleinheiten auf den Tischen. Der große Monitor in der Mitte zeigte den Large Hadron Collider aus der Vogelperspektive. Das Plasmalicht der einzelnen Bereiche strahlte in einem friedlichen, tiefen Blau. Innerhalb der nächsten Stunden würde die Anzeige des Systems alle möglichen Farben annehmen, das Attribut «friedlich» würde auf keine von ihnen zutreffen. Matthieu ließ seinen Blick über die vier Detektorkammern des ringförmigen Beschleunigertunnels wandern. Schließlich fokussierte er einen Raum namens ATLAS. Er zog den weißen Arbeitskittel aus, faltete ihn sorgfältig zusammen. Während er sich setzte, legte er den Kittel auf einem Stuhl ab. Matthieu loggte sich in den Zentralrechner ein und nahm die Einstellungen für die Protoneninjektion vor. Als er das Feld erreichte, das die Aufprallgeschwindigkeit der Elementarteilchen abfragte, gab er 127 ein, gefolgt von einem Komma. Für einen Moment hob er die Finger von der Tastatur. Das, was jetzt kam, war das, was ihn von all seinen Kollegen unterschied. Eine Zahl, so undenkbar für die einen, so einfach und simpel für ihn. Was jetzt kam, das war der Quantensprung im Denken. Etwas, wozu den anderen Wissenschaftlern die Fähigkeit und der Mut fehlten.

Matthieu legte seinen rechten Zeigefinger auf die Taste π. Dann drückte er auf Enter. Auf der großen Anzeigetafel blinkte das Wort «Injection».

Matthieu sprang auf, rannte zur Haupttür für die Sicherheitsschleusen und tippte in rasender Geschwindigkeit den Zugangscode ein.

Die Ziffern seiner Uhr zeigten 2:54.

* * *

Hannah Rüthli brachte das Außer-Betrieb-Schild an und versperrte die Tür des Waschraumes von innen. Dann zog sie einen der Müllbehälter zu sich, drehte ihn um, stieg darauf und machte sich daran, das Lüftungsgitter vom Schacht zu heben. Das Plastik quietschte über die Kacheln. Sie musste ihr Gleichgewicht neu tarieren, doch sie fiel nicht. Hannah hatte die Beweglichkeit einer Katze. Mit einer Kletterwand daheim in ihrem Loft sorgte sie dafür, dass es so blieb. Aus der Röhre holte sie ihren Rucksack. Daraus ihre Arbeitskleidung. Sie tauschte Minirock und Stiefel gegen einen schwarzen Sweater, Turnschuhe und eine Jeans. In den Bund steckte sie nach kurzem Check ihre Pistole, eine HK P 2000. Sie konnte damit umgehen. Doch wenn alles lief, wie es sollte, würde sie die Waffe nicht brauchen. Bei keinem ihrer bisherigen Aufträge hatte Hannah von der Schusswaffe Gebrauch gemacht. Es war schlicht nie jemand da gewesen, der sie hätte aufhalten wollen.

Hannah plante genau. Sehr genau. In der Lüftungsöffnung befand sich ein Sicherheitsanzug des C. E. R. N., den sie überzog. Auch die Kapuze verschloss sie, bis von ihrem Gesicht nur noch Augen, Nase und Mund zu sehen waren. Es ging Hannah nicht um Sicherheit gegen Strahlen. Sie wollte vor allem nicht erkannt werden, falls sie zu dieser späten Stunde wider Erwarten doch jemandem begegnen sollte. Sie hatte den Betrieb nun zwei Wochen beobachtet. Immer wieder gab es Nachteulen, die in ihren Büros durcharbeiteten. Damit musste sie rechnen.

Im Spiegel warf Hannah der fremdartigen Gestalt, zu der sie geworden war, einen flüchtigen Blick zu. Auf dem Namensschild am Anzug stand «Taylor». Wer immer das war.

Ein letztes Mal stieg sie auf ihre Behelfsleiter und griff in den Schacht. Diesmal zog sie eine Plastiktüte mit einem gebrauchten Trinkglas heraus, dazu Klebestreifen und einen Latex-Handschuh.

Hannah schaute auf ihre Armbanduhr.

* * *

Matthieu betrat den Tunnel des Teilchenbeschleunigers, in dessen Mitte sich das eigentliche Herzstück der Anlage befand. In einem blau lackierten Metallrohr, das im Umfang etwas größer als ein gewöhnliches Abwasserrohr war, wurden die Protonen gegenläufig auf quasi Lichtgeschwindigkeit gebracht, um sie dann in den Detektorkammern kollidieren zu lassen. Der Tunnel selbst maß eine Strecke von knapp 27 Kilometern. Matthieu hatte den nächstliegenden Einstiegspunkt zu ATLAS gewählt. Trotzdem würde er noch eine Wegstrecke von neun Kilometern zurücklegen müssen. Die Kammer ALICE lag mit einer Entfernung von viereinhalb Kilometern wesentlich näher und wäre die weitaus praktikablere Lösung gewesen. Doch in ALICE war es unmöglich gewesen, ein stabiles Schwarzes Loch zu erzeugen. Matthieu hatte den Versuch nach Testreihe vier aufgegeben.

Er griff nach dem Lenker des Rennrads, das er hier vor wenigen Stunden mit der nötigen Ausrüstung bestückt hatte, und trat in die Pedale. In 19 Minuten würde die Kollision in der Detektorkammer erfolgen. Er musste schnell sein.

Verdammt schnell.

* * *

Vorsichtig, ganz vorsichtig, stellte Hannah das Glas auf die Ablage des Waschbeckens. Das Klirren hallte in dem gekachelten Raum. Sie zog die Sicherungsstreifen vom ersten der fünf Klebestreifen und ging in die Knie. Mit zusammengekniffenen Augen betrachtete sie die Oberfläche des Glases. Als sie den Daumenabdruck gefunden hatte, brachte sie konzentriert den Klebestreifen darüber an, drückte ihn fest und wartete. Kein übermäßiger Druck, hatte der Mann ihr erklärt, der ihr diese Technik beigebracht hatte. Sonst würden die Abdrücke der Papillen verfälscht. Und kein Zittern. Aber das war beim Knacken eines Tresors oder beim Außer-Gefecht-Setzen einer Alarmanlage nicht anders. Man durfte keine Nerven zeigen. Noch besser, man hatte gar keine. Diese seltsame Kaltblütigkeit, die Hannah auszeichnete, war schon ihrem ersten Mentor aufgefallen. Damals, in der Gang, als sie noch eines von vielen Straßenkindern gewesen war. Diese kalte Ruhe hatte ihn veranlasst, sie zu sich zu holen und auszubilden. Als Hannah sicher war, den Abdruck ganz bedeckt zu haben, und sie keine Luft mehr unter dem dünnen Plastik entdecken konnte, pulte sie die Ecke des Klebestreifens wieder hoch und zog an. Der Streifen riss am Rand leicht ein. Hannah fluchte. Es gab nur den einen Versuch. Ein Schweißtropfen rann über ihre Stirn. Es wäre vermutlich klüger gewesen, die Kapuze des Schutzanzuges erst ganz zum Schluss aufzusetzen. Jetzt war es zu spät. Sie biss sich auf die Lippen und zog. Endlich, mit einem kaum hörbaren Geräusch, löste der Klebestreifen sich vom Glas. Hannah hielt ihn hoch. Ein perfekter Abdruck. Sie lächelte. Nun musste sie ihn nur noch auf den Handschuh applizieren, dessen eine Fingerkuppe sie schon vorbehandelt hatte. Damit würde sie an jedem Scanner auf ihrem Weg vorbeikommen.

Es konnte alles so einfach sein.

* * *

Matthieu sprang vom Rad, riss die beiden Satteltaschen vom Gepäckträger und rannte die stählerne Treppe hinauf. Hektisch, aber dennoch konzentriert gab er einen zwölfstelligen Code in das Türöffnungssystem ein, dann hielt er seinen linken Daumen an den Scanner.

ATLAS war im Prinzip nichts anderes als ein zwanzig Meter langer Zylinder, der mit 15 000 Mikropixeldetektoren und 50 Millionen Sensoren ausgekachelt war, die während eines sekundenlangen Aufpralls von Elementarteilchen zig Millionen von Bildern zu schießen hatten. Die riesigen Datenmengen, die die Rechner des C. E. R. N. in dieser einen Sekunde aufzeichneten, bildeten letztendlich das Rohmaterial, das über Jahre hinweg von Tausenden Mitarbeitern einer peinlich genauen Sichtung unterzogen wurde. In ihren engen Büros hockten sich die C. E. R. N.ler den Hintern platt und taten dabei so, als wäre die staubtrockene Arbeit der Diagrammauswertung eine verwegene Unternehmung. Zu «Jägern des Higgs» hatten sie sich selbst erklärt, um der ganzen Angelegenheit einen Anstrich von Abenteuer zu geben. Vermutlich war eine solche Sichtweise notwendig, damit die Forscher bei ihrer stinklangweiligen Tätigkeit nicht ins Koma fielen.

Die Tür der Detektorkammer öffnete sich lautlos. Matthieu lächelte. Nachdem er den Raum betreten hatte, entnahm er den Satteltaschen einen Koffer und einen Schutzanzug, den er während der letzten Jahre selbst angefertigt hatte. Neben dem portablen Kristallaggregat, das für die Rückreise benötigt wurde, war der Spezialanzug eine der größten Herausforderungen gewesen. Er musste nämlich gleichzeitig radioaktiver Strahlung, extremer Kälte und starken Magnetfeldern trotzen. Matthieu zog den Anzug an, klappte das Helmvisier aus Titanglas herunter. Dann umfasste er den Henkel des Koffers. Als er die Mitte des Raumes erreicht hatte, sagte er: «127,π Gigaelektronenvolt.» Und dann, als plötzlich in der Luft ein kleiner schwarzer Punkt erschien: «Das Geheimnis der Welt und allen Lebens in einer einzigen Sekunde.»

Der schwarze Punkt wurde größer.

6.

Die Explosion erfolgte unterirdisch. Niemand sah, wie die Flammen sich den Korridor entlangfraßen. Brüllend blähten sie sich auf, um gleich danach in sich zusammenzufallen. Zurück blieben Asche und Gestank. Es regnete Metall, Monitore platzten. Die Kameras, die begonnen hatten, ihre Aufnahmen zu den Rechnern zu senden, schmolzen zusammen, und der Schaumregen der automatischen Löschsysteme setzte ein.

Oben in den leeren Büros bebte nur der Boden. Kaffeetassen rutschten von ihren Ablagen und zerschellten. Bilder fielen von den Wänden. Im Erdgeschoss des Ostflügels zerbrachen mehrere Scheiben. Erst mit der Aktivierung der Warnanlagen setzte auch oberirdisch das Chaos ein: Sirenen röhrten, Blinklichter rotierten, Tore schlossen sich krachend und vollautomatisch. Funkrufe, von Computern ausgesandt, knisterten durch die Leitungen. Bei allen Feuerwehren und Polizeistationen der Umgebung klingelten die Telefone. Und wenig später flackerte es blau auf den Straßen.

In einem Computerraum in London hob Sadie Fletcher ihr Handy ans Ohr. «Ja», meldete sie sich knapp.

«Explosion im C. E. R. N., LHC, Sektor 42», hörte sie die technisch verfremdete Stimme sagen.

«Unser Mann?», wollte sie wissen.

«Sieht so aus.»

Sadie Fletcher überlegte. «Holen Sie ihn raus», sagte sie dann.

«Könnte schwierig werden. Er ist mittendrin. Als wir sein Handy zuletzt geortet haben, war er im Tunnel.»

«Holen Sie ihn.» Sadie Fletcher fügte ihrem Befehl nichts hinzu.

«Und?», fragte eine tiefe Stimme hinter ihr. Eine aromatische Rauchwolke stieg auf. Pfeife. Robert McConnell, Scottish Blend.

Sie wandte sich nicht um nach dem Mann, der dort im Nadelstreifenanzug stand. «Wie es aussieht», sagte sie, «hat er es geschafft.»

* * *

Als es knallte und der Rauch unter der Tür hindurchquoll, fuhr Hannah Rüthli herum und zog ihre Pistole. Die Luft wurde plötzlich stickig, das Knistern kam näher. Einen Moment lang zögerte sie, dann wandte sie sich wieder dem Plutonium-Kondensator zu. Schnell griff sie sich den Gegenstand und packte ihn in ihren Rucksack. Sie steckte ihre Waffe zurück in das Holster. Etwas lief nicht nach Plan. Sie musste sich beeilen.

Niemand hatte gesehen, wie sie das Glas stahl. Niemand hatte sie im Waschraum bei ihren Vorbereitungen beobachtet. Kein Mensch hatte Hannah zum Large Hadron Collider kommen sehen, und es würde auch keine Spur von ihr zurückbleiben. Die Kameras auf ihrem Weg hatte sie erfolgreich ausgeschaltet, eine nach der anderen. Nichts würde bleiben als ein Gerücht. Jetzt galt es nur noch, unbemerkt wieder zu entkommen. Normalerweise gelang ihr das. Hannahs Raubzüge fanden leise statt. Manchmal sogar, ohne dass der Betroffene sie je bemerkte. Absolute Diskretion, das war ihr Markenzeichen. Und ihre Auftraggeber verließen sich darauf.

Die Verwüstung, auf die sie draußen traf, beunruhigte Hannah. Das war nicht ihr Stil. Einen Moment lang fragte sie sich, welchen Fehler sie gemacht hatte. Ihr Herz schlug schneller. Wie war es möglich gewesen, dass ihr Eindringen den Alarm ausgelöst hatte? An welcher Stelle hatte sie versagt? Sie analysierte die Situation und zwang sich, durchzuatmen. Das hier war nicht ihr Werk. Konnte es nicht sein. Doch jetzt musste sie das Durcheinander für sich nutzen. Entscheidend war, dass sie hier rauskam, bevor die Polizei eintraf. Sie zog die Riemen des Rucksacks fest und setzte sich in Bewegung. Sie war topfit, durchtrainiert und bereit, die Kilometer bis zum nächsten Ausstieg in vollem Lauf zurückzulegen. Sie blickte in den Löschnebel und überlegte, welche Richtung sie nehmen sollte, als sie plötzlich die Umrisse eines Menschen erkannte. Es war ein Mann. Er kam auf sie zu getaumelt und streckte die Arme nach ihr aus. Alarmiert trat Hannah einen Schritt zurück. Der Mann stolperte, stürzte zu Boden. Regungslos blieb er auf dem Rücken liegen. Hannah ging zu ihm. Seine Augen waren aufgerissen. Unnatürlich blau leuchteten sie in dem verbrannten Gesicht.

Sie versuchte, seinen Zustand abzuschätzen. Seine Kleidung hing in Fetzen, von den Haaren waren nur noch Borsten übrig, aus einem Ohr floss Blut. Hannah spürte das Zucken in ihren Füßen. Das hier war nicht ihre Angelegenheit. Sie hatte einen Auftrag, und sie musste zum Treffpunkt. Die Ware abgeben. Das Geld kassieren. Zurückkehren in ihren Unterschlupf. Der Mann würde vielleicht sterben. Seine Lippen bewegten sich. Er versuchte, etwas zu sagen. Sie musste gehen. Jede weitere Sekunde, die sie hier herumstand, würde die Sache unnötig verkomplizieren. «Scheiße, verdammt!» Was sollte sie tun?

Noch einmal sah sie ihm in die Augen. Dann hockte sie sich neben ihm hin.

* * *

Matthieu konnte es nicht glauben. Sie war es. Die schöne Unbekannte aus der Kantine. Er sah sie rauchen. Er sah sie lachen. «Du», sagte er. Seine Finger tasteten ihr entgegen. Er fühlte

Kunststoff, fühlte Metall. Ein Namensschild auf ihrem Schutzanzug. Er klammerte sich daran fest. «Du», wiederholte er. «Du …»

* * *

Hannah Rüthli sprang erschrocken auf. Sie erinnerte sich an einen anderen Menschen, an einem anderen Ort, der sich so an sie geklammert hatte. Panisch riss sie sich los. Das Schild blieb in seiner Hand. Egal. Ihr richtiger Name stand sowieso nicht drauf. Sie rannte los, schaute nicht mehr zurück. Trotzdem sah sie es noch vor sich. Die Hand, die sich nach ihr ausgestreckt hatte. Die Hand, die nach verbrannter Haut roch. «Du!», hatte er geflüstert. Er hatte nach ihr gerufen. Das war mehr, als sie ertrug.

Nein, nein und verdammt noch mal nein!, schrie sie innerlich. Ich bin es nicht! Ich bin nicht die, die du meinst! Schon längst nicht mehr.

Hannah rannte, als ginge es um ihr Leben.

7.

Frau Doktor Freitag, mein Gott, wie sehen Sie denn aus?» Trotz des allgemeinen Chaos hielt der Generaldirektor einen Moment inne. «Waren Sie etwa zusammen mit diesem Savary dort unten?»

«Wie, was? Nein.» Karoline wischte mit den Händen über ihre schlammverkrustete Filzkleidung. Die tapferen Kämpfer auf der Hochebene hatten in Decken gewickelt um ihre Lagerfeuer gelegen, als die Explosion im Tal sie geweckt hatte. Karoline war aufgesprungen, als die Sirenen einsetzten und sich abzeichnete, dass alle Rettungskräfte der Umgebung eine Sternfahrt zum C. E. R. N. unternahmen. Mit Hilfe einer Fackel hatte sie den Weg ins Tal gefunden. «Meine Ausstellung!», rief sie atemlos. «Meine Exponate. Die Tonbänder!» Dann hielt sie inne. «Wieso Savary?»

Rodriguez hob die Hände. «Wer sonst könnte so eine Katastrophe anrichten? Dieser Vollidiot!» Im nächsten Moment wandte er sich einem der Feuerwehroffiziere zu.

Savary, dachte Karoline und konnte ein Gefühl der Genugtuung nicht unterdrücken. Jetzt hatte er mehr Ärger am Hals, als bloß ein Video für Laien zu drehen. Geschah ihm recht. Sie blieb stehen, als sie an seinem Büro vorbeikam. Er residierte gar nicht so weit weg von ihr. Allerdings hatte er eine der Waben mit eigenem Waschraum. Karoline beschloss, sich dort den schlimmsten Schmutz abzuwaschen, ehe sie in ihr eigenes kleines Kabuff ging. Momentan würde er wohl kaum dagegen protestieren können. Sie machte das Licht an. Ordentlich sah es nicht aus in der Höhle des Genies. Überall lose Blätter und Grafiken, tonnenweise Skizzen und Staub. Das papierlose Büro war wohl auch in der Welt der kosmischen Physik noch Zukunftsmusik. Aber immerhin hatte die Explosion nicht allzu viel Schaden angerichtet. Sie musste unten in den «Eingeweiden» stattgefunden haben, wie sie die unterirdische Anlage bei sich selbst nannte. Sie hatte dort keinen Zugang. Nirgendwo, wo ein Finger- oder Iris-Scan nötig war. Sie war Fußvolk, weiter nichts. Karoline entdeckte einen altmodischen Plattenspieler, der sich noch drehte. Neugierig setzte sie den Tonarm auf. Die ersten Takte von Mussorgskys «Bilder einer Ausstellung» erklangen. Es war eine Klavierversion. Eine ganz hervorragende, wie sie zugeben musste. Den Anschlag erkannte sie schon nach wenigen Tönen. Trotzdem nahm sie die Plattenhülle in die Hand. Dort stand, wie sie es sich gedacht hatte, «Jonathan Silver». Der gab übermorgen in Sydney eines seiner raren Konzerte. Ihre in Berlin lebende Schwester hatte sie eingeladen, sich das zusammen live im Fernsehen anzuschauen. Karoline hatte sich herausgeredet.

Im selben Augenblick bemerkte sie, dass der Computer eingeschaltet war. Sie suchte die Maus unter all dem Müll, fand sie und klickte den Bildschirm an. «Eine neue Nachricht», stellte sie fest. Von Matthieu Savary an sich selbst, gesendet von seinem Handy vor knapp einer Stunde. Eine Stunde! Karoline erstarrte. Das musste kurz vor dem Unfall gewesen sein. Das konnte wichtig sein. Vielleicht hatte Matthieu eine Versuchsanordnung dokumentiert, bei der dann etwas schiefgelaufen war. Vielleicht ließ sich so alles nachvollziehen. Einen Moment erwog sie sogar, dass es ein Bekennervideo sein könnte, in dem das Genie des C. E. R. N. gestand, warum es die eigene Forschungsanlage sabotiert hatte. Sie traute diesem Savary so einiges zu. Und wenn er ein Schwarzes Loch geschaffen hatte?, fragte sie sich. Eines, das stabil war und nun alles verschlang, wie einige Außenseiter des Faches es schon lange befürchteten? Ihr Finger zitterte, als sie die Datei anklickte.

Sie sah eine nächtliche Straße, Autos, einen Platz mit vielen Fahnen, Menschenmengen, und dazu hörte sie Geräusche. Die Kamera bewegte sich, es war schwer, in der Hektik etwas Genaues zu erkennen. Dann plötzlich das Gesicht eines Mannes, den sie kannte. Er starrte herüber zur Kamera, wandte sich wieder ab. Ging über die Straße. Sie hörte das Auto, ehe sie es sah. Es ging alles so schnell. Der Mann wurde wie eine Stoffpuppe hochgeschleudert, dann von den Rädern mitgeschleift. Unwillkürlich schloss sie die Augen. Als sie sie wieder öffnete, lag der Körper reglos da, neben ihm eine Aktentasche, aus der weiße Blätter flatterten, langsam, eines nach dem anderen. Das Auto war fort. Dafür andere Wagen. Schreie, Rufe. Die Kamera fuhr hoch, wie weggeschlagen, raste über die Menschen und Fahnen hinauf in den Himmel. Vor dem sich einen Moment lang abzeichnete, was Karoline Freitags Atem aussetzen ließ: die Silhouette des Opernhauses von Sydney.

Die letzten Töne des Klavierstückes erklangen.

Mit Mühe schaffte Karoline es, die Übertragung auszuschalten, die zu Ende war und sich eben selbst neu lud. Nein, dachte Karoline. Das hatte sie nicht gesehen. Das eben war nicht Jonathan Silver gewesen, er verblutete nicht auf irgendeiner Straße. Ihre Schwester hätte längst angerufen. Er gab ein Konzert in Sydney, übermorgen. Karoline Freitag flüchtete in die Waschkabine und schloss sich ein. Ruhe jetzt. Sie drehte das kalte Wasser auf und klatschte sich zwei Hände voll ins Gesicht. Schmutz rann in das weiße Porzellanbecken. Sie hob den Kopf und schaute sich an: das Haar voller Dreck, Schlieren auf der Stirn. Auf dem Flur wurden Schritte laut.

Jemand war ins Büro gekommen. Karoline Freitag besaß genug Geistesgegenwart, das Licht zu löschen.

«Wir nehmen alles mit», sagte ein Mann. Er sprach Englisch mit einem nordischen Akzent. «Die Polizei darf auf keinen Fall irgendetwas finden.» Es folgten Gerumpel und Flüche.

Karoline stand stumm in der Finsternis und starrte dorthin, wo ihr Spiegelbild gewesen wäre, wäre der Raum erleuchtet gewesen. Unter der Tür in ihrem Rücken bemerkte sie nach einiger Zeit eine kleine Lichtleiste, die immer wieder von vorbeigehenden Füßen verdeckt wurde. Blink an, blink aus.

«Die Festplatte checken wir nicht jetzt! Mach das später.»

«Chef, der Plattenspieler läuft.»

Karoline hielt den Atem an. Der verdammte Plattenspieler. Er war schon gelaufen, als sie kam. Dieser Savary war vergesslich. Aber wussten diese Fremden das auch? Sie hörte Schritte. Konnte nur erahnen, was geschah.

Der Fremde hatte seine Hand auf das Gerät gelegt. «Heiß», stellte er fest. «Der läuft schon lange.» Dann die Erlösung: «Gehen wir.»

Ein letztes Klicken, endlich herrschte Stille. Wie ein Déjà-vu setzte erneut die herrliche Musik von Jonathan Silver ein. Karoline sank in sich zusammen und begann zu weinen.

8.

Matthieu Savary hörte Stimmen. Sie waren weit entfernt. Sie gingen ihn nichts an.

«Ist er wach?», fragte eine Frau, und ein Mann antwortete. An der Decke war Stuck, Weiß in Weiß. Von draußen Licht, so viel Licht.

«Wie wird er es aufnehmen?», fragte die Frau.

Diesmal verstand Savary den Mann. «Wie würden *Sie* es aufnehmen?» Die Stimme kam aus einem dunklen Fleck, dessen Ränder im Licht zerfransten.

Aufnehmen, dachte Savary. Ich habe eine Aufnahme gemacht. Die muss ich ... Ich muss etwas ... In seinem Kopf drehte sich alles. Er öffnete den Mund, zumindest glaubte er das. Er war nicht sicher, alles fühlte sich irgendwie taub an. «Aufnahme.» Hatte er es gesagt? Um ihn herum wurde es still. Und mit einem Mal spürte er etwas: Durst. Seine Kehle war trocken. Er hatte furchtbare Halsschmerzen. Jemand setzte ein Glas an seine Lippen. Er trank und ließ sich zurücksinken. Jetzt war alles besser. Savary schloss die Augen und lächelte. Er hatte es geschafft. Musik setzte ein. Mussorgsky. Er konnte es hören. Mussorgsky und das Licht. Er schlief ein.

* * *

Der Arzt neigte sich über ihn und betrachtete abwechselnd das entspannte Gesicht Savarys und den Monitor. «Armer Kerl.» Er schüttelte den Kopf. «Sie sagen, Sie haben die Mittel, ihm die entsprechende Therapie zukommen zu lassen?»

Sadie Fletcher nickte.

«Das wird ein Vermögen kosten.» Doktor Reber schaute sie

immer noch nicht an. Er war ein relativ junger Mann, hatte aber im Gegensatz zu vielen seiner Kollegen nicht versucht, sich mit einem Bart seriöser zu machen. Mit seinem langgezogenen Gesicht, in dem die großen dunklen Augen dominierten, sah er wie ein Talmudschüler aus. Voller Melancholie und Wissensdurst.

Sie blieb kurz angebunden. «Alles, was nötig ist.»

Doktor Reber räusperte sich. «Dann können wir von ein, zwei Jahren ausgehen. Danach muss man sehen. Alles hängt davon ab, wie die Therapie anschlägt. Die Strahlung hat so ziemlich jedes lebenswichtige Organ seines Körpers erwischt. Aber es hat schon Wunder gegeben, wissen Sie?»

Sadie Fletcher schaute skeptisch drein. «Und die zwei Jahre, die er noch lebt. Wird er da arbeiten können?»

«Er wird Schmerzen haben, sicher. Schwindelgefühl, Desorientierung, Anfälle, die denen der Epilepsie ähneln ...»

«Kann man das nicht medikamentös steuern?» Sadie Fletcher runzelte die Stirn. Sie brauchte keinen desorientierten Physiker. Sie brauchte einen Spezialisten, der seinen Beruf ausüben konnte.

Doktor Reber hob die Hände. Dunkle Hände mit hellgelben Innenflächen und schmalen, langen Fingern. «Ich rate Ihnen, Professor Haller von der Charité hinzuzuziehen. Er ist weltweit der führende ...»

«Wir werden niemanden hinzuziehen, Herr Doktor Reber.» Sadie Fletchers Stimme klang endgültig. «Sie können sich Rat holen, wo sie wollen. Egal, bei wem. Egal, was es kostet. Sie dürfen ausprobieren, was Sie wollen, sofern es dem Wohl des Patienten dient. Aber Savary bleibt einzig und allein in Ihrer Obhut. Und in unserer.»

Doktor Reber nickte. «Verstanden.»

«Das freut mich.»

«Wollen Sie es ihm sagen?» Reber schaute sie aus traurigen

Augen an. «Sie werden ja wohl mit ihm zusammenarbeiten, oder?»

«Ebendeshalb sollte er mich mögen. Nicht wahr?» Sie lächelte knapp. Dann wandte sie sich zum Gehen. «Sagen Sie ihm, dass ich diejenige bin, die sein Leben um zwei Jahre verlängern kann. Und was das kostet.» Sie war schon an der Tür. «Rufen Sie mich an, wenn er aufwacht.»

9.

Die nächsten beiden Tage verbrachte Karoline Freitag wie eine Schlafwandlerin. Sie hatte sich freigenommen und zu Hause eingeigelt, in ihrer kleinen Apartmentwohnung am Seeufer. Beim C. E. R. N. hatte sie sich krankgemeldet. Auch ihre Kollegen von den experimentellen Historikern und Archäologen hatten die Ausrede geglaubt, nach der feuchtkalten Nacht da draußen wäre es kein Wunder gewesen. Und ihre Schwester hatte ihr gute Ratschläge aus Berlin geschickt. Sie hatte versprochen, das Silver-Konzert in eine Decke eingewickelt bei Salbeitee auf dem Sofa zu verfolgen. Noch eine halbe Stunde bis zum Beginn. Der kleine Kultursender, der das Ereignis live übertrug, hatte bereits mit der Vormoderation begonnen. Man zeigte eine Dokumentation über das Leben des Künstlers und Szenen vergangener Auftritte. Das Englisch des Moderators war schwer verständlich. Die Zeit verging nicht. Vor dem Fenster war alles grau. Der Nebel wollte sich gar nicht mehr vom Wasser heben. Schon seit Tagen nicht. Je länger Karoline hinausblickte, desto mehr hatte sie das Gefühl, dass dort etwas lauerte. Sie goss Tee nach. Verbrannte sich die Zunge. Fluchte. Die Füße ganz unter den Körper gezogen, hockte sie in ihrer Sofaecke und wartete – worauf eigentlich? Jetzt wurde das Konzert angekündigt. Man sah Sydney aus der Vogelperspektive, die Straßen der Metropole, die Skyscraper, das Hafenbecken, das Dach der Oper. Menschenmengen standen vor dem Gebäude auf einem Platz, wo auf einer Großleinwand für all jene übertragen wurde, die keine Karten mehr bekommen hatten. Es herrschte, so der Moderator, eine einmalige Atmosphäre. Der Künstler werde jede Minute erwartet.

Karoline erfuhr, in welchem Hotel er logierte. Sie sah Möwen über den Pazifik fliegen, sonnenverbrannte Touristengesichter, Abendroben, wieder das Meer. Der Moderator wurde immer aufgeregter. Dann plötzlich fror das Kamerabild ein. Man sah die Leinwand, den überfüllten Platz. Im Hintergrund aufgeregte Stimmen. Es wurde Musik unterlegt.

Karoline erkannte Mussorgsky. Gleich würde es weitergehen. Gleich würden sie Bilder des strahlenden Pianisten zeigen, wie er aus seiner Limousine stieg, winkte und das Opernhaus betrat. Gleich würden sie umschalten nach innen, wo das Orchester sich bereits warmspielte.

Das Bild schaltete um. Man sah einen glitzernden Kronleuchter. Karoline entspannte sich. Da begann das Musikstück von vorne. «Das große Tor von Kiew» aus «Bilder einer Ausstellung». Karoline schaute auf die Uhr. Vor fünfzehn Minuten hätte der Mitschnitt beginnen sollen. Nein, sagte sie sich. Nein, nein, nein. Das war alles nicht wahr. Silver starb nicht. Sie saß hier im Pyjama, und die Welt war noch die, die sie immer gewesen war.

Es dauerte eine Weile, bis Karoline begriff, dass der Moderator wieder sprach. Er erzählte, was sie schon wusste. Dass es einen Unfall gegeben habe. Näheres wisse man noch nicht. Das Konzert entfiel offenbar. Man sende den Mitschnitt einer Aufnahme der Berliner Philharmoniker auf ihrer Friedenskonzert-Tour im Libanon.

Karoline nahm die Fernbedienung und schaltete ab. Sie starrte durch das Fenster in den Nebel. Verschwommen sah sie in der Scheibe ihr Spiegelbild. Noch hatte sie keine Idee, was all das bedeutete. Und warum sie das Gefühl nicht loswurde, dass es gerade für sie eine Bedeutung hatte. Und doch. Und doch. «Savary», sagte sie andächtig. «Du verdammter Mistkerl.»

Sie musste diesen Mann sehen. Unbedingt.

10.

Die Stimmen. Er vernahm nur noch die Stimmen. Doch was sie sagten, verstand er nicht. Wie ein Radioapparat, dem verschwommene Laute entwichen. Das Rauschen des Meeres.

Einmal, als Vater noch lebte, da hatte er Urlaub gemacht mit seinen Eltern. Auf der Île de Ré. Diese letzte Insel. So weit im Westen, dass es weiter nicht ging. Der nächste Landbrocken wäre die Ostküste Amerikas gewesen. Er sah die Sonnenuntergänge, das verblutende Licht, hörte die Möwen und ihre Schreie im Wind. Weit draußen die Silhouette eines Frachters, der dabei war, über den Horizont zu kippen. Das Blinken des Leuchtturms. Es wurde schneller. Und heller. Wie ein Blitz schlug es in ihn ein. Er öffnete die Augen.

«Können Sie mich hören?»

Der Mann mit dem weißen Kittel zog eine Spritze aus Matthieus Armbeuge. Matthieu sah an ihm vorbei. Auf das gerahmte Kalenderblatt, das an der Wand gegenüber hing. Leuchtturm, dachte er. Dann sprach er es aus.

Der Arzt lächelte. «Gut, das ist gut. Sehr gut sogar.» Sanft legte er ihm eine Hand auf die Schulter.

«Wo bin ich? Was ist passiert?»

Das Lächeln auf den Lippen des Arztes verschwand. «Ihr Experiment. Es hat offenbar nicht funktioniert.»

Oh doch. Es hatte funktioniert. Dieser Mensch da an seiner Bettkante hatte keine Ahnung.

«Ich will nicht lange um den heißen Brei herumreden, Monsieur Savary. Es gab eine Explosion, als Sie im Tunnel waren, bei der eine extrem hohe Strahlung freigesetzt wurde. Leider waren Sie ... Wir haben verschiedene Tests durchgeführt. Die Ergebnisse sind eindeutig.»

«Wie hoch?» Matthieu versuchte, seinen Körper aufzurichten, und wunderte sich, als dies gelang. Sein Blick fiel auf die Spritze, die der Arzt auf einen Beistelltisch gelegt hatte.

Der Mann schien seinen Gedanken erraten zu haben. «Adrenalin», sagte er lakonisch.

«Wie hoch war die Strahlung?» Matthieu sah seinem Gegenüber in die Augen.

«Mehrere Quadrillionen Becquerel.» Doktor Reber senkte den Kopf.

Matthieu ließ sich zurück in seine Kissen sinken. Mehr als Tschernobyl, dachte er und schloss die Augen. «Wie lange noch?», fragte er nach einer Zeit des Schweigens.

Doktor Reber atmete hörbar ein, dann aus. Beinahe ein Seufzer. «Ein paar Wochen. Zwei, drei Monate, bei Anwendung konventioneller Methoden.»

Da war es wieder, das Meer. Das Rauschen der Wellen, die salzige Luft und die Sonne auf seiner Haut. Dort, dachte Matthieu. Dort will ich sterben.

Der Druck auf seiner Schulter wurde für einen Moment stärker. «Haben Sie keine Angst, Matthieu. Es gibt heutzutage Möglichkeiten ...»

Matthieu wedelte den Arzt mit der rechten Hand weg. Erst jetzt bemerkte er, dass seine Arme und Hände verbunden waren. Plötzlich musste er husten. Er fiel zurück in die Kissen. Nachdem er sich über den Mund gewischt hatte, sah er das Blut auf dem Verband.

Das Meer, dachte er und schloss erneut die Augen.

Er hörte, wie die Tür ins Schloss fiel.

«Sehen Sie mich an!»

Das Rauschen des Meeres wurde in den Hintergrund gedrängt. «Öffnen Sie die Augen, und sehen Sie mich an!» Der Duktus der Stimme befand sich exakt auf der Klippe zwischen unnachgiebiger Härte und minimaler Versöhnlichkeit. Matthieu schlug die Augen auf. Gauguin, dachte er. Und erinnerte sich an verregnete Nachmittage, die er als Schüler im Musée d'Orsay zugebracht hatte. Mädchen in der Südsee. Ihre Haut *couleur café*, weiße Blumen im tiefschwarzen Haar. Wärme und Geborgenheit.

«Mein Name ist Sadie Fletcher.» Keine Wärme. Auch keine Geborgenheit. In dem streng nach hinten gebundenen Haar suchte man vergeblich nach einer Blume. «Über Ihren Gesundheitszustand wurden Sie soeben aufgeklärt. Lassen Sie mich eine Sache ergänzen.»

Er überlegte, ob er die dunkelhäutige Frau in dem schwarzen Kostüm unterbrechen sollte. Plötzlich stellte er fest, dass all seine Unruhe verflogen war. Komisch. Er spürte lediglich eine Art Leere in sich, die sich immer mehr auszubreiten schien.

«Wir haben Mittel und Wege, Ihr Leben zu verlängern. Und dabei geht es nicht nur um ein paar Wochen. Ich rede von Jahren.» Sie hielt inne. Ihre braunen Augen musterten ihn. «Ich bin Mitglied einer international operierenden Organisation. Wir beobachten Sie schon seit längerem.»

Die Ausbreitung der Leere geriet ins Stocken.

«Wir wissen um Ihre Leistungen und Verdienste.»

Stopp.

«Und wir wissen auch, was Ihnen gestern Nacht gelungen ist.»

«Was? Können Sie das noch mal wiederholen? Sie haben *was* getan? Sie haben mich observiert? Mich ausspioniert?»

«Bleiben Sie ruhig, Matthieu! Denken Sie an Ihre Gesundheit, und hören Sie mir erst einmal zu!» Sie nahm ihre Hände von dem Stahlrahmen des Bettes. Dann durchschritt sie das Krankenzimmer. Als Sie an der Fensterfront angelangt war, drehte sie sich um und sprach: «Wir wollen, dass Sie für uns arbeiten. Sie bekommen eine Teilchenbeschleunigeranlage, genauso wie im C. E. R. N. Sie dürfen frei agieren. Im Gegenzug werden wir alles Menschenmögliche unternehmen, Ihre Krankheit zu behandeln. Wenn es sein muss, transplantieren wir Ihre Organe. Wir verfügen über die besten Ärzte, ein hochmodernes Equipment. Unsere Verbindungen reichen weit. Weiter, als Sie es sich vorzustellen vermögen.»

Matthieu versuchte ein Lachen. Ironisch erst, dann kam der Husten dazu. «Sie wollen mir ernsthaft erzählen, Sie hätten einen Large Hadron Collider? Nur für mich? Wollen Sie mich verarschen?»

Sadie Fletcher machte eine Kunstpause. «Als wir vor fünfundzwanzig Jahren mit dem Bau begannen, wussten wir selbstverständlich nichts von Ihnen, Matthieu. Aber eines wussten wir mit Gewissheit. Dass eines Tages jemand kommen würde wie Sie. Jemand, der die Fähigkeit und die Intelligenz besitzt, Zeitreisen zu unternehmen.»

«Woher wissen Sie?»

«Wie ich schon sagte, wir wissen Bescheid. Über alles. Wir haben sogar Ihr kleines Video mit Jonathan Silver erhalten. Also überlegen Sie sich, ob Sie dieser Jemand sein wollen, den wir brauchen. Sonst kommt ein anderer. Wir können warten. Können Sie es auch? Und wenn Sie sterben wollen, nur zu. Ihre Beerdigung ist nämlich schon angesetzt. Für morgen früh neun Uhr. Auf dem Père Lachaise in Paris, 84ste Abteilung. Direkt neben dem Grab von Guillaume Apollinaire, einem Dichter, von dem ich weiß, dass Sie ihn sehr schätzen.» Sadie Fletcher rückte das Oberteil ihres Kostüms zurecht.

«Sie haben mich für tot erklären lassen?»

Sie verließ den Raum, ohne sich noch einmal umzudrehen.

Er wusste nicht, wie lange er auf das Bild mit dem Leuchtturm gestarrt hatte. Jetzt, jetzt hatte er seine Augen wieder geschlossen. Und er hörte sie erneut, die Wellen, die sich am Riff der Île de Ré brachen, er sah die Sonne, die am Horizont blutete. Eine Klinge, dachte er. Irgendwo hier in diesem Krankenhaus würde er mit Sicherheit eine Klinge finden.

Schließlich war er ja längst tot.

Oder wollte er vielleicht doch leben?

11.

Ihren Job beim C. E. R. N. war sie los. Es würde keine Ausstellung geben, und das auf unbestimmte Zeit. Was Karoline Freitag allerdings behalten durfte, waren ihre Bezüge. Zum Glück. Immerhin hatte sie einen Vertrag, der für die nächsten drei Monate galt. Jetzt stand ihr mehr Zeit zur Verfügung, als sie brauchte. Zeit und Muße, die sie mit einer historischen Recherche der besonderen Art verbringen konnte. Die Sache mit dem Video aus der Zukunft ließ sie nicht mehr los. Sie musste wissen, was mit Matthieu Savary geschehen war und wer diese Männer waren, die kurz nach dem großen Knall Akten und technische Gerätschaften aus dem Büro des mutmaßlichen Genies entfernt hatten. Es gab nicht viele Spuren, die sie hätte verfolgen können. Eine war das öffentliche Begräbnis von Docteur Savary in Paris.

Die Sonne stand hoch an diesem frühen Sommernachmittag. Die kleine Trauergemeinde befand sich im Schatten eines Baumes. Karoline, die etwa zwanzig Meter entfernt neben einer gotischen Gruft stand, spähte hinüber. Die Gefahr, als unscheinbare Touristin hier auf dem Friedhof Père Lachaise aufzufallen, tendierte gegen null. Ein großer Vorteil, dachte Karoline und erinnerte sich für einen Moment an die furchtbaren Beklemmungen, die sie in Savarys Badezimmer im C. E. R. N. während dieser sonderbaren Durchsuchung ausgestanden hatte.

Es war ein sehr schlichtes Begräbnis. Kaum zehn Leute waren anwesend. Aus einem Leichenwagen, der auf der angrenzenden Avenue Transversale parkte, wurde von den Mitarbeitern eines Bestattungsinstituts der Sarg entladen. Gemessenen Schrittes näherte man sich dem offenen Grab. Ein Mann mit abstehenden grauen Haaren und der Ausstrahlung eines Professors las eine

Rede von einem Zettel ab. Karoline begriff, dass Savary als Physiker bedeutend gewesen war. Aber auch, dass er wenige Freunde hatte. Kaum einer der Anwesenden zeigte eine Regung. Nur eine Frau um die sechzig schluchzte kurz auf. Karoline ging davon aus, dass es sich um die Mutter handelte. Sie beschloss, ihr zu folgen, wenn alles vorbei wäre. Plötzlich hörte sie mehrere Stimmen in ihrem Rücken. Sie wandte sich um. Drei Männer mittleren Alters bewegten sich auf sie zu. Einer von ihnen winkte ihr. In seinem Mundwinkel hing eine Zigarette.

«Entschuldigung, wissen Sie, wo hier das Grab von Jim Morrison ist?»

Karoline machte eine entschuldigende Geste. «Tut mir leid.»

Die Männer verabschiedeten sich und gingen weiter. Sie sah ihnen hinterher. Zwischen ihnen eine dampfende Rauchwolke, die irgendwie nicht nach gewöhnlichem Tabak roch. Während sie sich noch wunderte, glitt ihr Blick auf eines der Gräber neben ihr. Da saß ein steinernes Mädchen, den Ellenbogen auf dem Knie, das von Locken umrahmte Gesicht nach vorne geneigt. Ihr Kinn war auf eine Hand gestützt, als denke sie nach über Leben und Tod. Hinter der Figur bewegte sich etwas. Ein paar Gräber weiter erblickte Karoline einen Mann in einem schwarzen Anzug, der an einer abgebrochenen Säule lehnte. Sein in der Sonne glänzendes Haar war akkurat gescheitelt, seine Augen durch eine spiegelnde Brille verdeckt.

Der Mann sagte etwas. Karoline konnte ihn nicht verstehen, dafür bemerkte sie den Knopf, der in seinem Ohr steckte. Karoline nahm die rote Rose, die sie eigentlich mitgebracht hatte, um sie auf Savarys Sarg fallen zu lassen, und trat an das Grabmal mit dem Mädchen heran. Tat so, als würde sie es betrachten. Dann steckte sie die Blüte dem Mädchen in die Hand. Ihre ganze Aufmerksamkeit aber war dem Mann gewidmet. Wieder sprach er. Karoline erschrak.

Diese Stimme, sie hatte sie gehört, noch vor wenigen Tagen. In Savarys Büro. Sie gehörte zu dem Mann, der den anderen «Chef» genannt hatte.

Karoline hockte sich hin und ließ ihre Hand über die marmorne Grabeinfassung gleiten. Sie ermahnte sich, unbedingt Ruhe zu bewahren. Während sie langsam ein- und ausatmete, beschloss sie, ihren ursprünglichen Plan sausen zu lassen. Savarys Mutter konnte warten. Wenn hier jemand etwas über das Schicksal von Savary wusste, dann war es dieser Fremde.

Sie folgte dem Mann zur Metrostation Ménilmontant. Einen Waggon hinter ihm stieg sie in die Linie 2 ein. Stieg an der Station Stalingrad um und verließ wie er die Bahn bei der Gare du Nord. Die Menschenmassen, die durch die Gänge, Tunnel und Straßen dieser Stadt strömten, waren so vielfältig und bunt, dass es beinahe unmöglich war, entdeckt zu werden. Nirgendwo auf der Welt wäre eine Verfolgung leichter gewesen als hier.

Nachdem Karoline das Bahnhofsgebäude verlassen hatte, sah sie den Anzugträger in eine Seitenstraße abbiegen, aus der gerade ein Linienbus kam. Sie blieb ihm auf den Fersen. Trotz der optimalen Voraussetzungen hielt sie Abstand. Man wusste ja nie. Und mit Sicherheit hatte sie es hier mit einem Profi zu tun, dessen war sie sich durchaus bewusst.

Sie passierten einen Busbahnhof. Der Mann mit dem glänzenden Haar bog nach rechts ab, überquerte die Rue du Faubourg Saint Denis und ging nach Norden. Karoline blieb auf der anderen Seite. Als sich sie auf der Höhe eines Ladens befand, der Bollywood-Musik verkaufte, verschwand der Mann in einem Gebäude, über dessen Eingangsportal die Prinzipien der Republik in Stein gemeißelt waren. *Liberté, Egalité, Fraternité.*

Jetzt wechselte auch Karoline die Straßenseite. Sie sah an der Fassade hinauf, zu den blau-weiß-roten Fahnen. Da entdeckte sie ein unscheinbares Schild. Ein Krankenhaus also. Karoline trat durch den Torbogen.

12.

Die kleine Maschine landete auf einer Rollbahn, die im Gras endete. Als Savary ausstieg und sich auf die Krücken lehnte, schmeckte er Salz in der Luft. Etwas weiter entfernt schlugen braune Kühe mit den Schwänzen. Er konnte das Meer hören.

«Golden Jersey Cows», murmelte er. Sadie Fletcher, die gerade aus der Cessna kletterte, runzelte die Stirn. «‹Von den goldenen Kühen Jerseys.› So hieß es in der Werbung für diese Karamellbonbons. In meiner Kindheit gab's die immer», führte Matthieu aus.

«Sollen wir Ihnen welche bereitstellen?», fragte sie knapp.

«Halten Sie mich für ein Kind, dass Sie mich mit Bonbons ködern wollen?

Eine Limousine fuhr an das Rollfeld heran. Wie es aussah, würden sie nicht über das kleine Flughafengebäude auschecken. Und weder Polizei noch Zoll oder irgendeine andere Behörde würden von ihrer Ankunft Kenntnis haben.

«Jersey», begann Fletcher, als sie im Wagen saßen, «ist mit knapp 98 000 Einwohnern die größte der Kanalinseln. Sie liegt in der Bucht von St. Malo, fast 160 km von Großbritannien entfernt. Zu dem es übrigens ebenso wenig gehört wie zur Europäischen Union.» Fletcher machte eine Pause. «Die Insel ist nämlich Kronbesitz.»

«Wie praktisch.» Matthieu gab sich gelangweilt.

«Sie ahnen gar nicht *wie* praktisch.» Fletcher lächelte, als ihre letzte Bemerkung ihn nun doch dazu brachte, sie anzusehen.

Sie fuhren über Landstraßen, an graugrünen Steilklippen entlang. Der Ginster zitterte im Seewind. Wieder erinnerte sich Matthieu an die Île de Ré. Der Wagen fuhr leise und ohne merkliche Erschütterung. Seine getönten Scheiben lagen wie ein Filter vor der Außenwelt. Buchten glitten vorüber, und weit draußen schnitten Schiffssilhouetten durch das ruhige Meer. Er hatte sich den Kanal wilder vorgestellt. Falls er sich überhaupt etwas vorgestellt hatte. Doch das hier, das sah alles so geordnet und sauber aus. Das blaue Meer, der vom Wind leergefegte Himmel, die eintönigen Grünflächen und Reihen renovierter Anwesen, die wie Puppenhäuser wirkten. Er fragte sich, wie man hier etwas so Modernes wie ein physikalisches Labor verstecken konnte, gar einen Teilchenbeschleuniger von der Größe des Large Hadron Collider. Alles, was größer war als ein Fischerboot und neuer als zweihundert Jahre, würde hier doch auffallen wie ein bunter Hund.

«Jersey ist berühmt für seine mediterrane Vegetation», fuhr Fletcher derweil ungerührt fort. «Und die Vielzahl der heimischen Orchideensorten.»

«Orchideen, sicher.» Savary gähnte.

Sie hielten vor einem unauffälligen Gatter, gesäumt von Natursteinmauern, in denen nur der geschulte Beobachter die Kameras entdeckte. Die Kiesauffahrt führte an einer Gruppe Palmen vorbei und einem imposanten Drachenbaum. So viel zur mediterranen Vegetation. Das dahinter auftauchende Herrenhaus dagegen, mit der grauen, wohlproportionierten Fassade und dem dunkelgrauen Schieferdach, war ganz und gar englisch. Unwillkürlich erwartete man Dienstmädchen mit Häubchen, die vor der Freitreppe Aufstellung nahmen.

«Wo ist der Butler?», fragte Matthieu dann auch, während die Limousine vor dem Portal zu stehen kam.

«Wenn Sie einen wünschen, stellen wir einen ein», entgegnete Fletcher ungerührt. Sie schaute an der Fassade hoch und schob sich die Sonnenbrille auf den Scheitel. «Bis vor kurzem residierte hier der National Trust.»

Die Eingangshalle verfügte über einen imposanten Marmorkamin, einen Kronleuchter und eine Doppeltreppe aus Walnussholz.

«Wir sind dabei, einen Treppenlift für Sie einzubauen», erläuterte Fletcher die offensichtlichen Bauarbeiten. «Falls Sie in die Küche oder die Bibliothek möchten.»

«Oh, bitte keine Umstände.» Savary atmete schwer, als er seine kleine Reisetasche abstellte. Beinahe hätte er das Gleichgewicht verloren, doch er stützte sich gerade noch rechtzeitig mit einer seiner Krücken ab. Umgehend wurde sein Gepäck von einem der Sicherheitsbeamten aufgehoben. Ehe Matthieu noch «Hey!» sagen konnte, fuhr Fletcher fort: «In die Labors führt natürlich ein eigener Aufzug.»

«Natürlich.» Matthieu schaute sich um. Bei allem Pomp war das hier doch nichts weiter als ein Gebäude von der Größe einer Dorfschule. «Wo sind sie denn, die berühmten Labors?»

Sadie Fletcher drückte auf einen Knopf an der Konsole des mannshohen Kamins. Mit einem «Ssstt» öffnete sich seine Rückwand und gab eine Aufzugkabine frei, ganz aus Edelstahl. Die digitale Anzeige blinkte. «Wollen wir?», fragte Sadie Fletcher.

Sie trat neben ihm ein und drückte auf die Tastatur.

«Der Sicherheitscode wird jeden Tag geändert», sagte sie. «Die aktuellen Daten bekommen Sie immer beim Frühstück.»

Matthieu nickte nur. Er hatte nicht das Gefühl, dass die Kabine sich bewegte. Doch als die Türen auseinanderglitten, schien er eine weite Reise zurückgelegt zu haben. Er trat hinaus in die – man konnte es nicht anders nennen – Halle, die sich vor ihm auftat.

Lautlos und sachlich kam das Licht der Neonröhren von der Decke. Links und rechts an den Wänden befanden sich lange Reihen von Aktenschränken. In der Mitte stand ein großer zylinderförmiger Kessel aus Aluminium. Matthieu trat heran. «Ein Ionenstrahl-Konverter», rief er verblüfft. Zum zweiten Mal, seit er sie kannte, lächelte Sadie Fletcher, wenn auch nur für einen Sekundenbruchteil. «Unglaublich!» Er durchquerte die Halle, so schnell er konnte, ignorierte die Computeranlagen und Displays, die Monitore und Sitzgruppen. Er trat in den Eingang des Korridors, in dem zahlreiche Rohre und Kabel verschwanden, und blickte hinein. Am Ende des Ganges befand sich eine Treppe, die in die Tiefe führte. «Der Zugang zum LHC?», fragte er. Es ärgerte ihn ein wenig, doch er konnte nicht verhindern, dass seine Stimme zitterte. Ohne eine Antwort abzuwarten, ging Matthieu nach unten. Nach etwa zweihundert Metern, die ihm seiner Ungeduld und seines schmerzenden Körpers wegen doppelt so lang vorkamen, stieß er auf den Eingang zum Control Room des LHC. Er erkannte mehrere Zweisitzer, elektrisch betriebene Fahrzeuge, die eine schnelle Fortbewegung im Tunnel erlaubten. Daneben stand ein Fahrrad. Ein massives Hollandrad mit schwarzem Rahmen und einem Korb am Lenker wie für ein Picknick. Er fuhr mit der Hand über den Sattel und dachte an das letzte Mal, als er in so einem Gang in die Pedale getreten war.

«Wir haben die Anlage ein wenig großzügiger konzipiert als jene, die Sie aus der Schweiz kennen.» Fletcher trat hinter ihn. «Statt lediglich 26,7 Kilometer weist unser Teilchenbeschleuniger eine Länge von beinahe 35 Kilometern auf. Unser Beraterteam war sich einig, dass unter diesen Umständen eine weit höhere Geschwindigkeit von Elementarteilchen erreichbar ist und damit eine Generierung von Lichtgeschwindigkeit kein Problem mehr darstellen dürfte.» Matthieu schaute sie überrascht an. Dann drückte er auf den Türöffner. Sie folgte ihm. Als er anhielt, klopfte sie ihm auf den Arm. «Nur keine Sorge, Matthieu. Wir sind die Guten.»

«Ihr Wort in Gottes Ohr», murmelte er. Doch seine Augen leuchteten.

Sadie Fletcher neigte sich vor. «Gehört alles Ihnen, Professor. Hier können Sie forschen, was immer Sie wollen. Wir werden Ihnen keine Steine in den Weg legen.»

Matthieu war noch immer dabei, die Details der Ausstattung mit den Augen zu verschlingen. Ein Deuteronenduant, ein Zyklonkondensator! Er ging hinüber zu der Computersteuerung und studierte die Displays. Als er das Gerät begutachtet hatte, wandte er sich um. Das hier war großartig, es war alles, was er sich je gewünscht hatte. Doch er durfte sich nicht gehenlassen. «Wäre es nicht an der Zeit, dass Sie mir verraten, was genau Sie von mir erwarten?»

Sadie Fletcher setzte sich in einen blauen Sessel, der zu einer Sitzgruppe gehörte, die vor einer Projektionswand angebracht war. Matthieu nahm seine Krücken und hinkte zu ihr. Nervös nahm er Platz.

«Das englische Königshaus», begann Fletcher, wurde aber durch ein ungläubiges Lachen von Matthieu unterbrochen. Sie runzelte die Stirn.

Er wischte sich das Grinsen aus dem Gesicht und bat sie mit einer Geste, fortzufahren.

«Das englische Königshaus durchlebt gerade eine schwere Zeit. Es ist Ihnen sicher nicht entgangen, wie in der Yellow Press die Wogen hochschlagen. Aber das ist nur der Gipfel des Eisbergs.» Sie schaute ihn ernst an. «Im Parlament werden tatsächlich die juristischen Möglichkeiten einer Abschaffung der Krone überprüft.»

«Mir kommen die Tränen.»

«Sarkasmus hilft uns hier nicht weiter, Monsieur Savary.» Fletcher sah nicht aus, als würde sie scherzen. «Ich werde Sie nicht mit den politischen Implikationen langweilen, aber es geht hier durchaus nicht nur um die Frage, ob die Windsors weiterhin den Fototeil der Frauenzeitschriften füllen. Auch in der hohen Politik gibt es Gegner und Befürworter der Monarchie, ihre Abschaffung hätte Auswirkungen auf das Kräftegleichgewicht in England, in Europa …»

«… und in den USA, möchte ich wetten.» Matthieu spürte, wie ein Schwindel ihn überfiel. Seine Hände zitterten. Er lehnte seine Krücken gegen den Tisch und tastete seine Taschen nach dem Plastikbehälter mit den Medikamenten ab, die Reber ihm mitgegeben hatte. Verdammte Schwäche. Kalter Schweiß bedeckte sein Gesicht. Trotzdem fuhr er fort: «Großbritannien ist doch nichts weiter als der Vorposten der Amerikaner in Europa.»

«Wenn Sie das so sehen», Fletchers Stimme klang frostig, «dann sollte Ihnen der Umfang des Problems ja klar sein.»

Endlich hatte er seine Medikamente gefunden. Er nahm zwei der kleinen blauen Pillen, warf den Kopf zurück und schluckte. Für einen Moment schien die Welt zu explodieren; er hätte den Kopf nicht so ruckartig bewegen dürfen. Dann wurde es langsam besser. Fletcher saß kerzengerade da. Wie immer im makellosen Business-Anzug und mit ungerührter Miene. Während seine eigene Kleidung zerknittert war und nach Schweiß roch. Die Machtverhältnisse zwischen ihnen hätten deutlicher nicht sein können. Und er hasste sie dafür. «Für jemanden wie Sie», blaffte er, «den England vermutlich von seiner Kokospalmeninsel geholt und mit Schuhen und einer Schulbildung versehen hat, mag das alles ja ganz großartig sein mit dem Empire.»

«Ich stamme aus Australien.»

«Von der Sträflingsinsel, hm? Ich hätte gedacht, vom Bikini-Atoll. Schauen Sie sich doch an.» Er hob die Hand und fuhr damit einmal auf und ab: «Das pervertierte, mutierte Abbild einer Gauguin'schen Südseeschönheit. Ein seelenloser Söldner, das sind Sie. Nichts weiter.»

«Die Atomwaffentests auf dem Bikini-Atoll wurden von Amerikanern durchgeführt.» Fletchers Stimme klang schneidend. «Und was den französischen Beitrag angeht: Ihr großer Gauguin, das Malergenie, hat den vermeintlichen Paradies-Inseln die Syphilis gebracht, sonst nichts. Die französische Krankheit, wie wir in England sagen. Im Vergleich dazu habe ich gegen ein wenig Schulbildung in der Tat nichts einzuwenden. Und gegen ordentliches Schuhwerk schon gleich gar nicht.»

Die zweite Übelkeitswelle war im Anmarsch. Matthieus Finger krampften sich um die Medikamentenbox. Er würde sich nichts anmerken lassen, das schwor er sich. «Komisch, dass Sie die Syphilis erwähnen.» Das Sprechen fiel ihm schwer. «In Frankreich nennen wir sie die englische Krankheit.» Er musste die Augen schließen, der Horizont schwankte und drohte, über ihm zusammenzubrechen.

Fletcher betrachtete ihn stumm. «Jedenfalls», fuhr sie nach einer Weile fort, «ist es äußerst ungünstig, dass gerade jetzt ein bekannter Historiker angekündigt hat, ein Buch herauszubringen, mit dem er belegen will, dass das britische Königshaus in eines der größten Verbrechen der englischen Geschichte verwickelt war. Dass es die Bevölkerung diesbezüglich bewusst getäuscht hat und sich bis heute seiner Verantwortung entzieht.»

«Die Kolonialkriege?» Matthieu atmete noch immer schwer. Ihm war sterbenselend. Und er würde sterben. Verdammte *bitch*, dachte er. War das nicht das englische Wort?

«Diese Einstellung bringt Sie nicht weiter, Savary.» Sie nahm den Medikamentenbehälter aus seinen verkrampften Fingern und hielt ihn gegen das Licht, wie um durch das braune Plastik hindurch den Inhalt zu prüfen.

Alarmiert öffnete Savary die Augen.

«Schön zu wissen, dass das hier immer in Reichweite ist, nicht wahr?» Fletcher lächelte kaum. «Und dass es dank der Güte des Empire nie mit Placebos gefüllt sein wird. Oder Schlimmerem.»

Es war eine Weile so still, dass man das Summen der Computer hören konnte. Einen Moment lang hatte er Lust, seine Krücken zu nehmen, um alles um ihn herum kurz und klein zu schlagen. Doch ihm fehlte die Kraft. Dann dachte er an die Tabletten. Dann an seine Möglichkeiten. «Was also habe ich zu tun?», fragte er endlich mit zusammengebissenen Zähnen.

Sadie Fletcher ließ sich Zeit. Schließlich antwortete sie: «Sie werden in das Jahr 1888 reisen, nach London. Und Sie werden beweisen, dass es nicht der Sohn von Queen Victoria war, der dort einen Serienmord an Prostituierten beging.»

«Wie bitte? Können Sie das noch mal wiederholen?»

Fletcher stand auf. «Sie bekommen alles, was Sie brauchen. Die Originalakten, Zeitzeugenberichte, Berater, was Sie wollen. Es ist mir egal, wie Sie es anstellen. Aber Sie werden in das Viktorianische London reisen und herausfinden, wer Jack the Ripper war.»

«Jack.» Er sprach den Namen bedächtig aus. Das klang nach nebelwabernden Gassen und einem Irren mit Zylinder. Er schaute auf und betrachtete das Labor, all die nüchternen, sachlichen Apparaturen, das futuristische Design. Fletchers Worte schienen nicht dazu zu passen. Jack the Ripper. Was für ein Wahnsinn!

Sie entfernte sich mit energischen Schritten. Plötzlich erinnerte er sich wieder an ihren Auftritt im Krankenhaus. Das gleiche Klackern ihrer Schuhe. Unnachgiebig und hart. Im Türrahmen wandte sie sich noch einmal um. «Sie werden ein Team brauchen», sagte sie, ehe sie auf einen Knopf drückte.

«Ein *was?*» Vergeblich bemühte er sich, seine Gedanken zu ordnen.

«Ein Team. Schwer zu verstehen für einen, der alles immer nur im Alleingang macht, ich weiß.» Sadie Fletcher deutete ein Lächeln an und trat einen Schritt zurück. «Ich kümmere mich darum.»

«Warten Sie», rief er. Doch ehe er auch nur nach seinen Krücken greifen konnte, hatte sich die Tür geschlossen.

13.

Das Abendessen nahmen sie in der Bibliothek ein. Zwischen den alten, wandhohen Holzregalen stand ein Tisch, der mit weißem Damast gedeckt worden war. Kerzen steckten in silbernen Leuchtern. Im Hintergrund lief dezent klassische Musik. Das einzig Störende in der festlichen Atmosphäre waren die Pistolen in den Schulterholstern der Männer, die Matthieu Savary und Sadie Fletcher bedienten.

Es gab eine klare Bouillon, Bœuf Bourgignon und einen englischen Nachtisch, ein Gemisch aus Krümeln und zerkochten Äpfeln, das Savary zurückgehen ließ. Stattdessen verlangte er nach einer Crème Brûlée. Nachdem er sich den Mund sorgsam mit der dicken Stoffserviette betupft hatte, sagte er: «Ich habe über Ihren Vorschlag nachgedacht, Madame Fletcher.»

Sie war noch mit ihrem Applecrumble beschäftigt und schaute auf. «Welchen Vorschlag?»

«Das Team betreffend.» Er signalisierte mit einer Kopfbewegung, dass er ein zweites Glas Wein nahm. Reber würde das nicht gutheißen. Aber es ging hier um *seine* Lebenszeit.

«Das war kein Vorschlag», sagte Sadie Fletcher, die nun ihrerseits das Besteck weglegte. «Das war …»

Savary unterbrach sie. «Ich habe eine Liste ausgearbeitet», sagte er. Ehe Fletcher etwas einwenden konnte, zog er die Notizen heraus, die er sich während des Nachmittags in seinem Zimmer im ersten Stock gemacht hatte. Es war ein herrschaftliches Zimmer, mit eigenem Kamin und einem Himmelbett, in dem er nicht hatte schlafen können. Mit Perserteppichen und schweren Vorhängen vor den Fenstern, die auf einen Park hinausgingen. Ein Sekretär aus Walnussholz bot alles, vom goldenen Füllfederhalter bis zum Laptop. Matthieu hatte sich mit einem Bleistift begnügt.

«Hier», er tippte nachdrücklich mit dem Finger auf das Geschriebene.

Zögernd nahm Fletcher das Blatt und las. «Ein Kernphysiker mit Schwerpunkt Quantenphysik und technischen Kenntnissen. Ein Historiker für die Recherche. Ein Polizist.» Sie hob den Kopf.

Savary wedelte ungeduldig mit der Hand. «Oder einen Bodyguard. Oder einen Soldaten. Oder Söldner. Wie immer das bei Ihnen heißt. Jemand, der mich im Notfall verteidigen kann. Denn ich bin ja ein Krüppel, nicht wahr?» Er hob eine seiner Krücken und ließ sie ironisch auf und ab wippen.

«Daran hatte ich auch schon gedacht, aber ...»

«... aber jemand mit polizeilicher Ausbildung wäre besser», fuhr er schnell fort. «Denn wir wollen ja einen Kriminalfall aufklären. Und ich habe ehrlich gesagt nicht die geringste Ahnung, wie man da vorgeht. Also bitte, besorgen Sie mir eine Waffe mit Hirn.»

«Glauben Sie, dass es so kompliziert werden wird?», fragte sie.

«Ich weiß nicht, was Sie sich vorgestellt haben: dass wir da einfach reinmarschieren, uns in eine dunkle Ecke stellen, bis der Mörder vorbeikommt, ihm dann eins überziehen und ihn zur Identifizierung hierherbeamen?»

Fletcher machte eine Geste, die ‹warum nicht?› bedeuten konnte.

«Das dachte ich mir.» Savary holte tief Luft. «Jetzt mal ganz abgesehen davon, dass es auch für diesen Fall gut wäre, sich die *richtige* dunkle Ecke auszusuchen, und dass auch dazu eine bestimmte Sachkenntnis gehört ...» Er machte eine Pause. «Ganz abgesehen davon also müssen wir auch gewisse Rücksichten walten lassen, was die physikalischen Gesetzmäßigkeiten angeht, in denen wir, mit Verlaub, herummurksen.»

Fletcher überlegte eine Weile. «Sie sprechen von Zeitparadoxa», sagte sie dann.

«Eins von diesen Dingern, die das Universum in die Luft jagen», bestätigte er, den verrückten Professor aus dem Film «Zurück in die Zukunft» zitierend.

Fletcher kannte das Zitat offensichtlich nicht.

Savary zuckte mit den Schultern. «Das muss nicht sein. Manche meiner Kollegen sagen, dass das Universum Paradoxa nicht zulässt. Es ist also unmöglich, dass Sie in der Zeit zurückreisen, dort ihren Großvater erschießen und somit gar nicht geboren werden können.» Er hob sein Glas. «Weswegen Sie dann nicht existieren, also auch nicht in der Zeit zurückreisen können, um einen Mann zu töten, der ihr Großvater ist – oder vielmehr eben nicht ist, denn Sie gibt es ja gar nicht. Und so weiter und sofort.»

Fletcher runzelte die Stirn. «Das alles passiert also nicht?»

«Sagen einige Kollegen. Aber ich muss zugeben, dass das reine Spekulation ist. Ein hilfloser Ausdruck der Hoffnung, dass es im Reich der Wissenschaft logisch zugehen könnte.»

«Und?» Auch Fletcher hatte zu ihrem Glas gegriffen. Die Flammen des Kamins ließen den Burgunder darin aufleuchten.

«Sie meinen: *Und*, tut es das? Oder: *Und*, was bedeutet das für uns?» Savary nahm einen Schluck. «Ich kann es Ihnen nicht sagen, beim besten Willen nicht.» Er stellte den Wein wieder ab. «Wo bleibt eigentlich meine Crème Brûlée?», sprach er einen der Kellner an.

«Ich bedaure, Sir, aber wir haben dieses Dessert leider nicht vorrätig.»

«Dann sehen Sie zu, dass Sie es auftreiben. Wenn nicht heute, dann wenigstens morgen.»

«Ja, Sir.» Der Kellner deutete eine Verbeugung an. Savary wandte sich wieder Fletcher zu. «Alles, was ich weiß, ist, dass ich dahin gelangt bin, wo ich stehe, weil ich streng logisch die Regeln meiner Wissenschaft angewandt habe. Auch wenn es einigen wie Zauberei erscheinen mag. Insofern also: Ja, ich glaube, dass es im

Universum logisch zugeht. Aber was das für Zeitparadoxa bedeutet ...» Erneut zuckte er mit den Schultern. Und er stellte erfreut fest, dass Fletchers Griff um ihr Glas fester wurde. Er hatte sie verärgert. Das gefiel ihm. «Für mich selbst habe ich eine Regel festgelegt.» Er hielt inne.

«Und die lautet?»

Er hob den Kopf. «Höchste Diskretion. Minimaler Eingriff. Das Risiko so geringhalten wie irgend möglich.» Er nickte wie zur Bestätigung seiner eigenen Worte. «Wir werden dort nicht hineinmarschieren wie Rambo, sondern versuchen, uns mit einer kleinen, eleganten Operation zu begnügen, die uns alle nötigen Informationen liefert. Ohne dass wir groß mit der Zeit und ihren Menschen in Kontakt kommen.» Er nickte wieder. «Was wir vor allem vermeiden werden, ist, irgendeine Form von Gewalt auszuüben oder auch nur zu riskieren. Dass ein Mensch – sei es einer aus unserem Team oder einer aus der anderen Zeit – irreversibel zu Schaden kommt. Verstehen Sie?»

Sadie Fletcher nickte, ohne ihn anzusehen. «Ein kriminalistischer Profi.» Plötzlich sagte sie: «Jonathan Silver!»

Savarys Mund wurde trocken. «Ja?», brachte er heraus.

«Ist er gestorben, weil Sie da waren? Weil Sie in die Vergangenheit reisten?»

Savary antwortete nicht sofort. Er dachte an die wenigen Minuten, die er in der Zukunft verbracht hatte und die ihm doch intensiver erschienen als sein gesamtes bisheriges Leben. Er dachte an Silvers Gestalt, wie er aus der Limousine gestiegen war. Wie er sich umgedreht hatte. Und an den Moment, als ihre Blicke sich kreuzten. Was war das in Silvers Augen gewesen: Überraschung? Unglaube? Entsetzen? Oder bildete er sich das alles nur ein? War das alles nur ein Ausfluss seiner Phantasie? Der Musiker war auf die Straße getreten. Dann kam der Wagen. Savary blinzelte. «Ich weiß es nicht», sagte er.

Sadie Fletcher erwiderte nichts. Etwas knackte im Kamin. Die Musik endete. Sie kam wieder zu sich und gab Anweisung, das Geschirr abzutragen. Jemand legte andere Musik ein. Jazz diesmal. Fletcher nickte kurz im Takt, dann fuhr sie in ihrer Lektüre fort. «Einen Maskenbildner oder Schauspieler. Wozu in aller Welt wollen Sie so etwas?»

Savary tauchte aus seinen Gedanken auf. «Ich hatte einige Stunden Zeit, mir über diese Unternehmung Gedanken zu machen. Ich bin in meinem Zimmer auf und ab gegangen, wie Ihre Spione Ihnen sicher verraten haben.» Er wartete ihr Leugnen nicht ab. «Unter anderem habe ich in den Spiegel gesehen. Und wissen Sie, was ich da sah?» Sie lehnte sich zurück und verschränkte die Hände. «Einen Menschen des 21. Jahrhunderts. Nicht nur die Kleidung, nein, auch die Frisur, die Art, wie ich rasiert bin. Meine Hände.» Er legte seine Linke, die noch Spuren der hartnäckigen Jodtinktur aufwies, mit der die Einstichstellen für die Infusionen behandelt worden waren, auf den Damast. «Nein, es sind nicht nur die Medikamente», sagte er. «Es ist alles: die Form der Fingernägel, der fehlende Dreck. Sogar die Art, wie ich gestikuliere.» Er hob die Hand, damit sie ihn nicht unterbräche. «Ich habe in den Bildbänden geblättert, die Sie mir freundlicherweise auf den Nachttisch gelegt haben. ‹Viktorianisches London› und all das. Ich habe mir die Menschen auf den Bildern angesehen, Fotos, wohlgemerkt. Und sie sehen nicht aus wie ich. Oder ich sehe nicht aus wie sie.»

«Ich verstehe», sagte Sadie Fletcher gedehnt. Sie nickte. «Sie haben recht.»

Verblüfft, sie so schnell überzeugt zu haben, lehnte auch Savary sich zurück. «Tatsächlich?», fragte er.

Sie nickte. «Ich werde mich drum kümmern.»

In Savary kam Leben. «Ich werde einen Assistenten brauchen, jemand, der sich um die Recherche kümmert und Sachen besorgt, der die Protokolle tippt, die Informationen bündelt. Jemand für alles eben. Jemand, dem ich vertrauen kann.»

«Matthieu», begann Sadie Fletcher. «Meine Leute sind sehr wohl in der Lage ...»

Er fuhr fort. «Ich habe bereits eine Vorstellung», sagte er, langte über den Tisch und tippte mit dem Finger auf die Liste. «Ich habe den Namen notiert.»

«Taylor?», las Sadie Fletcher.

«Das jedenfalls stand auf ihrem Namensschild. Sie hat beim C. E. R. N. gearbeitet. Oder vielmehr, sie hat so getan, als ob.» Savarys Gedanken überschlugen sich. Wieder sah er die Frau vor sich. Wie einsam sie dastand, als sie ihre Zigarette rauchte. Ihr seltsamer Auftritt in der Kantine. Dann ihr noch seltsameres Auftauchen unten im Teilchenbeschleuniger. Ihr Gesicht, als sie sich über ihn beugte, hatte sich ihm tief eingebrannt. Sie hatte ihm das Leben gerettet, da war er sich sicher. Und sie war ein Mysterium. «Arbeitet sie nicht ohnehin für Sie?», fragte er.

«Wovon zum Teufel reden Sie, Savary?», erwiderte Sadie Fletcher scharf.

«Ich dachte nur.» Matthieu rekapitulierte noch einmal die Szene, in der er die schöne Unbekannte gesehen hatte. Wie sie dem indischen Physiker sein Glas abnahm und es verschwinden ließ. Inzwischen war ihm klar, warum sie das getan hatte. Er hatte nächtelang in seinem Krankenhausbett gelegen und versucht, durch das Lösen von Rätseln die Schmerzen zu bekämpfen, die ihn zu überwältigen drohten. Manche dieser Rätsel waren mathematischer Natur gewesen. Andere nicht. Er war sich inzwischen sicher, dass die Fremde sich die Fingerabdrücke auf diesem Glas gesichert hatte. Das musste es gewesen sein. Wie sonst war sie in die unterirdische Anlage gekommen? Sie musste an den Fingerprint-Scannern vorbei. Und er war sich ziemlich sicher, dass sie nicht offiziell registriert war.

«Taylor ist nicht ihr wirklicher Name», sagte er. «Aber es gibt Überwachungsvideos im C. E. R. N. Sie werden sie schon finden.» Er hob sein Glas. «Wer, wenn nicht Sie?»

Fletcher starrte ihn an. «Nein!»

«Dachte ich mir. Aber ...» Savary holte das Medikamentenfläschchen aus seiner Tasche und hielt es ins Licht. «Keine Placebos», sagte er. «Kein Gift. Nur ein wohltätiges Geschenk der englischen Krone.» Mit einer schnellen Bewegung warf er die Flasche ins Kaminfeuer.

Erschrocken sprang Fletcher auf. Sie fluchte und griff nach dem Kaminbesteck, um den Plastikbehälter zu retten, der sich in der Hitze bereits verformte.

«Aber das Geschenk muss auch angenommen werden», sagte Savary hinter ihrem Rücken. «Wenn das hier ein Erfolg werden soll. Nicht wahr?»

Sie fuhr herum und starrte ihn an.

«Taylor», wiederholte er. «Kümmern Sie sich darum.»

14.

Sinnlos brummte der Projektor. Sein Licht fiel auf eine weiße Wand hinter ihr. Ondina Conti starrte in den Hörsaal. Vor ihr die Bänke waren nur noch spärlich besetzt. Im Laufe der Stunden hatte er die Geiseln gehen lassen. Fast alle. Zwischen den Stuhlreihen lagen die Körper der Erschossenen. Ein Junge, ein Blondschopf mit Sommersprossen, war zurück auf seinen Sitz gesunken, mit offenem Mund und aufgerissenen Augen. Sein Name war Tommaso, Ondina kannte ihn. Er hatte sich bei ihr um eine Stelle als Hilfskraft beworben. Er war gut mit dem Skalpell. Jetzt war er tot. Das Gesicht des Mädchens neben ihm war nicht zu erkennen. Ihr Haar hing blutdurchtränkt über den Klapptisch.

Stunde um Stunde hatte der Attentäter zehn Studenten bestimmt, die gehen durften. Mit dem Lauf seiner Waffe hatte er auf die Auserwählten gezeigt. Sie mussten aufstehen. Jeweils einen von ihnen erschoss er, völlig wahllos. Der Rest kam frei. Ondina konnte nur noch wenige Lebende in der Arena ausmachen. Die Sitzreihen waren eng und stiegen steil an. Kaum jemand hatte flüchten können. Der Attentäter hatte von Sprengstoff gesprochen. Es hatte eine Explosion gegeben, hier vorne bei ihr. Ihr Stehpult lag in Trümmern. Ihr Haar war blutverkrustet und staubig. Es war nicht ihr Blut. Es gehörte ihrem Assistenten. Unweit lag sein abgerissener Kopf, oder besser das, was davon noch übrig war. Die Stimme des Mannes drang an ihr Ohr. Wie durch einen Schleier vernahm sie seine Worte. «Das waren die Letzten, *cara signora professoressa.*» Er schaute auf, rief etwas. Ein Schuss. Sie zuckte zusammen. Jemand wimmerte. «Jetzt sind wir endlich ganz unter uns. Ich werde meine Waffe weglegen. Es gibt nur noch Sie und mich.» Im Licht des Projektors sah sie das Skalpell in seinen Fingern. «Ich bin ein sehr gründlicher Arbeiter, *professo-*

ressa.» Er lächelte. «Aber das ist Ihnen sicher klar, Sie haben mich schließlich ausgebildet.»

Die Spitze des Skalpells näherte sich. Ondina schrie, so laut sie nur konnte.

Schweißnass fuhr sie hoch. Schaute sich um. Wo war er? Und wo war sie? Und dieser Schrei – war sie das gewesen?

Sie lag auf dem Sofa in ihrem Wohnzimmer. Es roch nach Schlaf und alten Büchern. Der PC summte vor sich hin. Ein vertrautes Geräusch, das beruhigte. Ondina rappelte sich hoch. Sie begann, ein Lied zu singen. «Mia patria, si bella ...» Ihre Stimme klang brüchig. Sie atmete, um ihr Luft zu geben, Volumen. Das hatte ihr der Therapeut geraten, damals in der Klinik. Atmen und singen. Singen befreite. Es löste den Krampf. Doch es funktionierte nicht, ihre Stimme zitterte. Sie hörte auf zu singen und begann, die Knochen der menschlichen Hand aufzuzählen: «Kahnbein, Mondbein, Kopfbein, Großes Vieleckbein, Kleines Vieleckbein, Dreieckbein, Erbsenbein, Hakenbein.» Zu jedem Namen tat sie einen Schritt. Vorbei am Sofa, hin zur Wand, umdrehen, wieder zurück zum Sofa. Wie lautete noch dieser Spruch, mit dessen Hilfe der Anatomieprofessor ihnen damals im zweiten Semester die Namen hatte beibringen wollen? *Es fuhr ein Kahn im Mondenschein im Dreieck um das Erbsenbein. Vieleck groß und Vieleck klein, am Kopf, da muss ein Haken sein.* Ondina ging zum Schreibtisch. *Ein Haken sein, ein Haken sein, ein Haken sein,* skandierte es in ihrem Kopf. Eine Platte, auf der die Nadel hängen geblieben war.

«Ciao, Dina.» Die Buchstaben auf dem Monitor blinkten hell und klar. Ondina tippte einen Gruß, während sie sich setzte. Über den Bildschirm hinweg sah sie nach draußen. Der Tiber, der eine Schleife machte. Die Engelsburg. Sie stand wieder auf, um die Fensterläden zu schließen. Plötzlich erblickte sie sich selbst. In einem venezianischen Spiegel. Ihr Haar war zerzaust, von dem akkuraten Bubikopf war nichts mehr übrig. Sie sah aus wie ein Schatten. Sie *war* ein Schatten.

Seit einigen Wochen schnitt ihre Mutter ihr nun die Haare. Den Friseur hatte sie nicht mehr ertragen, der seine Schere so dicht um ihren Hals, ihre Ohren gleiten ließ. Finito mit dem Starcoiffeur, der ins Haus kam. Mama schnitt alles glatt ab. Und sie sagte, dass in dem leuchtenden Rot von Ondinas Haaren schon erste silberne Fäden zu finden seien. Wollte sie ihre Tochter motivieren, etwas für sich zu tun? Oder triumphierte sie, weil nach ihr nun auch die nächste Generation der Conti-Frauen in der Gruft dieses Palazzos versauerte? Immerhin, schlank war sie noch. Ondina konnte es aus dem Augenwinkel sehen, als ihre Gestalt durch den Spiegel huschte, um sich wieder vor dem Computerbildschirm niederzulassen. Ondina nahm einen Schluck von dem Wasser, das neben der Tastatur stand. «Was gibt's?», tippte sie ein und wartete. Der Computer war ihre einzige Verbindung zur Außenwelt. Ondina hatte alle Kontakte abgebrochen, speziell die zur Universität, an der sie unterrichtet hatte. Pierro war einer der wenigen, mit denen sie noch in Verbindung stand. Er arbeitete mittlerweile als Juniorprofessor an der University of California. Schön weit weg und sonnig. Wenn sie in der Stimmung war, konnte sie mit ihm Fachwissen austauschen. Manchmal tat es ganz gut, sich ein bisschen anzustrengen. Vor toten Menschen hatte sie keine Angst, immer noch nicht. Es waren die Lebenden, die dafür sorgten, dass Ondina schon seit mehr als einem Jahr das Haus nicht verließ.

Auf dem Monitor baute sich ein Bild auf. Ondina neigte sich vor. Sie würde eine Brille brauchen. Dazu allerdings würde sie einen Arzt aufsuchen müssen und einen Optiker. *Impossibile.* Vielleicht käme Dottore Weiler auch ins Haus. Sie kniff die Augen zusammen. Interessant, dachte sie. Die Aufnahme zeigte den

Leichnam einer Frau. Ihr Gesicht war grauenvoll verstümmelt. Nicht nur, dass da ein großer Schnitt von der abgetrennten Nase bis zum Kieferknochen klaffte. Nein, jemand hatte sich die Mühe gemacht, Schnitte in die Augenlider, in die Augen selbst und an den Lippen anzubringen. Aus den Wangen waren Haut und Gewebe geschält. «Sie könnte hübsch gewesen sein», tippte sie in den Chat. Keine besonders fachmännische Bemerkung. Aber sie gab dem Leichnam ein wenig von seiner Würde zurück. Dann fragte sie: «Wo ist das Problem?»

Sie wartete. In der Chatzeile erschien rasch die Antwort. «Rechts- oder Linkshänder?»

Ondina blinzelte. Sie betrachtete die Wunden erneut. «Ist das eine deiner Freundinnen von der Body-Farm?» Pierro war letzten Monat mit einigen Kollegen zu Besuch auf der sogenannten Body-Farm in Tennessee. Eigentlich hieß das Gelände Anthropological Research Facility und gehörte zur Universität. Man forschte dort an postmortalen Prozessen, wie es so schön hieß, also an Verwesung und Fäulnis. Bei welchen klimatischen Bedingungen, in welchen Böden, behindert von welchen Umhüllungen und Verpackungen ging der Zersetzungsprozess eines menschlichen Körpers wie vonstatten? Wann löste sich was auf? Wann siedelten welche Insekten? Wie war es in Sand und wie in Lehm? In trockenem Boden und in feuchtem? Wie wirkte sich eine Plastikplane aus? Wie ein geschlossener Kofferraum?

Die Strafverfolgungsbehörden waren stark an derartigen Fragen interessiert. Man wollte so genau wie möglich bestimmen können, wann und wo ein Mensch gestorben war, weil sich nur so sagen ließ, wer für diese Zeit ein Alibi hatte. Die Wissenschaftler, die auf der Body-Farm ein und aus gingen, reizte die große Vielfalt der Fragestellungen, denen dort nachgegangen werden konnte.

«Liegezeit der Leiche?», fügte Ondina hinzu. Auf sie wirkte der Leichnam relativ frisch. Und doch war etwas mit der Aufnahme, etwas, das sie nicht erklären konnte, das sie ein gewisses Alter vermuten ließ.

«Nein, nicht von der Body-Farm. Rechts- oder Linkshänder?»

«Du bist ja heute nicht gerade gesprächig, Pierro», murmelte sie, tippte «sturer Hund» und studierte die kleineren Gesichtsverletzungen, dann den Schnitt im Hals. Er war etwa 18 Zentimeter lang, schätzte sie, und so tief, dass er sehr schnell zum Tod geführt haben dürfte. Arterien und Luftröhre waren glatt durchtrennt. Soweit sie sehen konnte, waren sogar die Halswirbel freigelegt. Ein wirklich kraftvoller Schnitt. Die Frau hatte vermutlich nicht einmal mehr schreien können. Ondina hoffte, dass dieser Schnitt der erste Angriff gewesen war und die Frau nicht mehr gespürt hatte, was danach mit ihr geschah. Sie hätte die Leiche vor sich haben müssen, um dazu mehr zu sagen. Ondina versuchte, das Foto zu vergrößern. Es war schwer zu entscheiden, wo der Ansatz für den Schnitt war, oben oder unten. Eine Haarsträhne der Toten war im Weg. Sie musste schulterlanges, leicht gelocktes Haar gehabt haben. Ja, sie war hübsch gewesen.

«Schlechte Aufnahme», tippte sie. «Das mit den Haaren wäre dir früher nicht passiert. Du lässt nach.» Sie lächelte. Ein Smiley erschien. Ondinas Lächeln erstarrte. «Geht es dir gut, Pierro? Bist du alleine? Steht jemand neben dir? Ist eine Waffe auf dich gerichtet?» Sie drückte auf Enter und schickte ihre atemlosen Fragen ins WorldWideWeb. *Ein Schifflein fuhr im Mondenschein …*

Die Sekunden bis zur Antwort schienen ewig zu dauern. «Spinnst du, Ondina? Die Amerikaner sind zwar Waffennarren, aber hier im Labor arbeiten wir mit anderen Instrumenten, wie du weißt. Nun komm schon, sag mir die Antwort, *bella*. Du hast doch bestimmt eine Theorie.»

Irgendetwas in ihr explodierte. Sie sprang auf und starrte auf die Zeilen. Sah das Licht des Projektors, das Skalpell, hörte das Wimmern.

«Dina, alles okay bei DIR?»

Atmen, sagte Ondina sich, langsam atmen. Das hier ist Pierro. Das ist Kalifornien. Ein Lied summte in ihrem Ohr. Vorsichtig schlich sie sich wieder an die Tastatur. «Du benutzt keine Smileys.» Sie ließ den Satz so.

Es kam ein schuldbewusster Smiley mit roten Wangen zurück. «Irgendwann schlägt die Jugendkultur durch», hatte Pierro geschrieben. «Eine Assistentin von mir hat sie installiert. Sie heißt Beverly, und ja, sie ist blond. Ich hab dir noch nicht von ihr erzählt, weil unsere Konversation sich ja meist auf Menschen bezieht, die nicht mehr am Leben sind.»

«Sag mir das Passwort.» Ondina blieb unbeeindruckt.

«Ich dachte, das hätten wir hinter uns.»

«Das Passwort.» Ondina lehnte sich zurück und verschränkte die Arme, dabei klemmte sie die Hände fest unter die Ellenbogen, damit sie nicht so stark zitterten. Manchmal passierte das, wenn die Angst sie wieder einmal ansprang. Genau für solche Momente hatten Pierro und sie ein Passwort vereinbart. Damit sie wusste, dass er es war und niemand sonst. Dass keine Gefahr bestand. Der Cursor blinkte.

Ein Schifflein fährt im Mondenschein im Dreieck um das Erbsenbein. «Da muss ein Haken sein», flüsterte sie und hoffte zugleich, dass das nicht stimmte. Es war Pierro. Pierro, dem offenbar der kalifornische Seewind Tang ins Hirn geblasen hatte. Fragen wirbelten durch ihr Hirn. Wenn es nicht Pierro war, wer dann? Und wer war die Tote? Rechts- oder Linkshänder – wer wollte das wissen? Sie musste anrufen. Sie musste den Staatsanwalt fragen. Oder besser den Richter. Oder das Gefängnis? Sie musste wissen, ob er in diesem Moment frei war. Oder ob er in der Bibliothek an einem vermeintlich sicheren PC saß. Sie musste wissen ... Das Skalpell blinkte.

Dann erschienen die Buchstaben in der Chatzeile. «Geronimo.»

Ondina schlug die Hände vors Gesicht. Sie weinte vor Erleichterung. Dann vor Scham. Er konnte ihr nichts mehr tun, niemand konnte das. Er war lebenslänglich weggesperrt auf einer kargen Insel vor Sardinien, der man nicht einmal schwimmend entkam. Es war vorbei. Sie musste lachen und gleichzeitig weinen. Dann überlegt sie kurz und tippte: «Linkshänder.» Ihre Mutter öffnete die Tür einen Spaltbreit, schloss sie aber auf einen Wink von Ondina gleich wieder. Sie starrte auf das Bild. «Ich kenne dich», sagte sie zu der toten Frau. «Von irgendwoher kenne ich dich.»

* * *

Knapp 1800 Kilometer entfernt kratzte sich Matthieu Savary am Kopf. Diese Sadie Fletcher! Sie hatte es tatsächlich geschafft, ihn bei seinem männlichen Stolz zu packen. Ein wunder Punkt, den er in Zukunft besser im Auge behalten sollte.

Ondina Conti ist die beste Pathologin der Welt. Sie sind der beste Elementarphysiker. Hätten wir uns etwa mit dem Zweitbesten zufriedengeben sollen?

Der scharfe Klang ihrer Stimme hallte immer noch in seinen Ohren.

Ondina Conti ist Wissenschaftlerin, Sie sind Wissenschaftler. Sie haben beide ein großes Trauma durchlitten. Machen Sie Ihren Job, Savary. Zeigen Sie, was Sie draufhaben. Hier ist die Akte, die uns die National Security Agency freundlicherweise überlassen hat. Studieren Sie die Frau. Und dann greifen Sie an.

Matthieu griff nach dem Konvolut, das neben einem Glas Rotwein stand, beziehungsweise dem, was Briten so für Rotwein hielten. Er schlug die Chatprotokolle auf, welche die Korrespondenz zwischen Dottore Pierro di Vannuci und der professoressa enthielten. Nach einer halben Stunde gab er die Suche nach irgendwelchen Smileys oder sonstigen Emoticons auf. Verdammt!

Er musste sich besser vorbereiten! Er musste vorsichtiger sein in Zukunft. Er griff nach dem schlechten Wein und nahm einen Schluck. Dann fing er an, nach einer neuen Strategie zu suchen. Er musste sie haben, diese Ondina Conti. Noch bevor Sadie Fletcher von ihrer Mission zurückkehrte.

* * *

Timofej Sukov stand vor dem geöffneten Sicherungskasten des Eisbrechers Lenin. Konzentriert glitt sein Blick über das Gewirr aus Drähten, Kabeln, Kondensatoren und Widerständen.

Nachdem die veralteten Computer an Bord versagt hatten, hatte man sich an Timofej erinnert. «Sie sind unsere letzte Rettung», hatte die Stimme des Flottenchefs von Rosatom in seinem Mobiltelefon geknistert, und Timofej, der sich lieber weiter mit seinem Schachspiel und dem Wodkatrinken beschäftigt hätte, war aufgestanden, hatte geseufzt und war in den Wagen gestiegen, den man ihm zu seiner Stammkneipe geschickt hatte.

Nun war er hier, auf der Lenin, dem ersten atombetriebenen Schiff der Sowjetunion überhaupt, und sollte das scheinbar Unvermeidliche abwenden. Noch war der Reaktor nicht in das Stadium der Kernschmelze übergegangen, doch lange würde es nicht mehr dauern, und die Lenin, und mit ihr die ganze Stadt Murmansk, würde ihnen um die Ohren fliegen.

Eigentlich hätte Timofej große Lust gehabt, ein kleines Liedchen zu pfeifen, doch er wollte den Maat, der hinter ihm stand, nicht beunruhigen. Er blickte also ohne zu pfeifen auf den Sicherungskasten, und innerhalb weniger Minuten entstand in seinem Kopf eine mehrdimensionale Schaltskizze, die von den Computern der Marke Robotron in ihrem quantitativen Ausmaß zwar ebenfalls erfasst wurde, nicht aber in ihrer funktionalen Qualität. Nun ja, dachte Timofej, wozu hat Gott den Menschen mit einem

Gehirn ausgestattet? Er ging vor dem großen Kasten hin und her und ließ das Bild in seinem Kopf ungehindert wachsen und gedeihen. Er drehte und wendete die Skizze, sein analytischer Verstand flitzte durch die virtuellen Leitungen, hielt inne, bewegte sich zurück, wieder vorwärts, vernetzte diverse Zuflüsse und Modifikationen der Komponenten, die dieses Gebilde ausmachten. Dies tat er so lange, bis er immer wieder an einem bestimmten neuralgischen Punkt hängen blieb. Als er dieses Procedere einige Male wiederholt hatte und jedes Mal wieder zum gleichen Ergebnis gekommen war, fragte er den Maat hinter sich nach einem Drahtschneider. Der Maat stürmte sogleich in einen Nebenraum und brüllte nach dem Werkzeug. Timofej nutzte die kurze Pause und blickte zur Seite, hinaus auf das Polarmeer, wo man im Rahmen der Evakuierungsmaßnahmen gerade mehrere Boote zu Wasser ließ. Wie kleine bunte Angelschwimmer schwankten sie zwischen den Eisschollen hin und her. Der Maat kam zurück, entschuldigte sich, dass es so lange gedauert hatte, und drückte Timofej den gewünschten Drahtschneider in die Hand.

«Besser, Sie gehen jetzt», sagte Timofej.

Es dauerte einen Moment, bis der Angesprochene antwortete. Offenbar hatte Timofejs Aufforderung den Seemann verwirrt. «Ich habe Befehl, die Lenin zu halten, koste es, was es wolle.»

Na dann, dachte Timofej und verzog seinen Mund zu einem unmerklichen Lächeln. Langsam setzte er die Zange an einen Draht.

* * *

«Vollidioten!» Kenneth Ossian Finlay wandte sich von den letzten Touristen ab, die das Last Drop am Grassmarket in Edinburgh verließen. Er hatte das nicht nötig. Er hatte in allen großen Hauptstädten der Welt gespielt. Die Fotos an den Wänden bewiesen es.

Da war er mit der Queen, nach einer Aufführung von «King Lear» in London. Er mit Bush Junior, er mit Putin. Ja, und auch mit Nelson Mandela. Das größte Bild zeigte ihn mit Pierce Brosnan am Set von «Stirb an einem anderen Tag». Das hätte der Höhepunkt seiner Karriere werden sollen: der Bösewicht im nächsten James Bond. Dazu war es dann allerdings nicht mehr gekommen.

Die Bedienung wischte mit einer raschen Bewegung über den Tisch. Ihr Pferdeschwanz wippte. «Kleiner Tipp», sagte sie. «Die Leute sind großzügiger, wenn man sie nicht beschimpft.»

«Ist mit scheißegal», grollte der Shakespeare-Mime. «Für wen halten die mich? Diese Landeier können mich mal!» Ein paar Köpfe an der Theke drehten sich nach ihm um. «Oder bin ich hier vielleicht der Kellner? Angewiesen auf ein Trinkgeld?» Finlay war noch lauter geworden. Mühelos füllte seine Stimme den Raum. «Ich bin Künstler. Künstler bin ich! Und was seid ihr?» Er stimmte ein Gedicht von Burns an: «Ob Armut euer Los auch sei, hebt stolz die Stirn, trotz alledem!» Auffordernd hob er das Kinn. Niemand reagierte. Er sank in sich zusammen und betrachtete aus trüben Augen die Einrichtung des Pub. «Die gute alte Zeit», murrte er. «Holzdecken und Fachwerk, pah. Als einem die hübschen Jungs noch aufs Hotelzimmer gebracht wurden. Das war die gute alte Zeit.» Er hatte nie einen Hehl daraus gemacht, dass er homosexuell war und seine Liebhaber jung. Auch seine Drogensucht war stets ein offenes Geheimnis gewesen. Die Presse hatte ihn in Ruhe gelassen, solange er groß war. Dann allerdings war da dieser eine Junge gewesen, der mit der Überdosis. In seinem Bett. Sehr schön, sehr jung, sehr tot. Zu jung, wie sich im Zuge der polizeilichen Ermittlung sehr bald herausstellte. Und mit dem Leben des minderjährigen Strichers war dann auch die Karriere von Kenneth Ossian Finlay vorbei. Kein Ritterschlag durch die Queen, kein Hollywood-Engagement, nur mehr drittklassige Theater mit viertklassigen Rollen, dazu schlechtes Koks und die Häme der

Presse, wo immer sie ihn aufstöberte. Er war ein Monster geworden. Immerhin noch im Verfall überlebensgroß.

Die Bedienung kam wieder. «Du bist fertig, Finlay», sagte sie und deutete mit dem Glas in ihrer Hand auf die Tür, um klarzumachen, dass er es nur bekam, wenn er ging. Sie sah gelangweilt aus, in jeder ihrer Bewegungen lag Routine. Auch Finlay beherrschte seinen Part. Mit der Grandezza eines abtretenden Königs nahm er seinen Mantel, warf sich den Schal um den Hals und trat an die Pforte, wo er seinen letzten Whisky entgegennahm und in einem Schluck leerte. Die Hand auf der Klinke, wandte Finlay sich noch einmal um. «Ein Mann bleibt Mann, trotz alledem», rief er und ließ das Glas auf dem Boden zerschellen. Die Wucht, mit der er anschließend die Tür zuknallte, verschluckte die Protestrufe der Zurückgebliebenen. Trotzig hielt Finlay sein verlebtes Gesicht in den Wind, der vom Forth of Five her über den Platz fegte. Nachdem die erste Wut verraucht war, blieb er stehen. Ins Carlton würden sie ihn so betrunken nicht lassen. Aber er brauchte dringend etwas von seinem Pulver. Wo sonst konnte er seinen Dealer Blake noch treffen? Er ging die Optionen durch, während er sich den Schal übers Kinn zog. Verflucht, war das kalt.

Der Junge, der an der Ecke zur Candlemarket Row stand, war rothaarig und schlank. Er trug eine Lederjacke und eine Schiebermütze. Beinahe wie eine Figur aus einem Dickens-Roman, fand Finlay und fühlte eine romantische Zärtlichkeit in sich aufwallen. Nervös befingerte er seine Börse. Ja, er hatte noch Geld. Das Geld, das er für das Koks zurückgelegt hatte.

Sie benötigten nicht mehr als einen kurzen Blickkontakt. Der Junge lief voraus. Einen Augenblick lang rätselte Finlay, wo es hingehen sollte. Doch da wandte sich sein Führer auch schon um, drückte ein rostiges Tor auf und verschwand in der Dunkelheit.

Greyfriars Kirkyard! Ein alter, romantischer Friedhof, auf dem alle möglichen Berühmtheiten lagen. Warum nicht?, dachte Finlay und durchschritt seinerseits das baufällige Tor. Er entdeckte den Jungen, wie er an einem Epitaph lehnte, ein wenig trotzig, die Hände in den Hosentaschen. Sein Gesicht lag im Schatten, Finlay dachte an die junge Haut, glatt, frisch und fest. Die Muskeln darunter, noch mager. Rippen, die man ertasten konnte. Und der Duft, dieser herrliche Duft der Jugend. Finlays massiger Körper stolperte vorwärts.

«Mist! Was macht diese Wurzel hier!» Er fiel nach vorne. Jetzt war er auf allen vieren. Als er sich wieder aufrichten wollte, spürte er einen Stiefel im Nacken. «Verdammt, was ...» Ein Tritt in die Seite. Finlay brüllte vor Schmerz. Er fiel um wie ein abgestochenes Schwein. Sein Jüngling lehnte noch immer an dem Stein, so viel konnte er gerade noch sehen. Nun setzte er sich in Bewegung, kam geschmeidig auf ihn zu und neigte sich über Finlay.

«Du perverse Sau!» Finlay spürte, wie man die Taschen seines Mantels durchwühlte.

«Bitte nicht.» Vor ihm erhob sich das Martyr's Monument, zum Gedenken an alle, die auf dem Grassmarket hingerichtet worden waren. Er sah es nicht mehr. Eine Stiefelspitze bohrte sich in seine Nieren.

«Sir?»

Es dauerte eine Weile, bis Finlay die Augen so weit öffnen konnte, dass er den Sprecher sah. Ein muskulöser Mann im Anzug, sauber rasiert. Er richtete den Schauspieler auf.

Finlay schaute an sich hinunter. Erde, Feuchtigkeit, vermutlich Blut. Sein Schal lag auf dem Boden. Dann fiel ihm sein Geld ein. Er legte die Hände an seine Manteltaschen.

«Bitte sehr, Sir.» Der Mann hielt ihm die Geldbörse hin.

Finlay starrte sie an, dann den Mann, schließlich öffnete er seine Börse und kontrollierte mit zitternden Fingern den Inhalt.

Nein, es fehlte nichts. Erneut fasste er seinen mysteriösen Retter ins Auge. Mit dem Finger zeigte Finlay auf das kleine Plastikteil, das dem Mann kaum sichtbar in der Ohrmuschel steckte. «Polizei, was?»

Der Fremde schüttelte den Kopf.

«Sie sollten mal bei mir Unterricht nehmen.»

Der Mann überprüfte, ob seine Funkverbindung noch stand. «Keine Polizei», sagte er dann. «Sir.»

Finlay runzelte die Stirn. Plötzlich überkam ihn ein Würgereiz. Er musste kotzen.

«Wollen Sie mich verarschen?», keuchte er, als er fertig war und wieder aufrecht stand.

Der Mann neigte sich leicht vor. Finlay bemerkte, dass er die Luft kurz anhielt. «Darf ich Ihnen ein Geschäft vorschlagen, Sir?»

«Nein!»

«Ein überaus lukratives Geschäft, das Sie für eine erhebliche Zeit aller Sorgen enthebt.»

«*Enthebt*, was?» Finlay schnaubte.

«Ein Geschäft, zugeschnitten auf Sie und Ihre besonderen Bedürfnisse, Sir ...»

Finlay hob die Hand, erstaunlich fix für seinen Zustand. «Pass auf, was du sagst, Bürschchen!»

Der Mann zwinkerte kaum. «Wir können dieses Gespräch auch an einem etwas wärmeren Ort fortzusetzen. Wir haben da eine Suite für Sie, im Carlton.»

«Im Carlton?» Ungläubig kniff Finlay die Augen zusammen. Der Mann nickte nur. «Keine Polizei?»

Der Mann schüttelte den Kopf. «Nein, Sir», sagte er.

Mühsam setzte sich Finlay in Bewegung. «Im Carlton», murmelte er.

Vier Stunden später klingelte Sadie Fletchers Mobiltelefon.

«Was ist, Carter?», fragte sie. «Ich sitze gerade auf der Rückbank eines Wolga ohne Stoßdämpfer und sehe der russischen Vegetation durch ein schmieriges Autofenster beim Sterben zu. Wenn Ihr Anruf also nicht wirklich wichtig ist, dann gnade Ihnen Gott.»

«Also», begann der mit Carter Angesprochene. «Irgendetwas stimmt nicht mit diesem Finlay. Wir haben die alte Nummer abgezogen. Erst einen Schläger auf ihn angesetzt und dann den Retter gespielt. Jetzt allerdings ...» Er wandte sich ab von der Szene, die sich hinter ihm abspielte. Dort lag Finlay, mit offener Hemdbrust, auf einem purpurrot bezogenen Bett, das die Spuren seines Koks-Konsums nur allzu deutlich zeigte. Sein Gesicht war verquollen von den Schlägen, die er bezogen hatte. Und doch hielt er in jedem seiner Arme einen Stricher, als wäre nichts gewesen. Dazu schwenkte er eine Whiskyflasche und versuchte, sich den goldenen Strahl aus großer Höhe in den Mund zu schütten. Was schließlich misslang. Finlay fluchte. Carter hielt sich das freie Ohr zu. «Es ist nicht so, dass ich es nicht schaffen würde», sagte er. «Es ist nur so: Ich kann die Anwerbung von Mister Finlay keinesfalls *empfehlen*. Er widerspricht allem, was ich je über zuverlässige Mitarbeiter gelernt habe.»

«Komm, füll mich ab, mein Süßer. Füll mich ab.» Finlay grölte.

Carter schaute zu seinem Kollegen, der mit verschränkten Armen dastand und über die Szene hinweg die gegenüberliegende Zimmerwand anstarrte. Carter hielt den Hörer so, dass seine Chefin Finlay hören konnte. «Wir sind noch nicht einmal dazu gekommen, ihm unser Anliegen näher zu erklären», sagte er dann. «Könnten wir nicht irgendeinen anderen Schauspieler nehmen?»

Sadie Fletcher seufzte. «Könnten wir. Werden wir aber nicht. Ziehen Sie ihm irgendwas über den Schädel, schnüren Sie ihn zusammen, und schaffen Sie das Paket so schnell wie möglich her.»

Am anderen Ende der Leitung war es still. «Haben Sie mich verstanden, Carter?»

«Alles klar, Ma'am.» Zum ersten Mal an diesem Tag würde Carter Spaß an seiner Arbeit haben.

«Na, geht doch!» Sadie Fletcher legte auf. Wieder schaute sie aus dem Fenster. Am Horizont erschienen die Hochhäuser von Murmansk.

* * *

Timofej Sukov stand an der Reling der Violetta. Die Alarmsirenen der Lenin, die weiter hinten in der Kola-Bucht lag, waren längst verstummt. Über einen Hügel hinweg sah er hinauf zu einer beinahe 40 Meter hohen Statue aus Beton. Sie stellte einen Rotarmisten dar. Timofej prostete dem steinernen Sowjetsoldaten zu, rief laut: «Sa sdarowje, Aljoscha! Und auf dich, du Heldenstadt Murmansk!», stürzte den Wodka hinunter und hielt einem Matrosen sein leeres Glas hin. Der schenkte lachend nach.

Auch du bist jetzt ein Held, dachte er. Wie Aljoscha im Großen Vaterländischen Krieg hast du der Macht der Zerstörung getrotzt. Nicht mit Bomben und Kanonen, nein, mit einem einfachen Drahtschneider als Waffe. Und mit deinem Kopf, der erst so richtig arbeitet, wenn seine Hirnzellen vom Wodka überflutet werden.

Die Silhouetten der Hochhäuser rückten langsam näher. Vor ihnen die Stahlstreben der Hafenkräne. Wie die ausgestreckten Beine riesiger Insekten erhoben sie sich in den eisenfarbenen Himmel des Nordens. Timofej, plötzlich von Heimweh gebeutelt, senkte sein Glas und hielt sich mit der anderen Hand an der Reling fest. «Der Flottenchef ist mir was schuldig!», brüllte er. Der Matrose mit der Wodkaflasche machte ein fragendes Gesicht. «Ruf ihn an! Sag ihm, dass ich nach Hause will. Nach allem, was ich für euch getan habe!»

Der Seemann nickte, schraubte den Verschluss auf die Flasche, drehte sich um und ging schnurstracks in den Steuerraum.

Die Anlegestelle kam näher. Timofej nahm einen letzten Schluck und sah in die Wellen, die sich gegen den steinernen Kai warfen. Für einen Augenblick war ihm, als stiege das Bild seiner Frau aus dem Wasser auf. «Gruscha, meine liebe Gruschenka», murmelte er und warf das leere Glas ins Meer. «Ich komme. Bald bin ich bei dir. In meinem, in unserem Turm in Sachalin. Ich komme, Gruschenka!»

Die Matrosen warfen Seile über die eisernen Poller, das Schiff legte an. Noch bevor die Landungsbrücke die Kaimauer berührte, hatte der Matrose Timofej mitgeteilt, dass der Flottenchef alles Nötige veranlasst hatte. Morgen könne er sich im Hauptbüro von Rosatom sein Flugticket abholen. Sechs Wochen Sonderurlaub bei vollen Bezügen.

Beschwingt trat Timofej an Land. Dieser Tag musste gefeiert werden.

* * *

«Und?», fragte der Mann und schaute Hannah an.

Sie nannte ihn nie anders als «den Mann». Er hatte einen Namen, und wenn sie gewollt hätte, hätte sie ihn herausfinden können, genauso wie seine Adresse und jedes noch so winzige Detail seines Lebens. Doch das interessierte sie nicht. «Der Mann» verschaffte ihr die Jobs, die sie brauchte, und er war zuverlässig. Die Zusammenarbeit mit ihm hatte schon ihr Ziehvater und Gönner begonnen. Deshalb genoss der Mann ihr Vertrauen. Sie nahm den Rucksack vom Rücken und legte ihn auf den Tisch.

Er nickte. Ein unmerkliches Lächeln. Auch er vertraute ihr.

Hannah wartete, dass er den Umschlag mit dem Geld über

den Tisch schob. Es war der schäbige Schreibtisch im Hinterzimmer eines Fitness-Studios. Der Mann sah nicht aus, als würde er viel Sport treiben. Zwei schmierige Wassergläser standen bereit. Gleich würde er den Gin einschenken.

Der Umschlag fehlte.

«Und?», sagte Hannah.

Entschuldigend hob der Mann die Hände. «Die Hälfte habe ich hier.» Er fasste in die Innentasche seines Jacketts und legte das Kuvert auf den Tisch.

«Die andere Hälfte?» Hannah änderte ihre Sitzhaltung. So käme sie besser an das Messer heran. Ihre Blicke scannten den Raum. Nichts Beunruhigendes. Sie waren allein. Aus dem Studio vereinzelte Rufe und das metallische Klappern der Gewichte. Alles wie immer. Trotzdem lief ihr eine Gänsehaut über die Arme.

«Die andere Hälfte könnte ich verzehnfachen, wenn ...»

«Wenn was?», unterbrach Hannah ihn scharf.

«Nur wenn du einverstanden bist, natürlich.» Der Mann lächelte und griff nach der Flasche. Dann begann er, ihr den Job zu erklären. Es ging um einen Antiquitätensammler – ein alter Mann, ein Rentner, der bei sich zu Hause Exponate der Inka- und Maya-Kulturen hortete. Extrem schwierig zu verkaufen, wenn man nicht die richtigen Leute kannte. Aber dies hier war schließlich eine Auftragsarbeit.

«Mein Auftraggeber ist ein Liebhaber solcher Stücke», sagte der Mann und schenkte den Gin ein. «Sehr reich, sehr spendabel.» Hannah nahm das Glas und roch daran. «Sehr auf seine Privatsphäre bedacht.» Vorsichtig nahm sie einen Schluck. Der Mann lächelte wieder. «Es geht um einen besonderen Kristallschädel der Maya.»

«Wie gut sind die Stücke gesichert?», fragte Hannah und ignorierte, dass der Mann ihr zuprostete.

«Das ist ja der Witz: Es handelt sich um ein einfaches MZKS, ein LeGrand-Modell, über zehn Jahre alt.» Er holte Fotos heraus und legte sie vor Hannah auf den Tisch.

Sie beugte sich ein wenig vor. Es waren Amateuraufnahmen, ohne Blitz in stark abgedunkelten Räumen gemacht. Hannah sah schattenhafte Vogelmasken, ein Raubtierfell, die Spiegelungen einiger Glasvitrinen und unscharf auch den Safe. «Ein Victor II.» Sie nickte. «Tatsächlich veraltet.»

«Wir neigen mit der Zeit dazu, unser eigenes Alter und das der Dinge, die uns umgeben, zu ignorieren», sagte der Mann und trank. Hannah warf ihm einen Blick zu und überlegte, wie alt *er* sein mochte. Er hatte die großen, feuchten Augen eines Lebemannes, umgeben von hängenden Falten. Sein Leib war aufgequollen, die dicken Finger voller Ringe. Wann war seine Zeit stehengeblieben? Wann war er jung und kräftig gewesen? In den Achtzigern? In den Neunzigern noch? Hannah ermahnte sich, ihn nicht zu unterschätzen. Er mochte alt sein, aber er war ein Raubtier, ein alter, fetter Komodowaran.

«Warum die Umstände?», fragte sie und lehnte sich wieder zurück. «Warum die Sache mit dem Geld? Du könntest mir den Job doch einfach anbieten. Wo ist der Haken?»

«Es gibt keinen Haken.» Er reckte seinen Zeigefinger in die Luft. «Aber, meine Liebe, ich kenne dich. Du arbeitest nur, wenn du hungrig bist. Und ich bin mir sicher, die Vierzigtausend, die du gerade bekommen hast, sind dir nicht genug.»

Hannah lächelte dünn. Das war nicht ganz falsch. Sie arbeitete nur, wenn sie das Geld brauchte. Hunger allerdings litt sie nicht direkt. Schon lange nicht mehr.

«Und ich habe da ein kleines Zeitproblem», fuhr er fort. «Mein Auftraggeber ist nur noch drei Tage in Zürich. Er will die Ware selbst mit nach Hause nehmen.» Hannah zog die Augenbrauen nach oben. «Mach dir keine Sorgen. Diplomatengepäck.»

«Ach so.»

«Also, machst du es?»

Sie ließ die Flüssigkeit im Glas kreisen. «Normalerweise benötige ich vierzehn Tage Vorbereitung.»

Er griff unter den Tisch und holte eine Mappe hervor. «Gebäudeskizze, Grundrisse des Stadtviertels, ober- und unterirdisch, alle Schaltpläne für die Hauselektronik.»

Sie fächerte die Kopien auf. Die Unterlagen schienen komplett zu sein. «Hier in Zürich?», fragte sie und pfiff, als sie den Namen sah. «Eine gute Adresse.»

«Am Zürichsee», bestätigte er, «schön ruhig.»

Hannah betrachtete die klare Flüssigkeit in ihrem Glas. «Abgemacht», sagte sie und trank in einem Zug.

Sie wartete die Dunkelheit ab, ehe sie sich in den elastischen schwarzen Anzug zwängte. Dann griff sie nach dem Seil, an dem sie sich vom Dach der Villa auf einen Balkon hinunterließ. Die Wachhunde waren durch das Schlafmittel, das sie ihnen gegeben hatte, außer Gefecht gesetzt. Die Mauer war ein Kinderspiel gewesen. Behutsam setzte Hannah Rüthli den mitgebrachten Koffer ab und linste durchs Fenster. Der Kasten mit der Alarmanlage befand sich an der gegenüberliegenden Wand. Das System würde sofort anschlagen, wenn sie ein Fenster oder eine Tür öffnete. Hannah holte den Glasschneider heraus und schnitt ein rundes Loch in die Scheibe. Den gläsernen Kreis zog sie mit Hilfe eines kleinen Vakuumsaugers heraus. Jetzt hatte sie Platz, um das Bolzenschussgerät in Anschlag zu bringen. Sie nahm sich Zeit beim Zielen. Sie hatte nur einen Versuch. Endlich drückte sie den Auslöser, das Projektil schoss lautlos aus der Röhre und traf auf eine Taste des Alarmgeräts. Das grüne Licht erlosch. Deaktiviert. Hannah atmete durch. Dann schnitt sie eine weitere Öffnung, diesmal weniger vorsichtig, griff durch das Glas und öffnete die Balkontür. Sie war im Haus.

Der Tresor befand sich auf dem gleichen Stockwerk, zwei Zimmer weiter. Sie machte einen Bogen um die Treppe, da sie wusste, dass die unteren Etagen separat gesichert waren. Sie würde das Haus verlassen, wie sie gekommen war. Eine Standuhr schlug. Sie hielt inne. Eins, zwei, drei … elf Schläge. Vorsichtig drückte Hannah die Klinke. Da war es, das Zimmer, das sie von den Bildern kannte, die ihr «der Mann» gegeben hatte. Ebenso düster wie auf den Fotos. Dicke Vorhänge an den Fenstern, dunkle Möbel, Staub auf den Vitrinen. Sie trat an eine näher heran und zuckte zurück, als sie im Inneren die Umrisse eines menschlichen Gesichts entdeckte. Sie knipste ihre Taschenlampe an und richtete den Strahl darauf. Eine Mumie, in hockender Stellung, Gesicht und Hände beinahe die eines Lebenden. Hannah wandte sich ab. Die leeren Blicke zahlloser Masken folgten ihr.

Rasch trat sie an den Tresor. Ein Victor II, wie erwartet. Sie würde mit einem Dialer arbeiten, einem computergesteuerten Wählsystem, das stur alle möglichen Zahlenkombinationen abarbeitete, bis es die Zahlenreihe heraushatte, die den Safe öffnete. Normalerweise dauerte so etwas seine Zeit. Aber Hannah hatte ihre Tricks. Sie nahm die Taschenlampe zwischen die Zähne und leuchtete auf das Zahlendisplay. Dann holte sie aus ihrem Koffer ein Tütchen Graphitstaub. Mit einem Pinsel stäubte sie das Pulver auf die Tastatur. Dann lächelte sie. Die wenigsten privaten Nutzer waren so vorsichtig, Handschuhe anzuziehen, wenn sie ihre Tresore öffneten. Deutlich sichtbar waren vier Zahlenfelder markiert. Bei einem siebenstelligen Code hieß das, dass drei der Zahlen doppelt vorkamen. Und das Feld mit der Vier wurde offenbar immer besonders kräftig gedrückt, hier war der Abdruck nach allen Seiten ein wenig verschmiert. Nach Hannahs Erfahrung geschah dies immer mit der letzten Zahl: Man tippte sie mit dem gebührenden Nachdruck, der einen wichtigen Vorgang abschloss.

Sie gab die gewonnenen Informationen in das Display des

Dialers ein. Nur vier statt zehn Ziffern abzufragen würde den Zeitaufwand extrem verkürzen. Dann brachte sie das Gerät über der Tastatur an. Tatsächlich hatte der Dialer schon nach wenigen Minuten seine Arbeit erledigt. Hannah legte den Hebel um und öffnete die Tresortür.

Der Schädel glitzerte im Licht ihrer Lampe. Er lag in einer offenen Schatulle. Sie hob ihn heraus und drehte ihn im Licht. Nach allem, was Hannah wusste und in der Eile gelesen hatte, war die Herkunft der Kristallschädel umstritten. Viele hielten sie für Fälschungen aus dem 19. Jahrhundert, da es hieß, die Inkas hätten nicht über die Technik des Schleifens verfügt, um den Bergkristall derart zu bearbeiten. Bei manuellem Schliff, so erinnerte sie sich, gelesen zu haben, würde es über 1500 Jahre dauern, solch einen Schädel herzustellen. Doch jetzt, wo sie ihn vor sich sah, war ihr das egal. Wer auch immer diesen Kopf hergestellt hatte, er hatte damit ein Stück Magie erschaffen.

Sie lächelte glücklich.

Hannah lächelte noch immer, als sich die Mündung einer Waffe an ihre Schläfe drückte.

Sie hörte einen Auslöser klicken. Grelles Licht blitzte auf.

«Eine sehr gelungene Aufnahme», sagte eine Stimme mit britischem Akzent. «Wenn Sie sich bitte erheben würden, Miss Rüthli.» Die Waffe folgte ihren Bewegungen, als Hannah sich aufrichtete. Mindestens drei Mann, schätzte Hannah. Sie hätte ihre Gänsehaut nicht ignorieren sollen.

Jemand nahm ihr den Kristallschädel ab und reichte ihr dafür ein Smartphone. «Sadie Fletcher für Sie, Miss Rüthli.» Ein strenges Gesicht war auf dem Display zu sehen. «Eine Fälschung», sagte die Frau, «alles Fälschungen.» Der Mann, der Hannah das Telefon gereicht hatte, ließ den glitzernden Schädel auf den Boden fallen, wo er unter eine Vitrine kullerte.

Hannah nickte. «Ich hätte es wissen müssen.»

«Manchmal lassen wir uns verführen», stimmte Sadie Fletcher ihr zu. «Selbst ich. Ich habe mich dazu verführen lassen, Sie zu suchen. Nicht unbedingt eine leichte Aufgabe. Besonders dann nicht, wenn man nur ungenaue Angaben und einen falschen Namen als Anhaltspunkte hat. Und dennoch ist es uns gelungen, Sie aufzuspüren. Darüber sollten sie einmal nachdenken, Miss Rüthli. Oder soll ich Sie Taylor nennen?» Das Display wurde schwarz. Einer der Männer nahm das Smartphone an sich.

Hannah streckte ihre Handgelenke vor. Als nichts geschah, fragte sie: «Keine Handschellen?»

«Beeilen Sie sich. Wir müssen unseren Flug kriegen», war die Antwort.

Hannah Rüthlis Gedanken rasten. Keine Verhaftung? Keine Polizei? «Und wenn ich ...», begann sie.

«Entweder Sie kommen jetzt mit. Oder Sie werden die nächsten Jahre im Gefängnis verbringen.» Als Hannah zögerte, fügte er hinzu: «Ich bin befugt, Ihnen mitzuteilen, dass die Zusammenarbeit mit uns Ihnen helfen wird, Ihren, wie man mir sagte, größten Wunsch zu erfüllen.» Hannah schnaubte verächtlich. «Ich spreche nicht von Geld.» Der Mann kam näher, um ihr etwas ins Ohr zu flüstern. Es war ein Name.

Hannah spürte, wie ihre Beine zu zittern begannen.

* * *

Timofej hatte den ganzen Saal herausgefordert, und inzwischen hatte er von den beinahe dreißig Gästen knapp die Hälfte besiegt. Wieder war ein König niedergestreckt, und wieder applaudierte die Menge. Man rief nach der nächsten Runde Wodka, die der Verlierer auszugeben hatte. Man prostete dem neuen Helden von Murmansk zu, leerte die Gläser und wartete darauf, dass das nächste Opfer auf dem leeren Hocker gegenüber von Timofej Platz nahm.

Das Radio spielte gerade eine russische Version des Klassikers «California Dreaming», als sich die hölzerne Doppeltür des Arktika öffnete. Jeder im Lokal wusste sofort, dass es sich bei dem neuen Gast um jemanden handelte, der unmöglich von hier sein konnte. Und diese Einschätzung gründete nicht etwa auf der makellosen Kleidung, welche besagte Person trug, auch wenn dem fachkundigen Beobachter mit Sicherheit aufgefallen wäre, dass das maßgeschneiderte Kostüm innerhalb der Russischen Föderation weder gefertigt noch vertrieben worden war. Die Frau, die sich nun auf den leeren Platz gegenüber Timofej Sukov setzte, musste vom anderen Ende der Welt kommen. Aus Hawaii oder vielleicht vom Mururoa-Atoll.

Timofej, der bis zum jetzigen Zeitpunkt bester Laune gewesen war, senkte den Blick.

«Es scheint Ihnen gutzugehen, Sukov», eröffnete die Fremde das Gespräch ohne irgendeine Begrüßungsfloskel.

«Was wollen Sie, *Gosposcha Fletchera?*» Timofej hob den König auf, um ihn an seinen Platz zurückzustellen.

«Wir brauchen Sie.»

Er positionierte die übrigen Figuren auf dem Brett. Als er fertig war, griff er nach dem Wodkaglas, das ihm der Wirt vor die Nase hielt. «In Ordnung. In sechs Wochen habe ich Zeit.» Timofej stürzte den Alkohol hinunter.

«Das ist zu spät. Wir brauchen Sie jetzt.»

Er knallte das leere Glas auf den Tisch. Die Schachfiguren erzitterten. «Njet. Das ist völlig unmöglich.» Timofej dachte an Sachalin, an die Wetterstation, wo seine Gruscha auf ihn wartete.

«Haben Sie vergessen, was wir für Sie getan haben?»

«Nein, das habe ich nicht. Aber diesmal wird das nicht funktionieren, egal, was Sie mir anbieten.»

Sadie Fletcher atmete tief ein. «Glauben Sie, ich bin zum Spaß dreihundert Kilometer über eine Schotterstraße voller Schlaglöcher hierhergefahren?»

«Machen Sie, was Sie wollen, aber dieses Mal sage ich nein.»

«Sie werden nie wieder arbeiten müssen.»

«Ich sagte nein.»

«Eine Million Dollar.»

«Nein.»

«Okay. Hier ist mein letztes Angebot. Wenn ich Sie hier besiege, dann kommen Sie mit.»

Für den Bruchteil einer Sekunde blitzte in Timofejs Auge etwas auf. Etwas, das selbst einen unbeteiligten Beobachter überrascht hätte: Es lebte noch, das Raubtier in ihm. Die Bestie, die sich nach Nervenkitzel und echten Herausforderungen sehnte. Nicht nach langweiligen Sicherungskästen auf maroden Atombooten. «Was meinen Sie? Beim Schachspiel oder beim Trinken?»

«*I to i drugoje.*»

«Vielleicht sollten Sie Ihr Russisch etwas auffrischen. Denn ich bin mir sicher, dass Sie keine Ahnung haben, was das, was Sie gerade gesagt haben, bedeutet.»

Sadie Fletcher kniff die Augen zusammen. «Ich sagte: *Beides!* Ich werde Sie besiegen, im Saufen und im Schach!» Timofej Sukov hatte sich verschluckt. Als sein Hustenanfall vorbei war, brach er in schallendes Gelächter aus. Und obwohl die übrigen Gäste von dem Gespräch zwischen der geheimnisvollen Südseeschönheit und ihrem Helden von Murmansk kaum ein Wort verstanden hatten, stimmte der ganze Saal in Timofejs Gelächter ein. Dann brach sein Lachen abrupt ab.

«Das schaffen Sie nicht, *Gosposcha Fletchera*!»

Statt einer Antwort drückte sie den Schalter der Schachuhr und zog den weißen Bauern auf B4.

15.

Das Team war nun beinahe vollzählig. Alle waren in groben Zügen informiert und angemessen neugierig. Nur die Gerichtsmedizinerin Conti hatte Matthieu noch nicht völlig überzeugt, aber er war sich sicher, dass sie der Versuchung, ihre Geldsorgen mit einem Schlag loszuwerden und den Palazzo der Familie zu erhalten, letztlich nicht würde widerstehen können. Was sie allerdings niemals würde herausfinden dürfen, war die Tatsache, dass er sie unter der Identität ihres besten Freundes angeworben hatte. Ein Freund, der sich anfangs zwar indigniert in die Brust geworfen, sich letztlich aber – wie alle anderen auch – als käuflich erwiesen hatte. Bald wären sie komplett. Matthieu war nervös. Er hatte von allen Kandidaten Fotos gesehen. Er hatte ihre Akten gelesen und kannte ihre Geheimnisse. Doch ihnen gegenüberzutreten war etwas anderes. Er war nie ein großer Anführer gewesen, dazu hatte er viel zu weit vorausgedacht. Dass das Fußvolk ihm folgte, dafür hatten bisher andere gesorgt. Außerdem würde *sie* dabei sein. Taylor. Die rätselhafte Frau, von der er erfahren hatte, dass sie in Wirklichkeit Hannah Rüthli hieß. Sie war eine Diebin. Aber hatte er das nicht geahnt? Sadie Fletcher legte ihm die Hand auf die Schulter. Er nickte. Matthieu räusperte sich, als er in die Runde trat. Vier Köpfe wandten sich zu ihnen um.

«Guten Abend», sagte Fletcher.

Finlay gähnte. «Schon wieder Abend?», fragte er.

Fletcher ignorierte den Einwurf. Sie stellte Matthieu und sich vor. Der Physiker hörte kaum hin. Seine Augen suchten Hannah. Beinahe hätte er sie nicht wiedererkannt. An dem Tag im C.E.R.N. musste sie eine Perücke getragen haben. Ihr kinnlanges Haar war unnatürlich schwarz. Sie trug zerrissene Shorts über einer gelb-schwarzen Ringelstrumpfhose, dazu einen zu weiten schwarzen Pullover. Ihre Füße steckten in Plateaustiefeln. Gegen die kriegerische Aufmachung wirkte ihr rundes Gesicht auf den ersten Blick unspektakulär. Wenn man von den dicken Kajalstrichen um die Augen absah. Was habe ich erwartet?, fragte sich Matthieu und versuchte, seinen Herzschlag wieder unter Kontrolle zu bringen. Und was bin ich schon? Ein Krüppel, der auf den Tod wartet. Ich bin ein Idiot. Da hob sie den Kopf und schaute ihn an. Sein Herz stolperte. Sie hatte ihn erkannt. Sie musste ihn erkannt haben. Aber statt sich irgendetwas anmerken zu lassen, wandte sie das Gesicht Fletcher zu, die die ganze Zeit über gesprochen hatte.

«... und will Sie nicht länger auf die Folter spannen. Bevor wir uns jedoch auf den Fall stürzen, sollten wir einander kennenlernen.» Fletcher schaute jeden der Reihe nach an. «Wir werden viel Zeit miteinander verbringen. Auf engstem Raum. Sie werden sich aufeinander verlassen müssen. Und vielleicht, aber nur vielleicht, werden Ihnen Gefahren begegnen.» Sie machte eine Pause. «Möglicherweise werden Sie eines Tages berühmt werden für das, was wir heute tun und ...»

«... ‹wer heute nicht dabei gewesen, wird schamrot werden, wenn einer kommt, der mit uns focht. Am St.-Crispianus-Tag›, jaja.» Finlay gähnte wieder. «Shakespeare», fügte er hinzu, als Timofej Sukov ihn fragend ansah. «Heinrich der Fünfte. Die Rede vor der Schlacht. Alles schon mal da gewesen. Und besser.»

Sukov wandte sich wortlos ab. Sadie Fletcher fuhr fort: «Bis dahin allerdings muss ich mich auf Ihre absolute Diskretion verlassen. Sie ist Teil des Vertrages, den jeder einzelne von Ihnen mit uns abgeschlossen hat. Jeder», wiederholte sie und schaute erneut in die Runde, vom einen zum anderen. «Damit Ihnen das leichter fällt, haben wir dafür gesorgt, dass Sie das Grundstück nicht verlassen können. Keine Handys, keine Laptops. Es gibt ein Intranet, aber keinen freien Internetzugang. In bestimmten Fällen oder auf Antrag kann Ihnen ein internetfähiger Computer zugeteilt werden. Ihre Aktivitäten damit werden selbstverständlich überwacht. Das gilt auch für Frau Rüthli, die sich als Rechercheurin viel im Netz bewegen wird. Ihr ist es, jeweils nach Absprache mit mir, auch gestattet, Ausflüge außerhalb des Geländes zu unternehmen. Für die anderen gilt: Sie melden Ihre Wünsche an. Wir kaufen ein und beschaffen, was immer Sie möchten.»

«Tatsächlich?», fragte Sukov.

«Du bekommst jede technische Spielerei, Timofej. Was immer du brauchst.» Sadie Fletcher lächelte ihm zu.

«Ich hätte gerne ein ordentliches Schachbrett.» Der Russe betrachtete seine Hände. «Mit Holzfiguren. Etwas Altes, etwas mit Stil wäre schön.»

Sadie Fletcher nickte. «Schon erledigt. Aber bevor jetzt alle anfangen», sie hob die Hände. «Bitte lassen Sie mich meinen Vortrag beenden, ehe Sie Ihre Einkaufslisten zusammenstellen.» Sie suchte insbesondere Finlays Blick. «Telefonzeiten sind einzutragen, Chatzeiten ebenso. Es gibt dafür einen gesonderten Kommunikationsraum, den Sie nach Anmeldung nutzen können. Sie werden dort alleine sein. Aber Sie werden uns nachsehen, dass wir jegliche Kommunikation nach draußen kontrollieren.»

«Muss das denn sein?», fragte Hakala. Der Finne war der Einzige, der schon vorher für Fletcher gearbeitet hatte. Er war mit der Säuberung von Savarys Räumlichkeiten im C. E. R. N. befasst gewesen und besaß Fletchers volles Vertrauen. Als ehemaliger Kriminalbeamter erfüllte er die Voraussetzungen für die von Savary geforderte Rolle als «Waffe mit Hirn» im Team optimal.

«Ja. Das muss sein.» Zu Fletchers Erstaunen war es Savary, der so knapp und klar antwortete. Als er den blauen Blick des Finnen spürte, erwiderte er ruhig: «Es tut mir leid.»

Zögerlich deutete Hakala ein Nicken an.

«Gut.» Das Kennenlernen funktionierte besser, als Sadie Fletcher erwartet hatte. «Da Tarvo Hakala eben das Wort ergriffen hat, wollen wir mit ihm anfangen. Er hat schon einige Security-Jobs für uns erledigt. Mister Hakala besitzt eine langjährige Berufserfahrung als Polizist und wird deshalb derjenige sein, der unsere Aufgabe als Fall konstruieren und uns mit geeigneten investigativen Strategien vertraut machen wird. Immerhin suchen wir einen Mörder.»

«Hört, hört.» Das war Finlay.

Hakala regte sich auf seinem Sofa. «Tatsächlich ist es so», fing er an und rutschte vor zur Kante. Zum ersten Mal sahen die anderen, wie groß der Mann war. «Tatsächlich ist es so, dass wir nicht einen Mörder *finden*, sondern eine konkrete Person und deren Umfeld von einem schwerwiegenden Mordverdacht *ausschließen* sollen. Das ist ein Unterschied.»

«Danke, Tarvo.» Fletchers Stimme war kühl. «Das ist in der Tat ein Unterschied und wird unser Vorgehen maßgeblich bestimmen.»

Der Finne warf Savary einen Blick zu. Der nickte kaum merklich. Der Gedanke war gut. Und wichtig. Man musste sich aufs Wesentliche konzentrieren, durfte sich unter keinen Umständen verzetteln.

«Zu meiner Linken Miss Rüthli.» Sadie Fletcher sprach den Namen mit englischem th aus und vergaß den Umlaut. Hannah verzog keine Miene, auch wenn ihr Name jetzt beinahe wie das englische *ruthless*, rücksichtslos, klang. «Miss Rüthli wird keine unserer Reisen in die Vergangenheit mitmachen. Sie ist ausschließlich für die Unterstützung des Projektes im Vorfeld da.»

Finlay neigte sich zu Sukov und flüsterte: «Weil Fletcher Angst hat, sie könnte die Kronjuwelen mitgehen lassen.» Er kicherte. Als er Hannahs Blick bemerkte, fügte er laut hinzu: «Stimmt doch, Sie sind eine Diebin, oder?»

Hannah kaute ungerührt auf ihrem Kaugummi. «Stimmt doch,

Sie sind ein Päderast, oder?» Sukov lachte lauthals und schlug Finlay aufs Knie.

«Mister Finlay hier», fuhr Fletcher lauter fort, «hat sich Ihnen sicher schon selbst vorgestellt. Er ist ein berühmter Schauspieler und Theatermann. Seine Aufgabe wird es sein, Sie für Ihren jeweiligen Auftritt in der Vergangenheit fit zu machen. Damit Sie sich bewegen und sprechen wie ein Mensch von vor über hundert Jahren.»

«Und woher weiß er, wie diese Menschen redeten und sich bewegten?», fragte Hakala.

«Weil ich vertraut bin mit der Epoche?» Finlay machte eine große Geste. «Weil Oscar Wilde mein Bruder ist?»

Sukov unterbrach ihn: «Du solltest diesen Kurs auch mitmachen, *Gosposcha Fletchera*. Jeder in Murmansk konnte auf den ersten Blick sehen, dass du keine Russin warst. Die Kleider, die Haltung, der Blick.»

«Danke», meinte Fletcher säuerlich.

«Es gibt frühe Fotos aus der Zeit», ergänzte Hannah Rüthli. «Ich habe ein Album für alle zusammengestellt. Das und Bilder sowie Pläne ganz besonders jener Areale, in denen wir uns bewegen werden.» Sie hielt inne. «In denen Sie sich bewegen werden.»

«Wir wollen nicht vorgreifen», fiel Sadie Fletcher ein und fuhr fort: «Es bleibt noch, Ihnen den Leiter Ihrer Gruppe vorzustellen, den Mann, der das Zeitreisen erst möglich gemacht hat, er ist einer der bedeutendsten Physiker unserer Zeit, wenn nicht der bedeutendste überhaupt: Monsieur Matthieu Savary.»

Es fiel ihm nicht nur körperlich schwer, dennoch richtete Matthieu sich auf. Auf seine Krücken hatte er verzichtet. Er fand es der Situation angemessen. «Danke, Miss Fletcher», sagte er. Ohne weitere Ansprache bückte er sich nach einem Stapel Tablet-PCs und verteilte sie. Als er Hannah ihr Exemplar überreichte, senkte er den Blick. «Sie finden dort eine Datei mit dem

Namen ‹Zeitreise-Bibel›, sagte er. «Ich möchte, dass Sie sie öffnen.»

«Die Bibel», grummelte Finlay. «Wie originell.»

«Es ist in der Tat die erste ihrer Art.» Savary ließ sich nicht aus der Ruhe bringen. «Weil wir die Ersten sind, die Zeitreisen unternehmen werden. Und damit das gelingt und weder wir noch die Welt zu Schaden kommen, gilt es, ein paar Regeln zu beachten.»

Timofej Sukovs Augen leuchteten. «Sie meinen», sagte er mit seinem starken Akzent, «dass wir auf die Wahrscheinlichkeit achten müssen, ja? Keine logischen Widersprüchlichkeiten erzeugen dürfen, die die Gesetze des Universums aushebeln könnten?»

«So in etwa», bestätigte Savary. Er zog es vor, ihnen nicht zu eröffnen, dass dieses Feld weitgehend unerforscht war. Minimales Risiko, das war sein Ziel gewesen, als er das Handbuch entworfen hatte. «Bitte lesen Sie sich alles gründlich durch. Lernen Sie es auswendig. Ihnen allen müssen die Regeln des Zeitreisens in Fleisch und Blut übergehen. Das oberste Gebot» – er wandte sich nacheinander an jeden Einzelnen – «ist absolute Unauffälligkeit. Was unser Aussehen angeht, wird Mister Finlay dafür sorgen, dass wir nicht auffallen. Jeder für sich wird zudem darauf achten, dass er gegenüber Menschen der Vergangenheit weder etwas Verfängliches sagt noch tut. Wir outen uns nicht, machen keine Andeutungen, weihen niemanden ein. Nicht einmal, wenn wir verhaftet werden sollten. Nicht einmal, wenn wir unter dem Galgen stünden.»

«Gute Güte.» Finlay gab sich pikiert. «Im Morgengrauen an den Ufern des Tyburn.»

«So ist es.» Savary meinte es bitterernst. «Es ist leider unumgänglich, dass wir bestimmte Objekte mit in die Vergangenheit nehmen.» Sein Ton klang wieder entspannter.

«Waffen», warf Hakala ein.

«Einen Akku», schlug Sukov vor. «Wir brauchen Elektrizität.»

Savary nickte zu beidem. «In der Art, ja. Wir müssen darauf achten, dass wir alles neutral verpackt transportieren und lagern.»

Hannah machte sich Notizen. «Ich werde die Antiquitätenläden und Flohmärkte nach Koffern und Kisten aus der Zeit abklappern», versprach sie. «Wenn wir etwas Größeres unterbringen müssen, kümmere ich mich um einen Nachbau.»

«Gute Idee», bestätigte Savary. Sie hatte es kapiert. Er versuchte ein Lächeln, das sie nicht erwiderte. Savary zuckte zusammen und konzentrierte sich wieder. «Dann wäre da noch die Frage der Kleidung.»

«Warum so umständlich?», unterbrach Finlay ihn. «1888 gab es an jeder Ecke einen Altkleiderhändler. Warum geht nicht einer vorab rüber und kauft für uns ein? Da kriegen wir alles. Und nicht nur das edle Zeug, das heute noch gehandelt wird. Sondern genau die Lumpen, die wir brauchen werden, wenn wir uns im East End bewegen. Sogar der Schmutz und die Wanzen werden original sein.» Alle lachten.

«Das ist eine ausgezeichnete Idee, danke, Mister Finlay», sagte Sadie Fletcher. «Im Übrigen haben wir beschlossen, dass Sie sich vor Ort, oder besser: vor Zeit, ein Quartier verschaffen. Wir überlegen noch …»

«Wozu überlegen?» Finlay war offenbar munter geworden. «Wir machen es wie alle und suchen in der Zeitung. Ich bringe einige Exemplare mit, und wir gehen die Annoncen durch.»

«Ein paar Dinge haben sich wohl doch nicht geändert», meinte Timofej Sukov. Sie lachten wieder, aufgeregt, ungläubig. Sie hatten es nun schon so oft gehört, aber langsam begriffen sie, was es bedeutete: Sie würden Bürger einer anderen, vergangenen Zeit werden.

Hannah machte alle auf die Datei mit den Stadtplänen aufmerksam, die das East End in diversen Ausschnitten zeigten.

Alle Orte, an denen Frauen ermordet worden waren, wurden im Detail – soweit es möglich war, mit Grundrisszeichnungen der umliegenden Gebäude und Höfe – aufgeführt. Außerdem waren begehbare Abwasserkanäle und Tunnel eingezeichnet. Jedes Spital, das Leichenschauen vornahm, sowie die Räumlichkeiten der Metropolitan Police und der City of London Police, die sich beide parallel mit dem Fall befasst hatten, waren enthalten.

«Unter *Ripper run* findet ihr ein Trainingsprogramm», sagte Hannah. «Es zeigt das East End als 3-D-Animation. Ihr könnt Start- und Zielorte eingeben und dann versuchen, die günstigste Route zu nehmen. Wenn ihr das Big-Ben-Icon anklickt, dann lauft ihr gegen die Zeit.» Sie fügte hinzu: «Mit dieser Software trainiere ich vor meinen Einbrüchen.» Finlay überhörte die Provokation.

«Die Zuständigkeiten von Metropolitan und City of London Police grenzen hier aneinander», meinte Hakala, der sich auf die Karten konzentrierte. «Hier und hier. Deshalb wurden nicht alle Morde des Rippers von denselben Ermittlern untersucht. Für die Leute damals war das sicher ein Problem. Wir sollten es uns zunutze machen.»

«Wie könnte das gehen?», fragte Savary.

«Zum Beispiel schon mal, indem wir unseren Stützpunkt im Grenzgebiet aufschlagen», erwiderte Hakala und zeigte auf eine Linie. «Bis sich die Polizei im Notfall einig darüber ist, wer von ihnen für uns zuständig ist, sind wir schon längst wieder weg.»

«Ein guter Vorschlag.» Savary rieb sich das Kinn. «Finlay, können Sie uns eine Wohnung in der Middlesex Street besorgen?»

«Wie Ihr wünscht, Sire.» Finlay deutete eine Verbeugung an.

Hannah mischte sich ein. «Die Wahl ist gut. Dort ist jeden Sonntag ein großer Straßenmarkt. Man wird sich da wenig für Fremde interessieren.»

Sadie Fletcher beugte sich über den Stadtplan. «Ist das heute nicht die Petticoat Lane?», fragte sie. «Mit dem berühmten Markt?»

Timofej grinste. «Du kannst ja da spazieren gehen und an uns denken, Sadie. Vielleicht kriegst du eine Gänsehaut, wenn du unsere Anwesenheit spürst. Nur 127 Jahre versetzt.» Er pustete auf seine Fingerspitzen. «Als hätte ein Engel dich gestreift.»

Savary neigte sich zu Hakala. «Meint der das ernst?», flüsterte er. Der Finne zuckte mit den Schultern. Hannah hatte begonnen, eine Melodie zu summen.

Timofej schnippte mit den Fingern. «Das kenne ich von irgendwoher.»

Hannah schaute nicht auf. «Es heißt ‹Remembering Petticoat Lane›.»

«Muss ich mir merken.» Sukov pfiff mit.

Sadie Fletcher klatschte in die Hände. «Bitte, meine Damen und Herren», sagte sie.

Hakala neben ihr stand auf. «Leute», begann er. «Bei Jack the Ripper haben wir es mit einem Killer zu tun, einem echten. Aber wenn wir unseren Job machen und wenn wir ihn gut machen, dann werden wir ihm nicht einmal nahekommen müssen.» Er winkte. Carter und sein Helfer schoben zwei große Glaswände herein, auf denen Bildmaterial und sonstige Fakten zum Fall Jack the Ripper angebracht waren. Es wurde still im Raum.

Alle starrten auf die Bilder, während Hakala weitersprach. Es waren fünf Schwarz-Weiß-Fotos von Frauengesichtern, sehr alt und nicht besonders scharf. Aber nichts konnte die Verstümmelungen überdecken. Zwei sahen aus, als schliefen sie, die Gesichter erschöpft und aufgedunsen. Wie nach langer Krankheit. Nur eine konnte als hübsch gelten. Einer Leiche fehlten Teile der Nase, das Blut vieler Schnitte klebte im Gesicht. Die fünfte war nicht mehr als menschliches Wesen zu erkennen. «Das sind die gesicherten Opfer des Rippers, die sogenannten ‹kanonischen Fünf›.

Es könnten mehr sein, viel mehr. Die Meinungen schwanken da ...» Hakala zuckte mit den Schultern. Dann deutete er nacheinander auf die Bilder. «Mary Ann Nichols, genannt Polly. Annie Chapman oder auch Dark Annie. Elizabeth Stride und Catherine Eddowes, getötet in nur einer Nacht. Bei Elizabeth Stride wurde er gestört, deshalb sieht sie vergleichsweise unversehrt aus.»

Alle nickten. «Sieht aus, als würde sie stehen», meinte Finlay.

«Man hat sie an einem Nagel aufgehängt für das Bild», antwortete Hakala ernst. Dann fuhr er fort: «Mary Jane Kelly, die Einzige, die in einem geschlossenen Raum getötet wurde. Für sie konnte er sich Zeit nehmen.» Die völlig zerstörte, grauenvolle Maske, die sie anstarrten, bestätigte die Annahme. «Bis auf Stride hat er alle aufgeschlitzt. Bei Chapman und Eddowes fehlt der Uterus. Vereinzelt hat er die Eingeweide entnommen. Kelly war komplett ausgeweidet, das Fleisch von den Schenkeln geschnitten. Ihr Herz wurde nie gefunden.»

«Guter Gott.» Das war Sukov.

Hakala, dem die letzte Nacht mit Sukov, bei Wodka und Streitgesprächen, noch in den Knochen steckte, sah ihn scharf an. «Kommen Sie mir jetzt nicht wieder damit, dass das ein kapitalistisches Phänomen ist», sagte er. «Ihr hattet in der Sowjetunion euren Tschikatilo, der hat über 50 abgeschlachtet.»

«Aber die Opfer des Rippers waren doch Prostituierte», warf Rüthli ein, «käuflich.»

«Hat er davon gegessen?» Savary war blass geworden.

Hakala beschloss, nur auf die letzte Frage einzugehen. «Von Eddowes nahm er außerdem eine Niere mit, die er später der Polizei schickte. Im beigelegten Brief sprach er davon, sie teilweise verspeist zu haben, ja.»

«Er hat die Niere geschickt? Per Post?» Selbst Finlay wurde nun unruhig.

«Er war ein fleißiger Schreiber von Briefen und Karten», bestätigte Hakala. «Teils wandte er sich an die Polizei, teils an die Presse. Er mag der erste seiner Spezies gewesen sein, aber schon dieser Serienmörder wusste mit der Öffentlichkeit umzugehen.» Er wies auf die Reproduktionen alter Schriftstücke. «Manchmal denke ich, diese Art von Täter ist ein Kind der Medien. Er braucht sein Publikum wie die Luft zu atmen. Er sucht Aufmerksamkeit und Applaus, beziehungsweise das, was er dafür hält.»

Alle schwiegen.

«Warum glotzt ihr mich an?» Finlay kramte in der neben ihm stehenden Umhängetasche nach seiner Whiskyflasche.

Sukov kam ihm zuvor und bot ihm von seinem Wodka an, den er in einem Flachmann an der Brust trug. Der Schotte nahm an. Nach einem tiefen Schluck verzog er das Gesicht.

«Das Gute an der Sache ...», begann Hakala und ignorierte die allgemeine Unruhe. «Das Gute an der Sache ist, dass wir uns mit all diesen Details nicht weiter beschäftigen müssen. Warum er den Uterus rausschnitt. Ob er gerne dran knabberte, was er wohl dachte: völlig egal. Wir müssen Jack the Ripper nicht enträtseln. Wir müssen ihn nicht finden. Alles, was wir tun müssen, ist, sicherzustellen, wer er *nicht* ist.»

«Und *wer* soll er nicht sein?» Die Frage von Sukov war so naheliegend wie berechtigt.

Hakala sah zu Fletcher. Sie trat vor und verdeckte mit ihrem Körper die meisten der hypnotisierenden Leichenbilder. «Wir haben die DNA von drei Personen erhalten», sagte sie. «Wir nennen sie Spender eins, zwei und drei. Es handelt sich dabei um heute lebende Nachfahren der Person, die wir von der Liste der Verdächtigen streichen sollen. Idealerweise sollte das mittels Abgleich mit der DNA-Probe des Täters geschehen. Die zu beschaffen unsere Hauptaufgabe sein wird.» Da sie es diesbezüglich mit Laien zu tun hatte, holte sie etwas weiter aus und erläuterte den Anwesenden, dass die Spurensicherung um 1888 noch in den Kinderschuhen steckte. Obwohl als Methode bereits bekannt, wurden noch nicht einmal Fingerabdrücke genommen. Man konnte Tierblut von Menschenblut unterscheiden, das war aber auch schon alles. Es einem bestimmten Menschen zuzuordnen war ein Ding der Unmöglichkeit. Und so etwas wie eine Tatortabsperrung blieb Glückssache. Man lauschte ihr mit freundlicher Ungeduld.

«Und wer, wenn ich fragen darf, sind die edlen Spender?» Es war Finlay, der Sukovs Frage aufgriff. «Oder besser: Wessen Verwandte sind sie? Wer darf hier auf keinen Fall der Ripper sein?»

Fletcher zögerte. Savary nickte ihr ermutigend zu. Sie hatten vereinbart, die Fakten offenzulegen. Absolutes Vertrauen. «Prinz Albert Victor, Herzog von Clarence», sagte Fletcher.

In die anschließende Stille hinein knisterte es in der Sprechanlage. «Miss Fletcher.» Es war Carters Stimme. «Wir haben hier oben ein Problem.»

* * *

Hannah Rüthli nutzte die allgemeine Unruhe nach Fletchers Aufbruch. «Bin ich wegen dir hier?»

Savary, der nicht bemerkt hatte, wie sie sich ihm näherte, zuckte zusammen.

«Bin ich deinetwegen hier?», wiederholte sie grob.

Jetzt, aus der Nähe, bemerkte er, dass sie beinahe schwarze Augenringe hatte, die selbst von der Schminke nicht verdeckt werden konnten. «Ich habe dich gesehen, im C. E. R. N., im Teilchenbeschleuniger», sagte er.

«Und?»

«Du hast mir das Leben gerettet.» Über ihre Schulter hinweg sah er Hakala, Sukov und Finlay vor den Wänden mit den Fotos stehen und diskutieren. «Unten im Tunnel.»

«Ich habe dich nicht gerettet.» Hannah verschränkte die Arme vor der Brust. «Ich bin weg und hab dich liegen lassen.»

Savary widersprach: «Aber jemand hat doch die Helfer zu mir gebracht.»

«Ich war das nicht», sagte Hannah.

«Aha.» Savary wusste nicht, was er sonst sagen sollte.

Hannah zuckte mit den Schultern. «Es war ein Job. Ich durfte kein Risiko eingehen.»

«Verstehe», brachte Savary heraus. Er betrachtete seine Hände. Die Einstiche der Infusionsnadeln.

«Nichts für ungut, ja?», hörte er Hannah sagen und holte tief Luft.

«Natürlich», sagte er. «Kein Problem.»

«Gut.» Auch sie atmete durch. «Ich mag nämlich keine Probleme. *No fuck in the factory*. Du weißt schon.»

Savary zuckte zusammen. «Du bist hier, weil du zu den Besten gehörst.» Es kostete ihn Mühe, den Satz herauszupressen. «Aus keinem anderen Grund. Fletcher hätte dich sonst nie akzeptiert.» Hannah schnaubte. «So wie die anderen auch», fuhr Savary fort, froh, das Thema beenden zu können. «Wir sollten zu ihnen gehen.» Sein Handy klingelte. Es war Sadie Fletcher.

«Savary», sagte sie. «Hier oben ist eine Frau, die Sie sprechen möchte.»

«Ja?», gab er zurück, in Gedanken woanders.

«Sie möchte Sie sprechen, Matthieu, einen Mann, der offiziell tot ist.»

Matthieu begriff. «Wer?», fragte er leise.

Fletcher wirkte wütend. «Vielleicht können *Sie* mir das sagen.»

«*Sie* haben meine Spuren verwischt, Fletcher. Das ist nicht mein Problem.» Hakala kam und bot ihm Kaffee an. Matthieu bemühte sich um ein gleichgültiges Gesicht, schüttelte den Kopf, wandte sich ab und hielt sich das Telefon wieder ans Ohr. «Habe ich mich deutlich genug ausgedrückt?»

«Vielleicht kommen Sie doch besser zu uns rauf», sagte sie unerwartet matt.

«Wieso sollte ich?» Savary war nicht bereit nachzugeben. Drüben sah er Hannah mit Timofej Sukov im Gespräch. *No fuck in the factory*, das Miststück. «Wie gesagt, Ihr Job. Ihr Problem. Erschießen Sie sie doch.»

«Kommen Sie einfach. Bitte.»

16.

Los, zeigen Sie her», sagte Sadie Fletcher.

Carter öffnete ein neues Fenster auf dem Monitor. «Das», sagte er, «kommt direkt von der Überwachungskamera in Besprechungsraum A. Wir haben sie dorthin gebracht, damit sie nicht weiter in der Eingangshalle randaliert.»

Sadie Fletcher lehnte sich zurück und betrachtete das anlaufende Bild, das erst pixelig verzerrt war und dann schlagartig klar wurde. Auch was gesagt wurde, verstand man jetzt. Sie blickten von schräg oben auf die Frau, der ein Mitarbeiter des MI5 gegenübersaß. Sein rasierter Schädel reflektierte das Licht der Neonröhre über dem Tisch.

* * *

Karoline Freitag blickte dem Mann mit der ausdruckslosen Miene herausfordernd ins Gesicht. Sie hatte keine Angst mehr. Nicht nach allem, was sie durchgemacht hatte.

«Ich will Savary sprechen», wiederholte sie.

«Ich weiß nicht, was Sie meinen, Ma'am. Es handelt sich hier um ein Missverständnis.»

Karoline hob eine Augenbraue. «Ich sage nur: Paris. Hôpital Fernand Widal.»

* * *

«Verdammt, Carter! Wie kann sie das wissen?» Fletcher hieb mit der Faust auf den Tisch, dass der Bildschirm bebte. «Wer zum Teufel ist diese Person?»

«Ihr Name ist Karoline Freitag. Sie war im C. E. R. N. tätig. Historikerin aus Berlin. Was genau sie mit Savary zu tun hatte, ist noch nicht ganz klar. Soweit wir wissen, gab es, wenn überhaupt, dann nur eine oberflächliche Zusammenarbeit zwischen den beiden.»

«Eine Spionin?» Sadie Fletchers Oberlippe zuckte.

«Nein. Ausgeschlossen. Der Backup-Check über die Kollegen der NSA läuft noch, aber da sind wir uns sicher.»

* * *

«Ich möchte jemanden sprechen, der verantwortlich ist.»

Der Mann mit der Glatze schwieg.

«Vielleicht den Mann, der bei Savarys Beerdigung dabei war. Verspiegelte Sonnenbrille, glänzende Pomade im Haar, wie war noch mal war sein Name?» Karoline lächelte mit dem Mut der Verzweiflung.

* * *

«Carter!» Fletcher musste sich zusammenreißen. Am liebsten hätte sie ihren vermeintlich besten Mitarbeiter geohrfeigt. «Sie haben Mist gebaut! Riesengroßen Mist! Das wird Konsequenzen haben!»

«Ich ...» Carter, der den Impuls seiner Vorgesetzten instinktiv spürte, war zur Seite getreten. «Ich habe keine Erklärung.»

Fletcher richtete den Oberkörper auf, atmete tief ein und zog das Oberteil ihres Kostüms in einer resoluten Bewegung nach unten. «Sie Versager! Wissen Sie was? Ich geh da jetzt rein. Sie geben Moore Bescheid, dass er den Raum verlassen soll. Dann schalten Sie Kamera und Abhörgeräte aus.»

Carter warf seinem weiblichen Führungsoffizier einen verstörten Blick zu.

«Das ist ein Befehl, Carter! Wagen Sie es bloß nicht, sonst ...» Sadie Fletcher musste das Offensichtliche nicht aussprechen. Carter konnte froh sein, wenn er in den nächsten Jahren wieder im Innendienst arbeiten durfte. Während sie die Tür zum Flur aufstieß, holte sie ihr Mobiltelefon hervor und tippte auf eine Kurzwahltaste.

* * *

Sadie Fletcher streckte Karoline Freitag ihre Hand entgegen und stellte sich vor. «Darf ich erfahren, aus welchem Grund Sie hier sind?»

«Ich möchte dabei sein», antwortete Karoline ruhig. Fletcher öffnete den Mund. Doch bevor sie etwas sagen konnte, stieß Karoline hervor: «Sagen Sie nichts. Ich weiß alles. Die Zeitreise nach Sidney. Das Video, auf dem Jonathan Silver stirbt. Die getürkte Beerdigung auf dem Père Lachaise. Sie haben da etwas Großartiges, etwas Einmaliges. Sie wissen ja gar nicht ...» Karoline erinnerte sich, wo sie war. Sie setzte sich wieder aufrecht hin und wiederholte ruhig und entschieden: «Ich werde dabei sein, wenn Sie in der Zeit reisen.»

«Aber woher ... Also ... wie haben Sie das mit Jersey herausgefunden?»

Karoline sagte nicht ohne Stolz: «Der arme Monsieur Savary sah ziemlich ramponiert aus, wie er da in diesem Krankenzimmer lag.»

«Wie sind Sie an der Wache ...?»

«Jeder braucht mal eine Pinkelpause. Und der andere, der Mann mit dem glänzenden Haar, er sollte sich das Rauchen abgewöhnen.»

Fletcher nickte. «Fahren Sie fort, bitte.»

«Savary war nicht bei sich. Es stellte sich allerdings heraus, dass dieser Umstand nicht weiter hinderlich war. Er sprach im Delirium. Von einer Insel war da die Rede, von Möwen, von Meer. Anfangs glaubte ich, es ginge um Kindheitserinnerungen. Aber als dann dieser Arzt dazukam – ich versteckte mich schnell im Schrank –, erfuhr ich, was ich wissen musste.»

«Ich verstehe nicht ganz.»

«Ihr Doktor Reber telefonierte, während er nach Matthieu sah. Er fragte, ob man die Flugtickets schon habe. Nach Jersey. Bevor er das Krankenzimmer wieder verließ, sagte er, an den inzwischen schlafenden Patienten gewandt: ‹Bis bald auf der Insel, *mon ami.*›» Sadie Fletcher reagierte nicht. Zögerlich fügte Karoline Freitag hinzu: «Und? Was wollen Sie jetzt tun? Wollen Sie mich verschwinden lassen? Damit mein Anwalt die um ihren Jungen trauernde Madame Savary besucht? Was würde sie wohl dazu sagen, wenn das frische Grab geöffnet würde und sich rausstellt, dass …»

«Schon gut, Miss Freitag. Ich habe verstanden.» Es klopfte. Das musste er sein. Endlich.

17.

Obwohl Sadie Fletcher seit über zehn Jahren schon nicht mehr rauchte, zündete sie sich nach der Unterredung mit der Berliner Historikerin eine Zigarette an. Sie stand auf der Freitreppe vor dem Haupthaus und inhalierte vorsichtig. Dachte darüber nach, wie leicht Projekte mit großen Teams doch aus dem Ruder laufen konnten. Und wie ihre Zukunft aussähe, wenn das jetzt und hier geschehen würde. Der menschliche Faktor, dachte Fletcher angewidert, sog an der Zigarette und hustete. Nebenbei beobachtete sie Savary und Freitag, die von ihr zu einem kurzen Spaziergang im Park genötigt worden waren, um sich sowohl miteinander als auch mit der Situation anzufreunden. Die beiden schienen sich erstaunlich gut zu verstehen. Jetzt hielten sie an. Was sagte Freitag da? Fletcher hatte rudimentäre Kenntnisse im Lippenlesen. Im technischen Zeitalter schätzten die meisten ihrer Kollegen solche Fertigkeiten als überholt und altmodisch ein. Aber Fletcher fand, dass man bei operativen Vorgängen ohne Mikrophone oder Wanzen nicht erwischt werden konnte. «Überqualifiziert!» Dieses Biest teilte Savary tatsächlich mit, dass sie für den ihr zugedachten Job überqualifiziert sei. Es war unglaublich. Diese Karoline Freitag sah aus wie ein Bauerntrampel, war stur wie ein Esel und hatte das Selbstbewusstsein einer, einer … Fletcher fiel kein passendes Wort ein. Aber Savary lachte, laut und amüsiert. So unbeschwert hatte sie ihn noch nie gesehen. Sie richtete sich auf, zum Zeichen, dass es weiterging. «Sie verstehen sich ja großartig», sagte sie säuerlich, als die beiden endlich zurückkamen.

«Wir haben dieselbe Leidenschaft.» Karoline Freitag hatte rote Wangen vor Aufregung. Sie sah aus wie ein Kind, das gerade Karussell gefahren war. Und sie meinte ganz offensichtlich jedes ihrer Worte ernst. «Das Reisen in fremde Zeiten. Ich würde mein Leben dafür geben.» Fletcher warf Savary einen Blick zu. Er grinste schief und stützte sich auf seine Krücken. Sagte aber nicht, was die offensichtliche Antwort gewesen wäre: Er *hatte* sein Leben dafür gegeben.

«In die Arena also?», fragte Fletcher, ein wenig ruhiger.

Savary nickte. Er hatte ohnehin eine Historikerin dabeihaben wollen. Und sie war das einzige Mitglied seines Teams, das mit dem Herzen bei der Sache war. Kein Söldner, eine Überzeugungstäterin. «Gehen wir», bestätigte er. «Auf zur *Time Unit.*»

«*Time Unit*, ja?» Fletcher trat ihre Zigarette aus.

«Ja!» Karoline Freitag strahlte. «Die Cold Case Unit für die heißesten Fälle der Vergangenheit.»

Gott schütze uns vor Idealisten, dachte Fletcher und wandte sich ab. «Ich bleibe noch ein wenig. Den Sonnenuntergang genießen.»

Die Runde nahm es gemischt auf, dass sie so rasch ein neues Mitglied erhalten sollte, dessen Anwesenheit nicht geplant war. Man tuschelte und tauschte Blicke. Wer war diese junge Frau, die bieder und breit wirkte, wenn man sie mit Hannah verglich? Der Finlays Präsenz fehlte, Sukovs Gelassenheit und Hakalas kalte, gefährliche Ausstrahlung. Trotzdem saß sie jetzt hier. Sie musste etwas haben, das man ihr nicht ansah. Aufgeregt nestelte sie an ihrem groben Zopf herum. Sie glühte vor Glück, diese Frau. War sie etwa Savarys Geliebte? Die Blicke gingen hin und her.

Mit einem schüchternen Lächeln wollte Karoline neben Hannah Platz nehmen, die zunächst nicht rutschte, dann aber doch der Übermacht der Masse nachgab.

Hakala wartete, bis sich alle wieder beruhigt hatten. Er beschloss, die Neue erst einmal zu ignorieren. «Also, werden wir konkret. Wir sollten ...»

Sofort unterbrach ihn Sukov. «Aber woher kommt diese abwegige Idee, der Mörder könnte ein Prinz sein?», fragte er. «Wir haben in Russland eine angebliche Zarentochter, die die Erschießung ihrer Familie durch die Bolschewiki überlebt haben will. Ein romantisches Märchen. Aber woher stammt dieses Schauerstück vom mordenden Prinzen?»

Hakala öffnete den Mund, um zu antworten.

Zu seiner grenzenlosen Überraschung kam ihm die unbekannte Neue zuvor. «Der Erste, der die These aufstellte, Prinz Victor sei der Ripper, war ein Schriftsteller: Philippe Jullien, der eine Biographie über Eduard VIII. schrieb, den Vater des Verdächtigen. Das war 1969. 1970 legte ein Arzt nach. Doktor Thomas Stowell behauptete, der Prinz habe die Taten im Syphilis-Wahn begangen. Seiner Ansicht nach habe der Prinz einen Hang zu Straßenhuren gehabt und sich die Krankheit dort geholt. Stowell will Aufzeichnungen des damaligen Leibarztes von Königin Victoria und dem Prinzen eingesehen haben. Es handelt sich um einen gewissen Sir William Whitey Gull.»

Hakala dehnte die Schultern und neigte den Kopf rasch nach rechts und links, dass es knackte. «Was sind Sie noch mal? Historikerin?»

Sie errötete. «Ich habe 2011 in Berlin ein Seminar über den Zustand der britischen Arbeiterklasse im Viktorianischen England gegeben. Da war der Ripper Teil des kulturgeschichtlichen Hintergrundes. Ich habe ein gutes Gedächtnis für Details.»

«Im Moment», fuhr Hakala fort, als hätte sie ihm nicht gerade die Show gestohlen, «ist es wohl so, dass eine neue Biographie droht. Der Autor ist der Urenkel eines Leibdieners des Königshauses, was Insiderwissen vermuten lässt. Und er hat verkündet, dass er bislang unbekannte Akten zum Ripper-Fall präsentieren wird.»

«Uuuh», machte Hannah gelangweilt. «Und schon werden die Royals nervös.»

Hakala simulierte ein Lächeln. «Nun, dass sie uns konsultieren, weiß ja keiner. Und niemand wird es je erfahren. Ich schätze, sie würden den Autor lieber hinrichten, als sein Buch erscheinen zu sehen.»

Finlay hob die Hand. «Warum schauen wir nicht selbst in diesen Ripperakten nach?»

«Sie sind verschwunden.» Hakala zuckte mit den Schultern.

Karoline Freitag grätschte erneut dazwischen. «Sie wurden damals für hundert Jahre gesperrt, was an sich schon Anlass für Verschwörungstheorien gab. Und dem Nationalarchiv in Kew übergeben. Zwei Jahre nach der Freigabe war der Großteil verloren oder gestohlen.»

«Souvenirjagd», mutmaßte Finlay.

«Oder Verschleierung», ergänzte Hakala. «Das lässt sich von hier aus nicht entscheiden.»

«Wieso holen wir uns nicht die Akten?» Das war wieder Karoline Freitag. Selbstbewusst sah sie die anderen an. «Ich meine, wenn wir nach 1888 reisen können, dann doch auch nach 1988, oder? Ich gehe gleich nach der Freigabe nach Kew ins Archiv, lasse mich akkreditieren und kopiere die Akten einfach. Dann wissen wir, was der Enthüllungsautor weiß.»

Hakala verzog das Gesicht. «Okay, warum nicht. Wenn uns gar nichts mehr einfällt, lassen wir Sie gerne hundert Meter Akten durcharbeiten.» Er wartete das Lachen der anderen ab. «Aber Blut ist ein besserer Beweis als Papier. Die Königsfamilie will einen DNA-Abgleich, und den soll sie kriegen. Alles wird so diskret wie möglich laufen. Ich habe mir das folgendermaßen vorgestellt.» Er schaute zu Savary, der ihm mit einem leichten Winken zu verstehen gab, dass er einverstanden damit war, wenn Hakala weiter das Zepter führte. «Also.» Der Finne atmete geräuschvoll aus. «Dann fasse ich mal die ersten Schritte zusammen. Wir werden uns eine Wohnung suchen, als Basiscamp, von dem aus wir unbeobachtet an- und abreisen können und in dem wir unsere Ausrüstung lagern. Das übernimmt Finlay. Wir anderen werden mitgehen, um unsere ersten Schritte auf fremdem Boden zu tun, vor allem aber, um den Zugriffsort genau zu studieren.»

«Zugriffsort?», fragte Finlay argwöhnisch.

«Ja.» Tarvo Hakala richtete sich auf. «Der einfachste Weg, an gesicherte DNA zu kommen, ist doch, sie sich direkt vom Mörder zu holen. Und da wir wissen, wann er wo sein wird, brauchen wir uns nur für ein Mordszenario zu entscheiden und dort auf ihn zu warten.»

«Ach, aber Risiken gehen wir keine ein, ja? Wir sollen direkt auf die Bestie losgehen?» Finlay verschränkte demonstrativ die Arme und lehnte sich zurück. Er verweigerte sogar die Flasche, die Sukov ihm anbot. Der Russe hatte leicht trinken, er würde im sicheren Jersey hocken.

«Nicht wir, nicht Sie. *Ich* werde das übernehmen.» Tarvo blieb ruhig. «Ich weiß, was ich tue.»

«Aber gibt es keine andere Möglichkeit?», fragte Hannah. Ihre Arbeit hatte sie gelehrt, den Weg der geringsten Gefahr zu wählen. Unauffällig rein, unauffällig raus, das war das Beste. Und sie konnte sich nicht vorstellen, dass es einen Weg gab, dem Ripper DNA abzunehmen, ohne dass er es bemerkte. Dass man quasi im Vorbeigehen ein Haar von seinem Kragen streifen könnte. «Kann man denn keine Spuren von den Briefen nehmen, die er geschickt hat?»

Matthieu schüttelte den Kopf und warf ein: «Wir wissen nicht sicher, ob die wirklich vom Mörder geschrieben wurden. Damals sind zu Dutzenden Briefe bei der Polizei und der Presse eingegangen. Manche davon hält man für echt, andere nicht, aber jeweils ohne zwingenden Grund. Sie haben nicht mal alle dieselbe Handschrift.»

Tarvo ergänzte: «Man darf sich das nicht wie heute vorstellen. Die Briefe wurden nicht von Spurensicherern in einen Asservatenbeutel gepackt und dann ins Labor gebracht. Sie gingen bei der Post, der Nachrichtenagentur und später bei der Polizei durch zahllose Hände, von denen kaum welche Handschuhe trugen. An einigen der Schriftstücke hat man heute spaßeshalber DNA-Untersuchungen durchgeführt, ergebnislos. Nur Fragmente. Man kann diese Spuren nicht zuordnen. Eine stammte sogar von einer Frau.»

«Jenny, the Ripper?», witzelte Finlay.

«Wohl eher eine Schreibkraft, die den Brief ihrem Chef brachte.» Tarvo winkte ab. «Das bringt nichts. Wir müssen direkt an die Person ran.»

So schnell gab Hannah sich nicht geschlagen. «Und wenn wir die Spuren von einer der Leichen nehmen? Haut unter ihren Fingernägeln oder dergleichen?»

Tarvo neigte zweifelnd den Kopf. «Dasselbe Problem wie bei den Briefen. Die Leichen wurden von sehr vielen Menschen angefasst: Neugierige, freiwillige Helfer, Polizisten, Leichenwäscher, Ärzte. Himmel, sie wurden auf offenen Holzkarren in die Leichenhallen gefahren, auf denen vorher wer weiß was lagerte. Keiner der Leute trug Schutzkleidung, nicht einmal die Profis, keiner achtete auf Spuren. Das ist ein einziges Chaos. Ein Ergebnis, das auf einem Vielleicht beruht, bringt uns gar nichts, deshalb ist die Antwort definitiv nein.» Er verlor nicht die Geduld, doch sein Entschluss war gefasst.

«Und wie wollen Sie dort nachts bewaffnet herumlaufen, ohne aufzufallen?» Finlay dachte mit unguten Gefühlen an seinen letzten nächtlichen Ausflug. «Und wenn Sie Ärger kriegen?»

«Das Whitechapel Vigilance Committee!», rief Karoline Freitag. Als sie die Blicke der anderen bemerkte, wurde sie rot und fügte hastig hinzu: «Das war eine Nachbarschaftswache, gegründet wegen der Rippermorde. Ein Geschäftsmann hat sie initiiert, ich komme jetzt nicht auf den Namen.»

«Wieso mich das wohl erstaunt», murmelte Hakala.

«Die Gründungssitzung war am 10. 9. 1888 im The Crown. Wenn Sie dort hingehen, als Anwohner der Middlesex Street, können Sie Mitglied werden. Sie bekommen eine Polizeipfeife, einen Schlagstock und die Erlaubnis, jede Nacht von Mitternacht bis vier Uhr früh durch alle Straßen Whitechapels zu laufen, ohne dass jemand Fragen stellt.» Begeistert schaute Karoline in die Runde.

«Vielleicht sollten wir dort alle Mitglied werden», überlegte Finlay. «So einen schönen harten Stock wollte ich schon immer mal haben.»

«Vielleicht ist der Mörder einer von der Nachbarschaftswache», meinte Hannah Rüthli. «Dort scheinen sich ja genug Perverse rumzutreiben.»

«Ich bitte um Konzentration!» Hakala klatschte in die Hände. «Der Vorschlag ist notiert. Ich halte ihn für generell bedenkenswert, eventuell im Rahmen eines Plans B. Allerdings nützt er nichts für unser Vorhaben. Denn das wird am 8. 9. ausgeführt werden, noch vor der Gründung des Komitees. Ich möchte in diesem Zusammenhang allgemein vor blindem Aktionismus warnen.»

«Apropos», griff Finlay den Faden auf. «Wenn ich das recht sehe, sind wir uns noch nicht einig. Müssen wir über diesen Killer wirklich persönlich herfallen? Genügt es nicht, wenn wir, sagen wir, die ersten am Tatort sind, um die Spuren zu sichern, die wir brauchen?»

Hannah pflichtete ihm bei. «Immerhin könnten wir warten, bis das Monster weg ist. Das wäre schon etwas.»

«Aber im Grunde …» Wieder war es Karoline, die sich zu Wort meldete. Die anderen wandten die Köpfe und warfen der Neuen, die sich in ihre Runde gedrängt hatte, um sofort die Initiative an sich zu reißen, böse Blicke zu. Karoline straffte ihre pummelige Gestalt. «Im Grunde brauchen wir doch nicht unbedingt DNA, meine ich.»

Tarvo stöhnte ungeduldig. «Ich weiß nicht, was an meinen Ausführungen nicht zu verstehen war, Miss Friday.»

«Freitag, ich heiße Freitag. Und ich habe Sie sehr gut verstanden, Mister Häagen-Dazs. Ich meine nur, dass es für den Anfang doch vielleicht genügt, wenn wir den Täter einfach bei der Tat beobachten. Wenn wir sein Gesicht sehen, wissen wir mehr.»

«Hm, wir könnten ihn zunächst fotografieren!» Hakala war Profi genug, sofort in Form von verwertbaren Beweismitteln zu denken. Und er war auch Profi genug, die Retourkutsche der Neuen zu ignorieren. «Es gibt historische Porträts des Prinzen. Für eine erste Annäherung reicht das. Wenn Größe, Alter oder Haarfarbe gar nicht übereinstimmen, haben wir schon einmal etwas in der Hand.»

«Das ist eher nach meinem Geschmack.» Finlay nahm nun doch einen Schluck aus Sukovs Flasche.

Sukov gab zu bedenken, dass man dazu nicht einmal persönlich vor Ort sein musste. Es gab Kamerasysteme, die das Geschehen selbständig filmen würden, ausgelöst von Bewegungsmeldern. Sie waren sogar so programmierbar, dass sie Gesichter suchten. «Das ganze System lässt sich vorab unauffällig im Hinterhof installieren. Am nächsten Tag kommt ihr einfach vorbei und baut alles wieder ab. Die Daten kann ich am Computer verarbeiten. Video, Standbild, Zoom, was ihr wollt.» Alle signalisierten ihre Zustimmung. Nur Savary hatte Bedenken. Es bedeutete technischen Aufwand, was wiederum hieß, dass sie eine Menge modernes, zeitfremdes Material in die Vergangenheit mitnehmen mussten.

Das barg Risiken und widersprach seinen Regeln: so unauffällig wie möglich, so wenig Eingriffe wie möglich. Ein Hightech-Überwachungssystem im Viktorianischen London zu installieren war nicht das, was er sich unter dezenter Anwesenheit vorstellte.

Finlay erwiderte auf Savarys Einwände, dass ein Ringkampf zwischen Hakala und dem Ripper ja wohl auch nicht besonders unauffällig wäre. «Sie haben eine Verantwortung gegenüber Ihren Mitarbeitern, Sir.»

«Diese Systeme sind unscheinbarer, als man denkt», sagte Hannah. «Ich könnte alles in einem Handkoffer unterbringen. Natürlich in einem zeitgenössischen.»

Savary, der in Rüthlis Bemerkung eine Spitze gegen sich zu sehen versucht war, rief sich zur Räson. *Du musst objektiv bleiben. Sie ist eine Spezialistin und hat einen fachlichen Einwand vorgebracht*. Es fiel ihm schwer.

Hakala nutzte die Pause für eine wichtige Bemerkung. «Auch wenn wir mit Kamera arbeiten, ist es von Vorteil, vor Ort zu sein. Ich halte nichts von technischen Spielereien, die ohne menschliches Eingreifen aktiv werden. Es ist immer besser, persönlich dabei zu sein. Eine Kamera mag scharfe Bilder schießen. Ich aber nehme diesen Menschen mit allen Sinnen wahr, ich höre, rieche, sehe ihn, ich spüre seine Aura, merke, wie er sich bewegt ...» Er suchte nach Worten für das, was er meinte.

«Gesprochen wie ein wahrer Kenner des Schauspiels!» Finlay prostete ihm zu.

Alle schauten Savary an, der noch zögerte. *«D'accord»*, sagte er schließlich. «Einverstanden. Ich bin mir meiner Verantwortung für euch alle durchaus bewusst. Machen wir es vorerst so. Das ist ja das Gute am Zeitreisen.» Er rang sich ein Lächeln ab. «Anders als im eigenen Leben kann man, wenn man scheitert, beliebig oft zurück auf Los.» Ein Aufatmen ging durch die Runde. Die ersten Köpfe drehten sich nach der Kaffeemaschine um.

Nur Karoline saß da und wand sich das Ende ihres Zopfes um die Finger. «Das heißt also», sagte sie leise, «dass wir dem Sterben einer Frau zusehen werden? Vielleicht minutenlang? Dass wir uns anschauen, wie sie aufgeschnitten und ausgeweidet wird. Ohne das Geringste zu unternehmen, um sie zu retten?»

Keiner wollte etwas dazu sagen. Es war Sadie Fletcher, die ihr antwortete. Sie war während der letzten Ausführungen in den Besprechungsraum gekommen und hatte sich, um nicht zu stören, auf einen Stuhl am Rand gesetzt. «Das ist der Deal, Miss Freitag. *Sie* sind zu *uns* gekommen. Oder irre ich mich da?» Sadie Fletcher setzte das Lächeln einer Siegerin auf.

18.

Es war wenige Minuten vor Mitternacht, als Matthieu Savary auf seinen Krücken in das Kontrollzentrum des Hadronen-Beschleunigers humpelte. Er ging bis in die Mitte des Raumes und ließ sich auf einem Stuhl nieder. Das hier war sein Reich. Hier war er König. Uneingeschränkt. Jede Kontroll- oder Steuerungseinheit, jeder Monitor, jede Neonröhre, sogar der Ton der Wandfarbe entsprachen eins zu eins der Anlage des C. E. R. N. Alles – abgesehen von einer Ausnahme. Mit einem Seufzer ließ Matthieu seinen Oberkörper nach hinten sinken.

Er blickte auf den großen Monitor. Die Bereiche der gesamten Anlage wurden hier schematisch angezeigt. Matthieus Augen glitten über den Ring des Vorbeschleunigers, dann über die einzelnen Elemente der Hauptanlage. Vier Detektorkammern wie beim Large Hadron Collider in der Schweiz. Dieselben Namen. CMS, ALICE, LHCb. Nur dem vierten Raum, der Zelle seines Schicksals, hatte er einen anderen Namen gegeben. ATLAS hieß nun TAYLOR.

Nach dem ernüchternden Gespräch mit Hannah Rüthli fragte er sich, ob es eine gute Idee gewesen war, die Kammer umzubenennen. Doch die neue Bezeichnung TAYLOR repräsentierte eben nicht nur etwas Neues, sie stand auch in Kontrast zu etwas Altem. Seit dem großen Knall im C. E. R. N. teilte Savary sein Leben für sich in zwei unterschiedliche Hemisphären ein. Ein Leben *davor*, das von einem großen Selbstbewusstsein und dem Glauben an die eigene Unfehlbarkeit bestimmt gewesen war. Und sein jetziges Leben, das aus Abhängigkeiten bestand. Von Schmerzen, Tabletten und der Angst erfüllt war, diese Welt in allernächster Zeit für immer verlassen zu müssen. Die Explosion in ATLAS erschien ihm wie ein Sündenfall. Ein ultimatives Versagen, das er sich niemals würde verzeihen können. Dass nun die Frustration durch eine Frau hinzukam, trug weiter zu seiner allgemeinen Ernüchterung bei. Doch man musste nach vorne schauen. Die Vergangenheit loslassen. Die Hoffnung, dass das, was zerbrochen war, wieder heil werden konnte, war nicht tot. ATLAS war tot. Es lebe TAYLOR!

Die Tür zum Kontrollraum öffnete sich. Mitternacht. Seine Verabredung war da.

* * *

Während er sich Savary näherte, dachte Timofej Sukov wieder über das Schachspiel nach, das er in Murmansk gegen Fletcher verloren hatte. Dieses Spiel, das daran schuld war, dass er sich jetzt nicht bei seiner Gruschenka auf Sachalin, sondern in einer geheimen unterirdischen Anlage auf einer Kanalinsel befand. Wieder ging er hart mit sich ins Gericht. Er hätte es sehen müssen, sagte er sich, schon ihre Eröffnung: der Bauer auf B4! Aber er war blind gewesen. Nicht mal, als sie später den Läufer auf B2 gesetzt hatte, war ihm etwas aufgefallen. Sie hatte die Eröffnung eines Verlierers benutzt. Prag 1926, Prokop gegen Skalička. Verdammt noch mal! Warum zum Teufel hatte er das nicht gesehen? Diese bescheuerte Sokolski-Eröffnung! Es wäre so leicht gewesen, *Gosposcha* Fletchera zu besiegen. Hatte er seine Augen vielleicht mit Absicht verschlossen? War er der Einflüsterung eines Engels gefolgt? Er konnte nur hoffen, dass Gruschenka ihm diesen Fehltritt verzieh.
«Hier.» Sukov stellte die Aktentasche vor Savary auf den Boden.

«Und du hast alles so gemacht, wie ich es gesagt habe?»

Sukov blickte Savary beleidigt an. «Hör mal, *Towarisch*: Falls es dir entgangen sein sollte, ich bin Techniker. Und zwar einer der besten weltweit. Die Sache, die du mir da aufgetragen hast, hätte ein Metallgießer im zweiten Lehrjahr auf die Reihe gekriegt!»

Savary lächelte müde. «Eine Primaballerina im Körper eines vierschrötigen Russen, wer hätte das gedacht. Timofej, ich will dir mal was sagen. Prinzipiell gebe ich dir recht. Ein Metallgießer hätte das vielleicht hingekriegt. Mit Zink oder mit Blei. Aber niemals als Legierung aus Lithium und Osmium.»

Sukov, der den Mund immer noch geöffnet hatte, versuchte ein zustimmendes Nicken. Die roten Flecken auf seinen Wangen begannen zu verblassen. «Was ist jetzt?», sagte er nach einer kurzen Pause. «Fahren wir endlich los?»

Matthieu Savary griff nach seinen Krücken. «Nichts lieber als das.»

* * *

Nach fünf Kilometern Fahrt in dem Zweisitzer durch die unterirdische Röhre stoppte das Mobil. Sukov, der den Wagen bediente, zog die Handbremse und öffnete die Glaskanzel, damit sie aussteigen konnten. Er half Savary, das Gefährt zu verlassen. «Die Tasche», ermahnte ihn dieser, als sie schon vor dem Eingang von TAYLOR standen. Sukov musste noch einmal zu dem Fahrzeug zurück.

Savary erinnerte sich an den Zeitpunkt, zu dem er im C. E. R. N. vor dieser Tür gestanden hatte. Wenige Augenblicke, bevor sich sein Leben grundlegend ändern sollte. Mit klopfendem Herzen war er damals vom Fahrrad gestiegen. Er hatte keine Zeit gehabt, nicht einmal kurz hatte er innegehalten. *The Point of no return.*

Später, als er im Krankenhaus delirierte, überfielen ihn immer wieder kurze Momente der vollkommenen Klarheit. Momente, die er genutzt hatte, um über die alles entscheidende Frage nachzudenken: Was hatte er falsch gemacht? Und auch während seiner Genesung spukten bei allem, was er tat, diese Frage und die vielen möglichen Antworten ständig in seinem Kopf herum. Wie ein Virus, der einen Computer befallen hatte. Und vor wenigen Wochen endlich hatte dieser Spuk sein Ende genommen. Es war ein großartiger Augenblick gewesen. Der erste, in dem er froh war, noch am Leben zu sein. In dem er so etwas wie Glück empfunden hatte. Und eine tiefe Ruhe. Endlich hatte er wieder zu sich selbst gefunden. Matthieu Savary wäre nicht der beste Teilchenphysiker der Welt gewesen, hätte er die Lösung nicht entwickeln können.

Der Russe pfiff durch die Zähne, als sie die Detektorkammer betraten. «Wie in einer Kathedrale!» Er deutete auf die glänzenden Mikropixeldetektoren, mit denen die Wände des riesigen Zylinders ausgekleidet waren.

«Das hier ist viel mehr als eine Kathedrale», widersprach Savary. «Es tut nicht nur so, als wäre es der Weg zu Gott. Es *ist* der Weg in die Unendlichkeit des Seins!» Langsam bewegte sich Savary auf einen bestimmten Punkt zu. Als er sich sicher war, wies er Sukov an, den kleinen Lithium-Osmium-Block aus der Tasche zu nehmen. «Hier!» Savary klopfte mit dem ausgestreckten Zeigefinger auf einen Sensor. «Genau hier musst du den Absorber fixieren.»

Sukov tat wie ihm geheißen. Befestigte mit Hilfe des Werkzeugs, das er an einem Spezialgürtel trug, den Block an der angegebenen Stelle. Als er zuletzt die Festigkeit der Schrauben kontrollierte, fragte er: «Wozu ist dieses Ding?»

«Für deine Gesundheit», antwortete Savary lapidar.

«Soll das heißen, dass ...»

«Das heißt, dass dieser Block die frei werdende Energie absorbiert, wenn wir unsere Rückreise antreten. Was ohne Absorber passieren kann, das siehst du ja an mir.»

Sukov schwieg einen Moment lang. «Es handelt sich also um eine Art Puffer, der die Strahlung aufnimmt, wenn das Team zurückkommt.»

«Exakt.»

Sukov steckte den Schraubenzieher zurück in den Gürtel und kratzte sich am Hinterkopf. «Hm. Also, das mit dem Lithium verstehe ich. Aber das Osmium?»

«Für Reisen in die Vergangenheit brauchst du Lithium, das Metall mit der geringsten Dichte. Wenn du aber in die Zukunft willst, wird dein Körper nicht mit Down-Quarks geladen sein …»

«… sondern mit Ups», führte Sukov den Satz zu Ende.

Savary nickte. «Das dachte ich auch. Doch ich hatte mich getäuscht. Nein. Wenn du zurück in die Gegenwart, also quasi in die Zukunft willst, bringst du Strange-Quarks mit. Nur Osmium kann die absorbieren.»

Sukov hatte einen Finger an seine Schläfe gelegt, auf seiner Stirn bildeten sich tiefe Denkfalten. «Quark-Gluonen-Plasma! Das Strange-Quark macht QGP aus dem Osmium! Freie Quarks, nicht mehr an Hadronen gebunden. Wahnsinn!»

«Nein. Kein Wahnsinn. Etwas, das jenseits davon liegt. Die Physik des Universums. Kaum ein menschlicher Verstand ist in der Lage, diese auch nur im Ansatz zu erfassen.»

«QGP, exotische Materie, zu gerne würde ich das mal mit eigenen Augen sehen», schwärmte Sukov weiter. «Aber wollen wir auch mal in die Zukunft von hier und jetzt aus gesehen?»

«Eines Tages vielleicht. Man kann nie wissen.»

«Vielleicht gibt es dort auch Möglichkeiten. Medizinische, meine ich», sagte Sukov.

Savary schaute ihn nicht an. «Wer weiß. In erster Linie geht es mir um unsere Mission. Und die kann jetzt losgehen.»

TEIL II

1.

Es dauerte eine Weile, bis die Gruppe sich von den Nachwirkungen der Reise erholt hatte. Lichtblitze tanzten vor ihren Augen und machten sie blind für die Umgebung. Ihr Gleichgewichtssinn war gestört. Sie hatten soeben die Grenzen des eigenen Körpers kennenlernen dürfen. Langsam begriffen sie, wo sie sich befanden. Karoline Freitag starrte auf ihre Hände, als wüsste sie nicht, was sie damit anfangen sollte. Savary sah kränker aus denn je. Tarvo Hakala setzte mehrfach die Füße breiter, um besseren Stand zu gewinnen. Trotzig schob er das Kinn vor. Am natürlichsten wirkte noch Finlay, der an einer Ziegelmauer lehnte wie ein Betrunkener. Eine Pose, die er in seinem Leben aus gegebenem Anlass oft genug eingenommen hatte. Nach und nach griffen die vertrauten Reflexe wieder. Sie schauten sich um. Da war ein Hinterhof, umgeben von Mauern. Zu ihrer Linken ein baufälliger Schuppen, zur Rechten die Rückfront eines Vorderhauses, zu dem drei Stufen hinaufführten. Der Bau war schwarz verklebt von Ruß, die Fenster waren dunkel. Kein Mensch weit und breit.

«Schnell, die Anzüge!» Hakala griff an den Verschluss seines silberfarbenen Schutzanzuges und schlüpfte mit schnellen Bewegungen heraus. Das metallbeschichtete Gewebe knisterte. Er half den anderen, die weniger geschickt waren, sammelte alles ein, knüllte es zusammen und steckte die silberne Stoffkugel in den mitgebrachten Seesack. Die Schuppentür knarrte, als er daran zog. «Das dürfte fürs Erste genügen», erklärte er, nachdem er ihre Ausrüstung dort abgelegt hatte. «Aber optimal ist es nicht.» Die Ankunftsphase war gefährlich, das Risiko, gesehen zu werden, sehr groß. Jetzt waren sie hilflos und angreifbar.

«Was machen wir mit dem Ding hier?» Finlay, der immer noch an der Mauer lehnte, deutete auf eine schwarze tennisballgroße Kugel, die wenige Zentimeter über dem Boden in der Luft schwebte.

«Das *Ding* nennt sich Schwarzes Loch», schaltete sich Savary nun ein. «Wir brauchen etwas, um es zu verbergen. Eine Kiste, oder ...»

Hakala, der in der Zwischenzeit wieder in dem Schuppen verschwunden war, stand plötzlich mit einem Fass vor ihnen. Das gute Stück staubte, die rostigen Eisenringe, die das darunterliegende Holz festhielten, waren stellenweise verschoben. «Auf der Unterseite ist es offen. Es wird also genügen, wenn wir es über das Zeit-Tor stülpen.»

«Aber sei vorsichtig!», warnte Savary. «Du darfst das Schwarze Loch keinesfalls berühren!»

«Ja, ja. Ich weiß», antwortete der Angesprochene genervt. «Sonst werde ich hineingezogen.»

«So ist es. Ich müsste mit dem Dimensionator hinterher und dich rausholen.»

Während Hakala das Fass vorsichtig über dem schwebenden Ball in Position brachte, griff Savary nach dem Dimensionator, den er auf den Steinstufen abgelegt hatte. Das Gerät sah aus wie ein größerer Tablet-PC, hatte aber eine gänzlich andere Funktion. In den Dimensionator wurden die Raum-Zeit-Daten eingegeben, die darüber entschieden, wo und wann man ankam. Ohne ihn und ohne das Schwarze Loch wäre eine Rückreise unmöglich.

Als Hakala fertig war, nahm er Savary den Dimensionator ab. Noch immer strömte das Gerät einen Hauch dieses unnatürlich blauen Lichtes aus, das während des Betriebs hell leuchtete. «Ich tue es zu den anderen Sachen.» Savary nickte. Für einen Moment verschwand Hakala erneut im Schuppen. Als er wieder herauskam, machte er eine Runde durch den gesamten Hof, um sicherzustellen, dass sie tatsächlich nicht beobachtet wurden. «Wir werden uns etwas anderes ausdenken müssen», sagte er.

«Ich weiß, deshalb werden wir ja diese Wohnung anmieten.» Jetzt war es Savary, der genervt klang. «Aber im Moment ...» Es knallte. Sie fuhren herum.

Sofort drängte Hakala sie in den toten Winkel zwischen Vorderhaustreppe und Ziegelwand. «Ducken!», flüsterte er. Es war ein lausiger Schutz, aber mehr hatten sie nicht. Hakala legte den Finger an die Lippen. Dann entfernte er sich von ihnen. Gebückt, langsam, immer auf der Linie zwischen seinem Team und dem Abort, schlich er sich an dessen Tür heran, die jetzt erneut klapperte. Hakala atmete tief ein und spannte sich. Jemand hatte vorhin diese Tür mit Schwung zugezogen. Jemand musste in dem Abtritt sein. Er hatte ihn bei seinem ersten Rundgang übersehen. Es war nur ein kleiner Alkoven an der ohnehin sehr unregelmäßigen Schuppenwand, teilweise zugestellt von einem Stapel Bretter. Daneben lag ein Eimer, aus dem Küchenabfall auf den Lehmboden des Hofes quoll. Es roch vergoren. Hakala trat an die Seite der halbverfallenen Kabine. Wartete, bis der Wind die Tür wieder kurz anlupfte, und packte sie dann, um sie mit einem Ruck aufzureißen. Er sprang ins Innere. Das Time-Unit-Team stieß unwillkürlich einen kollektiven Seufzer aus. «Mein Gott!», flüsterte Karoline Freitag.

«Raubkatze wäre wohl der passende Ausdruck», stellte Finlay fest, der weniger leicht zu beeindrucken war. «An diesem Hakala ist ein Tänzer verlorengegangen.»

«Klappe, alle beide!» Savary hob die Hand und starrte hinüber in die schwarze Öffnung. Aus dem Abort kamen ein Rumpeln und ein Schrei. Savary fuhr hoch und humpelte, auf einen Stock aus Ebenholz gestützt, so schnell er konnte hinüber. «Was haben wir?», fragte er.

Wortlos hielt Hakala seinen Fang in die Luft. Der Mann mochte an die sechzig sein, er war dünn wie ein Bündel Reisig, notdürftig zusammengehalten von den Lumpen, die er trug: einem Paar Stiefel, das alle Zehen freiließ, einer vor Schmutz steifen Hose, die mit einem Strick befestigt war, und einem zerrissenen Hemd. Darüber trug er eine Jacke, die einmal einem weit größeren Mann gehört haben musste. Flicken zierten den Stoff fast ohne Zwischenraum. Der Schmutz in seinem Gesicht und an den Händen hatte sich so tief in die Haut gefressen, dass er wohl auch mit Seife nicht mehr zu entfernen war. Aus tränenden Augen zwinkerte er sie erstaunt an. «Wie der Herrgott aus dem Nix. Buff!», lallte er und lachte sinnlos.

Savary und Hakala schauten einander an. Es war klar, dass der Alte sie gesehen hatte. Ebenso klar aber auch, dass er sturzbetrunken war. Hakala machte eine Geste vor seiner Kehle, Savary schüttelte den Kopf. Es brachte nichts, diesen Penner zu töten und sich dann mit einer weiteren Leiche herumzuschlagen, die das East End in Aufruhr versetzen würde.

«Der hat sein Hirn schon längst ersäuft», sagte er.

Wie um das Urteil zu bestätigen, wiederholte der Mann: «Wie der Herrgott und seine Erzengel, ganz in Silber! Ein strahlendes Licht! Ich habe es gesehen!»

Hakala verzog das Gesicht. «Es ist ein Risiko.» Er legte dem Alten eine Hand in den Nacken. «Das bricht wie ein morsches Stück Holz.»

Jetzt war auch Karoline Freitag herangetreten. «Aber das Handbuch», rief sie. «Du hast es doch auch gelesen. Ihr alle kennt es!» Sie wandte sich den anderen zu: «Keine endgültigen Handlungen.»

«Will heißen», bestätigte Finlay, «wir töten hier nicht.» Er gähnte.

«Allerdings sollten wir auch darauf achten, hier nicht getötet zu werden.» Hakala blieb unerbittlich.

«Ach, komm schon, Tarvo.» Finlays Ton blieb gemütlich. «Das Schlimmste, was der hier uns antun wird, ist, eine Religion zu begründen, in der er uns als silberne Erzengel verehrt.»

Gegen seinen Willen musste Savary lächeln. «Das könnte schrecklich genug sein», sagte er, «wenn man bedenkt, was Religionen auf diesem Planeten so alles angerichtet haben.»

«Aber...», Karoline Freitag wollte etwas einwenden. Es ging über ihren Horizont, dass jemand über die Situation Scherze machen konnte.

«Meine Liebe», sagte Finlay hinter ihr, dem ihre Aufregung nicht entgangen war. «Waren nicht Sie diejenige, die unbedingt einmal einen Naziaufmarsch sehen wollte? Was hätten Sie erst beim Anblick eines KZs gesagt?» Er legte ihr die Hand auf die Schulter.

«Lassen Sie mich», fauchte Karoline Freitag und schlug seine Hand weg. «Ich würde jedenfalls nicht persönlich das Gas aufdrehen, verstanden?» Sie richtete sich auf. «Und ich sage: Wir lassen diesen Mann gehen.» Sie schaute Savary an. «Bitte!», setzte sie leise dazu.

Savary nickte. «Nimm ihn mit in die nächste Kneipe und füll ihn endgültig ab», befahl er Hakala. «Dann bring ihn zu einem der Arbeitshäuser und achte darauf, dass er einen guten Platz in der Warteschlange erhält.» Als Hakala ihn fragend ansah, erklärte er: «Die behalten ihre Kunden dort immer den gesamten folgenden Tag. Sie müssen die Übernachtung dort und ihr Abendessen mit einem Tag Zwangsarbeit abdienen, verstehst du? Damit ist er mindestens 36 Stunden aus dem Weg. Das sollte reichen.»

«Also gut, na komm schon, Alter.» Hakala riss den Betrunkenen am Kragen hoch und schleifte ihn auf das Vorderhaus zu.

«Wir treffen uns bei der Wohnung», rief Savary ihm nach. «Middlesex Street 10.»

Finlay erlaubte sich ein ironisches Klatschen. «Was für eine salomonische Lösung. Und so zeitgemäß.»

«Halten Sie den Mund!», fuhr Karoline Freitag ihn an.

Während sie hinter Hakala und seinem brabbelnden Begleiter durch den Flur zum Vordereingang gingen, instruierte Savary sie noch einmal. «Also, Finlay, Sie gehen zu dieser Wohnung, die Frau Doktor Freitag für uns recherchiert hat. Sie mieten das Loch für ...» Er wandte sich zu der Historikerin um: «Was war der übliche Zeitraum? Eine Woche? Ein Monat?» Als Karoline beim letzten Wort nickte, fuhr er fort: «Also für einen Monat. Sie kaufen Lebensmittel und Lampenöl und lagern alles dort. Dann holen Sie den Seesack hier ab. Um Punkt ...» Er schaute auf sein Handgelenk und ärgerte sich. Sie hatten es doch oft genug trainiert. Unter Finlays hämischen Blicken zog er seine Taschenuhr heraus. «Um Punkt 16.00 Uhr sind Sie wieder hier. Dann schickt Rüthli uns die Ausrüstung nach. Wir schaffen alles sofort in die Wohnung, ich kalibriere neu, und wir machen von dort den Abflug.» Er atmete aus. Allein die Aussicht, bald schützende Wände um sich zu haben, entspannte ihn. Hakala hatte recht, das hier war ein Hasard-Spiel gewesen. Sie hatten Glück gehabt; es hätte noch weit schlimmer ausgehen können.

Vor sich hörten sie die Tür schlagen und Hakalas Stimme, die sagte: «Dann lass uns mal ins Helmet and Horse gehen, Alter!», und den Mann, der protestierend stotterte: «Ich bin erst 32 Mann, zwei...zwei...zwei...» Dann waren sie fort.

Savary zählte bis zehn, dann führte er seine Leute hinaus. Sie blieben stehen.

Finlay war der Erste, der zu sich kam. «Kann mir jemand sagen, warum wir noch mal hierherkommen wollten?», fragte er.

Karoline Freitag wurde blass und übergab sich in den Rinnstein. Dort floss eben aus einer nahen Schlachterei eine Menge mit Wasser vermischten Blutes vorbei. Die metallisch stinkende

Brühe umspülte ihre Schuhe und schwemmte Exkremente, Sägespäne, verrottende Essensreste und anderen Müll mit sich, um ihn in der nächsten Vertiefung liegen zu lassen. Durch den Unrat trotteten Menschen, als wäre er gar nicht existent. Es waren zerlumpte, magere Gestalten, von denen sich viele bewegten wie Schlafwandler. Mechanisch und langsam hoben sie die Füße, als fehlte ihnen alle Kraft. Von Zeit zu Zeit bückte sich einer, um etwas aufzuheben. Karoline dachte erst, es wären Münzen. Doch diese Leute pickten sich aus dem Dreck, was ihnen noch essbar erschien: Brotkrumen, eine Apfelschale. Einer steckte sich eine ausgelutschte Weinbeere in den Mund wie ein Geschenk. Kauend taumelte er weiter. Kinder rannten in dem Durcheinander umher, mit vor Schmutz dunklen Gesichtern und widerborstigen Haaren. Sie trugen dieselben Lumpen wie die Erwachsenen. Sie schrien und warfen mit Steinen nach einander. Sie spielten. Sie waren vielleicht drei oder vier Jahre alt. Stöhnend richtete Karoline Freitag sich auf und wischte sich über den Mund. «Der Geruch», stieß sie hervor. «Mit dem Anblick hatte ich gerechnet, aber nicht mit diesem, diesem ...»

«Taschentuch!», zischte Finlay. «Sie haben ein Stofftaschentuch in Ihrem Beutel.»

Karoline trug Kleid, Mantel und Hut einer Frau, die einmal bessere Zeiten gesehen hatte und sich noch an der Schwelle zum Lumpenproletariat hielt. Eine, die nachts noch ein Bett in einer der Sammelunterkünfte bezahlen konnte. Die noch schwankte zwischen Zündholzschachtelkleben und Prostitution. Sie hatten beschlossen, dass ihnen allen eine derartige Einordnung am meisten Spielraum brachte. Die Armen würden sie als Ihresgleichen betrachten und mit ihnen reden. Bessergestellte und Polizisten andererseits würden sie nicht mit zu großem Argwohn betrachten und ihnen das saubere Englisch und die guten Manieren abnehmen. So blieben sie beweglich.

«Finlay», sagte Savary. Der Schauspieler zog seinen Hut und verabschiedete sich. «Um sechzehn Uhr wieder hier», bestätigte er. «Auf ein gutes Gelingen.»

Karoline Freitag schaute ihm missmutig nach. «Fehlt noch, dass er sich dreimal über die Schulter spuckt.»

«Kommen Sie», forderte Savary sie auf, und Karoline hängte sich bei ihm ein. «Es ist wirklich nur der Geruch», begann sie wieder.

«Sie brauchen sich nicht zu entschuldigen», sagte er. «Wir alle tun uns schwer. Sehen Sie, dort ist ein Park. Wir werden uns einen Moment setzen, dann geht es Ihnen bald besser.»

Es war einer jener Londoner Parks, die von einer Mauer umgeben und mit einem schmiedeeisernen Tor verschlossen waren, das sich erst in den Morgenstunden für das Publikum öffnete. Wege schlängelten sich zwischen kleinen, buchsbaumgesäumten Rasenflächen hindurch, in deren Mitte ein paar magere Bäume und ein Vogelbad standen. Jede Bank, jede Rasenfläche, jedes ebene Stück Grün waren belegt von schlafenden Menschen. Ratlos blickte Savary sich um. Die altmodische Kleidung, die für Menschen des 21. Jahrhunderts selbst in Lumpenform noch eine seltsame Würde ausstrahlte, ließ die Szene noch merkwürdiger wirken. In langen Kleidern, mit Hut und Schultertuch, Knöpfstiefeln und Pompadour lagen die Frauen da, die Männer in Anzughosen, mit dunkler Jacke, festlich und abgerissen wie eine Gruppe von der Morgendämmerung überraschter Vampire, die bessere Zeiten gesehen hatte. Alle schliefen fest, auf den Bänken dicht an dicht aneinandergedrückt wie die Hühner auf der Stange, auf dem Rasen hingestreckt in allen Positionen, auch hier aneinandergekuschelt, um trotz der Kühle und des Taus ein wenig Wärme zu finden.

«Was machen die hier?», fragte Savary. Er flüsterte unwillkürlich. Draußen ratterten die Wagen über das Pflaster. Die Verkäufer priesen lautstark ihre Waren an. Innerhalb der Mauern des Parks aber pfiff nicht einmal ein Vogel. Nur hier und da war ein Schnarchen zu hören.

«Die Obdachlosen dürfen nachts nirgendwo schlafen.» Karoline Freitags Stimme klang belegt. «Ich habe darüber gelesen. Sobald sie sich irgendwo auf einer Treppe niederlassen oder einer Bank oder sich auch nur an eine Hauswand lehnen, kommt ein Polizist und scheucht sie weiter. Sie müssen in Bewegung bleiben. Erst mit der Morgendämmerung endet die Jagd.» Sie betrachtete die fahlen, schmutzverschmierten Gesichter.

«Und tagsüber lässt man sie dann schlafen?», fragte Savary ungläubig. «Warum denn nicht gleich in der Nacht? Das ist doch Schwachsinn.»

Karoline Freitag zuckte mit den Schultern. «Was überhaupt ist vernünftig an dem, was diesen Menschen zugemutet wird?»

«Keine Ahnung.» Savary fasste sie bei der Schulter und zog sie aus dem gespenstischen Park. «Und es ist mir auch egal, ehrlich gesagt.» Er wich ihrem Blick aus. «Wir haben hier andere Aufgaben.» Er hatte ein Haus mit der Aufschrift «Café» gesehen und hielt darauf zu. Dann würden sie eben dort ein wenig Atem schöpfen, ehe sie weitermachten. «Ein Kaffee wird uns guttun.» Sie traten ein. Einen Moment blieben sie beide in der Tür stehen. In dieser fremden Zeit einen Raum zu betreten, das war noch einmal ein Schock. All diese Menschen, die in Wahrheit schon lange tot waren. So nahe, so intim. Sie hielten automatisch den Atem an. Kein Kopf wandte sich nach ihnen um.

Als sie sich ihrer eigenen Scheu bewusst wurden, regten sie sich wieder, peinlich berührt. Savary hatte zwei freie Stühle an einem der runden Tische bemerkt. Schnell schob er Karoline vorwärts. Sie machte einen Schritt und blieb stehen. Der Boden fühlte sich weich an. Eine dicke Schicht Sägespäne bedeckte ihn, die bereits dunkelbraun war, so vollgesogen hatte sie sich mit dem Dreck von vielen Tagen. Essensreste, Bier, Ungeziefer. Die Bedienung warf eben mit einer Handschaufel eine neue Schicht über die alte. Ob hier überhaupt jemals ausgekehrt wurde? Karoline sah einen Gast, einen alten Mann mit nur einem Auge, der auf den Boden spuckte. Als er ihren Blick bemerkte, lächelte er ihr zahnlos zu.

Savary drückte sie auf einen Stuhl. «Zwei Kaffee!», bestellte er mit lauter Stimme.

«Kommt ja schon!» Die Antwort der Bedienung war der letzte Beweis, dass sie Teil dieser infernalischen Welt waren. Wenig später standen zwei schmutzige Becher mit einer hellbraunen Flüssigkeit vor ihnen.

«Ich trinke das nicht», sagte Karoline.

Savary, der seine Tasse entschlossen in die Hand genommen hatte, setzte sie nach dem ersten Schluck wieder ab. «Was immer das ist, mit Kaffee hat es nichts zu tun.» Sein Blick blieb im Dekolleté der Frau gegenüber hängen, in dem sich schwarze Punkte hin und her bewegten. «Wir sollten Rüthli Bescheid sagen. Wir brauchen hier auf jeden Fall Flohpulver.» Karoline kratzte sich unbehaglich am Arm. «Und was gegen Bettwanzen sollten wir auch haben.» Er grinste sie an. «Stand das etwa nicht in Ihren Büchern?»

Karoline kniff die Lippen zusammen. «Was tun wir eigentlich bis sechzehn Uhr?», fragte sie.

Savary schob seine Tasse von sich. «Wir begehen den Schauplatz von Mord Nummer drei», sagte er, «dem an Annie Chapman. Das ist ein Hinterhof, 29 Hanbury Street.»

Sie hatten diesen Tatort ausgewählt, weil er diskret gelegen war. Erstens bot er ihnen Gelegenheit, sich zu verstecken, zweitens war die Wahrscheinlichkeit gering, dass es weitere Zeugen gab. Dort würden sie eine Chance haben, den Mörder bei der Arbeit zu beobachten, ohne selbst gesehen zu werden. Hakala zwar hatte gemeint, der Hof sei eine Falle. Aber Savary hatte sich durchgesetzt. Er war nicht bereit, ungeschützt nachts in den Straßen von Whitechapel herumzustehen. Sie würden vorab einige Zaunlatten unauffällig lockern, um sich so einen Fluchtweg zu verschaffen. Sie hatten ihre erste Ankunft vor die Zeit der Morde gelegt, teils, weil es einfach die Woche war, in der die Wohnung angeboten wurde, die sie im Auge hatten. Teils aber auch, weil sie nicht wollten, dass jemand ihr Interesse für einen Tatort verdächtig fand. Noch war 29 Hanbury Street nur ein Hinterhof wie jeder andere.

«Annie Chapman, war das die Hübsche?», fragte Karoline.

«Wie?» Savary wurde aus seinen Überlegungen gerissen. «Nein, das war die, die ohnehin bald an Tuberkulose gestorben wäre», antwortete er und stand auf. «Gehen wir?»

Karoline nickte. Ihr Blick schweifte durch den Raum, als sie ihren Stuhl zurückschob. Wie ihre Nachbarin mit den Flöhen im Ausschnitt, so war auch der größte Teil der anderen weiblichen Gäste sichtbar heruntergekommen und lebte vermutlich von der Prostitution. Wie viele der Frauen hier wärmten sich wohl mit einem Kaffee auf, nachdem sie die Nacht dort draußen verbracht hatten, auf der Jagd nach ein paar Münzen?

Karoline hatte sich immer als Wissenschaftlerin verstanden. Sie hatte mit allem gerechnet. Nur nicht damit, dass die Vergangenheit sie auf diese Weise berühren könnte. Aber so war es. Sie hätte heulen mögen. «Es könnte jede von ihnen sein, nicht wahr?», fragte sie leise.

Savary, der eben das Trinkgeld abzählte, schaute auf und folgte ihrem Blick. Dann hielt er inne. «Stimmt», sagte er. «Um genau zu sein, ist es die dort drüben am Fenstertisch.»

Er wies mit dem Kopf hinüber. Die Frau zeigte ihnen das Profil. Er hatte sie von den Fotos sofort erkannt: die Pudellocken, die üppigen Lippen, die das einzig Schöne in ihrem aufgedunsenen Gesicht waren, und die seltsam abfallenden Brauen. Sie sah krank aus und hatte sichtlich Fieber. Savary musste an die Obduktionsberichte denken, die Freitag herausgesucht hatte. Darin stand, dass Annie Chapman oder Dark Annie, wie sie genannt wurde, neben der Tuberkulose eine Hirnhautentzündung hatte. Sie hätte den Zeitpunkt ihrer Ermordung so oder so wohl höchstens noch eine Woche überlebt. Wie zum Beweis hob sie im selben Moment die Faust an den Mund und hustete heftig.

Auch Karoline hatte die Hand vor den Mund geschlagen. «Oh, mein Gott», murmelte sie. «Oh, mein Gott!» Dann wurde es schwarz um sie herum.

2.

Die Aufzugtür hinter Savary glitt auf. Er ignorierte das Geräusch und hantierte weiter mit seinen Notizzetteln. Sein Team, das vor ihm auf den blauen Sofas saß, schaute bedrückt drein. Savary räusperte sich und begann: «Wir sind hier für ein erstes Fazit», verkündete er. «Ah, Miss Fletcher.» Er tat, als hätte er sie gerade erst bemerkt. «Wie gut, dass Sie sich uns anschließen. Ich wollte eben die jüngsten Resultate mit meinen Leuten durchgehen. Mister Finlay hier war erfolgreich und hat für uns die Wohnung in der Middlesex Street angemietet. Wie wir gehofft hatten, ist es eine belebte Straße mit viel Verkehr. Wir werden kaum auffallen, wenn wir sie betreten oder verlassen. Außerdem befindet sich in dem Raum ein Kachelofen. Ein prima Ort für unser stabiles Schwarzes Loch. Wir haben jetzt also eine Basis im Zentrum des Geschehens.»

Selbstgefällig betrachtete Finlay seine Fingernägel, die seit der Begegnung mit den Londoner Hygienestandards von 1888 wieder frisch gereinigt und gefeilt waren. Er griff nach einer Flasche Perrier.

Savary nickte dem Finnen zu, der neben Finlay in der Sofaecke saß. Er hatte seine Pranken auf die Oberschenkel gelegt. Äußerlich ruhig wie immer, die innere Anspannung, die ihn nie verließ, perfekt verbergend. «Mister Hakala hat das gesamte Gepäck in die Wohnung geschafft, sodass unsere Ausrüstung jetzt bereitsteht. Künftig werden wir an- und abreisen können, ohne Gefahr zu laufen, irgendwie Aufsehen zu erregen. Das wird eine große Erleichterung sein. Die Kamera für den ersten richtigen operativen Einsatz haben wir ebenfalls schon in der Wohnung deponiert.» Er hielt inne und räusperte sich. «Ich möchte hinzufügen, wie hilfreich es war, dass Mademoiselle Rüthli es auf sich genommen hat, zeitgenössische Gepäckstücke für uns zu erwerben und zu präparieren.» Er warf Hannah einen raschen Blick zu. Sie hatte den Kopf weggedreht und schien in Gedanken versunken. Offensichtlich war sie nicht scharf darauf, die Lorbeeren einzuheimsen.

Sadie Fletcher verschränkte die Arme. «Also ein Erfolg auf der ganzen Linie.»

«Ja.» Savary stellte sich so gerade hin, wie es ihm seine Krankheit erlaubte.

Fletcher nickte. «Sind Sie gesehen worden?»

Savary überlegte. Er sah Hakala aus dem Augenwinkel an. War er Fletchers Mann? Hatte er geredet? Das Gesicht des Finnen blieb ausdruckslos. Savary entschied sich für die sichere Variante. «Ein Zeuge», sagte er knapp. «Aber Hakala hat das geregelt. Der Mann ist aus dem Weg. Außerdem war er völlig betrunken und konnte wohl nicht einschätzen, was er da sah.»

«Klingt großartig.» Die Ironie lag einzig und allein in der Betonung. Ein Zeichen dafür, wie wenig erfreut Fletcher war. Sie setzte sich in Bewegung und ging hinter den beiden Sofas entlang. Musterte die bewegungslosen Hinterköpfe der Teammitglieder. «Absolut großartig», wiederholte sie. «Vor allem wenn man bedenkt, was Sie sich sonst noch geleistet haben.» Karoline Freitag wandte schuldbewusst den Kopf und sah sie an. Fletcher blieb stehen. «Ein Zeuge, der Sie in Ihren Schutzanzügen gesehen hat. Dann eine Ohnmacht in einem öffentlichen Lokal. Nennen Sie das unter dem Radar bleiben?»

Savary machte einen Schritt nach vorne, um Karoline zu verteidigen. «Die Luft dort hat uns allen zu schaffen gemacht.»

Fletcher stützte die Hände auf die Lehne und neigte sich zu Freitag hinunter. «War es wirklich die Luft, ja?» Sie wartete.

«Ich …», begann Karoline. Fletcher schnitt ihr das Wort ab. «*Sie* sind zu uns gekommen. *Sie* sagten, Sie wären eine Wissenschaftlerin mit maximal professioneller Einstellung. *Sie* haben mich um diesen Job angefleht.» Bei jedem Sie stach ihr Zeigefinger in Richtung der unglücklichen Historikerin. «Und jetzt gefährden *Sie* die gesamte Mission mit Ihrem amateurhaften Verhalten?!»

Freitag schluckte. «Ich sah sie da sitzen. Und ich hatte, ich hatte diese Bilder vor Augen. Wie sie aufgeschlitzt daliegt. Und ...»

«Mitgefühl!», konstatierte Fletcher. Ihre Stimme war voller Verachtung. «Sie empfinden Mitgefühl.» Sie richtete sich auf. Ihre Hand hieb auf die Lehne. «Mit einer Leiche!»

«Also ...», setzte Savary an.

Fletcher ließ auch ihn nicht ausreden. «All die Menschen, denen Sie heute begegnet sind, sind keine Menschen. Es sind Leichen.» Sie ließ die Worte wirken. «Leichen, jawohl. Schon seit über hundert Jahren tot. Was immer sie bewegt hat, was immer sie erlebt und geplant und gewollt haben, das ist seit mehr als einem Jahrhundert Makulatur. Es hat sich erledigt.» Sie schaute einen nach dem anderen an. «Irgendjemand hier, dem das nicht klar ist?» Da kein Widerspruch kam, wandte sie sich wieder Freitag zu. «Was wollen Sie als Nächstes tun, ein Heim für Straßenkinder gründen?» Karoline Freitag zuckte zusammen.

«Ich möchte darauf hinweisen», schaltete Savary sich ein, «dass gerade Frau Doktor Freitag es war, die *Ihren* Mann», er warf Hakala einen düsteren Blick zu, «daran erinnert hat, sich an das Handbuch zu halten. Sie kennt die Regeln. Sie wird sich danach richten. Sie hatte nur einen schwachen Moment.»

«Sie ist raus!» Fletcher richtete ihre dunklen Augen auf Savary. «Beim nächsten Ausflug wird sie eine direkte Zeugin des Mordes an Annie Chapman sein, wenn ich Ihre Pläne richtig verstanden habe. Das steht sie nicht durch.»

«Dann bin ich auch raus», erwiderte Savary kühl.

Fletcher lächelte. «Sagen Sie das, weil Sie sie für kompetent halten, Savary? Oder weil Ihnen ihr Ausschnitt gefällt? Würden Sie dasselbe sagen, wenn ich Hakala herausnähme?»

Savary straffte sich, so gut es ging. «Wenn Sie ihn zu Unrecht feuern würden, ja», sagte er. «Er ist gut. Frau Doktor Freitag ist es auch. Und vor allem sind diese Leute *meine* Leute. *Mein* Team. Wie Sie selbst sagten: Ich bin der Boss.»

Savary wandte den Blick nicht ab. Mit einem Mal lächelte Sadie Fletcher und glich plötzlich wieder auf verblüffende Weise den Südseeschönheiten Gauguins. «Loyalität», sagte sie. «Erfreulich. *Fraternité*, sagt ihr Franzosen nicht so?» Sie erwartete keine Antwort und bekam auch keine. Ein letztes Mal ließ sie ihren Blick über die Runde wandern. Dann nickte sie. Sie ging zum Aufzug. «Gratuliere», sagte sie über die Schulter hinweg zu Savary. «Sie werden immer besser. *Adieu*, Matthieu.»

Als sie weg war, ging ein Aufatmen durch die Reihen. Das erste Geräusch war das ironische Klatschen von Finlay. «Bravo, St. George», sagte der Shakespeare-Mime. «Ihr habt den Drachen besiegt.»

«Ach, sei still», sagte Hakala milde. Karoline Freitag war so erleichtert, dass sie laut kichern musste. Einen Moment später lachten alle, zum ersten Mal, seit sie hier waren.

Der Russe kam die Treppe vom Hauptkontrollraum herauf, einen aufgeklappten Laptop vor dem Bauch, Kabelgewirr um die Ohren mit den Kopfhörern. Ratlos schaute er sie an. «Hab ich was verpasst?»

Savary klatschte in die Hände. «Nächster Einsatz heute Abend. Geht bitte alle noch mal Hakalas Notizen durch und prägt euch die Wege mit Hilfe des Computerprogramms ein. Bisher war es kein Spaß. Jetzt wird es bitterer Ernst.»

3.

Es hatte alles tadellos funktioniert. Sie waren in der Wohnung in der Middlesex Street angekommen, die nun ihre Wohnung war. Savary hatte den Determinator im Vorfeld der Reise so programmiert, dass sich das Schwarze Loch in einem mannshohen Kachelofen befand. Etwas unbequem bei der Ankunft, dafür aber war die Tarnung perfekt. Man musste nicht erst wieder ein windiges Fass oder eine Kiste suchen, um den Eingang in den Zeittunnel zu verbergen.

Sie hatten sich umgezogen, ihre Ausrüstung vorbereitet und waren eine Stunde später auf die Gassen des Elendsviertels von Whitechapel getreten. Diesmal waren sie nur zu dritt: Hakala – ein Mann in der Kleidung eines Hafenarbeiters, muskulös und dreist. Freitag – eine junge Frau zweifelhafter Provenienz. Finlay gab einen Gentleman mit Stock und Zylinder, der aussah, als wäre er mehr als bereit, sich von der drallen Schönheit an seiner Seite den Abend versüßen zu lassen.

Als die Tür hinter ihnen ins Schloss fiel und sie von der Geborgenheit des Zimmers trennte, von der Vertrautheit ihrer mitgebrachten Besitztümer und dem Gerät, das die Macht hatte, sie zurück in ihre eigene Welt zu bringen, war allen einen Moment lang mulmig. Finlay schaute die anderen an, ehe er den Schlüssel ins Schloss steckte und umdrehte.

Ihre Schritte hallten auf dem feuchten, schmutzigen Pflaster. Nur wenige Gaslaternen erhellten ihren Weg in der Dunkelheit. Sie waren dabei, Zeugen eines grauenvollen Mordes zu werden.

* * *

Es war Freitag, der 7. September 1888, kurz vor Mitternacht. Annie Chapman, 47 Jahre alt, saß in der Küche der Absteige, in der sie Nacht für Nacht Bett Nr. 29 zu mieten pflegte. Heute hatte sie das Geld nicht. Sie war krank und fühlte sich schwach. Sie sammelte Kraft, um hinauszugehen und die acht Pennys für ihre Übernachtung zu verdienen. Aus einem der Stoffbeutel, die sie unter den Röcken um ihre Taille gebunden hatte, zog sie das Blechdöschen mit ihren Tabletten. Es fiel ihr aus den zitternden Fingern; der Deckel brach ab. Sie hob es auf, zu müde, um auch nur zu weinen. Auf dem Sims des kalten Kamins fand sie einen gebrauchten Umschlag. Er trug das Siegel des Sussex-Regiments und war auf den 28. August datiert. Annie wickelte ihre Pillen darin ein. Später, wenn ihr Blut ihn getränkt haben würde, wären von der Adresse noch ein S, ein M und eine 2 zu lesen.

* * *

Es begann damit, dass es ihnen nicht auf Anhieb gelang, ungesehen den Hinterhof von Hanbury Street 29 zu erreichen. Die Katzenfutterfrau im Vorderhaus öffnete eines ihrer Fenster und entließ den Gestank der Fisch- und Fleischabfälle, die in ihren Räumen vor sich hin köchelten. Mit schrillem Kreischen flüchtete ein Kater in die Gosse. «Drecksvieh, verdammtes. Sollte dich schlachten», rief eine Stimme. Dann tauchte für einen Moment ein Gesicht am Fenster auf und musterte die drei eindringlich, ehe es wieder verschwand.

«Na großartig!» Hakala fluchte leise, während Finlay den Koffer abstellte, in dem sich ihre Ausrüstung verbarg.

«Und jetzt?», flüsterte Finlay.

«Weitergehen», befahl Hakala. «Zweiter Versuch in dreißig Minuten.»

Finlay ließ seine Deckeluhr aufspringen und bemühte sich, etwas zu erkennen. Karoline hakte sich bei ihm ein. Sie nickte dem

Finnen zaghaft zu, ehe sie sich abwandte, um mit Finlay in Richtung Brick Lane zu flanieren.

Hakala, die Hände in den Hosentaschen, schlenderte pfeifend bis zur Commercial Street, um rechter Hand in das Gewirr kleiner Gassen einzubiegen. Die erste, Dorset Street, ließ er aus. Hier würde in wenigen Wochen Mary Jane Kelly sterben. Und er hatte keine Lust, ihr zufällig zu begegnen. Es hatte genügt, dass die anderen in dem Café der Chapman über den Weg gelaufen waren. Er beneidete sie nicht um diese Erfahrung. Auch wenn er keinen so schwachen Magen hatte wie diese nervige Karoline Freitag. Obwohl sie manchmal ganz hilfreich war. Trotz der Kleidung und des Trainings durch Finlay, der mit ihm den richtigen Gang und die typische Haltung eines Matrosen geübt hatte, fühlte er sich so unsicher wie selten zuvor bei einem Auftrag. Die Regeln, nach denen hier gespielt wurde, waren nicht die seinen. Obwohl das Faustrecht galt und Gewalt etwas war, womit er sich auskannte. Doch ohne seine geliebte Walther, bloß mit einem Klappmesser in der Tasche und streng gebunden an die Vorgabe, niemanden auch nur zu verletzen – das waren nicht die Voraussetzungen, unter denen er normalerweise arbeitete.

Als er an einer Schänke vorbeikam, ging er hinein, um ein Bier zu trinken. Die meisten hier soffen, wie sollten sie ihr Elend auch anders ertragen. Ein Pint würde ihm nicht schaden, beschloss er. Er hatte dringend Entspannung nötig. Der Lärm war ohrenbetäubend, die Luft nicht zu atmen. Rücksichtslos drängte Hakala sich durch die Menge, die bis zu den Knöcheln in dem dreckigen Sägemehl stand. In einer Ecke sang jemand zu einer Fiedel. Einige der Gäste klatschten lautstark dazu. Der Wirt schaute ihn nicht an, als er ihm das Glas auf die Theke knallte. Es war schmutzig, und der Inhalt sah wenig vertrauenerweckend aus. Hakala stürzte es mit Todesverachtung hinunter und orderte einen Brandy nach. Er brauchte dringend etwas Sauberes, Desinfizierendes. Was er bekam, ließ ihn husten. Mit verächtlicher Geste warf er die Münzen auf den Tresen und ging. Niemand hatte ihn beachtet. Das tat beinahe wohler als der Alkohol. Die verlorene Selbstsicherheit war zurück.

Hakala trat vor die Tür und erstarrte. Er sah – nichts. Ein graues, undurchdringliches Etwas hüllte ihn ein und machte den Glauben daran, dass es ringsum Häuser gab, Straßen, eine Stadt, zu etwas Lächerlichem. Wären da nicht die Stimmen gewesen, vereinzelt nur, und das Rattern von Karrenrädern auf dem Pflaster, er hätte es für einen bösen Traum gehalten. Der Londoner Nebel, er war kein Mythos. Er stank nach Kohle und Staub, war kalt und feucht und löste sich erst rings um das Glas der nächsten Laterne, zu der Hakala sich Schritt für Schritt hinübertastete, zu einer Ahnung von Licht.

Er fluchte. Das war kein Naturereignis, es war Smog. Aber so oder so, er begann zu begreifen, warum die Polizei sich so schwertat, in diesen Straßen jemanden zu verfolgen, warum es Nachbarschaftswachen gab und Bobbies mit Pfeifen. «Himmelhergottverdammte Scheiße!» Er rieb sich die Schulter. Man sollte doch meinen, dass man ein Haus sah, wenn es im Weg stand. Wenn das so bliebe, würde es nichts werden mit ihrer Videoaufnahme. Vorsichtig ging Hakala weiter. Im Stillen dankte er Hannah für ihr Ripper-run-Programm. Der Weg zur Hanbury Street, den er die letzte Woche jede Nacht im Bett durchgegangen war, wurde vor seinem inneren Auge sichtbar. Er folgte ihm wie eine gutkonditionierte Ratte durch ein Labyrinth. Hier und da stieß er an einen Eckstein, da und dort rutschte er auf Kartoffelschalen oder Schlimmerem aus. Fast eine Stunde verging. Doch schließlich erreichte er sein Ziel.

Diesmal war das Haus dunkel, die Fenster geschlossen. Er öffnete die Tür zum Hofdurchgang. Wenig später stieg er die wenigen Stufen hinunter und stand nah bei dem Lattenzaun, der diesen Hof von dem des Nachbargrundstücks trennte. Der Nebel lichtete sich ein wenig, wie es schien. Die Umrisse des Rückgebäudes wurden sichtbar. «Finlay?», flüsterte er in die Dunkelheit. Hoffentlich war es den beiden besser ergangen. «Miss Freitag?»

* * *

1 Uhr 35. Annie Chapman wurde vom Nachtwächter ihrer Unterkunft, John Evans, aufgefordert, ihr Übernachtungsgeld zu zahlen, deshalb ging sie in den ersten Stock zum Vermieter, um ihn zu bitten, das Bett eine Weile für sie freizuhalten. Sie würde die acht Pennys schon irgendwie beschaffen. Er verhöhnte sie noch, weil sie Geld für Bier hätte, für ein Bett aber nicht. Sie widersprach nicht, obwohl man später bei der Obduktion keinen Alkohol in ihrem Magen finden sollte. Auf der Schwelle drehte sie sich noch einmal um: «Ist schon in Ordnung, Tim», sagte sie. Ihr Vermieter hieß Timothy, Timothy Donovan. «Ich komme bald zurück.»

John Evans gab später bei der Polizei zu Protokoll, sie habe ihn im Weggehen gebeten, darauf zu achten, dass Donovan sich auch wirklich an sein Versprechen hielte. «Sie sagte: ‹Dauert nicht lange, Brummy›», erklärte er. «Brummy, das war ihr Spitzname für mich.» Dabei fuhr er sich über die Wange, eventuell, weil sie das auch getan hatte, als sie an ihm vorbeiging. Doch das wurde nicht protokolliert.

* * *

«Finlay?», wiederholte Hakala und lauschte. In einer Ecke des Hofes knackte es. Hakala hatte sein Messer schon in der Hand. Eine Frau schluchzte. Angespannt versuchte Hakala, etwas zu erkennen. War die Chapman etwa schon hier?, überlegte er. Hatte dieser Bursche gelogen, der laut Polizeiakten hier kurz vor fünf auf der Treppe gesessen und nichts gesehen haben wollte? War es schon zu spät? Herrgott, sie tappten durch diese Stadt und diesen Fall wie die Blinden.

«Wir stehen im Nebel der Geschichte, wo Schachspieler ihr Werk verrichten.»

«Verflucht, Finlay!» Hakala atmete aus und versuchte seinen rasenden Puls zu beschwichtigen. Unauffällig steckte er die Klinge wieder weg, ehe die Gestalt des Schauspielers sich aus dem Dunst schälte. «Wer heult denn da?»

«Das ist unsere geschätzte Miss Freitag», klärte Finlay ihn auf. «Jemand hat ihr ebenso unsanft wie nachdrücklich in den Ausschnitt gefasst, um die Ware zu prüfen. Ein, wie ich bemerken darf, in den hiesigen Breiten und Zeiten durchaus gängiges Verfahren, das sie allerdings noch nicht als historische Erfahrung einzuordnen vermag.»

Hakala ließ ihn reden. Er tastete sich zu Karoline vor, die in eine Ecke gepresst dastand und offensichtlich zitterte. «Werden Sie das schaffen», fragte er, «oder wollen Sie's wieder versauen?»

Sie wischte sich über das Gesicht. «Danke, ich freue mich auch, Sie zu sehen.» In dem verschlissenen Pompadour-Beutel an ihrem Handgelenk tastete sie nach einem Taschentuch und schnäuzte sich lautstark. «Ich schaffe das», sagte sie dann, «selbstverständlich schaffe ich das.»

«Lassen Sie das Tuch nicht fallen.» Hakala hatte sich schon abgewandt, um den Hof zu inspizieren. Im zweiten Stock konnte er Licht in zwei Fenstern erkennen. Aus den Unterlagen wusste er, dass dort ein Zigarrenmacher mit seiner Familie lebte. Sie arbeiteten wohl die halbe Nacht. Hinter den restlichen Scheiben war es dunkel, ebenso im Nachbargebäude. Von der Straße drang kein Laut in den Hof. Das war gut soweit. Schlecht war, dass, obwohl der Nebel sich langsam hob und er sogar ein paar blasse Sterne zu erkennen glaubte, die Lichtverhältnisse denkbar ungünstig waren. Besser gesagt, es war schwarz wie die Hölle. «Trotzdem, die Infrarot-LED-Leuchten schaffen das», murmelte er zwischen den Zähnen hindurch.

Finlay trat neben ihn. «Ist ja nicht so, dass wir nur den einen Versuch hätten», meinte er. «Wir können wiederkommen, sooft wir wollen. Heute, morgen, sogar gestern.» Er lachte leise.

Hakala schüttelte den Kopf. «Wir sind *jetzt* hier.» Einen Versuch war es wert. Sukov und Hannah hatten ihm das Teil ausreichend erklärt. Eine High-Definition-Videokamera mit Infrarot wie diese war durchaus in der Lage, mit schlechter Beleuchtung fertig zu werden. Es würde schon klappen. Für das menschliche Auge war Infrarot nicht wahrnehmbar, man konnte es allenfalls als leichte Wärme spüren, weshalb Hakala die Kamera und die Leuchten nicht zu nah am Tatort fixieren würde, damit die Wärmeabstrahlung niemanden irritierte. Zu weit weg allerdings durften sie auch nicht sein. Stück für Stück tastete er den Lattenzaun ab, auf der Suche nach dem richtigen Platz zur Befestigung. «Geben Sie mir die Kamera aus dem Koffer», verlangte er. Karoline gehorchte. «Auch die zusätzlichen Leuchten?»

«Nein, die lassen Sie noch drin. Machen Sie alles wieder zu.»

«Um die Tarnung hätten wir uns keine Gedanken machen müssen», murrte Freitag. «Wir könnten hier aufstellen, was wir wollten. Eine ganze Lasershow. Es würde eh keiner sehen.»

Hakala, der gerade einen Kabelbinder festzurrte, machte sich nicht die Mühe, zu antworten. Er würde das alles nachher wieder sorgfältig entfernen müssen. Ohne in die Blutlachen zu treten. Und schnell. Zwischen dem Mord und seiner Entdeckung lag nach allem, was sie wussten, keine halbe Stunde.

Aus der Ecke zu ihrer Rechten wurde ein scharfes Zischen hörbar, dann drang Ammoniakgeruch zu ihnen herüber. Finlay, dachte Karoline angeekelt. Der Kerl konnte sich keine fünf Minuten beherrschen. Sittsam wandte sie den Kopf in die Gegenrichtung. Dort, auf den Treppenstufen, sah sie zu ihrer Überraschung Finlay sitzen. Ehe sie begriff, was das bedeutete, traf eine Faust sie mit voller Wucht in den Rücken. Sie taumelte gegen den Zaun und stieß, jede Vorsicht vergessend, einen Schrei aus. «Nein!» Im nächsten Moment wurde Finlay auf der Treppe über den Haufen gerannt. Die dunkle Gestalt flüchtete. Zu ihrem Entsetzten erkannte Karoline im Licht der Straßenlaterne, das in den Durchgang fiel, dass der Unbekannte den Koffer mit der Ausrüstung in der Hand hielt. Hakala!, wollte sie schon rufen. Doch der Finne war bereits unterwegs. Rücksichtslos sprang er über den Schauspieler hinweg und machte sich an die Verfolgung.

«Verdammter Mist! Haust denn hier in jedem Hof ein Obdachloser?» Finlay rieb sich die Hände mit seinem Taschentuch ab.

Karoline trat neben ihn. «Und was jetzt?», fragte sie hilflos.

* * *

Annie Chapman ging die Little Paternoster Row entlang. Sie überhörte das Gelächter der Arbeiter, die ihr an der Ecke zur Brunsfield Street Anzüglichkeiten hinterherriefen. Mit der Zunge tastete sie nach den beiden fehlenden Schneidezähnen. Dass sie keine Schönheit war, wusste sie selber. Sie hatte Fieber; es war ihr schon lange egal. Was sie brauchte, waren keine Angeber, sondern acht Pence. Und die dort drüben hatten zusammen nicht mal fünf, da kannte sie sich aus. Annie fror, trotz der beiden übereinander angezogenen Mieder, der drei Röcke und des knielangen schwarzen Mantels mit dem ausgefransten Saum. Er war schwarz und hatte ihr ihren Spitznamen verschafft. Der hätte aber auch von dem Schwarz unter ihren Fingernägeln stammen können, sagte sie sich. Sie dachte, wenn sie an sich selbst dachte, meist bösartige und ekelhafte Dinge. Nur wenn sie getrunken hatte, wurde sie sentimental. Annie überlegte, wann sie angefangen hatte, von sich selbst als Fotze zu sprechen, und kam zu keinem Ergebnis. Sie bog Richtung Spitalfields Market ab.

* * *

«Ist die Kamera schon aktiv?», flüsterte Finlay.

Karoline zuckte mit den Schultern. «Keine Ahnung.» Sie hielt sich an dem Zaun fest. Die Schmerzen in ihrem Rücken ließen langsam nach. «Ich denke schon. Sukov hat die Signallämpchen herausgenommen, die normalerweise anzeigen, dass sie läuft. Also …» Sie hielt die Hand dicht vor die Linse. «Ich habe den Eindruck, es wird wärmer.»

«Dann bleiben wir.» Finlay hatte sich entschieden. «Wir gehen in den Schuppen dort hinten. Da sieht uns keiner. Und warten, bis Hakala zurückkehrt.»

«Aber wenn *er* kommt», sagte Karoline gepresst. «Wenn er kommt, wenn er hereinkommt, und wir sitzen hier fest?»

«War das nicht von Anfang an der Plan?», fragte Finlay.

Die unerwartete Freundlichkeit in seiner Stimme verblüffte und beruhigte sie. Unter einem krampfhaften Atemzug weitete sich ihr Oberkörper. Er hatte recht, das war der Plan. Sie hatte ihm zugestimmt. Mehr noch: Sie hatte ihm entgegengefiebert. Sie war diejenige, die in die Vergangenheit hatte reisen wollen, mit allen Konsequenzen. Hatte es nicht eine Zeit gegeben, da hätte sie alles dafür gegeben, einer Armee herandonnernder Ritter gegenüberzutreten? Oder sogar einem Massenmörder wie Hitler ins Gesicht sehen zu dürfen? Und jetzt wollte sie vor einem kleinen Prostituiertenkiller kneifen?

Ohne weitere Gegenwehr ließ sie sich von Finlay in den Schuppen führen. Er legte ihre Hand auf das alte, kalte Holz. «Hier», sagte er. «Massive Wand zwischen uns und ihm.»

Karoline musste lächeln. «Danke», sagte sie. Dann warteten

sie. Beinahe hätte sie sich entspannt. Doch da fiel ihr etwas ein. Karoline Freitag hatte den Countdown bis zu diesem Einsatz damit verbracht, alle erreichbaren Polizeiakten und Zeugenaussagen zum Fall Annie Chapman zu studieren. Und sie erinnerte sich, dass jemand sich auf dem Nachbarhof befunden hatte. Jemand, der Albert Cadosch hieß und aussagte, er hätte etwas gegen den Zaun fallen und eine Frauenstimme sagen hören: «Nein.» Man hatte allgemein angenommen, dass er der Ohrenzeuge von Annie Chapmans Ermordung war. Doch das stimmte nicht. Er hatte *sie* gehört. Sie selbst war gegen den Zaun gestolpert und hatte «Nein!» gerufen. Karoline wurde es kalt. Wieder spürte sie den Schlag in ihrem Rücken, die Latten, gegen die sich ihre Hände stützten. «Finlay, wie spät ist es?» Sie wagte kaum, es auszusprechen.

Der Schauspieler schnaubte, als wäre er aus einem kleinen Nickerchen aufgewacht. Er wandte sich ab, entzündete ein Streichholz in der hohlen Hand und beleuchtete damit das Zifferblatt seiner Taschenuhr. «Viertel vor fünf», sagte er. «Eine halbe Stunde noch. Oder ein wenig mehr.»

Cadosch hatte angegeben, seine Beobachtung um 5 Uhr 25 gemacht zu haben. Er musste sich geirrt haben, entweder in der Uhrzeit oder in dem, was er gehört hatte. «Das kann nicht sein», entfuhr es ihr.

«Keine Sorge», murmelte Finlay.

Aber Karoline war nicht zu beruhigen. Sie war nie hier gewesen, sie konnte es nicht sein. Und doch war die Erinnerung an ihren Schrei hier konserviert wie ein Insekt im Bernstein und hatte auf sie gewartet. Sie war ein Teil von alldem hier, lange, ehe sie es gewusst hatte. Wie konnte das sein? Und was würde als Nächstes geschehen?

«Da, da kommt Richardson», zischte Finlay. «Ich fasse es nicht, das alles passiert wirklich.» Karoline drückte ihr Auge an einen

Spalt im Holz der Schuppentür und betrachtete, so gut sie konnte, die Umrisse des Mannes, der aus dem Hofdurchgang gekommen war und sich auf die Stufen gesetzt hatte, auf denen vor kurzem noch Finlay gesessen hatte. Sie wusste aus den Ripperakten, dass der Mann gerade seine Mutter besucht hatte. Dass er sich versichert hatte, dass die Kellertür geschlossen war und sich nun ein Stück weghängendes Leder von seinem Schuh schnitt. Für einen Moment fühlte Karoline sich, als würde sie einem alten Bekannten begegnen. Gespannt verfolgte sie jede der Bewegungen des Mannes. Schließlich stand Richardson auf.

«Was macht er da?» Karoline packte Finlays Hand.

Er erwiderte ihren Druck. «Er guckt», meinte er.

«Er sieht direkt auf die Kamera.» Karolines Hand wurde feucht.

Finlay schüttelte den Kopf. «Das kann nicht sein», widersprach er leise. «Infrarot ist für das menschliche Auge unsichtbar.»

«Sagt Sukov.» Karoline ließ sich nicht beruhigen. «Schauen Sie doch hin.»

Auch wenn man aufgrund der Dunkelheit den Vorgang nur schemenhaft wahrnahm, es ließ sich nicht leugnen, etwas hatte den Mann auf der Treppe aufmerksam gemacht. Etwas in der Mitte des Zaunes. Und da war nichts als die Kamera, die Hakala angebracht hatte.

«Insekten können es sehen», fuhr Karoline aufgeregt fort. «Warum nicht manche Menschen auch?» Auch als Richardson sich endlich abwandte und ging, konnte sie sich nicht entspannen. «Falls man das Ding wirklich sehen kann ... Falls ER das Ding sehen kann», korrigierte sich Karoline. Sie biss sich auf die Lippen. «Wir müssen es abhängen.»

«Ich gehe da jetzt nicht raus», sagte Finlay. «Keinen Schritt.»

«Aber wenn er das Gerät entdeckt! Oder wenn es ihn von dem Mord abhält und die Geschichte sich ändert.»

«Na und, ein Leben gerettet. Meinetwegen fliegt das Universum in die Luft.» Finlay zog einen silbernen Flachmann aus einer Tasche.

Schritte wurden hörbar. «Gott sei Dank», rief Karoline ein wenig lauter als beabsichtigt, so erleichtert war sie. «Hakala kommt zurück.»

Doch es war nicht der Finne.

* * *

Annie Chapman konnte es nicht fassen. Es war Freitagnacht, beinahe Samstagmorgen. Wochenende, Zahltag war gewesen und trotzdem kein Freier in Sicht. Sie taumelte mehr, als sie ging. Nur noch wenige Stunden, dann würde es hell werden und das Geld für ein Bett sich nicht mehr lohnen. Doch zurückkehren konnte sie auch noch nicht. Ohne die acht Pennys war ihr die Tür bis zum Morgengrauen versperrt. Wo sollte sie hin? Weiterwanken? Stehen bleiben? Zusammenbrechen? Da hörte sie die Schritte. Die Haut an ihren Armen kribbelte. Hätte man sie gefragt und sie Zeit gehabt, zu überlegen, hätte sie vielleicht gesagt, dass diese Schritte sich nach teuren Schuhen anhörten, nach den Schuhen eines Mannes, der Geld hatte. Und so ein Mann in so einer Gegend um diese Uhrzeit, das konnte nur eines bedeuten: Kundschaft. Doch es fragte sie niemand, und so blieb es bei der Gänsehaut und dem vagen Gefühl, dass ihre Odyssee zu Ende war. Sie drehte sich um und schaute den Mann an. Nicht dass sein Gesicht eine Rolle gespielt hätte. Sie sah auch nicht mehr besonders gut. «Willst du?», fragte der Mann. Er macht nicht viele Worte, dachte Annie, während sie nickte. Er nahm sie beim Arm und führte sie in eine Toreinfahrt. Annie hoffte, dass es schnell gehen würde, dass es bald vorbei wäre und sie heimkehren könnte nach Crossingham's in das Bett Nummer 29. «Neunundzwanzig», murmelte sie. Sie konnte die Nummer vor sich sehen. Es war die Hausnummer über dem Tor in der Hanbury Street, durch das sie schritt.

Tatsächlich ging es schnell. Doch nicht so schnell, dass sie nicht be-

griffen hätte, dass sie gerade starb. Eine namenlose, grauenvolle Angst hatte Zeit, sich in ihr auszubreiten. Und Annie Chapman stürzte hinein in diese Angst. Ohne einen einzigen Schrei.

* * *

Hakala richtete sich auf. An der zusammengesunkenen Gestalt vor ihm war kein Puls mehr fühlbar. Verdammt, was hatte der Kerl sich aber auch gewehrt. Um sich geschlagen, gekratzt und gebissen hatte er. Hatte sich angestellt, als hätte man versucht, ihm sein Kind zu rauben. Nur wegen so eines blöden Koffers. Verfluchter Dreckskerl, dachte er und zugleich: Ich hätte ihn nicht so hart gegen die Wand schleudern dürfen. Hakala keuchte. Die Verfolgung und der Kampf waren anstrengend gewesen. Die Hatz hatte ihn bis in die Threadneedle Street geführt, fast hinaus aus den Elendsvierteln. Vor ihm ragte die imposante Fassade der Midland-Bank aus der Dunkelheit. Von seiner Hand tropfte Blut. Verdammt, hoffentlich hatte er sich von diesem Bündel Elend nichts eingefangen. Während er sich ein Taschentuch um die Wunde wickelte, rotierten seine Gedanken. Er hatte gegen die erste Regel verstoßen, ganz klar. Gegen die Zeitreise-Bibel von diesem verdammten Krüppel Savary. Herrgott, jetzt hätte er einen Whisky vertragen können. Und was tue ich?, schimpfte er mit sich selbst. Ich stehe da und zittere wie ein armer Trottel, der glaubt, er hätte gegen Gottes Gebote verstoßen. Er zitterte tatsächlich. So sehr, dass das Taschentuch an seiner Hand erst beim dritten Versuch halten wollte. Aber Savary war nicht Gott, und er selbst würde nicht in die Hölle kommen. Er steckte nur in verdammten Schwierigkeiten. Aber war es nicht sein Job, Probleme zu lösen? Denk nach, ermahnte er sich. Mach deine Arbeit, zum Teufel!

In den Polizeirapporten für diese Nacht war von keinem Toten die Rede. Es hatte vom 7. auf den 8. September 1888 in Whitechapel kein Opfer einer Messerstecherei gegeben, das wusste er. Also durfte man auch keines finden. Sonst würde diese pingelige, dämliche Freitag sofort Alarm schlagen. Hakala überlegte. Er hatte drei Stunden. Zeit genug, um eine Leiche von der Bildfläche verschwinden zu lassen. Die Kanalisation, von der er dank Hannah eine gute Vorstellung hatte, Müllberge, Baugruben. Was kam noch in Frage? Wieder schloss er die Augen. Wieder baute das Straßennetz von London sich vor ihm auf. Ein direkter Einstieg in die Abwassertunnel befand sich gar nicht weit von hier. Wo gab es eine Baustelle? Drei Stunden. Das war nicht viel. Aber es musste genügen. Das hier durfte nicht geschehen sein. Er würde es ungeschehen machen. Er öffnete den Koffer, diesen scheiß Koffer, für den er die ganze unsinnige Jagd überhaupt erst veranstaltet hatte, nahm die Leuchten heraus und stopfte sie sich in die Jackentaschen. Mit einem Ruck riss er das Innenfutter aus dem Koffer, in dem er Kopf und Torso transportieren würde. Die Arme konnte er sich, in den Futterstoff gewickelt, unter den Arm klemmen. Heikel würden die Beine werden. Hakala holte tief Luft. Dann beugte er sich über den Toten, um ihn zu entkleiden und die notwendigen Schnitte anzusetzen. Er wusste, wie so etwas ging. Es war nicht sein erstes Mal. Nicht dass er es gerne tat. Kein Mann tat so etwas zum Vergnügen.

«Großer Gott!» Hakala fuhr zurück. Der Dieb war kein Mann gewesen, wie er gedacht hatte. Es war eine junge Frau. Abgemagert, heruntergekommen und in mehrere Lagen Männerkleider gewickelt. Aber trotzdem eindeutig eine Frau.

* * *

Karoline Freitag hielt sich die Hand vor den Mund. Draußen die dunkle Gestalt hatte sich über die Frau gebeugt, von der sie unter den gerafften Röcken nur die Füße sehen konnte. Ein Moment hellen Mondlichts hatte ihnen die schwarzen Schnürstiefel gezeigt und die geringelten Strümpfe, von denen Karoline aus ihrer Lektüre wusste, dass sie rot und weiß waren. Wie absurd, dachte sie und schloss die Augen. Doch das half nicht. Sie wusste auch so, was der Ripper tat: Er packte die schon halb Erdrosselte am Kinn, schnitt ihr die Kehle durch und versuchte dann, den Kopf ganz vom Rumpf zu trennen, scheiterte aber an der Wirbelsäule. Ob er von der Anstrengung so keuchte, den Knochen durchzubekommen? Sie spürte, wie auch Finlay neben ihr sich anspannte. Sie konnte nicht anders und öffnete wieder die Augen. Jetzt hob der Mensch draußen etwas hoch und legte es neben Annie Chapmans Schulter ab. Das, wusste sie, waren die Eingeweide, «getrennt von ihren Mesenterialbefestigungen», wie der gewissenhafte Arzt es in seinem Obduktionsbericht notieren würde. Jetzt öffnete er den Unterleib weiter und schnitt ihr den Uterus heraus. Da half keine Dunkelheit: Sie konnte es hören, das feuchte, schmatzende Geräusch von aufbrechendem Fleisch. Sie konnte es riechen: das laue, klebrige, alles überwältigende Aroma von warmem Blut. Sie wusste, dass Finlay dasselbe dachte wie sie: Niemals würden sie diesen Geruch aus der Nase bekommen. Sie suchte seine Hand und fand sie nicht. Am liebsten hätte sie laut aufgeschrien. Dann, mit einem Mal, wurde sie ruhig. Ganz ruhig und klar. Und sie fasste einen Entschluss. Ganz egal, was Fletcher sagte oder Savary. Gleich, was die anderen wollten. Sie selbst würde sich nicht damit zufriedengeben, nachzuweisen, wer dieser Dreckskerl *nicht* war. Sie wollte wissen, *wer* hinter diesen Untaten steckte. Sie wollte dem Monster ins Gesicht sehen, nein, mehr: Sie würde ihm das Handwerk legen. Und niemand würde sich ihr dabei in den Weg stellen.

4.

Als Matthieu von seinem Verdauungsspaziergang durch den Park zurückkam, fand er eine Nachricht auf seinem Zimmer vor. *Treffen 20:30 Uhr, Ostflügel, erstes Obergeschoss, Zimmer 101 – S. Fletcher.*

Er zog die Stirn in Falten. Kein Betreff. Und im Ostflügel war er noch nie gewesen. Was war geschehen? Gab es unvorhergesehene Probleme mit der Mission? Er legte den Notizzettel auf der Kommode ab und ging zum Haustelefon. Nach dem zweiten Klingeln nahm Timofej Sukov ab.

«Alles ruhig, *Towarisch*», versicherte ihm der Techniker. Also keine Komplikationen. Man würde abwarten müssen, bis Hakala, Finlay und Freitag wieder zurück wären. Matthieu wollte schon auflegen, da forderte Sukov den nächsten Zug ein: «Du bist dran!»

«Gut.» Matthieu schloss die Augen. Es dauerte ein paar Sekunden, bis er sich das Schachbrett und die aktuelle Figurenkonstellation ins Gedächtnis gerufen hatte. «Bauer auf E5.» Keine Reaktion am anderen Ende. Matthieu wiederholte das Gesagte.

«Bist du sicher?», fragte Timofej jetzt nach.

«Weshalb sollte ich nicht sicher sein?»

«Weil du gerade im Begriff bist, die Larsen-Variante zu spielen.»

«Du wirst schon sehen, wie sicher.» Matthieu legte auf. Er nahm seine Fingerspitzen von dem Telefonhörer und ging zum Spiegel. Kämmte sein Haar, strich sich über Koteletten und Kinn. Richtete den Kragen seines Polohemds. Seit seinem letzten Besuch bei Doktor Reber hatte sich sein Gesundheitszustand sichtlich verbessert. Schmerzen traten nur noch selten auf, und inzwischen konnte er sogar zeitweise auf seine Krücken verzichten. Er nahm jetzt lieber den Stock zu Hilfe, den er auch bei der Zeitreise dabeigehabt hatte. Was ein neues Medikament doch so alles vermochte. Einem Plastikdöschen entnahm er eine Tablette, die er mit einem Schluck Wasser herunterspülte. Dann sah er auf die Uhr. Es war so weit.

Das Erste, was er sah, als er die Tür von Zimmer 101 öffnete, war nicht Sadie Fletcher. Und das Erste, was er spürte, war derart unerwartet, dass er erst mal einen Moment brauchte: Seine rechte Wange brannte von einem kräftigen Schlag. Hatte diese Frau, diese wunderschöne Frau mit dem kurzen roten Haar, die da vor ihm stand, ihn gerade tatsächlich geohrfeigt? Um sicherzugehen, dass er nicht träumte, sagte er nur: «Noch mal bitte.»

«Nichts lieber als das.» Prompt schlug ihm die Fremde auf die andere Wange.

«Savary. Matthieu Savary», stellte er sich in seiner Verwirrung vor.

«Ich könnte jetzt ‹angenehm› sagen, aber glauben Sie mir, das wäre gelogen.»

Matthieu nickte verdutzt.

«Kommen Sie doch bitte herein, *Monsieur le docteur.*» Die unbekannte Schöne zog die Tür ganz auf. Als er an ihr vorbei in den Raum trat, setzte sie das Lächeln auf, das Matthieu mittlerweile vergangen war.

Sadie Fletcher stand inmitten einer Sofagruppe, die mit rotem Samt bezogen war. Die goldglänzenden Beschläge wirkten teuer und die barocken Voluten altertümlich. Dieser Eindruck wurde durch die Stillleben flämischer Meister verstärkt, die an den Wänden rings um das Sitzarrangement hingen. Im Hintergrund knisterte ein Feuer in einem Marmorkamin. Diese Räumlichkeiten hatten etwas weitaus Herrschaftlicheres an sich als seine eigenen, bemerkte Savary nicht ohne Neid. Sein Blick kehrte zurück zu Sadie Fletcher, die süffisant grinste. «Wie ich sehe, haben Sie sich bereits miteinander bekannt gemacht, *professoressa* Conti und Sie.» Fletchers Stimme klang unverhohlen ironisch.

Wie bitte? Hatte er da eben richtig gehört? Bei dieser Frau mit den großen grünen Raubkatzenaugen handelte es sich um Ondina Conti? Nach allem, was er wusste, nach den zähen, von neurotischen Anfällen unterbrochenen Gesprächen im Chatroom hatte er ein Häufchen Elend erwartet. Aber nicht eine Frau von solcher Resolutheit und Schönheit. Ja, Schönheit war das richtige Wort, dachte Savary und sah zu Ondina Conti, die immer noch etwas abseits stand. Sie war nicht einfach schlank. Sie war fragil wie ein wertvolles Schmuckstück und von einer Eleganz, die nicht von ihrer Kleidung stammte. Diese Frau hatte etwas an sich, das einen beinahe zum Poeten werden ließ. Und sie besaß eine kräftige Rechte.

Ihre feingliedrigen Finger berührten gerade einen Phiolenständer, der neben einem Monitor auf einem Schreibtisch aus Ebenholz stand. In den gläsernen Röhren befand sich eine rote Flüssigkeit. Das musste das Blut für die Vergleichsproben sein, dachte Savary unbestimmt, so als handle es sich bei seinem Gedanken um eine zu vernachlässigende Nebensächlichkeit. Sein Hauptspeicher und eine andere Sache in ihm, die er nicht zu fassen wusste, dachten nur: Ebenholz. Edel und hart.

«Savary? Hören Sie mich?» Fletcher fuchtelte mit ihrer Hand vor seiner Nase herum.

«Natürlich», antwortete er mit aufgesetztem Protest in der Stimme.

«Dann setzen Sie sich doch endlich.»

Er lehnte seinen Stock an das samtene Rot des Sofas. Ebenholz, dachte er wieder. Sein Stock war aus dem gleichen Material wie diese Frau. Sanft strich er über den Griff seiner Gehhilfe. Dann ließ er sich nieder. Nachdem Ondina Conti auf dem Sofa gegenüber Platz genommen hatte, setzte sich auch Sadie Fletcher.

«Nun, auch wenn Ihre erste Begegnung sich nicht gerade als ein harmonisches Miteinander ausnimmt, so bitte ich Sie beide, diesen Zustand in Zukunft zumindest anzustreben.»

«Ich … ich», stotterte Savary, «ich habe immer noch nicht begriffen, warum …»

«Ich denke», begann Fletcher, bevor Conti etwas sagen konnte, «wenn Sie sich Ihre dilettantischen Versuche, die *professoressa* für unser Projekt zu gewinnen, ins Gedächtnis rufen, werden Sie sicher eine Erklärung finden, mein lieber Savary.»

«Aber Sie selbst haben doch …»

«Sie haben mich belogen», unterbrach Conti. «Sie haben sich für jemand anderen ausgegeben. Und dabei ganz nebenbei eine Freundschaft zerstört.» Ihre grünen Augen funkelten. Matthieu nickte nur. «Leider bin ich Ihnen, was das Letztgenannte angeht, im Grunde zu Dank verpflichtet, Monsieur Savary. Sie haben mir gezeigt, dass derjenige, dem ich noch am meisten vertraut habe, nichts weiter war als eine kleine käufliche Krämerseele.»

«Und Sie selbst sind nicht käuflich?» Er konnte sich die Spitze nicht verkneifen.

«Wenn Sie annehmen, ich mache das hier des Geldes wegen, dann haben Sie sich gewaltig geschnitten. Das mag in Ihrem Fall stimmen. Aber glauben Sie wirklich, ich lasse mir die einmalige Chance auf eine Obduktion der Ripper-Opfer entgehen?»

«Wie bitte?» Savarys Stirn legte sich in Falten.

«Ganz recht», bekräftigte Fletcher die Aussage der Gerichtsmedizinerin. «Miss Conti wird auf einer Ihrer Zeitreisen eine Sektion vornehmen.»

«Eine meiner Hauptbedingungen. Sonst säße ich nicht hier.» Ondina Conti lehnte sich mit verschränkten Armen zurück.

«Gehört das zu unserer Mission?», wandte Savary ein. «Sie

werden demnächst DNA vom Täter bekommen. Reicht das denn nicht?»

Conti lachte auf. «Monsieur Savary. Was hier reicht oder nicht, das haben nicht Sie alleine zu entscheiden.»

Er konterte: «Sie wagen sich nicht einmal auf einen römischen Wochenmarkt, und jetzt wollen Sie in ein Viktorianisches Leichenhaus? *Professoressa!*» Das Wort klang ironisch aus seinem Mund. «Überschätzen Sie sich da nicht ein wenig?»

Sie kniff die Lippen zusammen. «Es ist ja nicht real», sagte sie.

Er lachte. «So real wie Sie und ich, glauben Sie mir. Es ist nur nicht *jetzt*. Aber das wird es werden, sobald sie dort sind. Zeit ist nämlich eine höchst elastische Größe, wissen Sie? Ihre Augen, Ihre Ohren und vor allem Ihre Nase werden Ihnen schon zeigen, wie real das alles ist.»

So real wie meine Albträume?, dachte Ondina Conti. Doch sie sagte es nicht laut. Wie sollte sie diesem Mann klarmachen, was sie empfand? Aus welchem Grund sie die Möglichkeit, der Gegenwart zu entfliehen, als eine Chance ansah, als etwas Angenehmes. Dort riefe niemand sie an, um ihr zu sagen, dass er ausgebrochen war, dass er wieder hinter ihr her war. Dort wäre sie so weit fort von ihm und alldem, wie es nur menschenmöglich war. Sie sehnte sich geradezu nach diesen Londoner Leichenkellern. Nichts konnte schlimmer sein als der Keller ihrer Erinnerungen. «Meine Nase und ich, wir sind Leichen gewöhnt, mein lieber Monsieur Savary», sagte sie nur.

«Aber», er sah zu Fletcher, «Sie haben mir zu Beginn versichert, dass abgesehen von Ihnen und mir niemand sonst die Leitung des Teams innehat.»

Sadie Fletcher beugte sich vor. «Manchmal muss man Abstriche machen, Savary.»

«Meine Konditionen sind nicht verhandelbar. Sonst bin ich raus.» Conti ließ keinen Zweifel an ihrem Führungsanspruch.

Savary atmete tief ein. «Verstehe», sagte er nach einer Weile. «Gibt es noch andere Bedingungen?»

Fletcher verwies seinen Blick mit einem Vorschieben des Kinns auf Conti.

«Soweit ich weiß, werden Sie bald über Täter-DNA verfügen, ist das richtig?», fragte die Gerichtsmedizinerin.

«Wir sind dabei», bestätigte Savary.

Conti strich den Saum ihres Rocks über ihr Knie. «Das ist gut, wird aber nicht genügen.» Zu Savary gewandt, sprach sie weiter: «Ich habe soeben die Vergleichsproben der männlichen Linie der Windsors bekommen.» Sie deutete in Richtung des Schreibtisches. «Ich möchte dazu eines fragen, Monsieur Savary.»

«Bitte.» Er versuchte, sich auf seinen Ärger zu konzentrieren und nicht auf die Art, wie sie die Beine übereinanderschlug.

«Warum sollte ich Spender eins bis drei mit der Täter-DNA vergleichen, wenn Sie doch direkt die DNA von Prinz Albert beschaffen können?»

«Sie wollen allen Ernstes die DNA von Prinz Albert Victor, Herzog von Clarence und Avondale?»

«Das entspräche dem wissenschaftlichen Standardverfahren. Am besten wäre eine Haarprobe.» Sie hatte begonnen, sich Notizen zu machen. «Ich muss für die Ergebnisse schließlich mit meinem Namen bürgen.»

Mit was für einem Namen? Das hier ist ein Geheimprojekt. Matthieu musste sich zurückhalten, dieser hochnäsigen Person nicht die Meinung zu sagen. Er räusperte sich. «Liebe *professoressa*! Der logistische Aufwand für eine solche Aktion wäre immens. Wir werden sehen, ob ein solcher Schritt ...»

Das piepsende Geräusch eines Funkmeldeempfängers erfüllte plötzlich den Raum. Zeitgleich schaltete sich der Bildschirm auf dem Schreibtisch ein. Sadie Fletcher sprang auf, Savary und Conti folgten ihr.

«Sie sind zurück.» Fletcher deutete auf den Monitor. Das Bild zeigte das Innere von TAYLOR. Hakala und Finlay, zwischen den beiden Karoline Freitag. Die drei schlüpften gerade aus ihren Schutzanzügen. «Was ist denn ...?» Fletcher beugte sich vor, um besser sehen zu können. «Schauen Sie! Schauen Sie mal, wie die aussehen! Völlig heruntergekommen!» Tatsächlich hing die Kleidung der Zeitreisenden in Fetzen. Fletcher griff nach der Bedieneinheit und zoomte näher heran. «Schürfwunden und Dreck. Und was hat Hakala da an der Hand? Blutet der etwa?»

5.

Der Sternenhimmel war unglaublich. Er konnte die Milchstraße erkennen. Zum ersten Mal in seinem neuen Leben sah Savary sie tatsächlich wieder: dieses große Band, in dem die Lichtpunkte so dicht an dicht saßen, dass es weiß wirkte. Doch als er den Kopf in den Nacken legte, wurde ihm schwindelig. «Ende der Fahnenstange», murmelte Savary und umklammerte den Griff seines Stockes fester, während er sich die Vortreppe hinuntertastete. Er hätte den Aufzug in die Halle nehmen sollen. Er hätte im Bett bleiben sollen, statt hier herauszukommen. Man entkam seinen Gedanken nicht, indem man aus dem Zimmer floh.

Trotzdem war er froh, hier zu sein. Die Nachtluft war frisch, aber nicht kalt. Sie roch nach Salz. Er konnte das Meer hören. Und er konnte es fühlen. Dorthin wollte Savary gehen, ans Meer. Er schritt unter Bäumen entlang, deren Namen er nicht kannte, überquerte einen Rasen, der eines Golfplatzes würdig gewesen wäre, und ging auf die Linie zu, in der das Blauschwarz des Himmels sich mit dem Schwarz des Ozeans traf. Er war an der Klippe angekommen. Das dort unten, dieses Große, Unfassbare, es bewegte sich, als würde es atmen. Voll von ewigem, machtvollem Leben.

Und ich bin praktisch tot, dachte Savary und ließ sich auf einem Steinbrocken nieder. Selber schuld! Wie hatte er nur so dumm sein können. Alles, alles hatte er weggeworfen für eine Idee. Und nun hockte er hier, nicht tot, nicht am Leben, ein Zwischenwesen in einer seltsamen Zwischenwelt, die sich trotz der vielen Ereignisse einfach nicht lebendig anfühlen wollte. Weder die Zeit hier auf Jersey, in ihrem geheimen Fuchsbau, noch die Stunden im London der Vergangenheit fühlten sich wie Realität für ihn an. Sicher, es ging ihm jeden Tag ein wenig besser. Er konnte wieder Treppen steigen, die Übelkeit hatte nachgelassen. Der Schwindel überfiel ihn nicht mehr so heftig und unmittelbar. Aber wir wissen ja, sagte er sich bitter, dass all das nirgendwohin führen wird. *Eine Genesung gibt es für mich nicht. Und keine Rückkehr zu dem, was einmal war.*

Ob es eine Zukunft für ihn gab? Ein konkretes Jahr, in das er würde reisen können, um von seiner Krankheit geheilt zu werden? War das möglich? Wurde alles besser, wie er früher immer geglaubt hatte, besser nicht zuletzt durch seine eigene Arbeit? Oder würde er in irgendeiner chaotischen Zukunft stranden, die sich mit Kriegen, Atommüll, Seuchen und der Abwicklung der Zivilisation herumschlug? Eine Zukunft, in der er nur noch eine Randnotiz wäre: der letzte Träger eines Glaubens daran, dass der Mensch sich entwickeln würde: größer, schneller, weiter, besser. Und langlebiger bis zur Unsterblichkeit.

Savary dachte an die letzten Jahre, an all diese Universitäten mit ihren kleinen Büros, in denen große Theorien ausgebrütet wurden. An zu viele durchwachte Nächte und lieblos zubereitetes Essen. An all die jungen Leuten mit den billigen Kleidern und ungepflegten Haaren, die über den Campusrasen liefen, die Bücher im Arm und den Kopf irgendwo im Weltall, weit, weit weg von allem, was sie umgab, gefüllt mit Gedanken voller Grandiosität und jeder Einzelne bereit, mit seinen Ideen die Menschheit zu retten. So einer war er gewesen. Die Trennlinie zwischen Himmel und Meer. Er sah hinaus. Wer oder was war aus ihm geworden? Eine lächerliche Kreatur, die sich aufgelehnt hatte, gegen etwas, das unendlich stärker und kraftvoller war. Gegen etwas, das zu fassen er nicht in der Lage war. Das Leben. Plötzlich bemerkte er das Glühen einer Zigarette.

Sadie Fletcher stand etwas abseits von ihm, dicht am Abgrund, die Arme verschränkt. Der Wind zerrte an ihren Haaren. Sie blickte in dieselbe Richtung wie er. «Es geht Ihnen besser», rief sie laut, sodass er sie verstehen konnte. «So ein Ausflug wäre vor ein paar Tagen noch nicht denkbar gewesen.» Sie kam auf ihn zu. Savary setzte sich aufrecht. Ja, dachte er, es geht mir besser. Aber besser ist nicht gut genug. Als sie neben ihm stand, sagte er: «Keine Angst, ich laufe Ihnen schon nicht davon.» Sie ließ das unkommentiert. Nahm erneut einen Zug. Schließlich fühlte er sich genötigt, die Konversation seinerseits fortzusetzen. «Sie können auch nicht schlafen?»

«Nach diesem Abend?», gab sie zurück und hielt ihre Zigarette in den Wind, damit er die Asche forttrug. «Das war eine Katastrophe.»

Savary musste ihr recht geben. Das Team war mit leeren Händen wiedergekommen und in desolatem Zustand. Hakala war blutverschmiert, hatte nach Alkohol gerochen und nur recht vage Angaben darüber gemacht, wo und wie er seine Zeit nach dem Verlassen des Hofes verbracht hatte. Finlay hatte ebenfalls wenig gesagt, ganz gegen seine Art. Stoisch hatte er dem Abspielen der Aufnahmen von dem Mord beigewohnt und am Ende der vorbeiflimmernden, düsteren, schwarzbraunen Bildershow nur erklärt: «Das hätte jeder sein können, sogar ich: Mann mit Schnurrbart, nicht groß, nicht klein, nicht alt, nicht jung. Sukov, kann ich was von deinem Wodka haben?»

Der Russe hatte ihm die Flasche überlassen und ihn zu einer Partie eingeladen. «Schach», hatte er gesagt. «Kühles, reines Denken, keine Gefühle.»

Da hatte Finlay schon einiges intus. «Denken wird überschätzt», hatte er gesagt. Aber er war Sukov gefolgt. Savary hatte die beiden auf dem Herweg in der Bibliothek sitzen sehen. Sie spielten und tranken noch immer. «Zugegeben, die Kamerabilder waren eine Enttäuschung ...»

Fletcher schnaubte. «Die Kamera macht mir keine Sorgen. Wir könnten noch hundertmal rübergehen, um es besser zu machen.»

«Noch mal? Aber haben wir uns nicht auf die neue Strategie von Ondina geeinigt? Absammeln der Täterspuren von den Leichen bei der Obduktion?»

«Ah! Sind wir schon beim Vornamen?»

Er konnte nicht sehen, wie sie im Dunkeln die Brauen hob, aber er hörte die Ironie. Und er ärgerte sich. «*Sie* haben darauf bestanden, die Dame im Team zu haben, Fletcher.»

«Sie ist die Beste», bestätigte die Agentin. «Und ich stehe voll und ganz hinter ihren Plänen. Sie hat recht, wir haben einen Fehler gemacht.» Zur Bekräftigung nickte sie. «Wir müssen die Überlegenheit der heutigen Wissenschaft einsetzen, um diesen Fall zu lösen. Wir holen uns DNA von einer oder von mehreren Leichen. So hatte ich mir das von Anfang an gedacht. Bis Hakala mit seinen Wildwest-Ideen kam.»

Savary lachte bitter. «Der Finne schien mir zu wissen, was er tut. Deshalb war ich ja auch mit seinem Vorschlag einverstanden, uns auf eine direkte Begegnung einzulassen.»

«Und jetzt? Sind Ihnen Ondinas Ideen jetzt lieber?» Er schwieg. «Savary?», hakte sie nach, als er keine Antwort gab. Dann lenkte sie ein. «Es tut mir leid. Das war unprofessionell. Dass das alles so lange dauert, macht mich wohl nervös.»

«Das kommt Ihnen nur so vor. Zeit ist beliebig dehnbar, das wusste schon Einstein.»

«Fuck Einstein.» Sie schnippte ihre Zigarette über den Felsen. «Lassen Sie uns über Conti reden.»

Savary dachte an den Moment, in dem er Ondina das erste Mal sah. Und an das Gefühl dabei. Es half nichts, dass er sich sagte, er sei ein Idiot. Hatte er nicht vor kurzem erst geglaubt, zu einer anderen Frau eine innere Verwandtschaft zu fühlen? Und was war dabei herausgekommen? Er hatte sich zum Narren gemacht. Wütend ballte er die Faust. Nein, diesmal würde er klüger sein. Was mit einer Ohrfeige begann, würde kaum besser werden. «Sie ist …», begann er, brachte den Satz aber nicht zu Ende. Er wollte nicht über Ondina Conti reden. Nicht mit Fletcher.

«Hakala lügt mich an», wechselte diese das Thema. «Das tut er zum ersten Mal. Das beunruhigt mich.» Savary, der so viel Offenheit von ihrer Seite nicht gewohnt war, wandte den Kopf. Sie tat dasselbe und sah ihn an. Der Mond und die Sterne schienen hell genug, dass sie einander gut erkennen konnten. «Tun Sie mir einen Gefallen?», fragte sie. «Wenn Sie glauben, Sie sind fit genug, dann gehen Sie bitte mit ihm und Conti gemeinsam rüber.»

«Sie trauen ihm nicht?»

«Ich will Sicherheit», erwiderte Fletcher. «Was ich nicht noch einmal erleben möchte, ist ein Hakala, der sinnlos durch die Gassen rennt und dort wer weiß was treibt. Wir dürfen nicht permanent nur mit Schadensbegrenzung beschäftigt sein.» Sie tastete nach ihren Zigaretten. «Es mag kein Nachteil entstanden sein dadurch, dass er Finlay und Freitag eine Weile alleine ließ. Aber ich möchte nicht einmal daran denken, was geschehen könnte, wenn Conti allein in einer Leichenhalle zurückbleibt, verstehen Sie?»

Savary schaute ihr ruhig zu, wie sie, eine Zigarette in der Hand, ihre Jackentaschen abklopfte. «Und mir trauen Sie?»

Fletcher hatte endlich ihr Feuerzeug gefunden, ließ es schnappen und zündete ihre Zigarette an. Für einen Moment sah Savary ihre konzentrierten Züge. Dann wurde es wieder dunkel. Sie sog und atmete hörbar aus. «Ah.» Statt einer Antwort sagte sie nach einer Weile: «Finlay und Freitag werden zurechtkommen. Freitag hat dieses Mal einen erstaunlich guten Eindruck gemacht. Keine Tränen, keine Ohnmachten. Sie war ganz bei der Sache.»

«Regelrecht entschlossen», stimmte Savary zu. «Ich sagte Ihnen ja, sie ist eine Überzeugungstäterin.»

«Taliban sind Überzeugungstäter», wehrte sie ab.

Er lachte. «Dann sollten wir Karoline wohl besser auch gleich mit überwachen.»

«Seien Sie nicht albern.» Sie stieß eine Rauchwolke aus, die zart in die Dunkelheit schwebte. «Also, werden Sie es machen?»

«Mich mit Hakala und der *professoressa* in düsteren Kellern herumtreiben?» Er ließ den Stock los, der zwischen seinen Knien klemmte, und hob die Hände. «Nichts lieber als das. Sie wissen, ich habe diese Zeitmaschine erfunden, um sie zu benutzen.»

«Danke.» Sie schwieg. «Und glauben Sie mir, nur weil Finlay und Freitag ins Westend dürfen, um sich unter die gute Gesellschaft zu mischen, heißt das noch lange nicht, dass sie die bessere Wahl getroffen haben.»

«Die schmutzige Wäsche der Reichen und Schönen?», fragte Savary ironisch.

«Immerhin müssen wir den Prinzen als Mörder ausschließen», sagte Fletcher.

«Und das alles, weil ein Königshaus wegen einer lächerlichen Publikation in Hysterie verfällt. Ein bisschen mehr Coolness würde diesen Royals gut anstehen», warf Savary ein.

«Sie glauben also auch nicht daran?», fragte Fletcher.

«Der mordende Prinz – das klingt mir zu sehr nach Groschenroman.»

«Alles, was wir in dieser Sache tun, klingt nach Groschenroman, finden Sie nicht?», sagte sie und senkte ihre Stimme zu einem Raunen. «Zeitreisen. Nebel. Der düstere Stundenschlag von Big Ben.»

«Darüber habe ich noch gar nicht nachgedacht.»

«Sie sind nicht der Typ, der viel über sich selbst nachdenkt, oder?», meinte sie.

«Ich hatte gerade damit begonnen, bevor mich Ihre Zigarette störte.»

Sie lachte. «Sie haben über Ondina nachgedacht.»

Er ignorierte die Spitze. «Finlay macht sich aber auch nicht übel», hielt er dagegen. «Manchmal kommt es mir vor, als würde er besser in die damalige Zeit passen als in die heutige. Hier wirkt er immer ein wenig übergroß.»

Fletcher ließ sich nicht ablenken. «Sie saßen auf des Meeres Klippen und dachten an eine holde Maid. Geben Sie es zu.»

«Was sagten Sie eben noch zum Thema Professionalität, Miss Fletcher?»

«Ach, kommen Sie, Savary.» Sie klang amüsiert. «Wissen Sie, weswegen ich Ihnen traue? Weil Sie so leicht zu durchschauen sind.»

«Ich habe über den Tod nachgedacht.» Indem er es aussprach, wurde ihm bewusst, dass es die Wahrheit war. Er dachte meist an den Tod. Und er fürchtete ihn noch immer.

«Tja», sagte sie, «das ist nicht dasselbe, schätze ich.»

«Nicht ganz», bestätigte er.

Mit dem Fuß drückte sie ihre Zigarette aus. «Also dann.»

«*Bonne nuit*, Miss Fletcher.»

«Gute Nacht. Schlafen Sie gut.» Sadie Fletcher drehte sich um und ging. Savary blieb sitzen und lauschte dem Donnern der Wellen. Doch den Frieden, den er für kurze Zeit verspürt hatte, fand er nicht wieder.

6.

Als Karoline Freitag wieder zu sich kam, bemerkte sie, dass durch die Fenster strahlender Sonnenschein fiel und sich auf der Beschichtung ihrer Schutzanzüge spiegelte. Das Licht war so hell, dass es in den Augen stach. «Packen Sie das weg! Schnell!», verlangte Finlay, der bereits auf dem Weg zu der Anrichte war, in der sich seine Kristallkaraffe mit dem Whisky befand. Es klirrte anheimelnd, als er zwei Gläser bereitstellte.

Karoline tat wie ihr geheißen. Sie faltete die Anzüge und schob die beiden Bündel in eine mit Schnitzereien versehene Truhe. Dann schloss sie die Tür des vermeintlichen Kachelofens, in dessen Innerem sich das Schwarze Loch verbarg. Jetzt verriet nichts in dem Zimmer, dass sich hier ein Tunnel in eine andere Zeit befand. Die Sprossenfenster warfen ihr Licht-Schatten-Muster auf die Stofftapeten, die dunklen Kirschholzmöbel verbreiteten eine Atmosphäre von Ruhe und gelindem Wohlstand. Neben der Tür hing ein Porträt des Prinzen Albert Victor. Finlay wies mit seinem Glas auf das Bild des jungen Mannes. «Prägen Sie sich das Gesicht gut ein.» Er hielt ihr ein halbgefülltes Glas hin. «Auf unsere Mission.»

Karoline nahm einen tiefen Schluck. «Sie sehen aus, als könnten Sie es kaum erwarten», stellte sie fest. Finlay hatte seinen guten Anzug bereits unter der Schutzkleidung getragen. Auf dem Tisch wartete der Stock mit dem Silberknauf auf ihn, den er sich von Hannah erbeten hatte, außerdem ein Zylinder und ein Mantel mit Pelzkragen.

Karoline betrachtete die Taschenuhr, die er jetzt in die Hand nahm. Sie war aus Gold und hing an einer dicken Kette. «Die ist nicht von Hannah, oder?»

«Von meinem Urgroßvater», bestätigte er. «Genau wie der

Siegelring hier mit unserem Wappen. Er lebte in einer gnadenreichen Zeit.» Damit trank er seinen Whisky aus und bot ihr den Arm. «Wollen wir?»

Karoline nickte, ein wenig unsicher. Die umfangreiche Frisur, die Hannah ihr hatte aufstecken lassen, war ziemlich ungewohnt. Aber eine Lady ging nun einmal nicht mit offenem Haar auf die Straße oder mit dem Zopf einer Dienstmagd. Ihre Schuhe, ihr schweres Kleid, alles an ihr fühlte sich fremd an, und sie fragte sich, ob sie es je schaffen würde, sich mit der natürlichen Grazie Finlays zu bewegen, der trotz seiner Körperfülle die Leichtigkeit eines Balletttänzers verströmte. «An das Korsett werde ich mich nie gewöhnen», stöhnte sie.

«Was für ein Jammer!» Finlay legte ihr den Arm um die schmalgeschnürte, in Seide gehüllte Taille. «Sie sehen wie ein Vollweib aus. Es wird ein Vergnügen sein, sich mit Ihnen in der City zu zeigen, *Caroline*.» Er sprach ihren Namen mit Londoner Akzent aus. «Ich gehe uns eine Kutsche besorgen, Madam.» Er schwang seinen Zylinder und tanzte aus dem Zimmer.

Karoline trat vor den Spiegel und betrachtete die fremde Frau, die sich darin zeigte. Vollweib, dachte sie. Erst Finlays Pfiff riss sie aus ihren Überlegungen. Sie öffnete das Fenster, um ihm zu signalisieren, dass sie unterwegs war. Der Anblick der glänzenden schwarzen Kutsche mit den geschmückten Rappen ließ sie einen Moment innehalten. Dann lachte sie und winkte. Sie kontrollierte ein letztes Mal ihr Aussehen, verließ das Zimmer, schloss ab, steckte den Schlüssel in den Pompadourbeutel, der ihr als Handtasche diente, und balancierte auf ihren Knopfstiefeletten nach unten. Finlay reichte ihr die Hand zum Einsteigen. Es roch überwältigend nach Leder, Staub und Pferd, als sie in die Plüschkissen fiel.

«Das sieht hier ja aus wie in einem Bordell», kommentierte sie die roten Polster.

«Ah», nickte Finlay. «Interessant. Sie wissen also, wie es in einem Bordell aussieht.» Ohne eine Reaktion Karolines abzuwarten, steckte er seinen Kopf aus dem Fenster und rief: «Kutscher, zum Piccadilly!»

«Aber wir müssen doch ...», setzte sie zu einem Einwand an.

«Zum Café Royal», befahl er. Dann zu Karoline gewandt: «Das ist heute kein Tag für Absteigen wie das White Hart oder das Ten Bells.»

Nach einer Weile steckte auch Karoline ihren Kopf hinaus. Was sie sah, war ein anderes London als das des Elends und des Schmutzes in den Gassen des East End. Die Fassaden waren teils rauchgeschwärzt, aber prächtig, die Bürgersteige überschattet von den Markisen der zahllosen Geschäfte. An den Mauern riesige Reklamesprüche. Nicht in Neon, sondern nur auf Stein gepinselt. Aber es wirkte bereits unerhört modern. Mit großen Augen entdeckte Karoline eine Werbung für Madame Tussauds. Eine andere pries in meterhohen Buchstaben eine Möbelschreinerei an, eine dritte eine Brauerei. Auch das Royal Aquarium machte auf sich aufmerksam.

Bisher hatte Karoline es immer für unmöglich gehalten, dass die Straßen einer Stadt des vorletzten Jahrhunderts ebenso belebt sein könnten wie die einer modernen, doch es war so. Es kreuzten so viele Karren und Kutschen und zahllose Einspänner und Wagen ihren Weg, dass für die Fußgänger kaum noch ein Durchkommen war. «Da», rief sie. «Ein Trans!» Zwei Pferde zogen den Omnibus-Vorläufer, der für fünfzig Personen Platz bot.

«Und die Underground fährt auch schon», stimmte Finlay mit ein. Er lehnte sich in die Polster zurück. «Alles Gute ist schon da. Im Royal Café haben sie den anerkannt größten Weinkeller Europas. Und wenn Sie nett sind, Karoline, kaufe ich Ihnen nachher bei Selfridges etwas Hübsches.»

«Chauvi!» Sie lachte. «Da!» Ein Puppenspieler hatte seine kleine Bühne auf dem Gehsteig aufgebaut. Die Leute standen davor und unterhielten sich angeregt. Eine Akrobatengruppe turnte zur Musik einer Geige.

«Sollten Sie das nicht alles mitschreiben?» Finlay betrachtete ihr vor Aufregung gerötetes Gesicht.

Karoline zuckte mit den Schultern. «Wozu?», fragte sie. «Nein, das ist alles nur für mich. Für mich allein», wiederholte sie und steckte den Kopf wieder hinaus. Plötzlich rief sie: «Anhalten!»

Finlay wollte protestieren, doch sie wiederholte den Befehl. Auf einem Platz war eine Holztribüne aufgebaut. An den Mützen der Männer, die sich davor drängten, erkannte man, dass dieses Publikum vorwiegend aus Arbeitern bestand. Auf der Bühne saßen auf Stühlen zwei Männer und eine Frau. Sie war es, die jetzt aufstand und vortrat, um zu der Menge zu sprechen.

Die Kutsche kam zum Stehen. Sie war nicht die einzige, aus der heraus man lauschte.

«Genossen!», rief die Frau. Ihre Stimme war klar und trug weit.

«Sozialisten», bemerkte Finlay abfällig.

«Wie Sie sagten, alles Gute ist schon da.» Sie hörte aufgeregt eine Weile zu, dann erklärte sie: «Unglaublich! Das ist Eleanor Marx. Ohne sie gäbe es vielleicht in England keine Gewerkschaften. Menschen wie ihr wird es zu verdanken sein, wenn das East-End-Elend irgendwann Geschichte sein wird.»

«Marx?», fragte Finlay und rülpste.

«Die Tochter», präzisierte Karoline. «Sie arbeitete als Sekretärin des Vaters und führt sein Werk nun fort.» Aufmerksam beobachtete sie die Szene. Es waren auch Polizisten anwesend. Unauffällig hatten sie rings um den Platz Stellung bezogen. Wie lange war es her, dass eine Versammlung wie diese mit Pferden und Gewehren aufgelöst worden war? Nervös versuchte sie, den Umfang der Überwachung abzuschätzen. «Sie ist eine der klügsten, mutigsten und beharrlichsten Frauen, die ich kenne», erklärte sie Finlay über die Schulter hinweg. «Das dahinten ist ihr Lebensgefährte.»

Jetzt steckte auch Finlay den Kopf durchs Fenster. «Ihrem Ton entnehme ich, dass Sie den Gentleman nicht besonders schätzen.»

«Er lebt mit ihr in wilder Ehe, obwohl sie ihn *husband* nennt. Vielleicht wollte sie modern sein. Jedenfalls ist er ein Spieler und Betrüger und heiratet demnächst heimlich eine andere. Unter falschem Namen, das muss man sich mal vorstellen.»

«Ich gebe mir Mühe.» Finlay zog ein Monokel heraus, um den Mann näher zu betrachten.

«Und zwar unter dem Namen Alec Nelson. Ist das zu fassen? Er heiratet unter genau dem Namen, den Eleanor als Pseudonym benutzte, um in dieser Männergesellschaft journalistisch arbeiten zu dürfen. Warum hat er ihr nicht gleich einen Tritt versetzt?»

«Autsch», bestätigte Finlay. «Ich verstehe. Möchten Sie hingehen und ihn ohrfeigen?» Er bot an, den Wagenschlag zu öffnen.

«Sie hat sich daraufhin mit Arsen umgebracht.» Karolines Stimme zitterte vor echter Empörung. «Ich würde gerne ganz etwas anderes tun, als ihn zu ohrfeigen. Ich würde gerne hingehen und ihr sagen, was für ein Dreckskerl er ist. Und dass er es nicht wert ist, und ...»

«.. und was glauben Sie, würde das bewirken?», fragte Finlay.

Die Ruhe in seiner Stimme ließ sie aufschauen. Eine Weile kämpfte sie mit sich. «Sie haben recht», gab sie schließlich zu, «vermutlich gar nichts.»

«So ist es», bestätigte er.

«Und es würde auch gegen die Grundsätze unserer Bibel verstoßen», fügte sie hinzu.

Finlay gähnte. «Die Bibel unseres ehrenwerten Monsieur Savary interessiert mich einen Scheißdreck», bekannte er. «Ich bin nur der Ansicht, dass man sich auf die Kämpfe konzentrieren sollte, die einem nützen.»

Schweigend fuhren sie weiter.

Erst die Eingangshalle des Café Royal mit ihren spiegelnden Marmorwänden, den Lüstern und Kaminen entlockte Karoline Freitag wieder einen Laut. «Unglaublich!», flüsterte sie.

Finlay, der dem Maître entgegensah, nahm sie am Arm. «Blamieren Sie uns jetzt nicht, Teuerste», flüsterte er ihr zu. «Für uns ist das alles hier selbstverständlich, verstanden?»

Karoline bemühte sich, gelangweilt auszusehen, als sie an seiner Seite zwischen den Tischen hindurchging. Weißes Leinen und Silber, wohin sie schaute. Und Frauen, deren Hüte den Sträußen und Tafelgestecken in nichts nachstanden. «Bitte sehr», verkündete ihr Führer vor einer kleinen Tafel nahe einem künstlichen Kamin. Er rückte ihr den Stuhl zurecht.

Karoline, die schon ihre Röcke raffte, hielt inne. Der Schnauzer, die Uniform, der leicht verschlafene Blick – es gab keinen Zweifel, dass sie Queen Victorias Sohn vor sich hatte, den gesuchten Albert Victor. Er saß nur acht Tische von ihnen entfernt. «Da ist er», entfuhr es ihr.

«Setzen», zischte Finlay zwischen den Zähnen hindurch. Laut sagte er: «Meine Frau ist eine große Verehrerin von Richard Mansfield. Wir haben ihn schon in New York auf der Bühne gesehen, nicht wahr?» Er betonte die letzten beiden Worte so stark, dass Karoline sich zusammenriss.

Sie brachte sogar ein «Oh ja» zustande. Aus den Augenwinkeln folgte sie jetzt Finlays demonstrativem Blick, der nicht in die Richtung des Prinzen, sondern zu einem der Tische am Fenster ging. Dort saß ein dunkelhaariger, gutaussehender Mann in seinen Dreißigern. Er hatte welliges Haar und dunkle Augen, die an den anderen Gästen vorbeischauten. Mansfield war Schauspieler, wenn sie Finlay richtig verstanden hatte.

«Sein Richard III. ist unerreicht», erklärte Finlay. «Und mit etwas Glück werden wir ihn in den nächsten Tagen in ‹Doctor Jekyll and Mister Hyde› bewundern dürfen.»

«In der Tat.» Der Maître reichte ihnen die Speisekarten.

Als er weg war, neigte Karoline sich vor. «Was sollte das?», fragte sie.

«Sie kennen Mansfield nicht?», flüsterte Finlay, während er das Weinangebot studierte.

«Ich weiß, dass zur Zeit der Rippermorde dieses Stück in London aufgeführt wurde, ‹Doctor Jekyll and Mister Hyde›. Und dass die Leute den Darsteller des bösen Mister Hyde so bedrohlich fanden, dass sie ihn in Briefen an die Zeitung verdächtigten, der Ripper zu sein.»

«Ah, einmal solche Kritiken bekommen ... Ober!» Finlay rief einen der befrackten Angestellten heran, um Champagner zu bestellen.

Karoline verrenkte sich derweil den Hals. Sie wollte einen weiteren Blick auf den Prinzen erhaschen. «Wussten Sie etwa, dass er hier sein würde?»

«Nein, aber ich gebe zu, ich habe es gehofft. Die königliche Familie speist gerne hier.» Finlay klappte die Karte auf und grinste sie an.

Karoline gab auf. «Suchen Sie etwas für mich heraus», meinte sie, «ehe ich es falsch ausspreche.»

«Willkommen im 19. Jahrhundert», sagte Finlay trocken. «Hier wird das von Frauen erwartet. Das macht ihren Reiz aus, habe ich mir sagen lassen. Betrachten Sie es als Befreiung.»

Karoline stand der Mund offen, Finlay schenkte ihr ein. «Und was machen wir jetzt?», fragte sie und folgte mit den Augen einer großen Silberplatte mit Spanferkel, die an den Tisch des Prinzen getragen wurde. Das Tier trug einen Apfel in einer weißen Manschette im Maul, so perfekt glasiert, als entstammte er einem Gemälde. «Gehen wir hinüber, reißen dem Prinzen ein Haar aus und hauen ab?»

«Wir könnten es bis zum Ausgang schaffen, aber wohl kaum viel weiter.» Finlay stellte sein Glas ab. «Mit Ihrer Erlaubnis ordere ich ein Bœuf Bourguignon, einverstanden?»

«Ich meine es ernst.» Karoline ließ den Prinzen nicht aus den Augen. «Er wirkt ganz anders als auf den Porträts», stellte sie fest. «Weit weniger abgeklärt.»

«Er ist das Ergebnis einer Frühgeburt. Höchstwahrscheinlich zurückgeblieben.» Finlay blieb ungerührt. «Möglicherweise hat er die Syphilis. Und eventuell ist er ein blutrünstiger Mörder.» Er schnippte mit den Fingern, um jemanden heranzuholen, der seine Bestellung entgegennahm. «Als Vorspeise für die Dame eine Hummercremesuppe und für mich ein paar Scheiben Roastbeef. Das Fleisch schön blutig.»

«Glauben Sie, dass er unser Mörder ist?», fragte Karoline, sobald sie wieder allein waren.

Finlay zuckte mit den Schultern. «Bei dem Aufwand, den das Königshaus betreibt, um ihn zu entlasten? Ich würde sagen: Ja.»

Karoline konnte nicht anders. Sie fixierte den jungen Mann in der Galauniform, der in schlechter Haltung dasaß und sich ein wenig zu laut amüsierte über das, was seine Begleiter ihm erzählten. War das die Gestalt, die sie gestern gesehen hatte? War das der Mann, der einer sterbenden Frau in den Eingeweiden herumwühlte? Den sie zur Strecke bringen wollte? Laut sagte sie: «Der links von ihm ist sein Tutor, sein Studienbegleiter für Oxford. Einer der Klügsten seines Jahrgangs. Er hat es bis in den Geheimbund der Apostel geschafft.»

«Apostel?»

«Die zwölf Besten jedes Jahrgangs. Sie bilden einen exklusiven

Club. Besetzen später mal wichtige Posten. Zu ihrer Zeit hatten sie mehr Einfluss als später Freimaurer und Rotary zusammen. Vielleicht geht es bei ihren diskreten Treffen aber auch nur um Drogen und Sex. Alles sehr geheimnisvoll. Ach ja, und sie sollen überwiegend schwul sein. Wäre vielleicht was für Sie.»

«In der Tat.» Finlay hielt im Trinken inne und brachte wieder einmal sein Monokel in Stellung. Ein exklusiver Club einflussreicher Männer, alle mit wichtigen Positionen in der Gesellschaft. «Und bei ihren geheimen Treffen frönen sie der Knabenliebe?»

«Ob es nun gleich Knaben sind ...», sagte Karoline und setzte ein falsches Lächeln auf, um dem Kellner für die Suppe zu danken, die er vor ihr hinstellte. Ein Duft von Fisch und Sherry drang in ihre Nase. «Ob der Prinz da mit drinsteckt?», fragte sie und griff zum Löffel.

Finlay inspizierte sein Fleisch. «Sagen wir mal so: Sollte ein ausgelassener Abend mit den Herren sein Alibi sein, dann wäre das Königshaus darüber genauso wenig amüsiert, wie wenn er gar kein Alibi hätte.»

Eine Weile aßen sie schweigend. Das Bœuf Bourguignon kam und wurde für köstlich befunden. Die Teller wurden abgetragen. Der Kaffee in ihren Tassen wurde langsam kalt. Sie saßen jetzt schon anderthalb Stunden hier. Richard Mansfield, der Schauspieler, hatte sich erhoben und sich mit einer Verneigung aus dem applaudierenden Saal verabschiedet. Da endlich wurde es auch am Tisch des Prinzen unruhig.

«Los!», kommandierte Finlay. Sie winkten dem Ober, ließen ein astronomisches Trinkgeld zurück und folgten Prinz Albert Victor und seiner Entourage unauffällig in die Vorhalle. Die Menschen drängten sich in der offen stehenden Tür, um nach ihren Kutschern zu rufen. Man konnte erkennen, dass das Wetter umgeschlagen war. Der Himmel war beinahe dunkelviolett, es regnete, und das anhaltende Grollen konnte ebenso gut vom Rollen der zahllosen Räder auf dem Pflaster stammen wie vom Donner. Ein Windstoß fegte herein, riss klirrend eine Blumenvase von einem der Marmorsimse und fuhr durch Karolines Röcke. Als sie aus dem Gleichgewicht geriet, schrie sie auf.

«Madam!» Eine kultivierte Aussprache. Helle, schläfrig dreinblickende Augen.

Sie hielt sich an seinem Arm fest, fühlte den Stoff, die Tressen. Wie gebannt starrte sie ihn an. Bist du es?, dachte sie. Bist du Jack?

Die Begleiter des Prinzen lachten über ihre Ergriffenheit. Er stellte sie wieder auf die Beine, verneigte sich militärisch und ließ sich von seinen Verehrern anerkennend dafür auf die Schulter klopfen, dass er einer kleinen Lady das Erlebnis ihres Lebens verschafft hatte. Lässig und lachend gingen sie hinaus, um unter einem Dach aufgespannter Regenschirme ihre Kutschen zu entern.

Wie im Traum sah ihnen Karoline nach. Sie stand noch immer wie angewurzelt da, als Finlay mit Hut und Mantel auftauchte, die er soeben von einem unerträglich langsamen Garderobier zurückerhalten hatte. Außer Atem kam er neben ihr an. «Wo sind sie hin?»

Karoline rührte sich nicht. Ihr Atem ging schwer. Statt einer Antwort hob sie die Hand, die vor kurzem noch auf dem Arm des Prinzen gelegen hatte. In ihren Fingern hielt sie ein Haar.

7.

Es war nasskalt. Immer wieder ging ein Schauer auf sie nieder, mal mit leichtem Nieseln, mal als kräftiger Starkregen. Dieses Wetter passt gut, dachte Conti. Es ist ebenso unwägbar wie diese Zeit und alles, was wir in ihr unternehmen. Sie verspürte nicht die geringste Angst. Alles war genau so, wie sie es sich erhofft hatte. Die Fremdheit tat ihr wohl, ebenso das Ungefähre. Nur eines war gewiss: Der Attentäter war nicht hier. Es war vollkommen unmöglich, dass er hier war. Und von Jack, dem Schlitzer, hatte sie nichts zu befürchten. Aus den Geschichtsbüchern wusste sie, wer die Opfer waren. Eine Ondina Conti befand sich nicht darunter.

«Wie weit ist es noch?» Savary war stehen geblieben und lehnte sich auf seinen Stock. Sie hatten knapp eine Meile hinter sich und betraten gerade eine Straße namens Cheapside.

«Es war Ihre Idee gewesen, die Strecke zu Fuß zurückzulegen, *Monsieur le docteur*», antwortete Conti. «Sie wissen, dass die offizielle Obduktion durch Doktor Gordon Brown um 14 Uhr 30 beginnen wird. Für das, was wir vorhaben, benötigen wir mindestens eine Dreiviertelstunde. Zeit mag ja elastisch sein, aber hier in der Vergangenheit ticken die Uhren auch nicht anders als bei uns.»

Sie sah zu Savary hinüber, der sich vorwärtsbewegte, so schnell es ging. Bei jedem Schritt zog er hastig sein kaputtes Bein nach, mit der freien Hand griff er nach seinem Zylinder, der ihm vom Kopf zu rutschen drohte. Ihr Zorn gegen ihn verrauchte. Der Mann, der sie mit seinen Mails manipuliert hatte, war im wahren Leben niemand, vor dem sie sich fürchten musste. Im Gegenteil. Ein begütertes Industriellenpaar sollten sie beide darstellen, begleitet von einem kräftigen Diener, einer Art Bodyguard. Der Gedanke an diese Ehe erfüllte sie mit etwas wie Anteilnahme. Conti ging ein wenig langsamer und nahm seinen Arm.

Schließlich standen sie vor einem Backsteinbau. Rechts neben der Flügeltür war ein Schild angebracht. Es ließ keinen Zweifel daran aufkommen, dass sie hier richtig waren.

«Morgue», flüsterte Ondina Conti leise zu sich selbst. Komisch, dachte sie. Warum haben diese Engländer, die die Franzosen ansonsten nicht besonders leiden konnten, das Wort für Leichenhalle gerade aus dem Französischen entlehnt? Aus dem Augenwinkel sah sie zu Savary. Matthieu und Morgue, dachte sie, das lag gar nicht so weit auseinander.

Savary nickte seinen beiden Mitstreitern zu. Dann trat er vor, hob den Stock und klopfte. «Haben Sie das Geld, Hakala?»

«Natürlich.» Der Finne zog einen ledernen Beutel aus einer Hosentasche.

«Viel zu viel!», zischte Savary. «Das ist ein Sovereign! Geben Sie mir eine Half Crown oder zwei Shilling und ein Sixpence. Sonst wird er noch misstrauisch.»

Ein Mann mit schiefem Gesicht öffnete ihnen. Offenbar hielt er es nicht für nötig, sie zu grüßen. Er trug schlichte Kleidung aus einem Leinenstoff, der hier und da so abgenutzt war, dass die Haut durchschien. Sicher war er der Insasse eines Armenhauses, der für eine verwanzte Matratze und eine Schüssel Getreidebrei den Tag über hier Dienst versah. Zweieinhalb Shilling würden für ihn ein Vermögen bedeuten. Savary drückte dem Mann die Münze mit dem Konterfei von Queen Victoria in die Hand. Sein Blick wanderte kurz zu dem Geldstück, dann sah er Savary wieder in die Augen, ebenso stumpf und ausdruckslos wie zuvor. Stimmte irgendetwas nicht? Savary machte eine unsichere Geste in Richtung Hakala. Wenn die Sache aus dem Ruder lief, müsste man schnell reagieren. Notfalls würde man den Gehilfen fesseln und knebeln. Der Finne brauchte ein paar Sekunden, bis er Savarys Andeutung kapierte.

Zum Glück, denn kurz bevor Hakala die Situation auf seine Weise klären wollte, hatte der Gehilfe die Tür zum Sektionsraum bereits aufgeschoben. «Machen Sie schnell!», befahl er.

Es war nichts Besonderes, dass Mitglieder der Upperclass sich in Etablissements wie dieses Eintritt verschafften, um einen Blick auf etwas zu werfen, das verrucht und verboten war. In dem Heim, in dem der berühmte Elefantenmensch seine Heimat gefunden hatte, trieben die Pfleger einen regen Handel damit, ihn gegen Geld interessierten Besuchern vorzuführen wie ein exotisches Tier. Jack the Ripper war ebenfalls berühmt, die ganze Stadt sprach von ihm. Es fuhren schon Kutschen an den Orten vorbei, an denen er gemordet haben sollte. Und alles deutete darauf hin, dass die Beerdigung von Catherine Eddowes, die während ihres jämmerlichen Lebens nur wenig Interesse bei ihren Mitmenschen gefunden hatte, eine große Sache werden würde. Der Gehilfe senkte den Kopf, als sie an ihm vorbeigingen. Die Einzige, der er einen Blick gönnte, war Ondina. Seine feuchten Lippen öffneten sich, doch er sagte keinen Ton.

Die Gerichtsmedizinerin starrte angeekelt auf seine Zahnstümpfe. Unwillkürlich fasste sie nach Savarys Arm.

Hakala trat dazwischen. «Lassen Sie uns allein.»

Der Mann gehorchte.

Sie waren alle auf den Anblick vorbereitet, hatten sich die Fotos der ermordeten Catherine Eddowes genau angesehen und wussten von ihren tödlichen Verletzungen. Da lag sie nun, auf einer blutdurchtränkten Holzbank, die von der City of London Police von einem nahe gelegenen Schlachthof zu einem günstigen Preis erworben worden war. Gerade gut genug für eine Frau von zweifelhaftem Ruf, aus dem East End.

«Wie spät ist es?», fragte Conti, während Hakala das Werkzeug aus seinem Mantel zog.

Savary ließ den goldenen Deckel seiner Taschenuhr nach oben schnalzen. «Zwei nach zwei.»

Zwei nach zwei, dachte Ondina Conti und streifte sich die Handschuhe aus Nitril über. Vor vierundzwanzig Stunden, meine liebe Kate, vor vierundzwanzig Stunden warst du noch quicklebendig. Und jetzt das hier. Wie konnte das nur passieren? «Thermometer», wies sie Hakala an und streckte ihm die Hand entgegen.

Savary, der vor dem Tisch stehen geblieben war, wies mit dem Stock auf Eddowes Fersen. «Haben Sie ihre Füße gesehen?»

* * *

Zwei Tage war es jetzt her, dass sie von der Hopfenernte aus Kent zurück waren. Der Farmer war ein Geizhals gewesen. Statt der versprochenen acht Pennys pro Stunde Lohn hatte es nur fünf gegeben.

Als sie mit John wieder in London war, hatten sie ihr Geld bereits für Essen und Fusel ausgegeben. Der ganze lange Fußmarsch war umsonst gewesen. Sie stand wieder mit leeren Händen da, nur noch müder, noch erschöpfter als zuvor. Heute Morgen hatte sie Johns gute Schuhe ins Pfandleihhaus gegeben und genug Geld dafür bekommen, dass sie sich ein opulentes Frühstück im Cooney's leisten konnten. Ein paar Gläser Gin mit inbegriffen. Man musste feiern in all diesem Elend. Man musste feiern, und man musste vergessen.

Von Saint Botolph, der kleinen Kirche am Ende der Straße, hatte es gerade zwei geläutet, und das Zittern und die innere Unruhe hatten immer noch nicht aufgehört. John hatte eben bezahlt.

«So, Kate, auf jetzt!»

Sie blieb sitzen. «Ich ...» Sie verbarg ihre zitternden Hände unter dem Tisch. «Ich wollte Annie besuchen.»

John machte ein missmutiges Gesicht. «Dein Blag von diesem Conway? Was willst du bei der?»

Catherine stand auf und legte John ihre Hände um den Hals. «Annie wird uns Geld leihen.»

John sah ihr in den Ausschnitt. Seine Miene hellte sich auf. Er zupfte an ihrem Chintzhemd mit den Gänseblümchen darauf. «You're my daisy, my sweetest daisy», murmelte er. Dann gab er ihr einen Kuss. «Bleib hier, sweetheart!», flüsterte er ihr ins Ohr.

«Das Geld», gab sie zurück. «Unser Bett kostet acht Pence. Die werde ich uns besorgen, darling.»

«Gut. Aber nimm dich in acht vor dem ‹Messer›.»

Catherine löste sich aus seiner Umarmung und lachte. «Du weißt doch, dass ich vorsichtig bin. Mach dir keine Sorgen. In zwei Stunden bin ich zurück. Wir treffen uns in unserem Zimmer in der Dean and Flower Street.»

Sie drehte sich um und schlug den Weg Richtung Aldgate ein. Sie war schon ein Stück entfernt, als sie sich zum letzten Mal zu John umdrehte.

* * *

Catherine Eddowes war erst seit wenigen Stunden tot. Deshalb war ihr Körper auch noch nicht völlig erkaltet. Conti maß immerhin eine Körpertemperatur von achtzehn Grad. Die Angabe des Todeszeitpunktes, den sie aus den Akten kannte, stimmte also. Dazu passte auch, dass die Leichenstarre inzwischen ausgeprägt war.

Während Hakala zusammen mit Savary an den nebenstehenden Tischen mit Hilfe transparenter Klebestreifen auf den Kleidungsstücken des Opfers verschiedene Faserspuren sicherte, begann Conti die Fingernägel von Catherine Eddowes zu untersuchen. Offenbar war die Leiche bereits gereinigt worden, stellte sie mit Bedauern fest. Ein Kapitalfehler, wenn man die Standards einer forensischen Untersuchung des 21. Jahrhunderts ansetzte. Ein noch schwerwiegenderer Fehler, wenn man um die geringen Aufklärungsmöglichkeiten des 19. Jahrhunderts wusste. Kein

Wunder, dass sie den Ripper nicht gefasst haben, dachte Conti und griff nach einem Instrument, um die Reste dessen, was sich unter Eddowes Fingernägeln befand, abzunehmen.

Als sie fertig war, setzte sie eine Lupenbrille auf. Sie ging zum Kopfende und drückte auf den Schalter für die LED-Leuchten, der am Bügel der Brille angebracht war. Conti bemühte sich, die reine Faktenlage zu beurteilen, auch wenn das angesichts der vorliegenden Verstümmelungen schwerfiel. Die Nasenspitze war abgetrennt. Daneben klaffte ein Einschnitt. Mit voller Wucht hatte der Täter hier zugestochen. Die Austrittswunde befand sich am gegenüberliegenden Kieferknochen. Die Verletzung sprach von einer unbändigen Wut.

Im Gegensatz dazu standen die Verstümmelungen der Augenlider. Sowohl das linke als auch das rechte untere Augenlid waren durch feine Schnitte zerteilt worden. Diese Verletzungen musste der Ripper ganz am Schluss vorgenommen haben. Als er seine Wut beinahe abreagiert hatte. Der Täter hatte sich beruhigt. Was bedeuteten die seltsamen Dreiecke auf den Wangen? Der Mörder hatte hier Schnitte in Form eines umgedrehten V geschlitzt, sodass das Gewebe der Mundschleimhaut in dreieckigen Klappen heraushing.

Ondina Conti richtete sich auf und schaltete die Beleuchtung der Brille aus. Sie atmete tief ein, dann wieder aus. Ihre Analyse hatte ergeben, dass ausnahmslos alle Verletzungen des Gesichts erst nach Eintritt des Todes ausgeführt worden waren. Zum Glück, dachte sie und schritt zum Unterleib des Leichnams. Hier befand sich ein langer Schnitt, der auf der Höhe des Zwerchfells begann und sich bis hinunter zur Vagina zog.

Die Gerichtsmedizinerin schaltete die Beleuchtung ihrer Lupenbrille wieder ein und klappte die Bauchdecke auf.

* * *

Sie wusste, dass Annie und ihr Ehemann nicht mehr in Bermondsey lebten. Sie hatte Annie angefleht, sie nicht zu verlassen, sich nicht von ihr abzuwenden. Annie hatte sie beschimpft. Als Säuferin und Hure. Ihre Tochter wollte raus aus diesem Teufelskreislauf, in dem sich ihre Familie befand. Und tief im Inneren musste die Mutter der Tochter recht geben. Wenn etwas aus Annie und ihrem Mann werden sollte, dann musste Annie sich trennen, von ihr und von dieser Stadt.

Catherine dachte an die Zeit, in der noch alles in Ordnung war. Ihr Vater war ein fleißiger Weißblech-Arbeiter. Ihre Mutter verdiente ihr Geld als Köchin. Es ging ihnen gut. Ihr und ihren zwölf Geschwistern. Doch dann hatte diese tückische Krankheit an ihrer Tür geklopft. Vier Wochen später war ihre Mutter gestorben, zwei Jahre darauf der Vater. Da war sie dreizehn. Und das Unheil nahm seinen Lauf.

Catherine zwang sich zu lächeln. Mit dem Ärmel ihrer Jacke wischte sie sich übers Gesicht und machte kehrt. Sie würde nicht nach Süden gehen. Aber sie würde das versprochene Geld besorgen. John würde sie erzählen, dass sie es von Annie bekommen hatte. Er musste die Wahrheit nicht wissen.

* * *

Der Bauchraum war leer. Das war, was sie erwartet hatte. Doch sie wollte sich die Schnitte genauer ansehen, durch die die Gedärme entfernt worden waren. Nach gründlicher Betrachtung kam sie zu dem Schluss, dass der Täter auf keinen Fall Chirurg oder Metzger sein konnte. Dies hier war das Werk eines Menschen, der nur theoretische Kenntnisse der Anatomie besaß. Sie erinnerte sich an einen Medizinstudenten, der in den zeitgenössischen Polizeiakten als möglicher Täter benannt worden war. Den Mann konnte man getrost aus dem Kreis der Verdächtigen ausschließen.

«Wie lange noch?», fragte sie, ohne den Kopf zu wenden.

«In acht Minuten ist es so weit», antwortete Savary.

«Gut. Kommen Sie her, Savary.»

«Aber ... Ich bin noch nicht fertig.»

«Kommen Sie. Lassen Sie Hakala den Rest machen. Ich brauche Sie hier.»

Savary folgte Contis Aufforderung. «Und jetzt?», fragte er, als er vor ihr stand.

«Nehmen Sie die Beine, und spreizen Sie sie.»

«Wie bitte?» Savary schluckte.

Ondina schob ihre Lupenbrille auf die Stirn und bedachte ihr Gegenüber mit einem hochmütigen Blick. «Wir müssen wissen, ob sie Verkehr hatte.»

* * *

Der Mann hatte ihr sechs Pennys gegeben. Im Voraus. Sie hatten die Kneipe gemeinsam verlassen, waren in einen Durchgang zwischen zwei Häusern gegangen, wo in einer Regenrinne das Wasser plätscherte.

Während er in sie eindrang, sah sie auf den Boden. Sie musste aufpassen, dass sich ihre Stiefel nicht mit Wasser vollsogen. Eigentlich waren sie ihr zu eng, deshalb hatte John sie vorne und hinten aufgeschlitzt.

Stoßweise atmete der Mann ihr über die Schulter. Er stank nach Fisch und Bier. Als er fertig war, sagte er zu ihr: «Mach's gut, du dreckige Hure.» Dann zog er sich die Hosen hoch und rülpste.

Catherine blieb noch, als der Mann schon gegangen war. Ihre Hände waren noch immer gegen die Mauer gestützt. Ihr Kopf hing nach unten. Starr blickte sie auf das Rinnsal zwischen ihren kaputten Stiefeln. Ihr war schlecht. Doch sie hatte Geld. Für das Bett in der Dean and Flower Street würde es nicht reichen. Einmal noch würde sie es tun müssen.

Als sie auf die Straße trat, vernahm sie Akkordeonspiel aus der Eckkneipe. Die Leute sangen laut und lachten. Sie erkannte das Lied. «The lass that loves a sailor».

Erst mal die Nerven beruhigen, beschloss sie. Mit ein wenig Alkohol im Blut wäre es leichter. Sie ging in die Kneipe mit der lauten Musik, trat an den Tresen. Noch bevor sie etwas sagen konnte, stellte ihr der Barkeeper ein Glas Gin vor die Nase. Sie trank es in einem Zug. Als sie es absetzte, stimmte sie mit ein in den Gesang. Ihre Augen glitten über die Gesichter der anwesenden Männer. Es dauerte nicht lange, und ihr Blick wurde erwidert.

Singen hilft, dachte sie und sang lauter.

* * *

So etwas hatte Conti noch nie gesehen, und sie hatte wahrlich schon viel gesehen. Von der Vagina dieser Frau war so gut wie nichts mehr übrig. Dieser Mensch, wenn man ihn überhaupt als einen solchen bezeichnen wollte, dieser Mensch also, der das getan hatte, musste bei seiner Tat von einem unsäglichen Furor erfüllt gewesen sein. Zweifelsohne hasste er das weibliche Geschlecht. Er hasste es abgrundtief.

Conti griff sich ein Wattestäbchen, nahm, so gut es ging, einen Abstrich vor und steckte das Ergebnis in eine Plastikröhre.

Ondina Conti war überrascht, als sie sah, wie ruhig Savary war. Sie hätte erwartet, dass er sich abwenden oder übergeben würde, wie es oft bei Erstsemestern geschah. Doch nichts dergleichen. Savary wirkte trotz der Umstände gefasst. Sie übergab ihm das Röhrchen, damit er es zu den anderen Sachen legte. «Bringen Sie mir bitte den Behälter mit dem Luminol», bat sie. Ein Seitenblick zu Hakala verriet ihr, dass dieser immer noch mit der Sicherung von Faserspuren beschäftigt war. «Hören Sie auf damit, Hakala. Sehen Sie zu, dass Sie jetzt Fingerabdrücke nehmen. Schauen Sie nach glatten Oberflächen und nach Knöpfen.»

Der Finne gehorchte ohne irgendeinen Einwand. Aus dieser Truppe kann noch etwas werden, dachte sie und nahm das Gefäß mit der blau schimmernden Flüssigkeit von Savary entgegen. Langsam begann sie, sich wohlzufühlen.

* * *

Die Welt um sie herum drehte sich. Alles war voller Gesang, voll von bunten Farben, sie war leicht wie ein Vogel. Und all diese lachenden Gesichter. Sie hörten ihr zu und applaudierten.

Mit einem Mal wurde sie müde. Sie kannte das schon. Sie hatte sich zu sehr verausgabt. Noch immer standen sie im Halbrund um sie herum. Sie sagte noch etwas, das sie gleich darauf wieder vergaß, und legte sich auf den Fußweg. Sie musste schlafen. Jetzt sofort.

Sie hatte bereits die Augen geschlossen, als sie eine Trillerpfeife hörte. Aus dem Nickerchen würde nichts werden, das war klar.

«Stehen Sie auf, Ma'am!» Die Stimme des Bobbys klang unnachgiebig. Als sie nicht reagierte, versuchte der Constable sie aufzuheben. Was nicht gelang. Für einen Mann allein war sie zu schwer und zu betrunken. Mit einem Kollegen schleppte er sie auf die nächste Polizeiwache. Das Gespräch der beiden Constables mit einem Sergeant nahm Catherine wie durch einen Schleier wahr. Sie verstand kein Wort. Der Sergeant schimpfte. Schließlich neigte er sich zu ihr herunter, sie lag auf einer Bank.

«Wie zum Teufel heißt du?»

«Niemand», antwortete sie und lächelte.

* * *

Das Luminol leuchtete kalt auf Catherine Eddowes fahlem Körper. Conti kreiste um den Leichnam und drückte den Auslöser des Fotoapparats. Die Leuchtspuren machten nicht nur deutlich, an welchen Stellen des Körpers Blut ausgetreten, sondern vor allem *wie*, in welche Richtungen, es gespritzt war. Wenn das ein Ermittler des 19. Jahrhunderts jetzt sehen könnte, dachte Conti, er würde meinen, er befände sich in einem Science-Fiction-Roman von Jules Verne.

Als sie das Kopfende erreichte, hörte sie plötzlich ein metallisches Quietschen. «Hakala!», rief sie und deutete mit dem Unterkiefer in Richtung Tür. In dem Spalt war ein Auge sichtbar geworden. Es gehörte dem Mann mit dem schiefen Gesicht. Hakala reagierte. Es kam zu einem kurzen Wortgefecht zwischen dem Morgue-Gehilfen und dem Finnen. Schließlich zog Hakala die Tür gewaltsam zu und sagte: «Wir müssen aufhören, Doktor Brown und sein Team sind im Anmarsch.»

In Windeseile verstauten Conti und Savary Werkzeuge und Proben in dem großen flexiblen Etui, das ausgebreitet neben den Kleidern der Toten lag. Schließlich rollte Savary das Futteral zusammen, humpelte damit zu Hakala, der es unter seiner weiten Anzugjacke verstaute.

Es klopfte. «Verdammt, was machen wir jetzt?», zischte Savary aufgeregt.

Ondina Conti warf einen letzten Blick auf die klaffende Wunde an Catherines Hals. Der Ripper hatte sein Messer von einem Ohr zum anderen gezogen. Stimmbänder, Kehlkopf, Halsmuskel, Gefäße. Alles bis hinunter zur Wirbelsäule war durchtrennt. Dieser riesige Schnitt, der aussah, als würde sie eine Halskette tragen, verlieh ihr beinahe so etwas wie Würde. Instinktiv griff Conti nach der Perlenkette, die um ihren Hals baumelte.

Hakala hatte die Tür geöffnet. Der Gehilfe fuchtelte wütend mit den Händen. «Gehen Sie! Gehen Sie!»

Als sie auf dem Gang waren, hörten sie Schritte, die hinter einer Ecke näher kamen. Auf der Stirn des Gehilfen rann kalter Schweiß. Jäh riss er eine gegenüberliegende Tür auf, durch die sie rasch in eine Abstellkammer traten. Durch das Holz der Tür hörten sie einen Mann sprechen. Seine Stimme war klar und kultiviert. «So, meine Herren. Jetzt machen Sie sich auf etwas gefasst.» Das musste Doktor Frederick Gordon Brown sein. Savary, Conti und Hakala atmeten aus. Das war wirklich knapp.

* * *

Es regnete. Sie zog sich ein Tuch über den Kopf und dachte nach. Wenn sie jetzt zu John ginge, dann würde er sie verprügeln. Jetzt, wo sie wieder einigermaßen nüchtern war, wurde ihr klar, dass sie alles falsch gemacht hatte. Ihr Geld war weg. Versoffen und teilweise wahrscheinlich geklaut. Sie konnte sich nicht mehr erinnern.

«Wie spät ist es?», fragte sie den Constable, der sie zur Tür gebracht hatte und missmutig in den Regen schaute.

«Zu spät für dich. Du wirst nichts mehr zu trinken bekommen.»

«Gute Nacht, du alter Sack», sagte sie und trat auf die Straße. Es war dunkel. Vereinzelt flackerten hier und da ein paar Laternen.

Sie zögerte. Dann schlug sie den Weg in die Richtung ein, die der Dean and Flower Street entgegengesetzt war. In der City of London gab es mit Sicherheit irgendeinen Club, wo man noch ausschenkte. Doch zuvor würde sie sich ein wenig Geld besorgen.

Der Mitre Square war ein von hohen Backsteinbauten begrenzter quadratischer Platz. Lagerhäuser und Gebäude, die nachts verwaist waren. Catherine Eddowes hielt an und überlegte. Da hörte sie eine Stimme in ihrem Rücken. Catherine drehte sich um. Der Mann war größer als sie. In der Dunkelheit konnte sie sein Gesicht nicht erkennen. Catherine bemühte sich um ein Lächeln. Sie trat an ihn heran und legte ihm eine Hand auf die Brust.

Die Klinge, die der Fremde zuvor noch im Ärmel verborgen hatte, blitzte im Mondlicht silbern und kalt.

8.

Finlay nahm Karoline vorsichtig das Haar ab, öffnete den Deckel seiner Taschenuhr, legte es hinein und schloss das gute Stück wieder. «Sicher wie in Abrahams Schoß», tönte er und lehnte sich in die Polster der Kutsche. Finlay war offenkundig gutgelaunt. Er pfiff und betrachtete den Regen, der an den Fenstern den Takt zu seinem Lied trommelte.

Verstimmt betrachtete Karoline Freitag ihn. Sie hatte zumindest ein Lob erwartet. «Hatten Sie nicht das Gefühl», fragte sie endlich, «dass das sehr einfach war?»

«Meine Liebe.» Er schaute sie voll an. «Nach meiner Erfahrung sind die meisten Dinge im Leben einfach. Sie fliegen einem zu.»

«Na, meine Erfahrung ist das nicht.»

«Wo fahren wir hin?»

«Ich habe den Kutscher gebeten, dem Gefährt des Prinzen zu folgen.»

Da kam wieder Leben in Finlay. «Was? Aber wir haben doch, was wir wollen.»

«Haben wir das?» Jetzt schaute Karoline aus dem Fenster. «Sie haben selbst gesagt, er ist vermutlich ein Mörder. In weniger als acht Stunden wird er wieder einen Mord begehen.»

«Seinen ersten», korrigierte Finlay sie.

«Wird er seinen ersten Mord begehen», korrigierte sich Karoline und fragte sich, wie oft diese Morde schon geschehen waren. Wie oft hatte sie bereits im Schrecken «Nein!» geschrien? Wie oft hatten sich durch die dunklen Gassen Schritte genähert? In ihren Träumen, in der Realität? Wie lange schon wiederholte sich die Geschichte, wieder und immer wieder? «Glauben Sie an Wiedergeburt, Finlay?», fragte sie.

«Sonst noch was?», knurrte er. «Mit so etwas befassen sich alleinstehende Frauen in den Vierzigern.»

«Also nein?»

Er schnaubte. «Wahrhaftig, Mädchen, benutzen Sie Ihren Verstand. Sie haben eine Menge davon.»

Das brach den Bann. Karoline sank in sich zusammen. «Vermutlich verrenne ich mich gerade.»

«Na also.» Er neigte sich vor und tätschelte ihre Hand. «Selfridges? Vielleicht ein paar schöne Ohrringe? Und danach ab nach Jersey, die Lorbeeren ernten.» Er klang wieder rundum zufrieden. «Wir sollten unsere kostbare Fracht so rasch wie möglich bei Miss Conti abgeben.»

Karoline richtete sich auf. «Nein. Ich will sehen, wo er hingeht. Denken Sie daran, der zweite Teil unseres Auftrages sieht vor, die vermeintlichen Alibis des Prinzen zu überprüfen.» Als er nicht antwortete, fuhr sie stur fort: «Für den Mord an Mary Kelly hat er schon mal keines, obwohl die Hofberichte es behaupteten. Um das herauszufinden, brauchte ich nur die Zeitung zu lesen. Und heute hätte er laut Hofreport in Sandringham sein sollen.» Stur blickte sie an ihm vorbei. «Ich will wissen, was er heute Nacht in Wahrheit treibt.»

Finlay hob die Hände. «Schön, schön. Spielen wir also Verfolgung», sagte er mürrisch. Unwillkürlich strich er über seine Deckeluhr. «Ich sage Ihnen, es wird in einer Music Hall enden.»

Finlay sollte recht behalten. Und der Umstand hob seine Laune gewaltig. Karoline Freitag war geradezu überwältigt. Es war eine Sache, von der Vorliebe des Prinzen – und so einiger Gentlemen der Gesellschaft –, für diese eher deftige Form der Unterhaltung in einem Buch zu lesen. Jedoch selbst inmitten des lärmenden, dampfenden Lebens zu stehen war etwas ganz anderes. Es roch überwältigend nach Schweiß und Parfüm, nach Zigaretten und verschüttetem Alkohol. Um die Bühne, auf der ein Mann stand, der Witze erzählte über alles, was diese Saison in London Rang und Namen hatte, drängte sich das einfachere Volk. Wer unter sich sein wollte, saß in den Balkonen, wo ebenfalls Getränke gereicht wurden. Oder er zog sich in eines der Separees zurück. Wie zu erwarten, verschwand auch der Prinz mit seinem Anhang in solchen Räumlichkeiten. Karoline und Finlay suchten sich einen Platz, der es ihnen erlaubte, die Tür im Auge zu behalten. Die Bühne wurde im selben Moment von einer Gruppe Tänzerinnen geentert, die wohl das verkörperten, was man sich in London unter Pariserinnen vorstellte. Das Applaudieren und Kreischen war ohrenbetäubend. Finlay verabschiedete sich, um die Waschräume aufzusuchen. Karoline nutzte die Gelegenheit und schaute sich um. Sie musste feststellen, dass eine große Zahl Frauen im Publikum saß. Allerdings war keine von ihnen alleine. Und keine sah aus, als wäre sie eine Ehefrau.

Eine Kellnerin musterte sie misstrauisch. Karoline bestellte zwei Bier. Die Gläser kamen, Finlay ließ auf sich warten. Die Tänzerinnen wurden von einer chinesischen Jongleurtruppe abgelöst. Finlay blieb verschwunden. Immer häufiger sah Karoline sich gezwungen, Bemerkungen und Blicke von anderen Tischen zu ignorieren. Als die Kellnerin begann, hinter ihrem Stuhl Streife zu gehen, stand die junge Historikerin auf. Das war unerträglich. Sie würde sich auf die Suche nach Finlay machen und dieses Etablissement verlassen. Auf der Stelle.

Der Korridor, der zu den Waschräumen führte, war lang und verwinkelt. An den Wänden hingen anzügliche Drucke, auf dem Fußboden zierten Reste von Kautabak den Teppich. Es war düsterer, als Karoline gehofft hatte. Ein Mann kam ihr entgegen und warf ihr anzügliche Blicke zu. Sie ging schneller. Ihre Erleichterung war riesig, als sie gegen jemanden stieß, der aus einer Tür zu ihrer Rechten trat und in dem sie Finlay erkannte.

«Lassen Sie uns von hier verschwinden», bat sie. Ihre Stimme zitterte. «Bitte!» Sie packte seine Hand.

«Einen Moment, Miss. Immer mit der Ruhe.»

Der Mann drehte sie mit einem geübten Griff um und fasste ihr unters Kinn. «Zuerst wollen wir doch mal sehen, was wir hier haben.»

Karoline versuchte, sich loszumachen. Doch sein Griff war eisern. «Finlay», quetschte sie mit verschobenem Kiefer hervor. Doch es war nicht Finlay. Das hatte sie begriffen, als seine Stimme erklang. Und er trug auch keinen grauen Frack, das sah sie jetzt, wo er sie in das Licht einer kleinen Wandlampe zog. Er trug eine dunkelblaue Jacke. Dicht vor ihren Augen war ein Anstecker, ein kleiner silberner Knopf. Aber sie konnte das Logo darauf nicht erkennen.

«Also Finlay, hm?»

«Finnegan, ich dachte, Sie wären Finnegan.» Karoline schnappte nach Luft.

«Sicher, und wie viel soll es kosten?»

Sie starrte in sein Gesicht. Noch immer fasste sie es nicht. Ein Teil von ihr wartete darauf, dass sich sein Mund verzog, die Augen zu lachen begannen und er mit dem dummen Scherz Schluss machte. Sein Bart war grauer. Und doch wollte sie nur immer noch näher an dieses Gesicht heran und fragen: Finlay?

«Du weißt schon, dass Simpson was gegen Freischaffende in seinem Laden hat, nicht wahr?»

«Wie bitte … ich … bitte …» Karoline wand sich. Endlich raffte sie ihre Sinne zusammen, hob das Bein und bohrte ihren Absatz mit aller Macht in seinen Fußrücken. Die Stickerei ihres Pompadour, in sein Gesicht geknallt, hinterließ eine feine rote Linie. Er fluchte und ließ sie los.

Karoline nutzte die Chance zur Flucht. Der Weg zurück ins Lokal war ihr verstellt, also entschied sie sich, weiterzulaufen. Der

Korridor war lang und düster. Immer wieder kam sie an Türen vorbei, die sich aber nicht öffnen ließen. Als sie eine wackelige Holztreppe erreichte, entschied sie sich für abwärts. Sie blieb stehen und lauschte. Aber da waren keine Schritte. Dafür wurde es noch dunkler. Karoline, die sich langsam vorantastete, fragte sich, ob sie sich überhaupt noch im selben Gebäude befand. Die Mauern wurden feuchter, der Holzboden wich Lehm. Es ging noch einmal treppauf. Da leuchtete vor ihr im Dunkeln eine Laterne. Menschen! Zumindest konnte sie dort fragen, wo sie war und wie sie hier wieder herauskam. Die Lust, den Prinzen zu beschatten, war ihr gründlich vergangen. Sie sehnte sich nach den sicheren Polstern einer Kutsche und dem Frieden ihres Zimmers auf Jersey. Sie wollte mit ihrer Schwester skypen. Und ein gutes Buch lesen. Sie wollte ... Als sie die Türe aufgestoßen hatte, hielt sie inne.

Mit einem Mal begriff sie, warum die Laterne aus rotem Stoff gewesen war. Ein alter Chinese hockte auf einem Stuhl dicht an der Tür. Seine schmalen Augen musterten sie ohne jede Emotion. Zwei weitere Chinesen, jünger, kräftiger, kamen zwischen zahllosen niedrigen Liegen hindurch, auf denen Menschen lagen, auf sie zu. Auf den ersten Blick sah es aus wie ein Hospital. Auf den zweiten Blick erkannte sie den Zweck des Ortes. Der Geruch des Opiums durchdrang alles. Und direkt gegenüber der Tür, in der Nische unter einem Abwasserrohr, auf einem schäbigen, einstmals gelben Brokatkanapee oder dem, was davon übrig war, lag Finlay. Diesmal war er es wirklich. Er hatte die Augen geschlossen, die Pfeife war seiner Hand entglitten.

«Oh nein», sagte Karoline leise. «Oh nein.» Sie war geistesgegenwärtig genug, ihre Börse zu ziehen und dem Alten an der Tür ein paar Scheine zuzustecken. Er hob die Hand, die anderen verschwanden, man ließ sie gewähren. Es war still in dem Keller, alle schliefen oder waren bewusstlos oder wie man das nannte. Karoline war ratlos. «Finlay?» Sie rüttelte ihn. Es hatte keinen Effekt. «Finlay!»

Für einen Moment hoben sich seine Lider halb. «Jetzt weiß ich», lallte er, «was Oscar Wilde meinte.»

«Na toll.» Ihre Hände auf seinem Bauch, der sich immerhin regelmäßig hob und senkte, schaute Karoline sich um. Vorsichtig schob sie ihre Finger unter seine Jacke. Sie tastete, erst sacht, dann zunehmend hektischer. Endlich: Da war die Uhrkette. Aber an ihrem Ende, wo die Uhr hängen sollte, das Erbstück der Finlays, ertastete sie nur eine leere Öse. Der Schmuck war fort. Und mit ihm das Haar des Prinzen.

Hinter ihr raschelte es. Karoline hob den Kopf und schaute in ein maskenhaftes Gesicht. Der Chinese, der auf sie zukam, war alt, uralt. Seine enggeschlitzten Augen waren von Falten umgeben, so hart und tief, als wären sie aus Holz geschnitzt. Es war ihm keine Regung anzusehen. Doch in seiner Hand schimmerte etwas, das nur eine Klinge sein konnte.

«Ich, ich wollte ...» Karoline erhob sich und ging rückwärts, Schritt für Schritt, während die Gestalt vor ihr beinahe zu schweben schien. Karoline fragte sich, wo die anderen beiden waren und wann sie hinter ihr auftauchen würden. Sie umkurvte eine Liege, dann noch eine. Irgendwo hinter ihr musste die Tür sein. «Ich wollte nicht ...», setzte sie noch einmal an, war sich aber nicht einmal sicher, ob er sie verstand. Jetzt hob er die Hand.

Mit einem Aufschrei warf Karoline sich herum. Da standen die anderen beiden. Der eine hielt Finlays Umhang, der zweite seinen Zylinder. Jetzt trat auch der Alte dazu und hielt ihr hin, was sie nun als Finlays Stock erkannte. Es war der silberne Knauf, der in der Dunkelheit sanft glomm.

«Ach so!» Mit einem Mal begriff sie: Die Chinesen hatten ihren Kunden ausgeplündert und boten ihr nun die Gegenstände zur Auslöse an. Sie fingerte in ihrer Börse nach mehr Geld und bekam auch prompt Mantel und Kopfbedeckung ausgehändigt. Den Stock enthielt der Alte ihr mit klarer Geste vor. Dabei verzog er das Gesicht auf eine Weise, in der Karoline mit Gänsehaut ein Lächeln erkannte. Sie suchte weitere Scheine und fand nur einen Rest. Eilig legte sie Hut und Kleidungsstück dazu und reichte alles hin. Der Alte zögerte.

Karoline schüttelte den Kopf. «Nein, nein.» Sie wollte nicht den Stock. «Die Uhr. Ticktack.» Auf jede Weise versuchte sie, sich verständlich zu machen. Doch die drei standen regungslos vor ihr. «Ich brauche diese Uhr! Ich habe noch mehr Geld, hören Sie? Ich werde wiederkommen und es bringen, bestimmt!»

«Nein!»

«Wie?» Karoline glaubte, sich verhört zu haben. Aber die Hand, sie sich auf ihre Schulter gelegt hatte, drückte unmissverständlich zu.

«Nein?», fragte sie hilflos. «Aber ich könnte ...»

«Geh!»

Diesmal verstand sie. Noch ehe sie sich abwenden konnte, hatte ihr einer die restlichen Scheine aus der Hand gerupft. Ein anderer stülpte ihr den Zylinder auf. Sie fühlte den warmen, weichen Stoff von Finlays Mantel um sich. Und den Stoß, mit dem sie zurück auf den Gang geschubst wurde. Das Letzte, was sie sah, war die Fratze des Alten. Noch einmal lächelte er. Und Karoline rannte.

Finlays Sachen waren Karoline zu groß, doch die Dunkelheit hüllte sie gnädig ein. Sie ging als Mann durch, in diesem Teil Londons war man Gestalten gewohnt, die den Kopf abwandten und nicht erkannt werden wollten. Ihr Fluchtweg aus den Kellergewölben hatte sie auf eine regennasse Gasse voller Ratten geführt, die sich nicht stören ließen. Vorsichtig setzte Karoline ihre teuren Schuhe zwischen die Tiere und achtete darauf, dass sie ihr nicht unter die Röcke gerieten. Von der Straße aus, auf der sie nun stand, konnte sie nicht viel erkennen. Überhaupt schien sie die einzige Fußgängerin zu sein. Das war kein gutes Zeichen. Die Häuser ringsum allerdings waren hoch und protzig, ganz anders, als das Etablissement es erwarten ließ. Im Licht der nächsten Gaslaterne zeigte sich ein schmiedeeiserner Zaun mit einem kleinen Park dahinter, wie es in London viele gab.

Als sie darauf zuging, vernahm sie das Schnauben von Pferden. Um die Ecke warteten einige Mietdroschken auf späte Kundschaft. Mit runden Rücken hockten die Kutscher auf den Böcken, tief in ihre Mäntel eingewickelt. Erleichtert wollte Karoline schon darauf zulaufen, da hörte sie Stimmen. Unter der letzten Laterne zwischen ihr und den rettenden Kutschen standen zwei Männer. Sie rauchten Zigarre, hatten die Mantelkrägen hochgeklappt und unterhielten sich. Und was am schlimmsten war: Bei einem der beiden handelte es sich um Finlays Doppelgänger. Er schien sehr erregt zu sein. Bleib ruhig, ermahnte Karoline sich. Du bist ein Mann, ein nächtlicher Flaneur, nichts weiter. Sie wechselte die Straßenseite, um ungesehen an den beiden vorbeizukommen. Doch selbst dort hörte sie die Stimme desjenigen, den sie Finlay genannt hatte.

«Das wird er mir büßen», sagte, nein, rief er gerade. «Hörst du? Ich habe ein Recht auf diesen Posten.»

Der andere versuchte, ihn zu besänftigen. «Glaub mir, Melville, ich habe alles versucht. So weit hab ich mich aus dem Fenster gelehnt, dass ich am Ende nur zurücktreten konnte, als sie ablehnten.» Er nahm einen Zug von seiner Zigarre. «Keine Sorge, Melville, unsere Zeit kommt. Das ist immer noch England. Es kennt seine guten Männer.»

«Schon gut, James», knurrte der Erste. So leicht war er nicht zu beruhigen. «Gib dir keine Mühe. Ich weiß, was er über mich gesagt hat. Er hat es in seinem Club herumerzählt, völlig ungeniert. Man hat es mir im Grillroom zugetragen.»

Karoline, die sehen konnte, wie er die Faust ballte, zuckte zusammen.

«Melville ...», wollte der andere wieder begütigen.

«Der einzige Weiße, der je in Indien Prügel bezogen hat, so nannte er mich. Und er hat gelacht dabei!»

«Melville, nun hör doch!»

«Der Hund!»

«Melville, du und ich, wir waren in Indien. Wir wissen, wie es dort zugeht. Und ich würde niemals ...»

Aber der falsche Finlay machte eine wegwerfende Geste. Er schwankte ein wenig, und sie begriff, dass er betrunken war. Dennoch oder ebendeswegen machte er ihr Angst.

«Geh heim, Melville.» Sein Freund legte ihm den Arm auf die Schulter. «Du wirst sehen, wir haben noch Freunde. In einem Jahr haben wir die Posten. Ich werde Chief sein und du Assistant. Das verspreche ich dir. Schlaf dich erst mal aus.»

Melville grummelte noch ein wenig vor sich hin, doch schien er dem guten Rat folgen zu wollen. Mit unsicherer Stimme rief er nach einem Kutscher. Karoline hielt den Atem an. Doch der andere Mann entschied sich dafür, zu Fuß weiterzugehen. Blieb eine Kutsche für sie. Es dauerte lange, bis sie es wagte, die Straße zu überqueren. Dann aber rannte sie hinüber, riss die Droschkentür auf, warf sich in die Polster und rief dem Kutscher zu: «Middlesex Street!» Erst als das nüchterne Plockplock der Hufe auf dem Pflaster einsetzte, begann sie zu weinen.

9.

Der Streit zwischen Finlay und Savary war im ganzen Gebäude zu hören. Von Gefahr war die Rede, von Unverantwortlichkeit und Kindergarten.

«Und», fauchte Finlay zurück, «bekomme ich jetzt Hausarrest? Oder soll ich auf die Eselsbank?»

Savary brüllte, wie sie ihn noch nie gehört hatten. Und wer angenommen hatte, dass Freitag seine Geliebte sei, der musste sich jetzt bestätigt fühlen. Auch dass Sadie Fletcher den alten Schauspieler mit eisiger Verachtung strafte, war zu erwarten gewesen. Er hatte die Mission in hohem Maße gefährdet. Er hatte über 48 Stunden in der Vergangenheit verbracht und war in einem Zustand zurückgekehrt, der jeder Beschreibung spottete. Völlig zerlumpt, betrunken und ausgeraubt. Zwar konnte er glaubhaft machen, dass er keine modernen Gegenstände bei sich gehabt hatte, die ihren Weg in die Vergangenheit hätten finden können. Aber er hatte nicht leugnen können, dass die Uhr mit dem so wichtigen Haar des Prinzen darin verloren war.

Fletcher hatte ihn reden lassen, dann auseinandergenommen und schließlich unter Arrest gestellt. Aber Savary war nicht zu beruhigen. Als das Wort «Arschloch» fiel, beschlossen Hannah und Karoline, die Versammlung zu verlassen. «Bad vibrations.» Das war alles, was Karoline in verlegenem Ton zu dem Thema sagte. Hannah kannte sich aus. «Nichts ist schlechter für den Teamgeist als Misserfolge.» In ihrer Streetgang damals war es nicht anders gewesen. Als sie mit neunzehn zweimal hintereinander einen Apotheken-Einbruch vermasselt hatte, hatte der Anführer sie beinahe totgeschlagen. Die anderen, ihre vermeintlichen Freunde, fanden, sie hätte es verdient.

Hannah und Karoline zogen sich in einen der unterirdischen

Arbeitsräume zurück und setzten sich an einen Computer. Sie wollten sich mit dem Rätsel der seltsamen Ähnlichkeit zwischen Finlay und dem Unbekannten beschäftigen, auf den Karoline getroffen war.

«Alles in Ordnung?», begrüßten sie beim Eintreten den Russen. Timofej Sukov antwortete nicht, sondern starrte nur unablässig auf den Bildschirm, vor dem er saß. Sie vermuteten, dass es um ein Schachproblem ging.

Hannah fuhr den Computer hoch. «Ich benutze ein Gesichtserkennungsprogramm der NSA, eine von mir abgewandelte Version natürlich, in die ich alle Fotos und Bilder von Zeitgenossen der Rippermorde eingespeist habe: Polizisten, Verdächtige, Prominente, alles, was wir in unseren Rechercheakten haben. So, und jetzt kommt auch noch Finlays Diven-Antlitz dazu.» Hannah klickte auf verschiedene Buttons. Schließlich wechselten in schneller Folge Gesichter auf dem Bildschirm. «Das hatte ich eh schon vorbereitet für den Fall, dass ihr beim ersten Mal ein brauchbares Foto von Jack the Ripper geschossen hättet. Täglich kommen mehr Gesichter hinzu. Unsere eigene, kleine, feine Datenbank.» Sie lehnte sich zurück. «Trotzdem wird es ein wenig dauern.»

Karoline ihrerseits hatte beschlossen, die Akten auf Namen hin zu durchsuchen. Die beiden Männer, die sie belauscht hatte, hatten einander James und Melville genannt. Also gab sie diese Namen in eine Suchmaske ein, in der Hoffnung, dass zumindest der zweite, ungewöhnlichere Name in einem der Dokumente auftauchen würde. «Glaubst du, sie werden ihn feuern?», fragte sie nebenbei.

«Wen, den alten Fettsack?» Hannah machte keinen Hehl daraus, dass sie Finlay nicht leiden konnte. «Nein, nicht vor Ende der Mission. Sie werden nicht riskieren, dass er in die Welt hinausmarschiert, um von uns zu erzählen.»

«Das darf er gar nicht. Er hat doch denselben Vertrag unterschrieben wie wir», wandte Karoline ein.

Hannah gab einen abfälligen Laut von sich. «Er hat dir auch versprochen, dass das neulich in London ein großartiger Tag werden würde, oder nicht? Und seiner Mutter, dass er ein guter Junge sein wird.»

«Er hat mir Ohrringe von Selfridges versprochen.»

Wieder nur ein Schnauben von Hannah. Diesmal mochte es heißen, dass die Männer doch alle gleich waren. Oder dass ihr das alles gleichgültig war. Da gab der Computer ein «Pling» von sich. Ihre beiden Programme waren beinahe zur selben Zeit zu einem Ergebnis gekommen. «Schau an», sagte Hannah nur und griff nach einer Packung Kaugummis.

Karoline stieß einen triumphierenden Schrei aus. «Ich wusste, dass ich ihn kannte!», rief sie. «Melville Macnaghten, er ist der Leiter des CID, des Crime Investigation Department, bei Scotland Yard. Unglaublich, dass ich ausgerechnet ihm in diesem Loch begegnet bin!» Unwillkürlich fasste sie sich an den Hals, dorthin, wo er sie gepackt hatte. «Er hat sich sehr im Ripper-Fall engagiert.»

Hannah hatte inzwischen die übrigen Informationen aufgerufen. «Er kam erst 1889 zu dem Posten bei Scotland Yard, als fast alles gelaufen war», warf sie ein. «So ein Pech!» Sie deutete auf die Daten. «Schau dir das an: Er hätte schon im Sommer 88, kurz bevor die Morde anfingen, die Stelle unter seinem Kumpel Munro kriegen sollen. Aber der damalige Leiter von Scotland Yard lehnte ab. Munro ist damals aus Protest zurückgetreten.»

«Genau, davon haben die beiden gesprochen. Dass der eine eine Stelle nicht bekommen hat, obwohl der andere sich für ihn aus dem Fenster gelehnt hatte. Das muss es sein. Melville, ich meine, Macnaghten, hat sich außerdem beschwert, dass man ihn lächerlich gemacht hat. Als angeblich einzigen Briten, der je in Indien von Einheimischen verprügelt worden sei, oder so ähnlich.»

Hannah prüfte auch das. Sie durchforstete den Lebenslauf des späteren Polizeichefs. «Er ist bei einem Aufstand auf der Teeplantage seiner Familie verletzt worden. In dem Zusammenhang hat er auch Munro kennengelernt, der damals in Indien in der Justizverwaltung tätig war. Sie wurden wohl Freunde.» Sie hielt inne. «Ist schon verblüffend, diese Ähnlichkeit.» Beide starrten das Ölgemälde an, das den unglücklichen Polizeichef zeigte.

«Mein Gott, dass mir das nicht gleich aufgefallen ist.» Karoline schüttelte den Kopf. «Ich kannte Macnaghten doch. Ich weiß noch, ich hatte mich beim Lesen seines Memorandums über den Ripper so geärgert. Seine Ansichten zu dem Fall sind echt einmalig reaktionär. Er hielt einen Schwulen für den Täter. Weil er schwul war. Dann einen Juden, eben weil er Jude war. Und dann noch einen Polen. Damit hätten wir das ganze Sammelsurium der zeitgenössischen Vorurteile beisammen, oder? Was für ein Idiot.» Sie dachte an seine Hände an ihrem Kinn und war wieder wütend.

Hannah sah es gelassener. «Der Typ, der ihn abgelehnt hat, der vorige Chef von Scotland Yard, war auch nicht besser. Sein Hobby waren die Fenier, aufständische Iren, die ihre Unabhängigkeit wollten. Deshalb musste es sich beim Ripper natürlich um einen irischen Terroristen handeln.» Sie zuckte mit den Schultern. «Jeder sieht eben durch seine Brille.»

«Ich hoffe, wir sind besser.» Karoline neigte sich näher zu dem Bild. «Kannst du mir das ausdrucken? Und bitte als Mail an alle.»

Hannah kam der Aufforderung nach. «Immerhin gehen wir streng wissenschaftlich vor», sagte sie. «Das mag auch eine Brille sein. Aber DNA ist DNA. Und natürlich werden wir es besser machen.»

«Ich geb Savary Bescheid.» Karoline nahm den Ausdruck an sich. «Er soll aufhören, den armen Kerl zusammenzufalten.»

«Armer Kerl?» Hannah hob die Brauen. «Wenn du mich fragst,

ist ‹Arschloch› noch eine viel zu harmlose Bezeichnung für den Wichser.»

«Und dennoch kann er uns noch sehr nützlich sein. Aufgrund seiner Ähnlichkeit mit Macnaghten kann er uns Zugang zu allen Akten verschaffen, zu geheimen Memoranden – alles, was das Herz begehrt. Ab 1889 ist Macnaghten ja der Chef von allem. So eine Chance lässt man nicht ungenutzt.»

Hannah antwortete nicht. Sie behielt für sich, was sie über die Qualität dieser Chance dachte. Und auch, wie gleichgültig ihr das alles letztendlich war. Sie selbst hatte bereits ihre eigene Chance genutzt. Und die würde vom Erfolg oder Misserfolg der Mission vollkommen unabhängig sein.

Oben in der Bibliothek war es ruhig geworden. Karoline blieb vor der dicken Eichentür stehen. Sollte sie wirklich klopfen? Savary hatte so aufgebracht gewirkt. Und obwohl sie sich in letzter Zeit bestens mit ihm verstand, zögerte sie. Aber irgendjemand musste von dem hier erfahren. Fletcher konnte sie es nicht erzählen; die Agentin war nach dem Vorfall mit Finlay verschwunden. Vermutlich um einem ihrer geheimnisvollen Vorgesetzten Meldung zu machen, die sich nie persönlich bei ihnen blicken ließen. Karoline Freitag hob gerade die Hand, um gegen das Holz zu klopfen, als sie ein energisches Klackern vernahm. Conti, dachte sie. Es gab nur eine Person, die Schuhe mit solchen Absätzen trug. Offensichtlich sogar im Labor, denn sie kam im weißen Kittel aus dem Aufzug. Trotzdem hätte sie genauso gut aus der Oper kommen können: Seidenstrümpfe, handgefertigte Schuhe, kein Haar verrutscht und volles Make-up. Sie würdigte Karoline gerade mal eines Nickens. Während sie einen Schritt zurücktrat, um die *professoressa* vorbeizulassen, ärgerte Karoline sich über sich selbst. Aber so war es: Wenn Conti den Raum betrat, dann gab es nur noch sie. Alle anderen wirkten neben ihr plötzlich weniger wahr, weniger wichtig. Vor allem Frauen. Wenn Ondina da war, gab es keine anderen Frauen mehr; sie rückten automatisch in die zweite Reihe. Ondina Conti war, wo immer sie sich befand, die einzige Frau, die zählte.

«Haben Sie sich ein wenig erholt?» Karoline biss sich auf die Lippen. Es war ein magerer Versuch, die Italienerin daran zu erinnern, dass sie bis vor kurzem noch ein traumatisiertes Psychowrack war. Wenn das stimmte, dann verbarg sie diesen Umstand perfekt hinter einer stählernen Fassade.

Ondina Conti ging nicht auf die Frage ein. Sie verzichtete auch darauf, anzuklopfen. Mit langen Schritten trat sie ein und ließ die Tür hinter sich wieder zufallen.

«Viel Spaß auch», zischte Karoline leise. Sie zerknüllte das Papier mit Macnaghtens Antlitz in der Faust. Sollte Savary es doch selbst herausfinden.

* * *

Conti hielt vor Savary an. «Raus», sagte sie, leicht über die Schulter. Es war klar, dass sie Finlay meinte.

Der klatschte in die Hände. «Ein starker Auftritt. So elisabethanisch.» Er blieb in seinem Sessel sitzen. Zu seinen Füßen ein zersprungenes Whiskyglas und eine Lache.

Conti überlegte kurz, dann kommandierte sie: «Kommen Sie mit, Savary, ich brauche Sie im Labor.»

Savary war nicht in der Stimmung, zu gehorchen. Doch im selben Moment meinte Finlay: «Springen Sie nur, Franzmann, springen Sie, wenn die Dame mit der Peitsche knallt. Kuschkusch! Das könnt ihr Franzosen doch am besten.» Er gähnte. «Herrgott, dass hier niemand mehr Wert auf ein wenig Gelassenheit legt.»

«Das ist …» Savary hatte den Finger erhoben, um über Contis Schulter hinweg weiter zu streiten. Doch ein Blick von Ondina

Conti genügte. «Gehen wir», sagte er und hielt ihr die Tür auf, als letzte Geste gegen Finlay. «Ist es wirklich so wichtig?», fragte er draußen und schaute auf seine Uhr.

«Glauben Sie, ich würde hier sonst persönlich erscheinen?» Etwas in ihrem Ton ließ ihn aufhorchen. Er schaute sie an: Ihr Anblick ging ihm durch und durch, ob er wollte oder nicht. Und da war noch etwas in ihrem blassen Gesicht, in ihren Augen. Etwas, das er nicht von ihr kannte. War es Angst?

* * *

«Und du bist sicher, dass das von Fletcher genehmigt ist, ja?» Sukov nahm Hakala das Dokument aus der Hand und studierte die Unterschrift. «Sie hat nämlich nichts im System hinterlassen.»

«Sie hatte es eilig und wollte weg. Die elektronische Bestätigung wird schon noch kommen.» Hakala blieb gelassen. Er hatte Fletchers Unterschrift oft genug geübt. Man wusste nie, wofür man sie brauchte: mehr Waffen, mehr Urlaub, eine spontane Durchsuchung. Wenn man sich immer erst alles offiziell genehmigen ließ, kam man nicht weit.

Endlich nickte der Russe. «Ich soll aufräumen», erklärte Hakala. «Ich geh und stell sicher, dass nichts übrig geblieben ist von Finlays letztem ‹Auftritt›.»

«Alles klar, *Towarisch.*» Sukov legte das Blatt neben sein Schachbrett. «Viel Glück.»

«Danke.» Hakala ging zu den Schutzanzügen. Der metallimprägnierte Stoff knisterte. «Ist schon komisch, oder?», sagte er. «Über hundert Jahre. Und plötzlich ist es wie nichts.»

«Meine Frau lebt mit mir in *dieser* Welt. Sie ist viel weiter weg.» Sukov betrachtete wieder seine Figurenkonstellation auf dem Brett. Er hatte die Ellenbogen auf den Tisch gestützt. Mit dem Daumen fuhr er sich über die Lippe.

«Ist das so?» Hakala mühte sich mit den Reißverschlüssen ab. «Wo ist sie denn?»

«Sachalin, militärisches Sperrgebiet.» Sukov deutete auf den Dimensionator. Hakala griff nach dem Gerät.

«Warum reisen Sie nicht einfach zu ihr?», fragte Hakala und schwenkte den Dimensionator, von dessen Bildschirm ein unnatürlich blaues Licht ausging. «Einfach ein paar Stunden Zeitversetzung eingeben. Und ab nach Sachalin.»

Sukov schüttelte den Kopf. «Ich will meine Frau echt im Arm halten», sagte er. «Hier u-n-d jetzt, nicht zeitversetzt. Wir Russen schätzen das Echte.»

«Verstehe.» Hakala zog sich den Helm über. Die Geräusche des Raumes drangen nur noch gedämpft an sein Ohr. Er sah auf die Uhr, die den Countdown anzeigte. Per Knopfdruck öffnete Sukov die Luftschleuse, die zu TAYLOR führte.

«Und außerdem würde Fletcher niemals zustimmen. Ich müsste ihre Unterschrift fälschen», rief der Russe dem Finnen hinterher. Hakala zuckte zusammen. Dann ging er schnell durch die Schiebetüren.

Die Reise war wie immer ein Albtraum. Diesmal hatte Hakala das Gefühl, als sähe er nicht nur das ganze Universum auf einmal, es schien ihm auch, als tanzten darin alle Menschen, die er je getötet hatte. Ein Reigen aus toten Sonnen und schwarzen Gesichtern umgab ihn. Dazwischen der dunkle Nebel atomisierter Planeten. Mit einem Mal wurde ihm klar, dass jedes Leben, so unbedeutend und klein es auch scheinen mochte, ein gewisses Gewicht besaß. Eine Schwere, die man immer und überall mit sich herumtrug, sein ganzes Leben lang, egal, was man tat, und egal, wie sehr man bereute.

Er dachte an seine Mutter. Nur selten besuchte er sie in diesem Pflegeheim, das er ihr finanzierte. Wenn er ihr dort gegenübersaß und in ihrem Gesicht nach einem Anzeichen für einen wachen Verstand suchte, dann fragte er sich, was für ein Mensch er geworden war. Sie war nicht mehr die Mutter, wie er sie einst gekannt hatte. Er nicht mehr Kind. Das war unwiderruflich verloren. Manchmal erzählte er seiner Mutter von den Menschen, die er getötet hatte. Jetzt begriff er, warum er das tat. Er suchte Vergebung, Absolution. Doch von dem toten Mädchen in der Threadneedle Street, das er in Stücke geschnitten hatte, würde er seiner Mutter nichts erzählen.

Ein immer heller werdendes Licht blitzte in seine Augen und betäubte seinen letzten Gedanken. Als Hakalas Hirn wieder frei war, befand er sich in dem Kamin. Er wand sich aus dem Schutzanzug, verstaute alles vorschriftsmäßig und zog sich um. Als Kind hatte er einige Jahre bei seiner Großmutter gelebt. Irgendwie erinnerte ihn der Schrank aus Kirschholz, in dem ihre Kleider für das 19. Jahrhundert lagen, an den seiner Oma. Er schien ihm vertrauter als der Mann, der vor einigen Nächten durch London gehetzt war, blutige Bündel an sich gepresst. Einen abgetrennten Arm hatte er in der Lambeth Road abgelegt, den anderen in die Themse geworfen. Den Torso hatte er in einer Baugrube versenkt. Er hatte nicht lange überlegt. Inzwischen wusste er aus den Akten, dass er sich für die Baustelle des neuen Scotland-Yard-Gebäudes entschieden hatte. Dort würde der Torso am zweiten Oktober gefunden werden. Man würde rätseln, ob der Ripper dahintersteckte. Seit über hundert Jahren schon war alles in den Akten. Die Geschichte stand fest. Energisch zog Hakala sich seine Mütze in die Stirn und starrte in den Spiegel. Schließlich verließ er die Wohnung. Als er hinaustrat, bemerkte er auf der anderen Straßenseite, inmitten eines Rudels Straßenkinder, einen Mann. Hakala erkannte sein schiefes Gesicht sofort. Es war derselbe, der Savary und ihm die Tür zur Morgue geöffnet und das Bestechungsgeld dafür entgegengenommen hatte. Wie hatte er noch geheißen?

Dieses Zusammentreffen konnte kein Zufall sein. Mit einem Satz war Hakala auf der Straße. Laute Schreie. Die Peitsche des Kutschers knallte über seinem Kopf. Er hechtete beiseite und hörte die Räder dicht neben seinem Kopf über das Pflaster rattern. Er rollte in den Rinnstein, ignorierte die Flüche des Fahrers ebenso wie das Gelächter der Umstehenden. Er schaute sich um. Da! Dort war der Kerl! Er hatte sich nicht getäuscht. Der Fremde hatte sich umgedreht und schaute ihm direkt ins Gesicht. Es war der Typ aus der Leichenhalle. Der Sektionsgehilfe, der Conti so seltsam beäugt hatte. Ein Mensch, wie gemacht für eine Morgue: Sein verschobenes Antlitz erinnerte an die Fratze des Todes. Und die Leinenfetzen, in die er gehüllt war, machten deutlich, dass es nur eine Frage der Zeit war, bis er selbst auf einem der Sektionstische liegen würde, die er tagtäglich säuberte. Hakala drängte sich durch die Menge, die zum Ort des Beinahe-Unfalls strömte. Er hielt Ausschau nach dem Gehilfen. Da: Inmitten von Köpfen mit Mützen und Hüten wagte der Mann einen kurzen Schulterblick. Für einen Moment trafen sich ihre Augen. Hakala setzte sich wieder in Bewegung. Der andere wurde schneller, lief, rannte. Hakala pflügte sich durch die fluchende Menschenmenge. Ein Mann in den Dreißigern, mit chirurgischen Kenntnissen, einer Neigung zu Leichen und – ganz offensichtlich – einer zu hübschen Frauen: Dieser Leichenhallen-Typ war zweifellos verdächtig.

Hakala sah sein Opfer in einen Hauseingang einbiegen. Er folgte ihm, konnte aber in der Vorhalle niemanden mehr entdecken. In welche Richtung war der Gehilfe geflüchtet? Einen Moment blieb er stehen und lauschte. Aus dem Treppenhaus kamen Stimmen, aber sie wirkten ruhig. Schnelle Schritte waren nicht zu hören. Hakala entschied sich für den Hinterhof. Dort gab es Kellerabgänge, Schuppen, Rückgebäude. Ein Sammelsurium von Schleichwegen. Mit zusammengebissenen Zähnen machte er sich daran, dieses Labyrinth zu durchkämmen. Plötzlich bemerkte er eine Tür. Der Lattenzaun, der diesen Hof vom nächsten trennte, besaß eine Verbindungstür. Leise klappte sie hin und her.

«Du Hurensohn!», fluchte Hakala durch die Zähne und stürzte auf das Nachbargrundstück. Dieselbe Situation wie eben. Nur dass es zwei Hauseingänge gab. Zwei Möglichkeiten, zu entkommen. Der Kerl war vermutlich längst wieder auf der Straße. Oder zwei Häuser weiter. Oder drei. Und durch einen anderen Hof hindurch schon auf dem Weg in ein anderes Straßennetz. Es war ein Ding der Unmöglichkeit, ihn zu finden. Ohne viel Hoffnung wählte Hakala eine Route und stand wieder auf der Middlesex Street. Von seiner Zielperson war weit und breit nichts zu sehen.

«Verdammt!» Wütend warf er seine Mütze auf den Boden.

«So sauer, Matrose? Brauchst du ein wenig Trost?»

Hakala schaute auf. Ihr Haar war rot und lang. Außerdem ziemlich verfilzt. Voller Fussel und Fetzen. Einen Teil ihres Haares hatte sie aufgesteckt. Ein schwarzes Hütchen saß keck auf dem Knäuel, das an ein altes Vogelnest erinnerte. Trotzdem war sie schön. Schmal unter der Last ihrer Haare. Mit einem Madonnengesicht. Zumindest, wenn es gewaschen gewesen wäre. Und die Augenringe musste man sich wegdenken.

«Na? Wie wär's mit uns beiden?», wiederholte sie ihr Angebot und wiegte sich in den Hüften. Er bemerkte die Löcher in ihren Schuhen.

«Wie heißt du?», fragte er endlich.

Sie zog ein Gesicht, das verführerisch sein sollte. «Wie möchtest du denn, dass ich heiße?»

Er packte sie am Arm. «Erzähl mir keinen Mist. Dein Name.»

«Aua!» Sie riss sich los und rieb sich den Arm. «Mary», rief sie und musterte ihn vorwurfsvoll. «Mary Kelly. Warum ist das so wichtig?»

* * *

Conti öffnete die Tür zu ihrem Labor und ließ Savary eintreten. Sie ging zu einem Tisch, schaltete das Licht darüber ein und wandte sich dann zu ihm um. «Ein Biochemiker namens Venter», begann sie, «hat es geschafft, die DNA eines Bakteriums namens Macoplasma mykoides komplett nachzubauen. Wir sprechen hier von über einer Million Genpaaren. Er platzierte sie in ein anderes Bakterium, Macoplasma capiscolum, das sich fortan als Macoplasma mykoides fortpflanzte.»

«Schön für ihn.» Savary hatte keine Ahnung, worauf sie hinauswollte.

«Das war nicht einfach», dozierte Conti weiter. «Denn normalerweise zerstören Zellen fremdes Erbgut. Sie fressen und verdauen es.» Savary schluckte unwillkürlich. «Dafür haben sie extra Werkzeuge, sogenannte Restriktionsenzyme. Damit eigenes Erbgut nicht von diesen Restrikionsenzymen angegriffen und zerstört wird, unterzieht man es einem Prozess, der Methylierung genannt wird. Wie das im Einzelnen funktioniert, erspare ich Ihnen.» Sie verzog den Mund. «Stellen Sie es sich so vor: Das Erbgut, der Text, ist jedes Mal derselbe. Aber wenn er korrekt methyliert ist, dann ist er außerdem richtig formatiert: Schriftart, Größe, alles passt und wird als korrekt erkannt. So unterscheidet die Zelle das Original von der Fälschung. Oder sagen wir: von der unautorisierten Fälschung. Venter ist es gelungen, diesen Prüfmechanismus auszuschalten. Er hat sozusagen die perfekte Fälschung geschaffen, die bis in die kleinsten Eigenheiten der Formatierung passt.»

«Und was hat das mit uns zu tun?» Savary trommelte mit den Fingern auf die Tischplatte.

«Hilft es Ihnen, wenn ich sage, dass derselbe Venter am Human Genome Project beteiligt ist? Also an den Bestrebungen, das menschliche Erbgut komplett zu entschlüsseln?»

«Sie meinen, er arbeitet daran, menschliches Erbgut zu kopieren?» Savary war noch immer ratlos.

Conti lächelte. «Vor einiger Zeit, vor ... dem Vorfall ... nahm ich an einem Seminar teil, in dem es um gefälschte DNA-Spuren am Tatort ging. Also um die Möglichkeit, einer bestimmten Person eine Tat unterzuschieben. Es ist gar nicht so schwierig, wie man denken würde. Sie brauchen nur eine beliebige Blutprobe, extrahieren die weißen Blutkörperchen. Und in die roten bauen Sie dann DNA-Bausteine ein – entweder von einer bestimmten Person, die Sie belasten wollen, oder ein Puzzle, das Sie sich aus verschiedenen Proben basteln.»

«Ach, und woher sollen diese DNA-Puzzleteile kommen? Laufe ich herum und ernte anderer Leute Haarbürsten ab?» Savary versuchte mit dem Scherz das Unbehagen zu überdecken, das ihn überkam. Jeder, der geschickt und motiviert genug war, konnte ihm ein Verbrechen unterschieben, indem er seine DNA fälschte? Er hatte gedacht, DNA-Spuren gälten als bombensicherer Beweis. Die Presse dachte das, die Gerichte, die ganze Menschheit. Selbst ihre Arbeit hier ging davon aus.

«Woher diese Puzzleteile kommen? Ach, Savary, Sie Romantiker. Fast alle Regierungen sind im Moment dabei, DNA-Datenbanken ihrer Bürger aufzubauen. Island ist am weitesten vorgedrungen, in jeder Hinsicht: Die Datenbank ist nicht nur fast komplett, sie ist auch im Besitz eines Privatunternehmens, das sie gekauft hat, um damit Forschungen zu betreiben. Für die DNA ganz konkreter Menschen gibt es einen Markt, Monsieur Savary.»

«Gut. Aber ich wiederhole meine Frage: Was hat das mit uns zu tun?»

Conti ließ sich nicht aus der Ruhe bringen. «Bei dem Seminar damals wurden wir darauf aufmerksam gemacht, dass gefälschte Menschen-DNA mit Hilfe eines Testkits leicht zu erkennen ist: Ihr fehlen die Methylkappen. Was Venter bei seiner Bakterien-DNA gelang, die korrekte Methylierung, oder wenn Sie so wollen, Formatierung, funktioniert bei menschlicher DNA noch nicht.»

«Halleluja!» Savary meinte es nur halb so ironisch, wie er es klingen ließ. «Dann ist ja alles ganz einfach.»

«Ja und nein. Der Test ist teuer. Und er wird selten durchgeführt. Weil die wenigsten Gerichtsmediziner davon wissen. Man geht nicht routinemäßig davon aus, dass Tatort-DNA gefälscht sein könnte. Noch nicht.»

«Aber Sie wissen es und gehen davon aus?»

Jetzt lächelte sie. Aber nur kurz. «In der Tat.»

Savary überschlug im Kopf, was das bedeutete mochte. «Ich glaube, ich begreife nicht, was Sie meinen.» Ratlos schaute er sie an.

«Die Spender-Proben», sagte sie. Und er erkannte jetzt ihre mühsam unterdrückte Nervosität. «Dank Signore Finlays Versagen hatte ich sonst nichts zu tun. Also habe ich mein Testkit an ihnen ausprobiert. Die Leute, die es mir überlassen haben, wollen, dass ich es möglichst oft einsetze und eine Studie über die Arbeit damit herausgebe. Handhabung, Zuverlässigkeit. Solche Dinge.

«Und?»

«Miss Fletcher», presste sie zwischen den Lippen hervor, «hat uns manipulierte, künstliche DNA gegeben. Sie stammt nicht von Mitgliedern des Königshauses. Sondern sie wurde aufwendig geschaffen, um uns zu täuschen.»

«Warum zum Teufel sollte sie das tun?»

«Wenn ich raten sollte, würde ich sagen: Ihr Zweck ist es, *nicht* mit der Ripper-DNA übereinzustimmen. Das ist doch das Ziel unseres Auftrags, oder? Den Prinzen von dem Verdacht zu entlasten, der Ripper zu sein. Mit dieser DNA wird das automatisch gelingen. Denn sie wird mit keiner Person übereinstimmen. Und ganz sicher nicht mit DNA vom Ripperfall. Dafür wurde gesorgt.»

Savary begriff allmählich. «Und ich hatte mich schon gewundert, dass Fletcher nicht wütender war, als das Haar des Prinzen verlorenging. Ich hatte ihr angeboten, die Reise sofort zu wiederholen und die Probe neu zu beschaffen, aber sie hat abgelehnt. Wir hätten ja die DNA von den Verwandten.» Sein Blick wanderte zu den Behältern auf Contis Arbeitstisch.

Conti schürzte die Lippen. «Natürlich hat sie abgelehnt. Nichts kommt ihr gelegener, als dass ich auf die Proben angewiesen bin, die sie mir gegeben hat. So weiß sie, dass das gewünschte Ergebnis herauskommt.»

Er sah sie an. «Sie meinen, das kommt vom Königshaus? Und Fletcher weiß es?»

Sie hielt seinem Blick stand, aber in ihren Augen flackerte es. «Ich weiß es nicht», gab sie zu. «Ich weiß nicht, wie weit die Verschwörung reicht, nicht einmal, ob wir hier nicht abgehört werden.» Unwillkürlich wanderte sein Blick über Lampen, Geräte, Telefone. Wie sollte er eine Wanze erkennen? Sie schüttelte den Kopf. «Es ist zwecklos», sagte sie. «Sie haben uns in der Hand. Wir sind hier kaserniert, gefangen, überwacht. Wenn sie merken, dass ihr Projekt fehlschlägt, dann ...» Sie sprach nicht weiter. «Holen Sie mich hier raus», sagte sie.

Er konnte seinen Blick nicht von ihr abwenden. Mit einem Mal war ihm, als erkenne er die wahre Ondina Conti. Als begreife er die ganze Kraft, die es sie kostete, sich selbst und die anderen in der Weise zu beherrschen, wie sie es tat. Um zu überleben inmitten ihrer Albträume.

«Bitte.» Sie flüsterte nur noch.

«Ich weiß nicht ...», begann er.

«Keiner von uns ist hier sicher.» Sie kam einen Schritt näher.

«Übertreiben Sie da nicht ...» Er brachte den Satz nicht zu Ende. Denn plötzlich hielt er Ondina Conti in seinen Armen.

* * *

«Mary Kelly», wiederholte Hakala wie ein Idiot. Sie musste lachen. Noch immer starrte er sie an. Was er bislang von ihr gesehen hatte, abgesehen von einem schlechten zeitgenössischen Druck, waren Fotos, auf denen sie nichts weiter gewesen war als ein Haufen zerwühlten Fleisches. Ihr Gesicht, dieses zarte, schmale Gesicht, war unkenntlich gewesen. Ihr Leib nichts weiter als ein Haufen Gehacktes. Nur ihre Beine hatte man noch als solche erkannt. Aber selbst da war an den Oberschenkeln das Fleisch abgeschält. Hakala starrte auf das schmutzige Mieder von Mary Kelly und dachte daran, dass man ihr Herz nie gefunden hatte.

Sie brachte ihre Oberweite zur Geltung. «Na?»

Er konnte sehen, wie ihr Blick abschweifte, auf der Suche nach dem nächsten Mann, der nächsten Chance, den nächsten Pennys, die ihr ein paar Bier und eine Übernachtung sichern würden. «Hast du Hunger?», fragte er.

Offenbar überraschte die Frage sie so sehr, dass sie ihre kokette Haltung verlor. «Es kostet fünf Pennys», sagte sie automatisch.

Am liebsten hätte er ihr einen Sovereign, eine Goldmünze, gegeben. Alles, was er bei sich hatte. Sie tat ihm leid. Sie war tot, und mehr als das. Sie ahnte noch nichts von dem Horror und dem Leid, das vor ihr lag. Er hatte ihr nichts anzubieten, nicht das Geringste. Wenn er ihr eine derart astronomische Summe wie einen Sovereign böte, dann würde sie ihn auslachen. Oder Angst bekommen und weglaufen. «Ein schönes Steak und ein Bier?», präzisierte er deshalb sein Angebot.

Sie starrte ihn an. Und er bekam eine Ahnung von der Frau unter der Maske aus Schmutz und Dreistigkeit. Sie war nicht mehr jung. Sie hatte Angst. Vor dem Hunger, vor dem nächsten Tag. Vor dem Albtraum ihres Lebens. Und sie bekämpfte die Furcht mit allen Mitteln, derer sie habhaft werden konnte. Meist war es der Alkohol. Er bot ihr – einer Untergehenden – den rettenden Arm, wie ein Gentleman es getan hätte.

Sie lächelte. Dann schüttelte sie den Kopf. Doch sie schien beschlossen zu haben, ihn zu mögen. «Du bist doch nicht dieser Jack, dieser Frauenmörder?», fragte sie in einem letzten Aufbäumen von Misstrauen. «In der Zeitung stand, er lockt die Frauen mit Weintrauben an.»

«Nein, ich bin kein Frauenmörder. Nicht Jack», betonte Hakala. Er hoffte, dass es aufrichtig klang. «Da sind keine Trauben.» Er zog die Zipfel seiner Jacke auseinander. «Aber Steak ess ich für mein Leben gern. Keinen Abfall, sondern gutes, rotes Fleisch.»

«Steak, mein Gott.» Sie hängte sich bei ihm ein. «Und ein Bier?», versicherte sie sich, während sie losgingen.

«Auch zwei», bestätigte er, «oder drei.» Und im selben Moment begriff er, dass er sich selbst nichts sehnlicher wünschte: eine warme Mahlzeit und ein Bier, um das ganze Elend zu vergessen.

* * *

Savary richtete sich auf. Er zog die Bettdecke ein wenig an sich heran, um die Verbrennungen auf seiner Haut zu bedecken. Dann sah er zu Ondina, betrachtete sie. Ihre Haut war so weiß, wie er es noch nie bei einem Menschen gesehen hatte. Nicht blass und leicht errötend wie die seine, sondern schimmernd wie Milch oder Marmor. Als wäre sie aus einem anderen Stoff. Und wie sie duftete. Er neigte sich vor, um sein Gesicht an ihren Hals zu drücken. Sie war warm und weich. Mit einem Mal wurde er traurig.

Sie strich ihm über die Wange. «Woran denkst du?», fragte sie.

«Daran, dass ihr Frauen immer diese Frage stellen müsst.»

«Oh, wir tun das nur aus Höflichkeit. Damit ihr euch nicht durchschaut fühlt. Denn in Wirklichkeit kennen wir die Antwort schon.»

«Ist das so?» Er legte seinen Arm um sie.

«Ja, das ist so.» Sie küsste ihn. Noch einmal liebten sie sich. Als sie atemlos nebeneinanderlagen und an die Decke schauten, sagte sie nach einer Weile: «Fletcher muss einen Komplizen haben. Und dieser Komplize ist mitten unter uns.»

Er wandte sich ihr zu. «Das ist es also, woran ihr Frauen nach der Liebe denkt.»

Sie ging nicht auf seinen neckenden Ton ein. «Da ist jemand, der uns im Auge behält und weiß, worüber wir reden und was wir denken. Jemand, der auch auf der anderen Seite auf uns aufpasst.»

Savary schloss die Augen. «Hakala. Er arbeitet schon lange mit Fletcher zusammen. Oder Sukov. Auch er ist ein alter Bekannter von ihr. Er ist nicht leicht einzuschätzen, redet nicht viel und bastelt an irgendwelchen Sachen herum, von denen keiner etwas versteht. Aber er reist nicht mit uns.»

«Gib dir keine Mühe», sagte sie und rollte sich auf die Seite. Ihre Finger fuhren durch die spärlichen roten Haare auf seiner Brust. «Ich weiß, wer es ist.»

«Ach, du weißt das.» Er griff nach einer Strähne ihres Haares und zog sachte daran. «Weil wir Männer so leicht zu durchschauen sind. Hast du also gemerkt, dass ich der große Doppelagent bin?»

Sie ließ den Kopf in den Nacken fallen. «Nein», sagte sie. «Du bist kein Doppelagent. Du hast mich zwar hintergangen mit deinen Chat-Gesprächen und deinen E-Mails, aber es war dir peinlich. Du wurdest rot, als ich dich schlug.»

«Ich werde schnell rot.» Er näherte sich ihrem Gesicht.

«Dein Rot spricht mit mir, *bleu-blanc-rouge*. Ich weiß, wer es ist, weil ich sie gesehen habe.» Sie küsste ihn flüchtig und machte sich los, um sich aufzusetzen. «Es ist diese Schweizerin.»

«Hannah?» Savary fühlte sich ertappt. Nun setzte auch er sich auf. «Aber wieso? Weil sie eine Diebin ist?»

«Kennst du sie näher?», fragte Ondina.

«Nein», sagte er vorsichtig. Er war nicht bereit, ihr sein kleines geistiges Abenteuer mit Hannah zu gestehen, noch nicht. «Aber ich weiß, dass Fletcher anfangs alles andere als begeistert davon war, sie einzustellen.» Odina lächelte rätselhaft. «Wie auch immer», wollte er das Thema beenden. «Hannah kann es nicht sein. Denn auch sie reist nicht mit uns. Sie darf gar nicht in die Vergangenheit. So steht es in ihrem Vertrag. Fletcher hat sie als nicht vertrauenswürdig genug eingestuft. Sie hat wohl Angst, Hannah könnte die Möglichkeiten der Technik für einen Coup auf eigene Rechnung verwenden.»

«Bist du dir sicher? Armer Matthieu, glaubst du alles, was die Frauen dir erzählen?»

«Sollte ich nicht?» Er küsste sie auf ihren marmornen Hals.

Sie entzog sich ihm nicht, zeigte aber auch keine Reaktion. «Wenn Rüthli nicht reisen darf», fragte sie nach ein paar Sekunden, «wieso geht sie dann jede Nacht hinunter in den Collider?»

«Das tut sie nicht», entfuhr es Savary. «Davon wüsste ich.»

«Wenn du es sagst.»

«Wieso weißt du davon?»

«Ich schlafe schlecht.»

«Jede Nacht?»

Sie umarmte ihn von hinten. «Vielleicht nicht heute Nacht, wenn du dableibst», flüsterte sie.

Savary schüttelte den Kopf. «Ich kann nicht», sagte er, plötzlich entschlossen. So gut es ging schwang er sich aus dem Bett. «Ich muss etwas erledigen.»

* * *

Hakala erwachte. Es dauerte eine Weile, bis er begriff, wo er sich befand. Sein Kopf schmerzte. Das musste vom Alkohol herrühren. Das Feuer im Kamin war erloschen. Er begann zu frieren. Auf einem Tisch stand eine Teekanne. Darüber hinaus war das Bett, in dem er lag, das einzige Möbelstück. Wie er es auf den Fotos gesehen hatte. Es gab nichts Persönliches. Kein Bild, keinen Nippes, keine herumliegende Kleidung. Alles, was Mary besaß, trug sie in diesen kühlen Herbsttagen auf dem Leib. Wenn sie tot wäre, würde keine Spur von ihr bleiben.

Der beißende Geruch von Urin stach in seine Nase. Als er aufstand, stieß er mit den Füßen gegen einen Nachttopf, den er unter das Bettgestell schob. Mary neben ihm wachte nicht auf. Sie lag dicht an der Wand, an deren Täfelung die Köpfe und Körper zahlloser Bewohner ihre Spuren hinterlassen hatten. Er bemerkte die Initialen F und M dicht über ihrem Kopf, die später manchem Ripperforscher Rätsel aufgeben würden. Sie stammten nicht vom Mörder, sie waren schon da. Wer hätte zu sagen vermocht, welcher vormalige Mieter dieser Bruchbude sie hinterlassen hatte. Hakala überlegte kurz, ob er ein MK für Mary Kelly dazukratzen sollte, nur so, damit etwas von ihr blieb.

Mary Kelly im Schlaf. Ihr Mund stand offen. Ihr Haar war ein rotes Dickicht. Hakala betrachtete ihr Gesicht. Bald würde es zerstört sein. Statt der Kanne würde auf dem Tisch ihr blutiges Fleisch liegen. «Es tut mir leid», sagte er leise. «Es tut mir so leid.» Dann ging er, noch ehe sie erwachte.

10.

Savary musste nicht lange warten. Gegen Mitternacht kam Hannah aus ihrem Zimmer, genau, wie Ondina es gesagt hatte. Leise schloss sie die Tür, schaute sich um und ging die Treppe hinunter. Als sie die Halle erreichte, wandte sie sich dem Aufzug zu. Sie drückte den Rufknopf, wartete, bis die Stahltüren auseinanderglitten, und verschwand.

Savary war irritiert. Es war nicht so, dass er Ondinas Beobachtungen für sinnloses Geschwätz gehalten hätte. Aber dass es passierte, dass Hannah Rüthli tatsächlich heimliche Zeitreisen unternahm, hatte er bis jetzt nicht wirklich glauben wollen. Während er Hannah gefolgt war, hatte nicht nur sein Stock Lärm gemacht. Es knarzte auch bei jedem seiner Schritte. Wieder einmal begriff er, dass Hannah eine Meisterin ihres Faches war. Sie bewegte sich in dem großen alten Haus wie ein Schatten. Wie jemand, dachte er, der nicht dazugehört.

Als er den Aufzug rief und in die Kabine trat, glaubte er den Hauch eines Parfüms wahrzunehmen. Hannah, dachte er und drückte sanft auf die erleuchtete Pfeiltaste. Noch immer war da dieses Gefühl, nur noch schwach zwar, aber es war da, dieses Gefühl eines unausgesprochenen Einverständnisses, das Gefühl einer geheimnisvollen Zuneigung, das zwischen ihm und Hannah existierte. Trotz Ondina existierte. Rein gar nichts mit Ondina zu tun hatte. Zwischen ihm und Hannah Rüthli ging es nicht um Körperlichkeit, auch wenn es eine Zeit gegeben hatte, zu der er sich gewünscht hätte, Hannah zu berühren. Das zwischen Hannah und ihm war auf einer ganz anderen Ebene zu verorten. Es ging um eine Zärtlichkeit, die sich ausschließlich im Geiste abspielte und deshalb umso zerbrechlicher war, so wollte es Savary zumindest scheinen.

Er trat aus dem Aufzug. Wie erwartet war der Raum mit den Sofas und Flipcharts leer. Savary öffnete eine der hinteren Türen, die zu dem Collider führten. Als er die Garage für die elektrischen Schlitten erreichte, bemerkte er, dass ein Fahrzeug fehlte.

Savary ging weiter. Nachdem er bei TAYLOR angekommen war, kontrollierte er die Schutzanzüge. Er sah, was er schon wusste. Eine Kontrolllampe machte klar, dass TAYLOR gerade in Betrieb genommen wurde. Er war also zu spät, zwar um Sekunden nur, aber dennoch zu spät. Er neigte sich gerade über das Display, das die Daten anzeigte, die der Zeitreisende in den Dimensionator eingab, als sich hinter ihm eine Stimme erhob.

«Du solltest nicht hier sein, Franzmann.»

Savary drehte sich um.

Traurig schaute ihn Sukov aus rot unterlaufenen Augen an. «Warum nur musst du dich in alles einmischen, *Towarisch?*»

«Du weißt davon? Du ...» Savary senkte die Stimme. «Du arbeitest hier für mich, ich vertraue dir, und du hintergehst mich? Jeden einzelnen Tag verarschst du mich?»

«So hat es *Gosposcha Fletchera* angeordnet. Ja. Wenn ich du wäre ...»

«Sag mir nicht, was ich zu tun habe, Sukov!», unterbrach ihn Savary.

Der Russe zuckte mit den Schultern. Schließlich wandte er sich seinen Monitoren zu. «Da ist eine Sache», sagte er in völlig gelassenem Ton, «die würde ich bei Gelegenheit gerne mit dir besprechen.»

Savary war perplex. Er war nicht in Stimmung für technische Fachsimpeleien. Oder für Schach. Oder für sonst irgendetwas. Fletcher hinterging ihn offenbar nach Belieben. Er war nichts weiter als ein Hampelmann für sie. Sie versorgte Ondina mit falscher DNA, dann wiegelte sie seine Leute gegen ihn auf und sabotierte seine Einsätze. Von wegen Zusammenarbeit. Was zum

Teufel wollte diese Frau von ihm? Wozu war er hier? Er ballte die Fäuste. Am liebsten hätte er auf irgendetwas eingeschlagen. Stattdessen nahm er einen Anzug vom Haken und begann hektisch, ihn überzuziehen.

«Das würde ich nicht tun.»

«Sag mir nicht, was ich zu tun habe.» Savary merkte, dass er sich wiederholte. Wütend zerrte er an dem beschichteten Stoff herum. Sukov stand auf, griff nach den Schließen und half ihm. Dann wandte er sich schweigend ab und setzte sich wieder hin.

«Sie weint jedes Mal, wenn sie wiederkommt», murmelte er. Gleichzeitig wählte er die Koordinaten und schob die Regler in Position.

«Was sagst du?», fragte Savary. Sukov antwortete nicht. Mit einem Handzeichen forderte er Savary auf, in die Luftschleuse zu treten, die zum Detektorraum führte. Er folgte der Anweisung. Es war nicht die Zeit oder der Ort für lange Gespräche. Er würde selbst herausfinden, was Sache war.

Als er wieder zu sich kam, befand er sich in einer Art Besenkammer. Hannahs Anzug hing schon hier und verströmte den für sie so typischen Duft von Zigarettenrauch und einem Parfüm, das er nicht kannte. Für den Bruchteil einer Sekunde musste er dem Impuls widerstehen, sein Gesicht in den Schutzanzug zu drücken und Hannahs Geruch einzuatmen. Stattdessen hängte er seinen eigenen Anzug daneben. Die einzige Tür der Kammer führte auf einen langen Flur, von dem in regelmäßigen Abständen Türen abgingen. Manche hatten Fenster, manche nicht. Sie alle trugen Nummern. Von der Decke strahlte Neonlicht, aseptisch und kalt. In regelmäßigen Abständen liefen Menschen in weißen Kitteln an ihm vorbei, ohne ihn zu beachten. Nach den Schildchen an ihren Brusttaschen zu urteilen, handelte es sich um Ärzte oder Pfleger. Ihre eiligen Schritte hallten lange nach in dem hohen Gang. Savary schaute sich um. Offenbar befand er sich in einem Altbau, der als eine Art Klinik oder Sanatorium ausgebaut worden war. Es roch nach Desinfektionsmitteln und Essen. Ratlos bewegte sich Savary vorwärts, bis er ein Treppenhaus erreichte. Schilder wiesen in verschiedene Stockwerke und Seitenflügel. Wie sollte er hier Hannah finden? Bevor er weiterging, wandte er sich um, um sich die Lage der Kammer einzuprägen. Zumindest hinaus würde er finden. Aber was nun?

Er war einige Stufen nach oben gestiegen, da roch er den Rauch. Die Zeit, die Hannah gewählt hatte, war noch nicht von den starken Rauchverboten bestimmt. Gerade mal zehn Jahre zurück, und man durfte noch in Krankenhausfluren qualmen, zumindest in dafür ausgewiesenen Bezirken. Er erkannte sie auf den ersten Blick. Sie hielt sich abseits von den anderen und sog nervös an ihrer Zigarette. Sie sah aus wie damals, als er sie durch die schlierigen Scheiben aus der Kantine des C. E. R. N. heraus beobachtet hatte: Eine Aura unergründlicher Verlorenheit umgab sie, die so sonderbar definitiv und feststehend schien. Die ihn – wie die Voluten ihrer Zigarette – erst unmerklich, dann immer stärker umschlang und schließlich sagte: Du und ich, wir kennen ihn, den Abgrund. Wir kennen sie, die endgültige Einsamkeit, aus der es kein Entkommen gibt. Einen Moment lang glaubte er an ein Déjà-vu. Dann rief er sich zur Räson. Hannah Rüthli drückte ihre Kippe aus und wandte sich ab. Offenbar hatte sie ihn nicht bemerkt. Sie ging so schnell, dass er Mühe hatte, ihr zu folgen. Der Schmerz in seinen Beinen nahm zu. Die Zeitreise hatte seinem Körper nicht gutgetan, das spürte er jetzt. Endlich blieb Hannah vor einer Tür stehen. Sie legte die Hand auf die Klinke. Ein paar Sekunden lang geschah nichts. Dann zog sie die Hand wieder zurück. Was zum Teufel machte sie da? Plötzlich drückte sie in einer jähen Bewegung den Türgriff und trat ein.

«Grüezi», sagte eine Schwester im Vorbeigehen hinter Savary.

Verwirrt erwiderte er den Gruß. Dann wandte er sich wieder der Tür zu, hinter der Hannah verschwunden war. Links daneben fiel ihm ein kleines Fenster auf, das zu dem Raum gehörte, in den Hannah getreten war. Vorsichtig näherte er sich und spähte hindurch. In dem Zimmer stand ein Krankenbett. Savary bemerkte einen Beatmungsschlauch und ein Gerät, das die Herzfrequenz und den Puls aufzeichnete. Das regelmäßige Piepsen war sogar durch die Tür hindurch zu hören. Über dem Bett hing ein Mobile mit Fantasyfiguren: Drachen, Krieger und Monster, die jemand aus Papier ausgeschnitten hatte. An der Wand dahinter Kinderzeichnungen, ein paar Fotos. Das bunte Chaos versuchte verzweifelt, dem Durcheinander von Kabeln und Schläuchen ein wenig Heiterkeit entgegenzusetzen. Ein vergeblicher Versuch. Hannah saß mit dem Rücken zu Savary und hielt die Hand eines Jungen, der viel zu alt für ein Mobile wirkte. Savary betrachtete die Bilder an der Wand. Auch sie passten nicht zu dem Alter des Jungen. Mit einem Mal begriff Savary, dass sie aus einer Zeit stammten, in der der Bub noch ein kleines Kind gewesen war. Doch diese Zeit musste lange zurückliegen. Zwar war das Wesen im Bett seither gewachsen, doch seine Augen sahen stumpf aus dunklen Höhlen hervor. Sein Gesicht war blass und ohne Ausdruck. Der Junge hatte seinen Körper nie selbst bewegt, seit mehreren Jahren schon hatte er nichts erlebt.

Erschrocken trat Savary einen Schritt zurück. Da bemerkte er das Schild unter der Zimmernummer. Sebastian Rüthli. Leise murmelte er den Namen.

«Sie sind der Mann?»

Savary fuhr herum. Er starrte in das Gesicht einer Krankenschwester. Sie war jung, ein wenig mollig, kurzes blondes Haar. «Ein ... Freund», stotterte er.

Sie nickte. «Das ist gut. Es ist gut, wenn sie das nicht immer alleine durchstehen muss.» Die Schwester nahm Savarys Hand und drückte sie freundschaftlich. «Jeden Tag sitzt sie hier. Die Frau Rüthli ist eine ganz Tapfere.»

Er wagte es, mit dem Kinn in Richtung Tür zu nicken. «Was hat der Junge denn?»

Ihre Augen wurden groß. «Der Bastian? Ja, wissen Sie das denn nicht?»

Savary schwieg. Da ging plötzlich die Tür auf. «Hallo, Hannah», sagte er schwach. «Wie geht's?»

Ihr Blick glitt an ihm vorbei. «Schwester Sandra, ich glaube, der Urinbeutel ist voll.»

Die Schwester schenkte ihr ein routinemäßiges Lächeln. «Ich kümmere mich drum», sagte sie und verschwand im Zimmer.

Hannah wandte sich ab und ging langsam den Korridor entlang. Savary blieb auf ihrer Höhe. «Hier also verbringst du deine Zeit? Wer ist Sebastian? Ist das etwa dein Sohn? Was fehlt ihm denn?»

«Ja, Sebastian ist mein Sohn», antwortete sie nach einer Weile. Das Sprechen schien ihr Mühe zu bereiten. «Im letzten Leben habe ich mich hier nicht viel blickenlassen.» Sie blieb an einem Fenster stehen und schaute in die Ferne. «Man meint, er würde nichts merken. Aber das stimmt nicht. Auch das Personal merkt jede Menge. Jetzt, wo sie ihn für ein geliebtes Kind halten, da behandeln sie ihn auch entsprechend. Selbst wenn ich nicht da bin.» Sie starrte noch immer aus dem Fenster. Für einen Moment hatte Savary den Eindruck, sie würde weinen. Aber ihre Augen blieben trocken.

«Ich wusste nicht, dass du ein Kind hast», sagte er.

Hannah zuckte mit den Schultern. «Ich hatte mir alle Mühe gegeben, dieses Kind zu vergessen.» Sie warf einen Blick auf ihre Uhr. «Entschuldige mich», sagte sie. «Ich muss wieder hinein. In siebzehn Minuten wird Sebastian sterben.»

Sie ging zurück. Savary sah ihr nach.

11.

Ondina Conti rannte. Sie rannte wie noch nie in ihrem Leben. Sie war in Panik. Um sie herum Stein. Unter ihren Füßen: Stein. Die Dunkelheit vor ihr wie eine Wand. Ondina wartete auf den Aufprall, und doch rannte sie immer weiter. Sie lief durch Straßen wie durch Tunnel, die immer schmaler und enger wurden. Außer der Dunkelheit behinderte der Nebel die Sicht, seine Schwaden griffen nach ihr, krochen in ihre Lungen, füllten ihren Körper mit Gift. Er würde aus dem Nebel kommen, das wusste sie. Ihre Hände waren zu Fäusten geballt, der Mund weit geöffnet, so, als würde sie schreien. Doch da war nichts, kein Laut. Hinter ihr das Geräusch von Zügen, die rangierten. Von irgendwo ein hohes Pfeifen. Sie zuckte zusammen. Raus aus der Jewry Street, über die Aldgate. Es zog sie nach links, dort warteten Mitre Street und Catherines Gespenst. Catherine Eddowes, in deren Eingeweiden sie gewühlt hatte. Nein, nicht dorthin, auf keinen Fall. Einfach geradeaus: Duke Street, kaputte Fassaden, kein Versteck. Sie hörte das Trommeln ihrer Schritte auf dem Kopfsteinpflaster. Jetzt nach rechts. War das die Stony Lane? Sie führte zur Middlesex Street, einem sicheren Hafen. In Sicherheit!

Da waren seine Schritte, sie konnte sie hören, ein Staccato aus Messerspitzen. Unabwendbar kam er näher. Sie bog in die Gasse, der Stein umschloss sie. Nur Mauern, Hinterhöfe, verschlossene Tore. Sie rüttelte an einem, an zweien, taumelte. Trotzdem rannte sie weiter. Es hatte keinen Zweck. Aber das hier war nicht die Stony Lane, es war ... Sie prallte gegen eine Ziegelwand. Als sie realisierte, dass sie in eine Sackgasse gelaufen war, wurde ihr übel. Sie konnte hören, wie er unaufhaltsam näher kam.

Endlich drückte sie auf die Taste, die das Programm beendete. *Game over*. Schwer atmend lehnte sich Ondina Conti zurück. Der

Bürostuhl roch nach Leder. Und er war kühl. Ihr Herzschlag beruhigte sich. Dieses verdammte Programm, *Ripper run*. Jedes Mal wählte sie einen falschen Fluchtweg. Diesmal war sie eine Straße zu früh nach rechts abgebogen. Wie oft hatte Hakala sie schon gewarnt? Sie konnte seine unnachgiebige, schleppende Stimme förmlich hören. Es gab zwei Ausgänge aus dieser Gasse, einen zur Linken, einen letzten zur Rechten, der in die Ellibon Street abknickte und hinaus zur Middlesex führte, in die Sicherheit einer belebten Gegend und zu ihrer Wohnung.

«Aber aus irgendeinem Grund rennen alle wie die Lemminge in das tote Ende und verrecken», hatte Hakala gesagt und gelacht. «Ich verstehe das nicht.»

Nun, sie verstand es. Wenn das Grauen hinter dir ist, dann drehst du dich nicht um, und du läufst vor allem nicht zurück, deinem Schlächter entgegen. Nicht, wenn dieses Grauen das Gesicht deines ehemaligen besten Studenten hat, der gekommen ist, um zu töten. Im letzten Moment hatte sich die Gasse geweitet zu einem Hörsaal, mit Sitzreihen voller Leichen und Blut. Ondina Conti fürchtete sich nicht vor den Gassen von London. Sondern davor, dass sie alle an denselben Ort führten. An einen Ort, den sie in sich trug. Sie griff nach dem Wasserglas und verfluchte das Zittern ihrer Hände. Sie verfluchte Hannah und die Verpflichtung, täglich mit dem Programm *Ripper run* zu üben. Sie verfluchte sich selbst, dass sie gehorchte, wieder und wieder. War sie vielleicht eine verdammte Masochistin? Als hätte sie Hannah nicht schon genug zu verdanken ... Sie saß hier fest, observiert, abgehört, eingesperrt. Letztendlich war sie die Gefangene einer gesichtslosen Behörde. Wer weiß, was diese Organisation mit ihnen vorhatte, wenn deren düstere Zwecke erst einmal erfüllt wären. Nur Hannah wusste offenbar mehr. Sie kam und ging, wie es ihr beliebte. Sie reiste heimlich, führte vermutlich Botengänge aus, von denen sie nichts ahnten. Hannah manipulierte. Manipulierte sie alle.

Ondina sprang auf. Sich darauf zu verlassen, dass Matthieu die Sache schon richten würde, war schön und gut, aber sie konnte nicht hier herumsitzen und Däumchen drehen. Sie musste selbst etwas unternehmen. Sie würde Hannahs Zimmer durchsuchen, nachsehen, ob sie Hinweise fand, was das alles hier sollte und was man mit ihnen vorhatte. Sie würde kein zweites Mal nur dasitzen und warten, während alles um sie herum zerfiel. Ihre prunkvoll eingerichteten Räumlichkeiten reichten nicht aus, um ihre Angst zu beschwichtigen. Im Vorbeigehen warf sie sich einen Blick in dem Spiegel zu, der über dem flackernden Kamin hing. Sie sah einen Scheinwerfer, einen Seziertisch, ferne Stuhlreihen und ihr eigenes Gesicht, dessen Ausdruck sie nicht zu deuten wusste. Sie griff nach der Türklinke.

Der Teppich auf dem Flur dämpfte ihre Schritte. Vorne links wohnte Finlay. Sie hörte sanfte Melodien. Sie wusste, dass Matthieu Ravel liebte. Was wusste sie sonst noch von ihm? Wie er roch. Und wie es sich anfühlte, wenn sein Haar durch ihre Finger glitt. Seidig und weich. Und sie wusste vor allem eines: dass sie ihn brauchte. Auf eine seltsame Weise fühlte sie sich bei ihm daheim.

Hinter Hakalas Tür war alles still. Ob er schlief oder herumschlich? Er war jemand, der seine Schritte behutsam setzte, dieser Finne. Sie traute ihm beinahe alles zu. Sogar einen Mord. War Morden nicht im Grunde sein Beruf? Wegen Männern wie ihm wurde ihr Seziertisch nie leer. Unwillkürlich schaute sie sich um. Da war nichts außer dem Licht unter den grünen Glasschirmen der Wandlampen, das sich in den alten Holzverkleidungen matt spiegelte. Ein Hauch von Weihrauch und Möbelpolitur. Aus dem Spalt unter der Tür von Karoline Freitag kam Licht. Vermutlich arbeitete sie, die fleißige Doktor Freitag. So war sie selbst auch einmal gewesen: ein arbeitsames Mädchen, eine Musterschülerin, getrieben von einem scheinbar unerschöpflichen Ehrgeiz. Fletcher war angeblich immer noch nicht da. Dennoch wechselte

Ondina vor ihrer Tür auf die andere Seite des Flures. Der Russe würde unten sitzen, bei seinen Geräten, er musste ja Hannahs Reise überwachen. Sie wusste nicht, warum, aber sie mochte Sukov nicht. Der Mann war ein Charon, der jeden übersetzte, wenn er nur die obligatorische Münze bekam. Ondina streckte die Hand aus und drückte die Klinke von Hannahs Tür. Die Schweizerin war nicht da, das wusste sie. Sie war vermutlich viele hundert Kilometer und, was schwerer wog, viele, viele Jahre von hier entfernt.

Ondina machte Licht. Das Zimmer sah so ähnlich aus wie ihre eigenen Räumlichkeiten: vertäfelte Wände, Himmelbett mit schwerem Brokat, Sprossenfenster auf den Park und alte Gemälde an den Wänden, deren Motive so verdunkelt waren, dass niemand auf die Idee kam, sie zu betrachten. Das einzig Moderne waren der Computer und die Telefonanlage, so wie bei ihr. Wo sollte sie beginnen? Sie war nicht wie Hannah, war keine Einbrecherin. Sie hatte keine Erfahrung damit, fremde Zimmer zu durchwühlen. Körper, ja, Schlafzimmer, nein. Ondina musste sich überwinden. Sie begann mit der Kommode. Wäsche. Pullover. Nichts darunter, keine verborgenen Briefe, keine geheimen Akten. Natürlich nicht. Das hier war kein Zuhause. Sie spürte es ja an ihrem eigenen Zimmer. Das hier war ein Hotel, ein Gefängnis, irgendetwas dazwischen. Da gab es nichts Privates. Matthieu, fiel ihr ein, hatte seinen Plattenspieler aufgestellt. Finlay vermutlich diverse Flaschen, die Hochprozentiges enthielten. Bei ihr gab es ein paar Ledertaschen mit Sezierbesteck. Es hatte schon ihrem Vater gehört, und sie brauchte das vertraute Gefühl in der Hand, auch wenn ein Laie finden mochte, ein Skalpell wäre wie das andere.

Neben dem Laptop lagen ein paar Akten. Ondina blätterte oberflächlich in den Ordnern. Das meiste war ihr von ihren eigenen Unterlagen her bekannt: Ansichten von London, Stadtpläne, Pläne der Kanalisation, Vergrößerungen besonderer Ausschnitte. Sie erkannte die Registriernummern einiger Ripperakten. Außerdem gab es Schweizer Tageszeitungen, seltsamerweise schon einige Jahre alt, Tabellen, Wettscheine. Dann hielt sie inne. Das hier war anders. Neuer und doch gleichzeitig vertraut. Ein Krankenbericht. Nein, ein Sterbeprotokoll. Nach näherem Hinsehen erkannte sie die Sprache der Kollegen wieder. Ondina setzte sich. Sie las. Der Text nahm sie so sehr gefangen, dass sie das leise Klicken der Tür überhörte.

Hannah öffnete beinahe jede Tür lautlos. Vor allem solche, hinter denen ein Licht brannte, das gelöscht worden war, ehe sie ging. Fast ebenso lautlos ging sie durch den Raum zum Bett, setzte sich und betrachtete die Italienerin still. Hannah wartete. Sie konzentrierte sich darauf, dass sich die Wut in ihrem Bauch löste, denn Wut war ein schlechter Ratgeber. Geriet man während eines Jobs in Panik oder wurde ärgerlich, dann war man so gut wie geliefert. Nach einer Weile verlagerte sie ihr Gewicht ein wenig, in eine Richtung, von der sie wusste, dass dort der Bettrahmen knarrte.

Ondina Conti fuhr herum. Hannah sah die nackte Angst in ihrem Gesicht. «Ihr Sohn?», fragte die Pathologin und hielt die Akte hoch. «Sebastian?»

Hannah schwieg.

Draußen wurden Schritte laut. Mit gerötetem Gesicht erschien Savary in der Tür. «Du bist schon da?», rief er, als er Ondina entdeckte.

«Offensichtlich.» Das war Hannah.

Entschuldigend schaute er die Schweizerin an. Dann wandte er sich an Ondina. «Sie ist es nicht», sagte er. «Sie arbeitet nicht für Fletcher. Sie wollte nur …»

«Ich weiß», unterbrach ihn Ondina. «Fletcher erpresst sie damit, ihren Sohn noch einmal sehen zu dürfen. Wie sie Finlay mit seiner Sucht und dem Sexskandal erpresst und mich mit meiner

Psychose, die mich in die Arbeitslosigkeit treibt.» Sie verzog das Gesicht. «Es ist so erbärmlich.»

Savary ging zu ihr. Wie ein Kind schmiegte sie ihre Wange an seine Hüfte und umfasste ihn mit beiden Armen. Seltsamerweise bewirkte die Szene, dass Hannah sich entspannte. Eben noch, in der Cafeteria des Krankenhauses, hatte sie sich zusammenreißen müssen, um Savary nicht an die Gurgel zu springen. Doch dieses Bild jetzt vor ihr, dieser kranke, beinahe gebrechliche Mann, liebkost von der schönen Italienerin, diese Szene rührte Hannah an. Zum ersten Mal empfand sie so etwas wie Zuneigung für Savary. Und das, obwohl er sie verraten, obwohl er ihr Geheimnis gelüftet hatte. Es war absurd: Vor nicht einmal dreißig Minuten war ihr Sohn gestorben. Und nun saß sie hier vor einem Paar, das sich offenbar liebte. War das alles noch real?

Hannah wandte sich an Savary: «Es ist schon komisch: All die Jahre war Sebastian mein Geheimnis. Eigentlich mehr als das. Er war das Schwarze Loch in meinem Leben. Ich habe ihn abgeschoben, verdrängt, vergessen. Und jetzt?» Die beiden vor ihr, die sich aneinander festklammerten, sahen aus wie Schiffbrüchige am Strand einer verlorenen Insel. Plötzlich bemerkte sie, dass sie unglaublich müde war.

«Es tut mir leid.» Ondina Conti machte sich von Savary los. «Ich hätte nicht in Ihren Sachen wühlen dürfen. Aber ich hatte Angst.» Contis Aussage war so ehrlich, dass Hannah Mühe hatte, den glühenden Zorn, den sie noch vor wenigen Minuten empfunden hatte, erneut zu entfachen. Sie versuchte es, aber es gelang ihr nicht. All ihre Gedanken, all das, was sie fühlte, wanderte wieder und wieder zu Sebastian. Ondina trat zu ihr und griff nach Hannahs Hand. «Ich kenne die Krankheit, die Ihr Sohn hat», sagte sie. «Er war wohl selten bei Bewusstsein.»

«Er hat meine Hand gehalten. Bis eben.» Hannahs Stimme versagte.

Savary nickte nur.

«Er ist nicht alleine gestorben», erwiderte Ondina. «Gott weiß, was es Sie gekostet hat, Sebastian zu begleiten.»

Sebastian, dachte Hannah. Noch nie habe ich jemanden den Namen meines Kindes so aussprechen hören. So selbstverständlich. Ohne Peinlichkeit und Vorwurf. Mein Sohn, Sebastian. «Gott hat damit nichts zu tun», wehrte sie ab und atmete tief durch. «Und?», sagte sie dann, betont munter. Sie war es nicht gewohnt, dass man sich mit ihren Privatangelegenheiten befasste. «Jetzt müssen Sie mir aber auch von *Ihrem* Problem erzählen.» Sie würde auf keinen Fall vor den beiden in Tränen ausbrechen.

«Hat Matthieu es nicht erklärt?», fragte Ondina und richtete sich auf.

«Dass die DNA gefälscht ist und dass alles hier ein großangelegter Schwindel ist?»

«Sie scheinen das normal zu finden.»

Hannah blieb ruhig. «Das passiert schon mal, wenn man mit Leuten zusammenarbeitet, die man nicht kennt. Was glauben Sie, wie ich hier gelandet bin?»

«Aber was hat man vor mit uns?»

Hannah lehnte sich zurück und verschränkte die Arme. Sie schob den Gedanken an ihren Sohn gewaltsam beiseite. «Viel wichtiger ist, was man selbst vorhat. Was Sie brauchen, ist ein Plan B.» Savary tippte auf die Wettscheine, die auf Hannahs Schreibtisch lagen, und zog vielsagend die Brauen nach oben. Hannah schaute ihn ungerührt an. «Die Cafeteria in der Klinik hat eine Annahmestelle. Was haben Sie erwartet: dass ich brav vor mich hin arbeite und abwarte, was geschieht?»

«Das tun wir auch nicht», entgegnete Ondina Conti. «Ich jedenfalls habe nicht vor, mich in mein Schicksal zu ergeben.»

«Nun, nun», schaltete Savary sich ein. «Bis jetzt kennen wir dieses Schicksal noch gar nicht.»

«Wir werden verarscht», stellte Hannah lakonisch fest. Aber ihr Ton besagte: So ist das Leben. Als sie sah, wie Ondina rot wurde vor Zorn, lächelte sie böse. «In Ihren Kreisen mag das ein Sakrileg sein.»

«Wir werden benutzt», konterte Ondina. «Und daran mögen Sie und Ihre Kreise vielleicht gewöhnt sein. Ich bin es nicht.»

Hannah neigte sich vor. «Und was», fragte sie, «wollen Sie dagegen unternehmen?»

Ondinas Gesicht hellte sich auf. «Werden Sie uns helfen?»

«Sie vergessen, was Sie wissen. Über die Klinik und das, was Sie in diesem Raum gefunden haben.» Hannah nickte zu dem Tisch, auf dem ihre Wettscheine lagen. «Im Gegenzug werde ich schweigen.»

«Eine Frage noch», sagte Savary. «Damals im C. E. R. N., in dem Tunnel. Sie behaupteten, Sie hätten mich nicht gerettet. Ich habe Fletcher gefragt, und sie sagt, jemand habe den Rettungskräften einen anonymen Tipp gegeben.»

Hannah dachte an den Moment, in dem Matthieu vor ihr gelegen hatte. Nach ihrer Hand greifend. Um Hilfe bittend. Hätte sie das alles nicht so sehr an Sebastian erinnert, Fletcher hätte ihr möglicherweise nichts anzubieten gehabt. Hannah lehnte sich zurück. Ihr Gesicht wurde ausdruckslos. «Bitte lassen Sie mich mit Ihren Gefühlen in Ruhe, okay?»

Ondina griff nach Hannahs Hand. «Danke», sagte sie.

Hannah zog ihre Hand zurück. Wortlos saßen sie alle drei da. «Also», begann Hannah nach einer Weile. «Was habt ihr beiden vor?»

12.

Die Korridore des Large Hadron Colliders waren Hakala schon immer unheimlich gewesen. In ihrer steril anmutenden Sauberkeit bildeten sie den denkbar größten Gegensatz zu den verdreckten Gassen des Londoner East End. Hier im LHC gab es keinen Lärm und keinen Gestank. Nur das gleichförmige Summen der Lüftungsrohre. Außerdem glänzendes Metall und stumpfen Beton und überall das aseptische Licht der Neonröhren. Eigentlich hätte ihn die Umgebung beruhigen müssen. Hier lauerten keine unwägbaren Gefahren. Nicht wie in den überfüllten Gassen mit ihrem Schmutz und Gedränge. Dennoch fühlte sich Hakala dort wohler als hier. Das hier war nur Leere. Und Leere gab es in seinem Leben schon genug.

Er begriff nicht, wie der Russe es hier unten aushalten konnte. Mit seinen Geräten und Spielereien, den Schaltpulten, Computern und Bildschirmen. Als einziges Hobby das Schachbrett, ebenso reizlos wie abstrakt. Seit Hakala seine heimliche Reise unternommen hatte, zerbrach er sich den Kopf über Timofej Sukov. Der Russe hatte seine gefälschte Unterschrift anstandslos akzeptiert. Aber etwas an seinem Verhalten war seltsam gewesen. Hakala konnte nicht sagen, was genau es gewesen war. Er fand, dass Timofej Sukov nicht ganz normal sein konnte. Es war nicht normal, so zu leben. Und dann auch noch diese seltsamen Bemerkungen über Engel. Ein Technikgenie, das an eine esoterische Welt glaubte, wie sie idiotischer nicht hätte sein können. Wie wahnsinnig war dieser Russe überhaupt? Leise quietschten die Sohlen seiner Schuhe auf dem glatten Boden. Ein leichter Geruch nach Kautschuk erfüllte die Luft. Das kam von den Rädern der Wagen, mit denen die anderen so gerne die Strecke zum Detektorraum TAYLOR zurücklegten. Hakala fiel ein, wie Sukov von seiner Frau geredet hatte. Von den vielen Umarmungen, ehe sie ihn nach Jersey hatte abreisen lassen. Umarmung, dachte Hakala, und das Bild von Mary Jane stand vor ihm. Warum hatte der Russe so häufig das Wort «Umarmung» benutzt? Wusste er etwa von der Sache zwischen Mary und ihm? Hakala schüttelte den Kopf. So oder so: Von seiner inoffiziellen Reise existierte ein elektronisches Protokoll. Irgendwann würde Fletcher es einsehen, falls es ihm nicht gelänge, es vorher verschwinden lassen. Sukov war ein Rätsel. Im schlimmsten Fall könnte er ein Problem werden. Sollte er vielleicht zu Fletcher gehen und ihr alles beichten, um einer Denunziation durch Sukov zuvorzukommen? Und dann? Sie würde ihn sicher feuern. Am Ende würde er nur schlafende Hunde wecken.

Er hatte den Eingang zum Kontrollraum von TAYLOR erreicht. Für einen kurzen Moment überlegte er, ob seine Entscheidung, hierherzukommen, richtig gewesen war. Dann legte er seine Hand auf die Klinke und drückte diese nach unten. Zuerst hörte er ihn nur. Ein leises Ächzen. Dann sah er ihn. Sukov lag unter einem Pult und lötete an irgendeiner Platine herum, an der ein undurchsichtiges Gewirr von Drähten und anderen Elementen hing. Zum wiederholten Male verblüffte der Russe den Finnen. Es gab keinen zweiten Mann wie Timofej Sukov: hochqualifiziert, in der Lage, eine äußerst komplexe Zeitmaschine zu bedienen, und doch ganz wild darauf, noch die letzte Steckdose selbst zu reparieren.

Hakala blieb stehen. Bevor er Sukov ansprechen konnte, hörte er Stimmen. Er sah hinunter zu dem Russen. Offenbar hatte ihn Sukov nicht bemerkt. Instinktiv drückte sich Hakala hinter eine Betonsäule. Er lauschte. Das war Savary, kein Zweifel. Die raschen Sätze der Italienerin waren ebenso unverkennbar. Doch wer war die dritte Person? Er hörte, wie Sukov aufstand. Seine Schritte gingen in die Richtung, aus der die Stimmen kamen.

«Was bitte ist daran so schwer zu verstehen?» Hakala erkannte Hannah Rüthli. «Angeblich sind wir doch eine Spezialeinheit, die herausfinden soll, wer der Ripper ist. Und genau das werden wir tun: Es herausfinden.»

«Und warum sollten wir das heimlich tun, *Towarischi?*» Sukov sprach langsam und unaufgeregt. «Warum nicht mit Fletchers Segen? Die *Time Unit* ist schließlich ihre Einheit.» Er wandte sich an Savary. «Nichts für ungut, aber als du sagtest, du willst reisen, dachte ich: zu einer Frau. Ich dachte: Der Mann muss etwas regeln in seinem Leben. So etwas tut ein Mann. Warum nicht? Das darf man ihm nicht verwehren. Es ist deine Maschine, mein Freund. Du hast sie erfunden. Nicht der britische Geheimdienst. Aber warum wollt ihr einem Mörder hinterherlaufen? Wollt ihr noch mehr Morde sehen? Nein. Könnt ihr die Morde verhindern? Nein. Also.»

«Aber die Wahrheit …», begann Conti.

«Die Wahrheit findet immer hier und heute statt», fiel ihr Sukov ins Wort. «Nirgendwo sonst. Der Rest gehört den Engeln. Und wir sind keine Engel.» Er lachte, als hätte er etwas Amüsantes gesagt.

Wieder diese verdammten Engel. Hakala konnte es nicht mehr hören. Aber der Rest war interessant. Die drei wollten also auf eigene Faust Aufklärung betreiben. Wenn er Fletcher das stecken würde, wogen seine eigenen Verfehlungen vielleicht am Ende gar nicht mehr so schwer. Was hatte er eigentlich Schlimmes getan? Sadie Fletcher wollte Prinz Albert reinwaschen. Okay, da wäre er der Letzte, der etwas dagegen hätte. Im Gegenteil. Er würde Fletcher den Namen des echten Rippers liefern können, aus dem Stand. Das würde das Königshaus einmal mehr erfreuen. Zum ersten Mal seit langem entspannte Hakala sich ein wenig. Irgendwie taten ihm die anderen leid. Wie sie sich aufregten. Wie sie sich abstrampelten. Dabei hatte er, Hakala, den Fall praktisch im Alleingang gelöst. Für ihn war klar: Jack the Ripper war der kleine Angestellte aus der Morgue in der Golden Lane. Er stand ja sogar auf der Liste der historischen Verdächtigen. Hakala hatte ein wenig recherchiert: Robert Mann war kein Unbekannter in der Ripperforschung, wenngleich ihn niemand mehr ernsthaft in Betracht zog. Der Drecksack hatte das medizinische Wissen, um eine Frau fachgerecht auszuweiden, er hatte die Möglichkeiten gehabt, und wenn man bedachte, wie er Conti angestarrt hatte ... Der Typ konnte einem eine Gänsehaut machen.

Vor allem aber: Er hatte durch den Türspalt gestarrt und sie bei Eddowes' Leiche beobachtet: Was er gesehen hatte, war das blaue Licht gewesen, das beim Einsatz von Luminol zu sehen war. Wofür mochte er es gehalten haben? Für Zauberei? Wie auch immer. Robert Mann hatte mitbekommen, dass sie seine Morde untersuchten. Dass etwas mit ihnen nicht stimmte. Und er hatte sie verfolgt. Ich hätte ihn erledigen sollen, dachte Hakala. Damals vor unserer Wohnung, als der kleine Spanner zu mir herüberstarrte, da hätte ich ihm das Genick brechen müssen. Jetzt würde er ihnen bei jeder Reise an den Fersen kleben.

«Was ist schon dabei?», fragte Conti. «Wir waren inzwischen doch schon mehrfach drüben. Wir kommen, wir schauen zu, wir gehen wieder.»

Hakala, der hinter dem Pfeiler vorgetreten war und sich jetzt unmittelbar an der Ecke postiert hatte, hinter der das Gespräch stattfand, konnte sehen, wie der Russe den Kopf schüttelte.

«Niemand schaut nur zu», sagte Sukov.

«Woher wollen Sie das denn wissen, Sie sind doch nie dabei!», protestierte Conti.

Savary gab sich gelassener. «Ja, ja, ich weiß. Der Beobachter verändert das Beobachtete. Alte Weisheit der Soziologen. Im Übrigen, als Erfinder von alldem hier weiß ich besser als jeder andere, worum es geht. Wir werden keine Turbulenzen verursachen, Timofej.»

«Ich habe einen Plan ausgearbeitet», schaltete Hannah Rüthli sich ein. «Keiner wird uns auch nur bemerken.»

Er könnte zu Fletcher gehen, überlegte Hakala. Die Wahrheit sagen über alles, was er getan hatte. Dann gefeuert werden oder auch nicht. Die anderen ihrem Schicksal überlassen. Was ging ihn die Sache denn eigentlich an? Sollten Conti, Savary, Rüthli und der Russe doch machen, was sie wollten.

«Mein Plan», fuhr Hannah fort, «dreht sich um Mary Kelly.»

Hakala zuckte zusammen.

«Mary», fuhr Hannah fort, «ist die Einzige, die bei sich zu Hause ermordet wurde. Das heißt: Wir haben ein geschlossenes Zimmer, einen geschützten Raum. Keine windigen Höfe diesmal, kein Nebel, keine Passanten, keine Zeugen. Alles wird ganz diskret vor sich gehen.»

Timofej Sukov lachte auf. «Ihr drei? In einem Raum mit dem Ripper? So nah, dass ihr seinen Atem spürt? Ist das euer Ernst?»

«Wir *zwei*», verbesserte Savary und deutete auf Ondina Conti und sich selbst.

«Er wird euch fertigmachen.»

Alle wandten sich erschrocken um. Es war Hakala, der gesprochen hatte. Er hatte sein Versteck verlassen.

«Er erledigt euch schneller, als ihr Piep sagen könnt.»

«Wie kommen Sie darauf?» Conti sah den Finnen aus großen Augen an.

«Weil er uns kennt. Und weil er hinter uns her ist. Der liebe Jack weiß längst, dass wir gegen ihn operieren. Und er wartet auf uns.»

Vier Gesichter, die ihn anstarrten, als wäre er wahnsinnig. Hakala war klar, dass er ihnen eine Erklärung schuldig war. «Robert Mann», sagte er langsam.

«Das ist nicht wahr», flüsterte Ondina. «Das ist nicht wahr.» Doch der Ton, in dem sie ihre Worte hervorbrachte, gab Hakala recht.

Hakala begann zu erzählen.

«Ich kann das erledigen», sagte er, als er fertig war. «Wenn euch jemand beschützen und diesen Kerl zur Strecke bringen kann, dann bin ich das.»

Die Gruppe schwieg. Schließlich klopfte Savary mit seinem Stock auf den Boden. «Unfug», sagte er streng. «Wir werden auf keinen Fall in die Abläufe der Vergangenheit eingreifen. Wir beobachten nur und Schluss. So sieht Hannahs Plan das vor. Und darauf bestehe ich auch.»

Hakala atmete tief ein, dann setzte er ein gekünsteltes Lächeln auf. «Na gut, Savary. Dann nehmen Sie meinen Vorschlag als Angebot.»

«Warum sollten wir?», blaffte Conti.

Bevor Hakala antworten konnte, fiel Hannah Rüthli ein: «Aus welchem Grund wollen Sie uns helfen?» Sie war die Einzige, die nicht entsetzt oder versteinert wirkte. «Und wo kommen Sie überhaupt gerade her?»

Hakala wandte ihr das Gesicht zu. Er überlegte. Aber es gab kein Zurück mehr. Er hatte sich offenbart. Er hatte seine Optionen aufgegeben zugunsten von dieser hier. Er wusste selber kaum, warum. Oder doch: Er wusste es. Es gab nicht mehr viel, das er in diesem Leben noch wirklich wollte, nicht viel, das ihm etwas wert gewesen wäre.

«Mary Jane», sagte er. «Mary Jane Kelly», wiederholte er lauter, als er sah, dass Savary den Mund öffnen wollte. «Ihre Zeitreise-Bibel in Ehren, Monsieur Savary. Aber Mary wird an diesem Abend nicht in ihrem Zimmer sein. Sie wird nicht sterben. Niemand wird sterben.» Er schaute einen nach dem anderen an: Hannah Rüthli, die Conti, Savary, den Russen, der seinen Blick erwiderte, auf eine konspirative, wissende Art. «Das ist mein Preis», sagte Hakala. «Und Sie wissen, dass Sie ihn zahlen werden. Ohne mich schafft ihr es nicht.»

Sie alle schwiegen.

Nur Sukov lächelte. «Hört ihr? Da geht gerade ein Engel durch den Raum.»

13.

Sadie Fletcher stand auf einer Wiese und blickte über eine weidende Kuhherde hinweg, über Büsche und Baumwipfel hinein in einen wolkenlosen Himmel, auf dem sich die Kondensstreifen zweier Flugzeuge kreuzten. Sie stand dort, versunken in ihre Gedanken und in die feuchte Erde, die sich an ihren hochhackigen Pumps klumpte.

Sie hatte genug. Genug von den gutbürgerlichen Fassaden Jerseys, den gediegenen Pubs, den zahllosen Bankhäusern, in denen die Anzugträger ein- und ausschwirrten wie Seevögel. In solch einer Bank hatte sie stattgefunden, die Unterredung mit ihren Vorgesetzten. Sie hatten an einer großen Panoramascheibe gesessen, von der aus man die Schiffe sehen konnte, die im Hafen von Saint-Malo ein- und ausliefen. Die Männer hatten gewirkt wie all die feinen Investoren, die ihr schwerverdientes Geld nicht in ihren Heimatländern versteuern wollten. Die perfekte Tarnung.

«Sie wissen, was Sie zu tun haben», waren die letzten Worte ihres Chefs gewesen. Ja, jetzt kannte sie die Marschroute. Der Prinz war unschuldig, daran gab es keinen Zweifel. Dieser Umstand brauchte nur noch mit handfesten Beweisen untermauert zu werden. Die Gefahr, dass echte Prinzen-DNA auftauchte, war längst abgewehrt worden. Finlay sei Dank. Der Lebemann hatte sie trotz seines ewigen Rauschzustands nicht enttäuscht und die Taschenuhr mit dem Prinzenhaar beizeiten verschwinden lassen. Auf diesen Finlay konnte man sich also verlassen. Nicht dass es eine Rolle gespielt hätte. Denn der Prinz war ja unschuldig. Aber Sicherheit ging vor. Und mögliche Risiken mussten minimiert werden. Und auch wenn Finlay ein versoffenes Wrack war, vielleicht schlummerte selbst in ihm noch ein wenig Restpatriotismus. Zumindest die Liebe der Briten zu ihrem Land wäre fürs Erste ungebrochen. Dafür würde sie sorgen. Die Möglichkeit eines Austritts Großbritanniens aus der Europäischen Union rückte also ein Stück näher. Die USA warteten sehnsüchtig auf einen verlässlichen Partner für ihre erweiterte Freihandelszone. Die USA, ihre natürlichen Verbündeten. Viel mehr und viel stärker, als es irgendein Land auf dem Kontinent hätte sein können. Vielleicht würden die Deutschen nachziehen, vielleicht würde man sie aber auch an die Chinesen verlieren. Auf die Länder des Kontinents war kein Verlass.

All das spielte sich in höheren Sphären ab, und ihre eigene Arbeit leistete nur einen kleinen Beitrag in diesem großen Spiel der Mächtigen. Manchmal mutmaßte Fletcher, dass es sich bei dem, was sie momentan unternahmen, nur um einen Probelauf handelte. Wäre er erfolgreich, wie groß wären die Möglichkeiten, die internationale Politik künftig zu beeinflussen. Ihre Aufgabe war im Grunde, das Team der *Time Unit* zu formen und zu kontrollieren. Es ging nicht nur darum, ein Enthüllungsbuch, das in hunderttausendfacher Auflage in den Auslieferungslagern eines renommierten Verlages bereitlag, zunichte zu machen. Es ging nicht nur um die Ehre einer Monarchie. Nein, im Prinzip ging es um etwas ganz anderes. Es ging um die Herrschaft über die Wahrheit. Wer die *Time Unit* hatte, der beherrschte die Welt. Man konnte sich die Zukunft zurechtbasteln, indem man in die Vergangenheit reiste und dort entsprechende Manipulationen vornahm. Durch die *Time Unit* war eine neue Dimension von Wahrheit geboren worden. Bisher hatte Wahrheit bloß existiert, jetzt wurde sie erschaffen.

Sadie Fletcher wandte sich von dem Ausblick ab, hin zur Straße, wo die Limousine auf sie wartete. Der Chauffeur lehnte an einem schwarz glänzenden Kotflügel und rauchte. Sie dachte an Savary und seine Zeitreise-Bibel. Ein ethisches Konstrukt, von dem sie immer gewusst hatte, dass man sich am Ende darüber hinwegsetzen würde. Wann hätten je irgendwelche Gebotstafeln den Menschen daran gehindert, das zu tun, was er wollte? Sie dachte an Karoline Freitag und ihren heiligen Eifer. Der eine glaubte an die Unverrückbarkeit physikalischer Gesetze, die andere an die Unantastbarkeit wissenschaftlicher Prinzipien. Wo Sadie Fletcher herkam, gab es nur ein Gesetz: den unbedingten Glauben an den Erfolg. Es würde nicht leicht werden, diesen Haufen verstockter Individualisten auf ihren Kurs einzuschwören. Für den Bruchteil einer Sekunde fragte sie sich, ob sie eigentlich selbst noch an ihren Erfolg glaubte. Sofort beschloss sie, sich diese Frage nie wieder zu stellen.

Sadie Fletcher stapfte zurück zum Wagen.

* * *

Karoline Freitag ging ihre Post durch. Der Geheimdienst sorgte dafür, dass jedes Schreiben sie erreichte, das an ihre alte Adresse gerichtet war – nicht ohne eine kleine Verzögerung und auch nicht ohne eine Überprüfung von Absender und Inhalt. Da war eine Ansichtskarte von ihrer Schwester. Ein Rundschreiben des Vereins für gelebte Geschichte. Man plante ein Sommertreffen in Mainz, wo man sich am Nachbau eines mittelalterlichen Lastenseglers beteiligen konnte. Schade, dass sie nicht dabei sein würde. Im Grunde, überlegte Karoline, hätte sie hier vor Ort die Möglichkeit, eine mittelalterliche Werft zu besuchen und sich ganz bequem anzusehen, wie diese Art Schiff entstand. Was für Möglichkeiten sich hier für den Verein und für sie selbst offenbarten ... Aber natürlich würden Fletcher und der Geheimdienst niemals zustimmen. Karoline seufzte. Noch eine Einladung zu einer Tagung in Bozen. Außerdem die Erinnerung der Freien Universität Berlin, dass ihr Anstellungsvertrag auslief. Sie würde sich arbeitslos melden müssen. Blieb nur ein Umschlag aus teurem Papier, DIN A4 und seltsam dick. Neben der Briefmarke erkannte sie das Wappen der Universität Oxford, drei Kronen, die sich um ein aufgeschlagenes Buch gruppierten. Sie wunderte sich. Hatte sie sich für irgendein Symposium angemeldet und es vergessen? Als sie den Umschlag geöffnet hatte, fiel ihr ein Haufen Unterlagen in den Schoß. Sie sah sich die Papiere genauer an. «Ausfüllen und zurücksenden», war im Anschreiben und auf dem Deckblatt vermerkt. Karoline überflog das Gewirr aus Formularen, Tabellen und Anlagen und bekam Herzklopfen. Dort stand, dass man ihre Bewerbung angenommen habe. Man erwarte sie für das Wintersemester. Sie müsse sich entscheiden, ob sie in einer der Professorenwohnungen auf dem Campus untergebracht werden oder sich selbst nach einer Wohnung umsehen wolle. Man freue sich auf sie im Fachbereich Geschichte. Karoline konnte es nicht glauben, aber dort stand es: Außerordentlicher Lehrstuhl für neuzeitliche Wirtschaftsgeschichte. Die meisten ihrer Daten waren bereits eingesetzt. Sie brauchte nur zu unterschreiben. Sie ließ die Blätter sinken. «Aber ich habe mich doch nie in Oxford beworben», sagte sie laut. Nein, natürlich hatte sie das nicht. Dennoch war eine nicht erfolgte Bewerbung offenbar angenommen worden. Das musste ein Scherz sein. Oxford, dachte ein anderer Teil von ihr, eine Professur, mein Gott! Aber das war unmöglich, es konnte gar nicht sein. Sie musste mit Fletcher reden. Sie brauchte sofort Zugang zum Internet, zu einem Telefon, sie musste das klären. Gute Güte: Oxford!

Im selben Moment ertönte das Signal, das sie alle in den Versammlungsraum rief. Karoline Freitag beeilte sich, die Unterlagen zusammenzuraffen. Sie würde mit Fletcher reden, ehe die Sitzung begann.

Die Agentin hatte es eilig. Zu eilig. Als Karoline sie ansprach und versuchte, ihr zu erklären, was sie da mit der Post erhalten hatte, blieb Sadie Fletcher nur kurz stehen, hob die Brauen und fragte:

«Und? Freuen Sie sich doch.» Karoline war so verblüfft, dass sie den Mund hielt. Rechts und links strömten die anderen an ihnen vorbei. Es war Finlay, der sich über Karolines Schulter neigte. Er grinste Fletcher an. «Ist es nicht traurig», sagte er, «Leute bestechen zu müssen, die nicht einmal das Format haben, dies zu bemerken?»

Fletcher ging weiter, ohne Finlay zu beachten.

* * *

«Meine Damen und Herren», Sadie Fletcher nahm sich viel Zeit, jeden Einzelnen anzusehen, «Freunde.» Es war Sukov, der leise lächelte. Ein Zeichen, dass sie sich auf dem richtigen Weg befand. «Es ist nicht alles gelaufen, wie wir uns das versprochen haben. Aber trotzdem haben wir Ergebnisse vorzuweisen. *Sie* haben Ergebnisse vorzuweisen. Jeder Einzelne von Ihnen hat große Leistungen vollbracht, und dafür möchte ich Ihnen danken. Trotz der jüngsten Vorfälle» – ihr Blick streifte Finlay; sollten die anderen ruhig glauben, dass er noch in Ungnade war – «weiß man das an höherer Stelle zu schätzen. Das soll ich Ihnen ausdrücklich mitteilen.» Sie sah, wie Karoline Freitag erleichtert aufatmete. Die Musterschülerin hatte sie schon einmal gewonnen. Gut so. Weitermachen. «Daher werde ich jetzt auch keine großen Reden schwingen, sondern Ihnen das Wort überlassen. Analysieren wir, was wir haben. Bitte, *professoressa*.» Sie machte vor den Flipcharts für Ondina Conti Platz, die ohne ein Lächeln aufstand. Die Italienerin sah krank aus, mit dunklen Augenringen, als hätte sie nicht viel geschlafen. Das machte sie unberechenbar, notierte Sadie Fletcher im Geiste. Aber auch manipulierbar. Nicht zuletzt deshalb war sie ja ein Teil des Teams. Ihre psychische Labilität konnte ein Pluspunkt sein.

«Wir haben von Catherine Eddowes' Leiche eine Vielzahl von

Spuren gewinnen können», begann Ondina Conti. «Da wäre zunächst einmal genetisches Material von Vagina, Schenkeln und Unterbauch. Spermaspuren», präzisierte sie mit einem Nicken. «Angesichts der hygienischen Zustände der Zeit und da die Tote als Prostituierte arbeitete, war das erwartbar. Das gefundene Material stammt von vier unterschiedlichen Männern ...»

«Ein fleißiges Bienchen», warf Finlay ein.

Niemand sagte etwas dazu. Das peinliche Schweigen hielt einen Moment an, ehe Conti fortfuhr: «Diese vier Männer dürften wohl als die letzten Kunden der Eddowes klassifiziert werden.»

«Und ...», begann Sadie Fletcher. Aber Ondina Conti kam ihr zuvor: «Keine der Proben ist mit dem genetischen Vergleichsmaterial, das wir haben, verwandt.» Savary schlug die Beine übereinander und fingerte an dem Knauf seines Stockes herum.

«Schön», stellte Fletcher fest. «Was also können wir festhalten?» Sie zog es vor, Conti die Schlüsse selbst ziehen zu lassen. Nichts aufdrängen, keinen sichtbaren Druck ausüben. Conti selbst musste es aussprechen, dann fiele es ihr nachher auch leichter, die Konsequenzen zu akzeptieren.

Conti reagierte, wie sie gehofft hatte. Sie sagte: «Wir können festhalten, dass kein Mitglied der königlichen Familie zu den letzten Kunden der Prostituierten Eddowes gehörte.»

Savary legte behutsam den Finger an den Mund. Ondina Conti lächelte kaum merklich und fuhr mit ihrem Finger sacht über die Unterlagen, die vor ihr lagen.

Sadie Fletcher machte ein glückliches Gesicht. «Das ist doch schon einmal etwas.»

«Aber», warf Karoline Freitag ein, «meine Recherchen haben ergeben, dass zwei der Alibis des Prinzen, die bislang als gesichert galten, nicht haltbar sind.»

«Was ihn nicht zwingend belastet», konterte Fletcher. Sie bemerkte Freitags besorgte Miene und nahm die Schärfe aus ihrem

Ton. «Wie sieht es denn mit anderen Spuren aus?», wandte sie sich noch einmal an Conti.

«Es ist in der Tat nicht zwingend anzunehmen, dass Jack the Ripper zu den Kunden der Eddowes gehörte, die den Geschlechtsverkehr aktiv vollzogen haben. Bei den anderen Opfern wurden bei den Obduktionen keine Hinweise auf sexuelle Aktivität gefunden. Allerdings können wir auch nicht davon ausgehen, dass beim wissenschaftlichen Stand der Zeit und angesichts der Qualität der geleisteten Arbeit solche Spuren gefunden worden wären. Interessanter für uns waren sicherlich die Faserspuren, Haare, Hautschuppen und vor allem mögliche Folgen von Abwehrhandlungen Eddowes', wie sie sich in Form von Hautresten unter ihren Fingernägeln finden lassen würden. Um es gleich zu sagen: Wir haben eine Menge von allem gefunden. Aber angesichts der Tatsache, dass die meisten der Menschen damals gebrauchte Kleider trugen, um nicht zu sagen, Lumpen, dass sie sich gegenseitig zuweilen wärmende Kleider liehen oder sie teilten, angesichts auch des Umstandes, dass Menschen wie Eddowes in Massenunterkünften übernachteten, wo einer sich am anderen rieb, angesichts all dieser Fakten also ist es kein Wunder, dass wir jede Menge fremdes Genmaterial an ihr gefunden haben: Haare von Männern und auch von Frauen, Hautschuppen, Speichel. Es ist ein Spureninferno», schloss Conti ab, «aber nichts davon hat die geringste Aussagekraft.»

Jetzt konnte Fletcher doch nicht anders. «Verstehe ich Sie richtig, dass keine dieser Spuren unserem Vergleichsmaterial zugeordnet werden kann?»

Conti lächelte. «Natürlich nicht.»

Es war Hakala, der die naheliegende Frage stellte: «Aber wenn wir etwas unter ihren Fingernägeln gefunden hätten: Das wäre doch ein gewichtiger Hinweis. Ich meine, das hätte sie sich doch ganz am Schluss von ihrem Angreifer holen können, oder?»

Conti wandte sich dem Finnen zu. «Das ist richtig. Auch wenn ich zugeben muss, dass wir unter Eddowes' Fingernägeln mehr gefunden haben, als man meinen sollte. Wie gesagt, die hygienischen Standards waren nicht die unseren. Anfangs dachte ich, das 19. Jahrhundert müsste ein Paradies für Spurensucher sein. In Wahrheit ist es ein Albtraum. Da ist einfach zu viel. Von den vielen Mischspuren ganz zu schweigen.»

«Da war also nichts?» Hakala klang ungläubig.

«Doch», widersprach Conti. «Doch, da war etwas. Hautreste. Von einem Mann.»

«Phantastisch», entfuhr es Karoline Freitag.

Conti wiegte den Kopf. «In der Tat bietet diese Spur eine gewisse Chance, Hinweise auf den Ripper zu erhalten. Immerhin handelt es sich um die frischeste Schicht unter ihren Fingernägeln. Zumindest aber deutet diese Spur auf einen Mann, mit dem Eddowes eine Auseinandersetzung hatte. Auch da gibt es natürlich immer die Möglichkeit, dass es sich um irgendeinen Kunden handelt, mit dem sie Streit hatte. Vielleicht ein Wirt, der sie hinauswarf, ein Polizist oder ein Zuhälter, gegen den sie sich wehrte. Das Leben dieser Frau war von vorne bis hinten voll mit Gewalt.»

«Aber das alles jetzt mal beiseite.» Hakala machte eine Handbewegung, die besagte, dass ihm zu viele Wenn und Aber und Vielleicht im Spiel waren. «Die Wahrscheinlichkeit ist doch gegeben, dass es sich um Genmaterial von Jack the Ripper handelt.»

Fletcher beschloss, die Diskussion an dieser Stelle abzukürzen. Es gab nur eines, das sie festhalten mussten. «Ich bin ganz Ihrer Meinung», warf sie ein. «Die Spur ist hochsignifikant. Aber wo führt sie hin?»

«Auch der Angreifer, gegen den Catherine Eddowes sich kurz vor ihrem Tod noch gewehrt hat, war mit 99,9prozentiger Wahrscheinlichkeit kein Mitglied des Königshauses. Das zumindest sagt unsere Vergleichsprobe», antwortete Conti. Dabei machte sie eine kleine, aber feine Pause zwischen dem ersten und dem zweiten Satz.

Karoline Freitag seufzte. «Dann müssen wir uns jetzt wohl daranmachen, von den anderen Verdächtigen Vergleichs-DNA einzusammeln.» Ihr Ton klang resigniert. Es gab über hundert Verdächtige, manche davon schwer zu erreichen. Und keiner von ihnen musste der Ripper gewesen sein. «Ich könnte ein System entwerfen, mit dem wir die Qualität der Verdachtsmomente systematisch überprüfen können. Dann treffe ich eine Vorauswahl, um die wahrscheinlichsten Kandidaten zuerst dranzunehmen.»

In einer abwehrenden Geste hob Sadie Fletcher die Hand. «Sie vergessen unseren Auftrag», sagte sie. «Wir sind nicht angetreten, um herauszufinden, wer der Ripper ist, sondern wer er *nicht* ist. Und ich denke, bitte widersprechen Sie mir, wenn ich mich irre, das haben wir geleistet.» Sie schaute in die Runde. «Es war ein hartes Stück Arbeit, und es hat eine Menge Geld gekostet. Auch das ist übrigens kein unwesentlicher Faktor. Der Collider ist ja kein Spielzeug, das jemand zum Vergnügen betreibt. Und auch Ihre geschätzte Arbeitskraft kostet unseren Auftraggeber einiges. Aber es hat sich gelohnt. Wir wissen, was wir wissen wollten.» Sadie Fletcher holte tief Luft. Jetzt kam der entscheidende Moment. «Und doch. Leider gibt es noch ein kleines Problem.» Sie wartete, bis alle sie anschauten. «Wir können unsere Erkenntnisse zwar beweisen, aber nicht der Öffentlichkeit präsentieren. Schließlich ist es unmöglich, dass wir hergehen und sagen: Wir wissen, der Prinz ist unschuldig, das haben wir auf ein paar Zeitreisen ins 19. Jahrhundert herausgefunden.» Sie zog ein schmerzliches Gesicht. «Ich kenne keinen Staatsanwalt, der uns das abnehmen würde.»

«Ja, aber wofür haben wir dann die ganze Zeit ...», begann Freitag.

Sadie Fletcher unterbrach sie sofort. Keinesfalls wollte sie das Team daran erinnern, dass diese Frage die ganze Zeit schon im Raum stand. Und dass sie die Antwort ebenso lange schon parathielt. Die *Time Unit* durfte sich unter keinen Umständen manipuliert fühlen. Sie sollte quasi von selbst darauf kommen. «Wir sind einen Schritt nach dem anderen gegangen», sagte sie. «Jetzt, wo wir wissen, wo wir stehen, müssen wir weiterüberlegen.» Wieder schenkte sie jedem in der Runde einen intensiven Blick. Der Russe wirkte ganz ruhig, Hakala eher desinteressiert. Karoline Freitag sah so ratlos aus, dass sie einem leidtun konnte. Finlay hielt sich wie immer an einem Glas fest. Ondina Conti hatte den Platz neben den Flipcharts aufgegeben und war auf dem Weg zurück zur Couch, wo Hannah für sie zur Seite rückte. Es war unmöglich für Fletcher, in Rüthlis Gesicht zu lesen. Und Savary? Er saß kerzengerade da und schaute auf einen Punkt, der sich direkt hinter ihrer Schulter befand, und zwar so konzentriert, dass Fletcher sich unwillkürlich umdrehte. Aber da war nichts. Sie rief sich zur Ordnung.

«Wenn wir wüssten ...» Das kam von Freitag.

«Bitte sprechen Sie», ermutigte Fletcher die Historikerin.

«Also wenn wir wüssten», fuhr Freitag fort, «wer der Ripper ist, dann könnten wir sicher auch ein Beweisstück dafür beschaffen.»

Fletcher begann zu glauben, dass ihr kleiner Bestechungsversuch möglicherweise doch nicht ganz ohne Folgen geblieben war. «Ich präzisiere einmal den Ausdruck ‹beschaffen›», sagte sie. «Wir würden in der Vergangenheit ein Beweisstück ausfindig machen und es so platzieren, dass es in der Gegenwart wahrgenommen und richtig interpretiert würde. Meinten Sie das?»

Karoline zögerte. «Ich weiß nicht, platzieren klingt so nach Labor. Ich wollte nur ...»

«Sie möchten sicherstellen, dass die Beweise in die richtigen

Hände kommen. Das ist eine gute Idee.» Fletcher hatte nicht vor, sie noch einmal von der Angel zu lassen. «Und welcher Natur könnten die Beweise sein?»

«Genetisch», antwortete Hannah wie aus der Pistole geschossen. «Nur genetische Spuren wären der Vergangenheit entgangen, weil man im 19. Jahrhundert noch keine Ahnung von ihnen hatte. Heute aber gilt ein DNA-Beweis als eindeutig.»

«Richtig», sagte Fletcher. «Und die Probe des Beweisstücks kann mit der DNA des Königshauses abgeglichen werden.» Sie nickte Ondina Conti zu.

«Am besten wäre es natürlich, wir könnten damit jemanden positiv belasten», sagte Hannah.

«Aber wir wissen doch nicht, wer der Ripper ist», wandte Karoline Freitag ein. «Wir können doch nicht irgendjemanden beschuldigen.»

«Wieso nicht?» Hannah zog ihr typisches hartes Gesicht. «Der Ripper ist doch lange tot, schon vergessen?»

«Aber es gibt vielleicht Nachkommen, Familie.» Karoline schüttelte den Kopf.

«Also, wenn ich erfahren würde, dass mein Urgroßvater der Ripper war, ich würde mich freuen und eine Menge Geld damit machen.» Finlay lehnte sich in seinem Sessel zurück und nahm einen Schluck. «Das wären Ostern und Weihnachten an einem Tag.»

«Für einen Wissenschaftler kommt so eine Vorgehensweise nicht in Frage.» Das war Savarys erste Wortmeldung. «Nicht wahr, Mademoiselle Freitag?»

Karoline Freitag hatte den Mund schon geöffnet, um zu antworten. Da fiel ihr Blick auf den Brief aus Oxford, der zwischen ihre anderen Unterlagen gerutscht war. Ihre Augen suchten Fletcher. Die Agentin tat, als wäre sie mit dem Beamer beschäftigt.

«Aber wenn wir die DNA von einem nehmen würden, der

ohnehin wegen Mordes verurteilt und hingerichtet worden ist?» Ondina Conti schaute in die Runde. «Wenn ich mich richtig erinnere, dann war da doch so ein Kandidat. Er wurde wegen Mordes an mehreren Frauen verurteilt und gehängt. Der Henker behauptete später, er hätte, als ihm der Strick um den Hals gelegt wurde, noch gesagt: ‹Ich bin Jack!› Das ginge doch, oder? Ich meine, er war ein Mörder, niemand wäre nachträglich schockiert oder hätte Nachteile. Am Ende hat er nicht mal gelogen.»

«Was meinen Sie, Frau Professor?» Die süffisante Frage kam von Finlay. Die anderen hörten darin nicht mehr als seine übliche Ironie. Gespannt wartete Fletcher auf die Reaktionen.

Hakala lehnte sich mit verschränkten Armen zurück. Mit Gegenwehr von ihm hatte Fletcher ohnehin nicht gerechnet. Er war schon lange kein Polizist mehr. Er war ein Söldner. «Nun», sagte Karoline Freitag langsam. «Das würde die moralischen Probleme sicher minimieren.»

«Großartig!» Fletcher wartete das Weitere nicht ab. «Dann sind wir uns also einig? Monsieur Savary? Passt das auch zu den Vorgaben Ihrer Bibel?»

Der Physiker zögerte. Es war Hannah, die einsprang. «Ein minimaler Eingriff in die Vergangenheit ist es doch», sagte sie.

«Minimal invasiv, das ist es, ja», gab Savary zu.

«So minimal, dass man es zulassen kann?», fragte Fletcher und sah eindringlich auf Savary. Der hielt sich an seinem Stock fest und schwieg. Fletcher interpretierte sein Schweigen als Zustimmung. «Dann ist es abgemacht.» Der Form halber fragte sie noch alle Teammitglieder namentlich. «Timofej?» Der Russe war der Letzte, an den sie sich wandte. Zu ihrer Überraschung musste sie seinen Namen zweimal aufrufen, ehe er reagierte. «Timofej, was ist mit dir?»

«Ein Schachzug, *Gosposcha Fletchera*. Ich denke über einen Schachzug nach.»

«Du denkst jetzt über einen Schachzug nach?» Fletcher spürte eine leichte Gereiztheit. Aber konnte es ihr nicht egal sein? Je desinteressierter der Russe war, desto besser.

«Ja. Es gibt nämlich Züge beim Schach, die sind so klug, dass sie schon wieder dumm sind.»

«Aha.» Fletcher zupfte an ihrem Kostüm. «Dann ist es also ausgemacht. Frau Freitag, Sie kümmern sich um die Details: Was werden wir wie, wann und wo als Beweisstück einsetzen? Rüthli, Sie arbeiten ihr in allem zu.»

«Kann ich vielleicht irgendwie helfen?», fragte Conti. «Ich kann mit DNA beinahe alles machen.»

«Danke, *professoressa*. Ich wäre froh, wenn Sie unser Beweisstück überprüfen und seine Glaubwürdigkeit bestätigen könnten, sobald wir es in Händen halten.» Sie lächelte und wandte sich von Conti ab, auf deren Wangen sich rote Flecken zeigten. Die Pathologin war ein Wrack. Je weniger sie zukünftig eingesetzt würde, desto besser.

«Wie viele Reisen werden notwendig sein?» Die Frage ging an Hakala.

Der zuckte mit den Schultern. «Einmal brauchen wir DNA von einem der Opfer, Blut am besten. Gut wäre es auch, wenn das Beweisstück eindeutig einem Opfer gehört. Dann müssen wir Täter-DNA anbringen. Zwei Reisen also maximal. Wir könnten es auch mit einer versuchen.»

Fletcher winkte ab. «Kein falscher Ehrgeiz. Wir wollen doch, dass alles ordnungsgemäß läuft. Bleiben Sie mit Freitag in Kontakt, Hakala. Tüfteln Sie aus, welcher Zeitpunkt der jeweils günstigste ist. Irgendwelche Einwände, Monsieur Savary?»

«Ist es mein Job hier, Einwände zu formulieren?»

«Sie sind der Vater von alldem hier, Savary. Und nichts wird ohne Ihre Zustimmung geschehen.» Die Lüge war so offenkundig, dass Sadie Fletcher Mühe hatte, ihr Lächeln zu verbergen.

Savary begann plötzlich zu schwanken. Ein Schwindelanfall? Die Aufregung? Stimmte etwas mit der Dosierung seiner Tabletten nicht?

Oder hatte er sie etwa durchschaut?

14.

Er hielt inne, als er den Duft wahrnahm, der unter der Tür hereinzog. Gebratenes und ein Hauch von Port. Zuerst fühlte er sich gestört, dass die Geschäftigkeit des Hauses solcherart in sein Studierzimmer eindrang. Aber sein Magen knurrte, und mit einem grimmigen Lächeln gestand er sich ein, dass er hungrig war.

Ein letztes Mal betrachtete er den Brief, der vor ihm lag. Er war noch am Anfang. Mit zögerndem Schwung hatte er geschrieben: «Mr. Lusk, Sor»; «Sir» hätte es richtig heißen müssen, aber «Sor» klang irisch. Und man wusste ja, wie sehr der Chef von Scotland Yard irische Verschwörungen liebte. Man hätte sie beinahe als sein Hobby bezeichnen können. Er wusste das, oh ja, und diesen Mann an der Nase herumzuführen bereitete ihm ein diebisches Vergnügen. Beinahe noch mehr, als das Messer durch eine Kehle zu ziehen und dabei zuzusehen, wie das Blut aus dem Schlitz drang. Zu Beginn nur ein roter Bogen um den Hals, wie eine Kette aus Rubin. Dann, wenn das Blut stärker quoll, ein sprudelnder Vorhang, der schließlich zum Wasserfall wurde, dampfend und warm, unbändig und in seiner Endgültigkeit alles verschlingend. Wie leicht das ging. Nie hätte er das gedacht, bis er es versucht hatte. Auch dass es ihn erregte wie nichts anderes. Ein Quell der Freude, im wahrsten Sinne des Wortes. Man konnte süchtig danach werden. Es gab so viele Hälse, die er noch gerne aufschlitzen würde. So viele. Er sollte diesen Frauen dankbar sein, dass sie ihm diese Erkenntnis beschert hatten. Andererseits war jede Einzelne von ihnen bloß ein unwürdiges Stück Dreck.

Wieder nahm er die Feder in die Hand. Schwungvoll schrieb er: «Ich schicke Ihnen die halbe Niere, die ich aus der Frau genommen und für Sie konserviert habe.» Dann hielt er inne. ‹Aufgehoben› wäre besser gewesen. Verdammt. Aber andererseits: Was machte das schon? Er konnte sagen und tun, was er wollte. Er begann, ein fröhliches Lied zu pfeifen. Ich hätte sie in Port einlegen sollen, dachte er, und, inspiriert von den Gerü-

chen, die hereinwehten, fuhr er endlich mit neuer guter Laune fort: «Das andere Stück habe ich gebraten und gegessen.» Er konnte nicht anders, er musste lachen. Gegessen, das war gut. Sollten sie doch erschauern, die guten Engländer. Und herumlaufen wie aufgescheuchte Hühner. Iren jagen. Juden verhaften. Es traf keine Falschen, alles Schmutz und Dreck. Nein, was wirklich Spaß machte, war, den Juden, Iren und anderen Aussätzigen der Gesellschaft die braven Beamten auf den Hals zu hetzen, seine treuen Marionetten. Straßenpolizisten, Bobbies, Funktionäre, Politiker, keiner war so schlau wie er. Keiner von ihnen hatte irgendeine Ahnung davon, dass er mit ihnen spielte. Er hatte sie alle miteinander in der Hand. Die Zeitungen, die Polizei, die lächerliche Bürgerwache: Allen war er voraus. Er würde sie lenken und leiten und stürzen. Und den fürchterlichsten Schrecken verbreiten, ganz nach seinem Belieben. In den Zeitungen, auf den Straßen und in den Salons, sogar auf den Bühnen: Überall ging es nur um ihn. Es war herrlich. Nein, nicht herrlich: Herrschaftlich, das war das richtige Wort. Es war herrschaftlich. Sollten sie ihn ruhig unterschätzen, ihn für dumm und lächerlich erklären. In Wahrheit herrschte er in diesen Tagen über England. Und niemand hatte es ihm zugetraut.

Für den nächsten Satz nahm er sich besonders viel Zeit. «Vielleicht schicke ich Ihnen das blutige Messer, mit dem ich sie herausnahm.» Ja, vielleicht. Wenn ihm danach war. Er würde es sich überlegen. Denn er diktierte hier die Regeln. An den anderen war es, starr vor Schreck darauf zu warten, was ihm als Nächstes beliebte.

Das Rattern von Kutschenrädern vor dem Fenster unterbrach ihn bei seiner Arbeit. Plötzlich bemerkte er, wie warm ihm war. Er stand auf und öffnete die Flügel des Fensters, sog die Nachtluft ein, langsam und tief. Er sah in den Himmel. Die Nacht, sie war unerwartet klar. Heute fehlte er, der typische Londoner Nebel. Man sah sogar ein paar Sterne. Im Licht der Laternen konnte er die Baumwipfel des nahen Parks erkennen. Eine weitere Kutsche kam vorbei, schwarz, von Rappen gezogen. Die Messinglaternen blinkten im Auf und Ab der wild holpernden Fahrt.

Der Kutscher hatte es offenbar eilig. Er drosch auf die wiehernden Gäule ein, als gelte es, der Hölle zu entkommen. Die Daumen in die Taschen seiner seidenen Weste geklemmt, schaute er dem Fahrzeug nach. Dann schloss er das Fenster und kehrte an seinen Schreibtisch zurück. Noch einmal überflog er, was er geschrieben hatte. Genoss seine Worte, die neckischen Fehler, die Fallen, in die sie tappen würden. Die er sich erlaubt hatte, damit sie über jeder einzelnen davon brüteten, bis ihnen der Schädel rauchte. Doch dann fiel ihm auf, dass etwas fehlte. Ein wenig Größe. Eine Ahnung von dem, was ihn ausmachte.

Noch einmal griff er zur Feder, tauchte sie in das Tintenfass. Ein kurzes Zögern überwindend, setzte er rechts über dem Text einen Titel hinzu: «From Hell».

Ein dezentes Klopfen an der Tür teilte ihm mit, dass der Tisch gedeckt war. Weißes Porzellan, der Widerschein von Kerzen auf dem Silber. Gesenkte Köpfe, während er in den Speiseraum schreiten und Platz nehmen würde, das leise Rascheln von Stoff.

«Ich komme», wollte er rufen. Doch seine Stimme war in den einsamen Stunden vor dem Schreibtisch rau geworden. Er musste sich räuspern. «Ich komme», sagte er nun endlich, doch viel zu leise, als dass man ihn hätte hören können. Mit einem Mal kam es ihm vor, als hätte er diese Worte mehr zu sich selbst gesagt. Er musste lächeln. Ein letztes Mal betrachtete er sein Werk. Das Stückchen Fleisch, das er der Hure aus dem Bauch geschnitten hatte, lag in einer Pappschachtel. In einer beinahe beschwingten Bewegung setzte er den Deckel darauf, band ein Stück Schnur darum und sicherte den Knoten mit einem Tropfen Siegellack. Dann faltete er den Brief und legte ihn dazu. Der Adressat war unwichtig. Ein aufgeblasener Tropf, mit dem er tun konnte, was er wollte. Mister Lusk war nichts weiter als ein Instrument, genau wie das Messer, von dem er geschrieben hatte und das in der Schublade auf ihn wartete. Freudig, hungrig, willig, den Launen seines Herrschers zu gehorchen. Und seine Launen waren düster, auch wenn das niemand ahnte. Nach

außen hin wusste er sich zu beherrschen, zumindest die allermeiste Zeit. Ja, auch darin war er ein Meister. Er lächelte wieder. Dachte an die anderen, die von seiner wahren Gestalt und Größe nichts wussten. Er spürte, dass etwas ihn umgab. Nur fühlbar für ihn selbst. Es war ihm, als ginge ein warmes Licht von ihm aus. Und dieses Licht war tröstlich und stark. Es wurde gespeist von der Wut, die ihn erfüllte und antrieb und vor der sie zittern würden. Alle miteinander. Es knackte, als die Feder in seiner verkrampften Hand zerbrach.

15.

Und Sie denken daran, ja?», fragte Karoline Freitag wohl schon zum fünften Mal. Über ihre Schulter schaute sie zu Finlay. Seit ihrer letzten Mission hatte er sein Zimmer kaum mehr verlassen. Der lange Aufenthalt in den eigenen vier Wänden war ihm nicht bekommen. Er war unrasiert und hatte sicher schon eine Weile nicht mehr geduscht. Die Alkoholfahne war unverkennbar. Karoline biss die Zähne zusammen. Wenn Finlay diesem Macnaghten nicht so unglaublich ähnlich sähe und damit klar der Mann war, den sie brauchten, dann hätten sie ihn nie wieder für eine Mission in Betracht gezogen. Aber Finlay war unverzichtbar, um bei Scotland Yard ein- und ausgehen zu können, wie es ihnen beliebte.

Dass er das Haar von Prinz Albert verloren hatte, nahm sie ihm übel. Wie viel einfacher wäre alles gewesen, hätten sie das Haar noch besessen und damit ganz sicher gewusst, dass das, was sie taten, das Richtige war. Dass sie tatsächlich einen Unschuldigen entlasteten. Nicht weniger nahm sie ihm übel, dass er sie in Gefahr gebracht hatte. Und sie konnte ihm nicht verzeihen, dass sie sich seinetwegen wie ein Idiot gefühlt hatte. Sie wandte sich wieder dem Bildschirm zu und tippte auf der Tastatur. Als Finlay rülpste, zuckte sie zusammen.

Der Schotte griff nach dem Schal, den Hannah besorgt hatte. Er war in Folie eingeschweißt. Und er war blau und braun, der blaue Teil geschmückt mit sogenannten Michaelmas Daisies, ein Blumenmuster, das gerne für das Fest des Erzengels Michael benutzt wurde. Michaelmas wurde gemeinhin am 29.9. gefeiert, so hatte Hannah es erklärt, in der orthodoxen Kirche dagegen am 8.11. Der 29. September und der 8. November. Das waren gleich zwei Vorabende von Rippermorden. Hannah Rüthli hatte gelacht, als sie es erzählt hatte. Offenbar war das Surfen auf unzähligen

Websites selbsternannter Ripperologen sehr inspirierend für sie gewesen. Fletcher hatte es genügt, dass das Textil das richtige Alter besaß. Gelangweilt legte Finlay den Schal wieder zurück. «Woran soll ich denken?», griff er nach einer Ewigkeit ihre Frage auf. «Daran, nicht meine eigene DNA auf den Stoff zu bringen?» Er rülpste wieder. «Vielleicht sollte ich darauf onanieren.»

Karoline Freitag rümpfte die Nase und würdigte ihn keiner Antwort. «Hey, lassen Sie das», protestierte sie, als er nach ihren Unterlagen griff.

«Sind das die damaligen Verdächtigen?», fragte Finlay und blätterte.

«Wenn Sie bei unseren Besprechungen aufgepasst hätten, dann wüssten Sie das.» Sie war noch immer unversöhnlich. «Ihr Alter Ego Macnaghten und seine Vorgänger haben sich auf alles spezialisiert, was ihren Vorurteilen entsprach: Homosexuelle, Geisteskranke, Juden, Ausländer.»

«Aus Ihrer Sicht treffen drei der Punkte auch auf mich zu.»

«Aber das ist nicht der Grund, warum ...», brauste sie auf. Dann wurde sie rot. Er hatte sie erwischt. Mit einem so simplen Trick. «Entschuldigung», begann sie. «Ja, ich bin unfreundlich zu Ihnen. Aber das liegt nicht an Ihrer sexuellen Orientierung oder Ihren Trinkgewohnheiten. Das hat einzig und allein damit zu tun, dass Sie ...»

«... drogensüchtig sind?» Er grinste.

«Dass Sie es versaut haben», stellte sie richtig. Sie wollte sich wieder ihrer Arbeit zuwenden, einer Recherche in Online-Datenbanken, durch die sie hoffentlich herausfinden würde, in welchen Archiven Beweisstücke aus dem Ripper-Fall überlebt hatten. Ein Teil der Akten war den Bombenangriffen während des Zweiten Weltkrieges zum Opfer gefallen. Ein großer Teil war einfach verschwunden, verschlampt, gestohlen, als Souvenir mitgenommen worden. Was man dem Staatsarchiv in Kew übergeben hatte, waren nur noch Trümmer der ehemaligen Fallakten. Und als nach über hundert Jahren diese Trümmer für die Forschung freigegeben worden waren, hatte der Schwund prompt wieder eingesetzt. Es gab viele reiche Sammler und Besessene, die bereit waren, für ein Originalstück aus diesem Fall ein Vermögen auszugeben. «Zwei Möglichkeiten», sagte sie zu Finlay, um ihn abzulenken. «Entweder wir legen den Schal dem Obduktionsbericht von Doktor Brown bei, der die Eddowes seziert hat. Er war sehr gründlich und interessiert, anders als manche seiner Kollegen. Ihm wäre es zuzutrauen, dass er etwas aufhebt, was an den Fall erinnert.»

«Sie können es nicht leiden, wenn die Dinge schieflaufen, ich verstehe.» Finlay ließ nicht locker. «Haben Sie denn bei all Ihren schlauen Studien noch nicht bemerkt, dass das ganze Leben, jedes Leben und immer schon, eine Folge von bedauerlichen Fehlgriffen ist, denen dann Leute wie Sie großartige Namen geben: das Leben Alexanders des Großen, die Industrielle Revolution, der Zweite Weltkrieg?»

«Sie wollen ernsthaft den Zweiten Weltkrieg als ‹bedauerlichen Fehlgriff› bezeichnen? Oder den Holocaust? Oder auch unsere Morde hier?» Sie wies auf den Bildschirm. «Machen Sie es sich da nicht ein wenig arg einfach?» Sie holte tief Luft. «Es gibt Verantwortung. In der Geschichte und im Leben.»

«Verantwortung ist etwas für Pedanten», raunzte Finlay.

«Ist das auch von Oscar Wilde?» Sie wandte sich wieder dem Bildschirm zu.

«Nein, das ist von mir. Aber an meiner Seite hätten Sie Wilde kennenlernen können.» Er lehnte sich zurück. «Werden denn unsere kleinen Ausflüge Ihnen nicht fehlen?»

Karoline richtete sich kerzengerade auf und sagte über die Schulter: «Danke, meine Erinnerung an unsere Zeitreisen ist nicht besonders.»

«Tun Sie doch nicht so, als liebten Sie das Risiko nicht. Dachten Sie ernsthaft, Sie könnten in der Vergangenheit herumspazieren wie in Disneyland? Eine Frau von Ihrer Intelligenz?»

«Versuchen Sie gerade, mir zu schmeicheln?» Sie beugte den Kopf näher an den Bildschirm. «Wir könnten das hier nehmen», wechselte sie das Thema.» Das berühmte Memorandum von Macnaghten selbst, in dem er drei Verdächtige benennt. Auch das hat die Zeiten überstanden. Es wäre durchaus geeignet, dass man ihm ein Fundstück beilegt. Und das Beste ist», sie machte eine Pause und schaute Finlay jetzt doch an, «Sie kommen ganz leicht ran. Sie müssten nur in sein Büro marschieren und den Schal zu dem Memorandum packen, wenn Macnaghten mal in der Mittagspause ist. Niemand würde Sie aufhalten.» Bei dem Gedanken musste sie unwillkürlich lächeln. «Da er die Leitung der Ripper-Mordermittlung erst bekam, als die Mordserie abbrach, könnten sie einfach ein, zwei Jahre später hingehen und alles erledigen, wenn schon Gras darüber gewachsen ist.»

«Sie glauben, es gibt ungefährliche Zeiten in der Geschichte?»

«Sie wissen, was ich meine.»

«Ehrlich gesagt, nein. Und Sie haben übersehen, dass ich in jedem Fall zur Zeit des Mordes reisen muss, da ich ja das Blut von Eddowes auf dem Stoff brauche. Und eine zeitgenössische DNA.»

«Oh», sagte Karoline, «richtig. Das würde dann zwei Reisen bedeuten.» Sie überlegte.

«Mir scheint, Sie verlieren ein wenig den Überblick, meine Liebe. Vergangenheit, Gegenwart, all das Hin und Her. Raucht Ihnen schon der Gelehrtenschädel?»

Nun drehte sie sich doch auf ihrem Schreibtischstuhl zu ihm um und sah ihn eindringlich an. «Gut, ich gebe zu, ich war nicht nett zu Ihnen. Aber müssen Sie deshalb immer gleich beleidigend werden? Trauen Sie mir einfach zu, dass ich mit der Situation fertigwerde.»

«Vielleicht ist es besser, wenn wir damit aufhören, was meinen

Sie? Noch dieser letzte Auftrag und dann Schluss. Keine Zeitreisen mehr.»

«Ja», antwortete sie, leicht verwirrt. Dann straffte sie sich. «Sie haben ganz recht.»

Jetzt lachte er. «Sie sind so eine schlechte Lügnerin. Kein Wunder, dass Sie es noch zu keinem Lehrstuhl gebracht haben.»

Karoline wurde knallrot. «Das verbitte ich mir.»

«Ich habe recht, nicht wahr?» Mit einer lässigen Drehung des Handgelenks hatte er sie im Griff, ihren Arbeitsplatz, ihr ganzes Leben. «Der Grund dafür, dass Sie all Ihre wissenschaftlichen Prinzipien verraten und sich an dieser Scharade beteiligen, ist, dass man Ihnen versprochen hat, dass Sie weiterreisen dürfen. Für Ihre eigenen Zwecke.»

Sie schaute ihn an, ohne zu einer Antwort fähig zu sein.

«Nur so aus Neugierde: Wie oft wird man Sie reisen lassen?», fragte er.

Karoline schlug die Augen nieder. «So oft wie nötig», sagte sie leise.

«Ich verstehe. Und, ist der Lehrstuhl für die Ergebnisse Ihrer einmaligen Forschungen schon garantiert?» Seine Stimme klang mit einem Mal sanft.

Karoline dachte an Berlin, wo man sie hinausgeworfen hatte für einen Satz, einen einzigen Satz, den sie gesagt hatte. All ihre Arbeit, all ihr Können, man hatte es mit spitzen Fingern angefasst und in die Mülltonne geworfen. «Wagen Sie es ja nicht, über mich zu richten», sagte sie und warf den Kopf in den Nacken.

«Warum sollte ich?» Er stand auf. «Ich tue es für Geld. Sie tun es für Geld. Und für ein wenig Ruhm. Wie könnte ich mich da über Sie erheben?» Er trat zu ihr, nahm Karolines Hand und deutete einen Kuss an. Sie hätte ihn am liebsten geohrfeigt. Doch bevor sie darüber nachdenken konnte, ob sie ihren Wunsch in die Tat umsetzen sollte, öffnete sich die Tür. Es war Savary. Finlay richtete sich auf. «Da sehen Sie», sagte er zu dem Neuankömmling, während er Karolines Hand sinken ließ, «wie Ihre französischen Sitten auf uns abfärben.» Finlay schickte sich an zu gehen, nicht ohne eine letzte Spitze: «Meine Empfehlungen an die Contessa Conti.»

Savary wandte sich an die Historikerin, die verwirrt ihre Hand rieb. «Irgendwelche Ergebnisse?» Sie reichte ihm den Schal, entfaltete ihn umständlich und nutzte die Zeit, sich zu sammeln. Ihre Gedanken waren immer noch bei Finlay. Eine seltsame Begegnung war das gewesen. Irgendetwas, etwas Wesentliches, war nicht gesagt worden. Aber bei allem Grübeln kam sie nicht darauf, was es war.

Laut erklärte sie, was es mit dem Textil auf sich hatte: «Wir müssen nur noch zusehen, dass wir das Blut von Catherine Eddowes daraufbekommen. Frau Conti hat bei ihren Untersuchungen in der Leichenhalle nicht zufällig welches mitgenommen?»

«Nicht so viel, dass es ausreichen würde. Wir werden noch einmal hingehen müssen. Vergessen Sie nicht, wir brauchen eine deutliche Spur, die 150 Jahre überdauert.»

«Gut», sagte sie und deutete auf den Katalog zeitgenössischer Verdächtiger. «Die Auswahl ist groß. Sollen wir einem von ihnen die Ehre erweisen? Dann hätte er zumindest den Nachruhm.»

«Irgendein anonymer armer Hund ohne Nachkommen wird es schon tun», sagte Savary abweisend. «Wir wollen nicht übertreiben. Es hat sich schon mancher verkünstelt. Im Übrigen hatte ich gedacht, gerade Sie hätten Skrupel dabei, einfach eine historische Tatsache zu fälschen.»

Der Nächste, der ihr Vorwürfe machte! Karoline Freitag wurde mit einem Mal der Hals eng. «Lassen Sie mich doch in Ruhe!», fauchte sie und riss ihm unsanft den Schal aus der Hand, sodass die Kunststoffhülle knisterte. Sie hatte genug für heute. Ohne ein weiteres Wort stand sie auf und verließ den Raum.

In ihrem Zimmer angekommen, brach Karoline Freitag in Tränen aus. Sie hatte alles verraten, woran sie glaubte, und alle vor den Kopf gestoßen, die ihr etwas bedeuteten. Und wofür? Sie wischte sich die Augen, trat ans Waschbecken und klatschte sich kaltes Wasser ins Gesicht. So war es schon besser. Sie betrachtete sich im Spiegel, während sie sich langsam abtrocknete. Was sie sah, war ihr künftiges Ich. Ihr eigentliches Ich. Karoline Freitag, Professorin für Geschichte an der Universität Oxford. Eine der Koryphäen ihrer Zunft. Expertin für die Geschichte der Arbeiterbewegung in England und Verfasserin des maßgeblichen Werkes über Eleanor Marx sowie Herausgeberin ihres Briefwechsels, der im Moment noch als verschollen galt. Aber das würde sie ändern. Sie würde Eleanor schon davon überzeugen, ihr die Schriftstücke auszuhändigen. Und wenn das nicht half, dann würde sie an einem geeigneten Tag einbrechen und sich holen, was sie brauchte. Nein, Finlay hatte recht, die Vergangenheit war ganz und gar kein Disneyland. Sie war eine Goldgrube, und sie, Professor Doktor Freitag, würde darin schürfen, für die Zukunft, für die Wissenschaft. Kalt und klar. Und ihren Impuls, sich Savary anzuvertrauen, würde sie gefälligst unterdrücken.

* * *

«Und?», fragte Conti, als Savary zu ihr zurückkam.

«Ich denke, sie ist es», sagte er. «Sie benimmt sich sehr seltsam, aggressiv beinahe. Und sie macht viel zu begeistert bei der Sache mit. Ich denke, Freitag ist Fletchers Helferin im Team. Schade, ich hatte ihr mehr zugetraut.»

«*Tesoro mio*, für Geld tun die Menschen vieles. Lass sehen.» Sie griff nach dem Papier, das ihr Savary reichte. «Was ist das?»

«Das Ergebnis von Freitags Recherche.»

«Und? Was schlägt sie vor?» Sie sah ihn an, nicht das Papier.

«Ihre erste Option ist es, noch einmal in die Leichenhalle zu gehen und dort den Schal mit Blut von Eddowes zu präparieren.»

«Das ist machbar. Aber woher nehmen wir die vermeintlichen Ripper-Spuren?», fragte sie. «Sollen wir diesen widerlichen kleinen Gehilfen benutzen, der mich so angestarrt hat? Diesen ...», sie blätterte in den Unterlagen, «Robert Mann?»

«Nein», sagte Savary schroff. «Wir nehmen meine DNA.»

Sie schaute ihn mit großen Augen an.

«Ich will nicht, dass irgendein armer Teufel das auf sich nehmen muss.» Er wurde laut. «Verdammt, ich will das eigentlich überhaupt nicht. Es ist eine Lüge.»

Sie griff nach seiner Hand. «Warum tust du es dann?», fragte sie. «Du bist nicht wie ich. Du hast keine Angst.»

Er umfasste ihre Finger und drückte sie. Beinahe hätte er ihr erzählt, wie es um ihn stand. Dass er von allen derjenige war, der am meisten Grund hatte, sich zu fürchten. Weil er dem Tod am nächsten stand. Und dass er wie kein anderer eine Geisel Fletchers war. Stattdessen sagte er: «Wir machen es, wie wir es besprochen haben. Wir stimmen scheinbar zu, damit sie uns reisen lässt. Die Gelegenheit nutzen wir dann, um zu sehen, wer der Ripper wirklich ist.» Als er bemerkte, wie fest er ihre Finger presste, löste er seinen Griff. «Ist es der Prinz, dann werden wir den ganzen Schwindel auffliegen lassen. Ist es jemand anderes, dann ...» Er hielt inne.

Sie ergänzte für ihn: «Dann wäre es doch am besten, wir würden tatsächlich seine Spuren auf diesem Schal fixieren, oder?»

Er nickte. «Und deshalb votiere ich für die zweite Option, die Freitag ausgearbeitet hat. Dafür sind zwei Reisen nötig: eine, um Eddowes Blut auf dem Schal anzubringen, und eine zweite, um Jahre nach dem Mord den Schal bei den richtigen Akten zu platzieren. Freitag hat dafür ein Dossier ausgewählt, das erst lange nach den Morden entsteht. Das ist ideal für uns, es gibt uns Zeit:

Wir können zwischen den beiden Reisen unsere eigene, die wahre Spur auf dem Schal applizieren.»

Sie nahm sein Gesicht in beide Hände. «So machen wir es», sagte sie und küsste ihn.

«Und kein Wort zu Freitag. Sie steckt vermutlich mit Fletcher unter einer Decke.»

«Kein Wort», bestätigte sie und besiegelte auch das mit einem Kuss. Für einen Moment hielt sie inne. «Aber mit Finlay werden wir reden müssen.»

«Das dürfte kein Problem sein.» Er nahm ihre Hände von seinem Gesicht. «Er ist der offiziell anerkannte Versager, der Buhmann, dem Fletcher Hausarrest erteilt hat.» Er packte die Unterlagen zusammen. «Er wird froh sein, einen Freund zu finden.»

«Und der Russe? Wird er uns reisen lassen?»

Im selben Moment gab Savarys Computer ein Piepsen von sich. Er ging hin und öffnete die Nachricht. Lange stand er da und studierte die Mail. Endlich gab er seine Antwort ein. Er schickte die Nachricht ab und zwinkerte ihr zu. «Wenn ich diese Schachpartie gewinne», sagte er, «wird er es tun.»

16.

Ah!» Mit dem sonoren Laut eines tiefempfundenen Wohlgefühls begrüßte Finlay das 19. Jahrhundert. Im Unterschied zur Gegenwart war hier jeder Moment ein Genuss. Das Pflaster unter seinen Füßen, die in maßgeschneiderten Lederschuhen steckten, der Anblick der großartigen Fassaden, sogar der Geruch nach Pferd und Kohle. Der Schwung seines echten Wollmantels. Das polierte Holz der Droschkentür, die er aufriss, um sich in den Federpolstern niederzulassen. Das Klappern der Räder und Hufe. Das Rufen der Händler – all das war Balsam für seine Seele. Freie Wahlen, Globalisierung, Weltwirtschaftswachstum, wen interessierte das schon? Er befand sich im Mittelpunkt eines Empires, das von Persönlichkeiten regiert wurde, wie er eine war: übergroß, originell, exquisit.

«In die City», rief er dem Kutscher zu. Ehe er sich zu seinem Ausflug in die Elendsviertel aufmachen würde, wollte er noch ein wenig Zeit im besseren Teil der Stadt verbringen. Dorthin fahren, wo seine Vorfahren abgestiegen waren, als sie noch über Geld und Mittel verfügten, eine Saison in London mitzumachen. Seine eigenen Taschen waren dank Hannah Rüthli und dem British Secret Intelligence Service gut gefüllt. Und er hatte nicht vor, mit diesem Geld zu geizen. Das beste Roastbeef des Empire, danach einen Portwein und einen Tee, für den es sich lohnte, ein Segelschiff um die halbe Welt zu schicken. Das würde er sich gönnen. Das war kein Dreck in Papierbeutelchen, wie er es aus der Zeit kannte, in die er hineingeboren war. Das gab es nicht im Supermarkt zu kaufen. Das war Luxus und wurde von Kennern für Kenner zubereitet. Für Männer wie mich, dachte Finlay. Ich habe all das verdient, weil ich es zu schätzen weiß. Oh ja.

Catherine Eddowes konnte warten. Irgendwann heute Nacht

würde er den Schal, den er bei sich trug, in ihr Blut tunken. Allein bei dem Gedanken daran schüttelte er sich. Aber was tat man nicht für das Privileg, das alles hier zu genießen.

Die Themse kam in Sicht. Er wies den Kutscher an, weiterzufahren bis zum Big Ben. Er wollte den Klang der Glocken hören, so, wie er ertönte, ehe er von Tausenden billigen Uhrwerken auf der ganzen Welt nachgeahmt und kopiert werden würde. Er wollte in die Westminster Abbey, ohne all die Touristen, die das Genie der hier ruhenden Toten ohnehin nicht zu schätzen wussten. Er wollte zu Selfridges und ein paar perfekte Handschuhe erwerben, wie sie heute keiner mehr herstellte. Er wollte so vieles. Er wollte das, was er Leben nannte. Er wollte es in vollen Zügen. Und er gönnte es sich.

Der Abend dämmerte schon, als Finlay sich zurück ins East End fahren ließ. An seinen Händen trug er handgenähte Lederhandschuhe, die wie angegossen saßen und den neuen Goldring verbargen, den er ebenfalls erstanden hatte. Müde und ein wenig angetrunken schaukelte er auf den Polstern der Kutsche und blickte nach draußen, wo Menschen in schmutzigen Fetzen das Leben der besseren Straßen nachahmten: Auch hier gab es Märkte, auch hier herrschte Treiben, von den Ständen her priesen die Verkäufer ihre Waren an. Und wenn sie auch nur Lumpen und Abfall feilbieten, dachte Finlay, so wird die Szenerie doch von schmiedeeisernen Laternen beschienen. Eine nach der anderen wurde angezündet und glomm in das schmutzige Braun der Abenddämmerung, das er so liebte. In einem ihrer Lichter entdeckte Finlay das Schild des Friseurladens. Er befahl dem Kutscher, anzuhalten.

Savary hatte sich klar ausgedrückt: Das Genmaterial, das auf den Schal kommen sollte, würde von ihm selbst sein, damit kein Unschuldiger belastet würde. Karoline Freitag dagegen hatte dazu geraten, sich Proben von dem Gehenkten zu holen, der als

Ripper-Verdächtiger galt. Fletcher hatte sich nicht explizit geäußert. Sie wollte Savary nicht verprellen. Aber Finlay wusste, dass sie im Stillen zu Freitags Lösung neigte. Es wäre in jedem Fall gut, wenn bei der Untersuchung des Schals in der Gegenwart ein konkreter Name fiele, noch besser: ein bekannter Name, einer, der allen Ripperforschern vertraut vorkam. Damit es allen so schiene, als wäre der Fall endlich gelöst. Ein neuer Unbekannter auf der Rechnung, das wäre nur halb so befriedigend. Fletcher wollte die Stimmen derjenigen auf ihrer Seite, die rufen würden: Der war es? Also doch! Das haben wir ja schon immer gesagt!

Und genau dieser Name stach Finlay gerade ins Auge: Kosminski. Aaron Kosminski, der verrückte Friseur, der nach den Morden bald im Irrenhaus landen sollte. Den Überlieferungen nach war er geisteskrank, frauenfeindlich, pervers, aber eben auch so neben der Spur, dass er kaum handlungsfähig erschien. Die einen hielten ihn für den perfekten Verdächtigen, die anderen beriefen sich auf Berichte aus dem Hospital, in dem er lange dahindämmerte. Es existierten auch Schriftstücke, in denen stand, er wäre eher passiv und freundlich in seiner Art. Andererseits konnten all diese Überlieferungen und Protokolle sich nicht einmal auf einen einheitlichen Vornamen des Mannes oder ein übereinstimmendes Einlieferungsdatum einigen. Man wusste nicht wirklich viel über ihn. Aber hier stand, handgeschrieben auf Holz: *Aaron Kosminski*. Das hatte selbst er sich gemerkt, der ansonsten keine Geduld hatte, all die von Freitag so detailliert zusammengetragenen und von Hannah aufbereiteten Dossiers zu studieren.

«Warten Sie einen Moment», wies er den Kutscher an. Während er ausstieg, musterte er das Etablissement, das lediglich aus einem zur Straße teilweise offenen Raum bestand. Zwei schäbige Stühle warteten dort auf Kundschaft. Eben neigte sich ein Mann zu einer nebenstehenden Petroleumlampe, um die Flamme höher zu schrauben. In dem Licht der Lampe bediente er seinen wohl letzten Kunden für heute, mutmaßte Finlay und erkannte den gezwirbelten Schnurrbart, die kantige Stirn und den strengen Blick, der ihm von einer Zeichnung her geläufig war. Kein Zweifel, dies hier war *der* Aaron Kosminski. Und was hielt er da in Händen? Ein Messer natürlich.

Finlay ersparte es sich, zuzusehen, wie die Klinge am nackten Hals irgendeines Kohleträgers oder Fischhändlers auf und ab fuhr. Stattdessen entlohnte er den Kutscher, um danach an einem Stand herumzutrödeln, an dem ein alter Bauer leere Käfige zusammenräumte, in denen er seine Hühner feilgeboten hatte. Auf dem Brett, das ihm als Tisch gedient hatte, klebte geronnenes Blut. Finlay schnippte eine verwaiste Feder von seinem Revers. Er atmete eben durch und wollte den Friseursalon betreten, als Aaron Kosminski hinter dem Kunden herauskam. In der Hand hielt er die Lampe, die ihm offenbar auf dem Heimweg noch ihren Dienst leisten sollte.

Finlay wusste nicht, wo Kosminski sein Messer hatte, hoffte aber, dass es drinnen im Dunkeln ruhte, neben der Waschschüssel, dem Ledergurt zum Schleifen und dem dreckigen Handtuch, das er vorhin gesehen hatte. Kosminski steckte einen Schlüssel ins Schloss eines Metallgitters, das er vor den Laden gezogen hatte. Bevor er mit schnellen Schritten davonging, versenkte er den Schlüssel umständlich in der Jackentasche. Er schien zu wissen, wohin er wollte. Finlay ärgerte sich, dass er sich die Wohnadresse des Mannes nicht gemerkt hatte. Nachdem er dem Friseur eine Weile gefolgt war, stellte er fest, dass Kosminski in vertrautes Gelände unterwegs war. Da vorne lag das Britannia, in dem auch Mary Kelly verkehrte. War der Mann etwa auf der Suche nach Prostituierten? Unwillkürlich zog Finlay seinen Mantel enger. Bitte nicht jetzt, bitte nicht hier, sagte er sich. Dann rief er sich zur Räson. Zu dieser Zeit und an diesem Ort hatte der Ripper nicht zugeschlagen. Nicht nach allem, was sie wussten. Aber gab es da nicht noch einen Mörder, der seine Opfer zerlegte und Gliedmaßen und Rümpfe über die halbe Stadt verteilte? Karoline hatte ihm davon erzählt. Manche ordneten diese zweite Mordserie ebenfalls dem Ripper zu. Und auch sie war nie aufgeklärt worden. Finlay hatte wenig Lust, das zu ändern. Ihm war unwohl. Er bereute seinen Impuls bereits. Von der Kutsche aus und mit den Augen des Besuchers aus einer anderen Welt betrachtet, sah das East End ein gutes Stück einladender aus als jetzt, wo man mittendrin steckte und sich der Schmutz, der im einsetzenden Regen durch die Gassen rann, gegen die guten Schuhe drückte und das Leder aufquellen ließ. Er hätte die Kutsche nicht verlassen sollen.

«Hey, Süßer!» Die Stimme gehörte zu einer Frau, die in mehrere Mäntel eingehüllt war und über ihrer Haube noch einen Schal trug. Trotzdem hatte sie in einem verzweifelten Versuch, verführerisch zu wirken, die Stoffschichten über dem Dekolleté ein wenig geöffnet. Sie schob einen zweiten Schal beiseite, um Kosminski einen Blick auf die darunterliegende Schönheit zu verschaffen. Finlay vermutete, dass die vermeintliche Schönheit in Wirklichkeit stank wie Schweinestall.

«Haste Lust?», hörte er die Stimme wieder.

Finlays latenter Ekel vor dem weiblichen Geschlecht wurde in diesem Moment hochgespült. Wie dumm konnten diese Geschöpfe auch sein? Sprachen ihren eigenen Mörder an! Und glaubten auch noch, irgendeiner ginge auf ihr Angebot ein. Man musste sie doch nur ansehen. Die, die mit Kosminski sprach, war dürr wie ein Windhund. Was unter der Haube hervorsah, verdiente die Bezeichnung Haare nicht. Frauen! So teuer konnte Seife doch nicht sein.

«Für vier Pennys. Gebt das Geld meiner Mama», sagte das Geschöpf zu Kosminski und wies mit dem Kopf auf eine zweite Frau, die bislang unbeachtet in einem Torweg gestanden hatte. «Wir geh'n in 'n Hof.»

Doch der Friseur drückte sie dort, wo er stand, gegen die Mauer. Er stellte die Lampe ab und mühte sich, ihre vielen, vom Schmutz und Regen schweren Röcke zu heben. Sie protestierte erst ein wenig, hielt dann aber still. Die Straße war leer, es gab keine Zeugen. Die Frau, die sie Mama genannt hatte, hatte sich abgewandt.

Kosminski keuchte, irgendwann fing er an, zu fluchen. Schließlich schlug er der Frau ins Gesicht, so sehr, dass sie ein Stück auf die Straße taumelte. Ihre Mutter lief zu ihr, um sie zu stützen. Beide stolperten und landeten auf dem Pflaster. Kosminski kam ihnen nach. Mit dem Fuß stieß er die Mutter beiseite. Dann hob er den Rock der ersten mit dem Stiefel an und schob ihn so beiseite, dass er freie Sicht hatte. Ihre Versuche, sich zu bedecken, verhinderte er mit einem weiteren Tritt. «Noch ’n Viertelpenny extra, verfluchte Sau, und jetzt halt still.» Mit heftigen, brutalen Bewegungen ejakulierte er über der Liegenden. Als es vorbei war, stopfte er sich das Hemd in die Hose, warf eine Münze auf den Boden und ging rasch zu seiner Lampe. Er hob sie auf und stapfte davon, ohne noch einmal zurückzublicken.

Die Mutter hatte sich auf die Münze gestürzt, die im Dunkeln schwer zu finden war. «Verdammt, wo is sie nur? Wo?» Die Prostituierte richtete sich auf und klopfte sich den Schmutz vom Rock. «Du blödes Arschloch», brüllte sie Kosminski hinterher.

«Gestatten?», sagte Finlay, der an die Frauen herangetreten war. Dankbar für seine neuen Handschuhe zog er den Schal aus seiner Manteltasche, den Karoline ihm mitgegeben hatte. Das, was sich hier gerade unter seinen Augen ereignet hatte, war ein Geschenk, wenn man es so nennen wollte. Er sah schon die Überschriften in den Gazetten: «Jack the Ripper war Friseur!» Ach, sie würden es gerne glauben. Der gute Jack, ein zweiter Sweeney Todd. Sie würden auch glauben, dass das Ungeheuer von Loch Ness es getan hatte, wenn er es wollte. In diesem Moment war er der Herr der Geschichte. Diese beiden armen, unförmigen Wesen vor ihm hatten ja keine Ahnung. Wäre nicht alles so schrecklich gewesen, er hätte gelacht. Mit einer eleganten Handbewegung wischte er über die Hinterlassenschaft Kosminskis auf den Röcken der Unbekannten. Dann half er ihr auf. «Das ist für Ihre Mühen», sagte er und überreichte ihr eine Münze. «Und wenn ich darauf hinweisen darf, würde ich an Ihrer Stelle meinem Gewerbe in nächster Zeit nicht nachgehen. Wie Sie wissen, treibt ein Mörder sein Unwesen in der Stadt.»

«Und das Essen gewöhn ich mir ab, oder was? Gib her!» Die Alte riss das Geldstück an sich. «Das ..., das ist ein Sovereign. Das gibt's doch gar nicht», stammelte die Alte.

«Gib her! Das ist mein Geld!», rief die Junge.

Finlay wartete den Ausgang des Gerangels zwischen den beiden Frauen nicht ab. Er hatte, was er wollte. Jetzt brauchte er nur noch ein nettes Plätzchen, um den Abend gepflegt und stilvoll ausklingen zu lassen. Um 1 Uhr 45 Uhr würde der Körper von Catherine Eddowes am Mitre Square gefunden werden. Da sollte er in der Nähe sein, um den Schal in eine der Blutlachen zu tauchen, die es dort zweifellos geben würde. In einem unbeobachteten Moment, der sich ebenfalls finden würde. Gelobt sei die Zeit, ehe es Tatortabsperrungen und dergleichen gab. Er wäre einfach ein Schaulustiger, wie sich an dem Platz bald viele drängen würden.

Und falls er Kosminski dort wiederbegegnete – wäre das nicht irgendwie zum Lachen?

17.

Leise zogen Savary und Hakala die Tür der Wohnung in der Middlesex Street hinter sich zu. Der Finne fuhr mit dem Finger über das Schloss. «Jemand hat versucht, hineinzukommen», stellte er fest. «Er hat sich allerdings nicht sehr geschickt angestellt.»

Ondina Conti, die sich in einen dunklen Winkel des Treppenabsatzes drückte, atmete erschrocken aus. «Sicher?», fragte sie.

«Selbst wenn er drin war.» Hakala wandte sich zu ihr um. «Das Schwarze Loch ist in dem Kamin gut getarnt. Er hätte es nie gefunden. Und auch wenn er es gefunden hätte ...»

«Trotzdem ist das alles sehr beunruhigend.» Ehe Savary weitersprechen konnte, ging auf dem Absatz unter ihnen eine Tür auf. Es war die Hausmeisterin, die Witwe eines Schuhmachers, der seine Werkstatt zu Lebzeiten im Erdgeschoss betrieben hatte, wo sich jetzt vier Männer den winzigen Arbeitsraum teilten. Ihre Familien hausten in den übrigen zwei Zimmern, während die Witwe sich die Küche und eine Kammer vorbehielt. Es roch nach feuchter Wäsche, Essen und Leder, nach Petroleum und Armut.

«Ich führe ein anständiges Haus», verkündete sie schnaufend, während sie die Stufen nach oben schritt. «Ich wünsche hier kein Gesindel! Wo ist der Gentleman, dem ich diese Wohnung vermietet habe?»

Savary trat vor. «Mister Finlay ist beruflich in der City. Sie können mit mir über alles sprechen, was Sie ...»

Weiter kam er nicht. «Ausländer», schnaubte die Dame in Richtung Savary. «Matrosenpack.» Das galt Hakala. «Und dann auch noch Huren. Ich will, dass Sie von hier verschwinden, haben Sie gehört? Verlassen Sie mein Haus.» Mit dem feinen Instinkt grober Menschen für Schwäche ging sie auf Ondina los und versuchte, sie an den langen roten Haaren zu packen, die unter ihrer Haube hervorquollen. Hakala ging dazwischen und stieß sie zurück, ehe sie die Perücke beschädigen konnte.

Mit blassem Gesicht ordnete Ondina ihre Haarpracht. Dann strich sie sich wieder und wieder über ihre zerlumpten Röcke, drei an der Zahl, einer schmutziger als der andere. Sie konnte nicht verbergen, was sie war, oder besser: was sie dank Hannahs intensiver Bemühungen darstellte: eine Hure des East End, verarmt und am Ende. Sogar ihre Fingernägel waren gesprungen und voller Schmutz. Und der Alkoholgeruch, der von ihren Kleidern ausging, erzählte jedem schon von weitem, wofür sie ihren Körper und ihre Seele verkaufte. Ihr Stolz bäumte sich dagegen auf. Gerne hätte sie der Alten gesagt, was Sache war. Doch alles, was ihr blieb, waren eine hilflose Geste und die unbändige Lust, die Frau die Treppe hinunterzustoßen.

Das erledigte, in abgemilderter Form, Hakala für sie. Stoß für Stoß trieb er die Alte über die Stufen vor sich her. «Die Miete für die Wohnung ist bezahlt», sagte er. «Also halten Sie Ihr Schandmaul, und verpissen Sie sich.» Ein weiterer Stoß. Sie stolperte rückwärts und stieß mit dem Rücken gegen die Tür ihrer eigenen Bleibe, die sogleich aufschwang und den Blick auf ein Zimmer freigab, in dem vier magere, kranke Männer im Schein einer viel zu schwachen Petroleumlampe hockten und auf Schuhsohlen herumhämmerten. Um sie herum Berge von Lederresten und abgetretenen Schuhen. «Altes Luder», knurrte Hakala, schob sie durch den Eingang und knallte die Tür zu. «Ihr bleibt hier», wies er seine Gefährten an. «Ich gehe hinten über den Hof und sehe nach, ob Robert Mann sich auf der Straße herumtreibt.»

«Aber ...», wollte Ondina einwenden.

Hakala schüttelte den Kopf. «Wir können das Risiko nicht eingehen, dass er uns folgt.»

Schließlich nickte sie. Savary legte den Arm um ihre Schultern.

«Wenn die Alte wiederkommt, zerkratze ich ihr das Gesicht», sagte Conti.

«Das ist mein Mädchen», lobte er sie. «Eine wahre Pflanze von Whitehall.»

Spielerisch versetzte sie ihm mit dem Ellenbogen einen Puff. Zum Lachen war ihr allerdings nicht zumute. Es lag zu viel Wahrheit in Savarys Worten. Mit den Kleidern wechselte man offenbar auch den Stand. Und die Manieren folgten. Was unterschied sie eigentlich von den Kreaturen, die hier am Abgrund hausten? Plötzlich spürte sie ein heftiges Piksen. «Oh Gott, ein Floh, ich glaube, ich habe einen Floh!» In ihrer Stimme flammte Panik auf. «Matthieu, hilf mir.»

Das Treppenhaus war düster. Es gab keine Beleuchtung, und die beiden kleinen Fenster neben der Tür waren vom Smog zerfressen. «Ich glaube nicht, dass Hannah auch noch Flöhe in die Kleider …», begann er, während er sich bemühte, ein Streichholz zu entzünden.

Ondina zappelte noch immer herum und versuchte, auf den Grund der zahllosen Kleiderschichten zu gelangen, die ihren Körper bedeckten. «Hilf mir», wiederholte sie mit hoher Stimme.

«Jetzt ist aber gut.» Savary packte sie fest bei den Armen.

Mit weit aufgerissenen Augen starrte sie ihn an. Er konnte ihre geweiteten Pupillen sehen. Sie atmete schwer. Dann beruhigte sie sich.

«Wir müssen das nicht machen», sagte er. «Du musst das nicht machen.»

«Entschuldige», sagte sie.

Er ließ sie los.

«Es geht wieder.»

«Bist du sicher?»

«Ja.»

Es fiel kein weiteres Wort zwischen ihnen. Die Minuten vergingen. Sie standen im Halbdunkel, zwei schemenhafte Gestalten, die nicht an diesen Ort gehörten. Als Hakala von außen die Haustür öffnete, blinzelten sie in die Helligkeit. Vor dem Mund des Finnen dampfte der Atemhauch. Es war kalt. «Alles in Ordnung», rapportierte er kurz und bündig.

Ondina trat als Erste hinaus. «‹Die Luft ist rein› trifft es nicht», sagte sie und rümpfte die Nase. Schwungvoll drehte sie sich zu den beiden Männern um. Hakala lachte.

Rasch gingen sie die Straße entlang, mit großen Schritten. Im selben Moment sank die Sonne hinter die Linie der Hausdächer. Als sie in die Wentworth Street einbogen, wurde es noch ein wenig kühler. Sie erwogen, in einen der Pubs einzukehren, um sich aufzuwärmen, aber Ondina weigerte sich. Sie wollte nicht noch einmal als Hure angesprochen werden. Als sie am Stand eines Straßenhändlers vorbeikamen, kaufte Savary ihr eine Handvoll Trauben.

«Bist du diesem Robert Mann eigentlich begegnet?», erkundigte Savary sich bei Hakala, während Ondina aß.

«Nein. Aber wir werden ihn heute Abend wiedersehen, da wette ich. Er und der Ripper sind ein und dieselbe Person.»

«Warten wir's ab.» Savary ließ seinen Blick über die Passanten wandern, eine unübersehbare, sich aneinander vorbeidrängende und -schiebende Masse von Elenden. «Dieses London ist voller Irrer.» Er schaute einem Mann zu, der kaum noch einen Fuß vor den anderen zu setzen vermochte. War er betrunken oder krank, oder lag es am Hunger? Von Zeit zu Zeit bückte er sich zwischen die anderen, die schimpfend an ihm vorbeihasteten, hob etwas auf und steckte es in den Mund. «Ein anderer Verdächtiger», fuhr Savary fort, «war schizophren und soll onanierend und Dreck fressend durch die Gegend gelaufen sein. Der wäre auch ein Kandidat. Oder dieser John Pizer, der mit der Lederschürze, der von den Huren hier Schutzgeld erpresst. Sie haben alle Angst vor ihm.»

«Vor wem soll ich Angst haben?», erkundigte Ondina sich. Savary nahm ihren Arm. Ihre Miene machte deutlich, dass sie froh darüber war, sich ein wenig aufstützen zu können.

«London ist voll von potenziellen Mördern», sagte Savary. «Denk nur an die andere Serie», sprach er, an Hakala gewandt. «All diese Körper ohne Kopf und die abgetrennten Arme. Einer wurde sogar in der Baugrube von New Scotland Yard gefunden. Ich fresse meinen Hut, wenn da nicht noch ein Serienkiller am Werk ist. Unser Ripper ist keine solche Besonderheit, wie man immer meint.»

«Das kannst du ihm ja sagen, wenn wir ihn heute Abend treffen», schlug Ondina vor. Sie nahm eine Traube aus ihrer Hand und schob sie sich in den Mund.

Hakala schaute still vor sich hin. Nach einer Weile sagte er: «Dort vorne. Dorset Street 26.»

Sie traten in den Hinterhof, Miller's Court genannt. Blieben stehen und betrachteten die schmutzige Fassade von Nr. 13. Zwei Fenster, ungleich groß und hoch, nachlässig gekalkte Ziegel im Erdgeschoss. Unten rechts eine zerschlagene Scheibe. Das Loch im Fenster war mit einem Lappen gestopft. Mary Kelly hatte nie über genügend Geld verfügt, um das Glas zu ersetzen. Es hätte auch nichts geholfen; sie hatte ihren Mörder ja selbst mitgebracht in die jämmerlichen zehn Quadratmeter, die ihr Zuhause waren. Das Plumpsklo und der Mülleimer im Hof stanken um die Wette, und doch stellten sie zusammen mit der Wasserpumpe, um die herum sich ein Schlammloch gebildet hatte, einen nicht zu unterschätzenden Luxus dar.

«Sie ist nicht da», stellte Hakala fest, der sein Gesicht an die Scheiben gedrückt hatte. Der Kamin war ohne Glut. Auf dem Tisch stand eine halb heruntergebrannte Kerze, auf dem Bett lag ein Haufen alter Kleider oder Lumpen, die vermutlich als Zudecke dienten.

«Laut den damaligen Zeugenaussagen ist sie entweder im Horn of Plenty oder im Britannia», kommentierte Savary.

Hakala richtete sich auf. «Das krieg ich raus.»

«Oder wir warten», schlug Savary vor. «Gegen Mitternacht soll sie ja mit einem ersten Kunden schon mal hier gewesen sein. So einem kleinen Dicken mit Melone, für den sie gesungen hat.»

Hakala war dagegen. «Mir wäre es lieber, man sähe uns hier nicht mit ihr.»

«Diddles!», rief Ondina Conti plötzlich. Ohne Rücksicht auf den Schmutz ging sie in die Knie, streckte ihre Hand aus und schnippte mit den Fingern, um eine Katze anzulocken, die im Schatten des Mülleimers hockte. Das Tier maunzte und kam langsam näher. Es war wohl noch nicht völlig verwildert, obwohl es erbärmlich aussah. Die graubraunen Tigerstreifen waren vor Staub kaum erkennbar. «Das ist Diddles», wiederholte sie. «Die Katze von Elizabeth Prater, die hier oben wohnt.» Sie wies mit dem Kinn auf das Zimmer über dem von Mary Kelly. «Du hast ihn gesehen, nicht wahr? Du hast den Ripper gehört.» Sie schaute auf. «Die Katze hat Prater geweckt. Und die hat eine Frau gehört. Ganz nah, sagte sie. Die Frau soll ‹Mörder› gerufen haben.» Als sie Hakalas ablehnendes Gesicht sah, sagte sie in sachlicherem Ton: «Tiere können Pheromone wahrnehmen, die Menschen ausscheiden, wenn sie zum Beispiel in Todesangst sind.»

«Natürlich.» Savary kratzte sich an der Schläfe.

Hakala streckte die Hand aus, um die Katze zu streicheln. Offenbar ein Versöhnungsangebot an Conti. Aber Diddles fuhr die Pfote aus und kratzte ihn. «Miststück!» Hakala fuhr zurück.

Eine Weile standen sie da. Es war nichts zu hören als das Schnurren der Katze.

«Ich geh dann mal ins Britannia», sagte Hakala.

«Und wir?», fragte Conti.

Savary zog den Lappen aus dem Loch in der Scheibe, griff zwischen den Glaszacken hindurch und öffnete das Schnappschloss der Tür. «Wir warten hier.»

«Und wenn Mary Kelly kommt?»

Hakala zuckte mit den Schultern. «Wenn sie kommt, erklärt ihr, dass wir Reisende aus der Zukunft sind, die ihr Leben retten werden.» Er versuchte ein Grinsen, das ihm misslang. «Sie wird es sicher glauben. Sie ist meistens betrunken.»

Ondina Conti wurde ernst. «Du solltest nicht so von einer Frau reden, die dir etwas bedeutet, Tarvo.»

Hakala nickte. «In Ordnung», brachte er hervor.

Ondina Conti lächelte. Als sie durch die Tür gehen wollte, sträubte sich das Fell der Katze. Die Italienerin rief vergeblich nach Diddles. Die Katze floh und kam nicht wieder.

«Seltsam», stellte Savary fest. «Dabei ist hier doch noch gar nichts passiert, was sie spüren könnte.»

Ondina trat nach ihm in den Raum. Vor dem Kamin voll kalter Asche blieb sie stehen. Das Zimmer strahlte eine unglaubliche Tristesse aus. Das hässliche Bild über dem Kamin, das eine Frau in Trauer zeigte, setzte dem Ganzen die Krone auf. «Vielleicht hat Diddles in einem früheren Leben all das hier schon einmal erlebt», sagte sie. «Oder die Katze kann wie wir durch die Zeit reisen.» Savary lag es auf der Zunge, zu sagen, dass sie mit diesem esoterischen Quatsch aufhören solle. Doch er nahm sie in den Arm.

* * *

Hakala drängte sich durch das Gewühl im Britannia. Anfangs gehemmt, dann immer ungenierter fragte er nach Mary. Sollten sie ihn doch für einen Kunden halten. Daran war nichts Ungewöhnliches. Doch seine Suche blieb erfolglos. Sie war auch nicht im Horn of Plenty oder im Queen's Head. Schließlich fand er sie auf der Straße, in der Nähe vom Eingang zum Miller's Court, vor dem Laden ihres Vermieters, John McCarthy.

Sie schien erfreut, ihn zu sehen. «Mein starker Seemann!», rief sie und begrüßte ihn mit einer Umarmung und einem Kuss auf die Wange. «Willst du mit mir kommen? Du wirst dich wohlfühlen, Liebling.» Hakala spürte ein Stechen in der Herzgegend, als er sie die Worte sagen hörte, die sie laut der Aussagen ihrer Nachbarn auch zu ihrem Mörder gesagt hatte, als sie ihn auf der Straße aufgabelte. Dieselben Worte, die sie vermutlich jedem Mann sagte. Er packte sie fester, als sie versuchte, sich aus seinem Griff zu lösen. «Was ist, Darling?», fragte sie. «Ich muss doch nur eine Kerze kaufen. Warte hier solange.» Sie lächelte und strich ihm über die Wange.

«Du brauchst keine Kerze, Mary.» Es musste gröber herausgekommen sein, als er es beabsichtigt hatte, denn ihr Gesichtsausdruck veränderte sich. Bevor sie jedoch etwas sagen konnte, zog er das Portemonnaie heraus, das er vorbereitet hatte. Er öffnete es und ließ Mary einen Blick auf das Geld werfen. Staunend machte sie den Mund auf. «Das Geld ist für dich», sagte Hakala. Er sprach schnell und konzentriert. Er durfte sich jetzt nicht von irgendwelchen diffusen Gefühlen leiten lassen. «Du wirst damit zum Hafen gehen. Dort liegt die SS Erin von der National Line vor Anker. Der Name steht hier, siehst du? E, R, I, N. So ist er auch auf der Seite des Schiffes geschrieben. Es fährt nach New York.»

«Aber ...», wollte sie einwenden. Er ließ sie nicht aussprechen.

«Du wirst dort ein neues Leben beginnen. Amerika ist das Land der unbegrenzten Möglichkeiten, wie du weißt. Ich wünsche mir, dass es dir dort gutgeht. Eines Tages werde ich in der Zeitung lesen, dass Mary Jane Kelly aus Limerick in Manhattan eine respektable Pension eröffnet hat. Daran glaube ich.» Er schluckte.

«Ja», sagte sie leise und wandte ihren Blick von dem Geld ab, um ihm in die Augen zu sehen. «Das wäre schön.»

«Nimm jetzt das Geld, Mary, und geh. Verschwinde, und versprich mir, dass du in Amerika neu anfängst. Wirst du das tun?» Er wartete. Seine Linke in seiner Jackentasche schloss sich fest um ein Bündel Papier, das er dort verborgen hielt. Es war eine Zeitung, der Daily Telegraph vom 13.11. Das war übermorgen. Und ein ganzer Artikel widmete sich dem grausigen Mord an der Prostituierten Mary Jane Kelly im Miller's Court. Er würde ihr den Text zeigen und vorlesen, wenn es nötig wäre.

Er hielt den Artikel fest und verkrampfte sich derart dabei, dass es eine Weile dauerte, bis er bemerkte, dass sie ihn nun betrachtete. Sie war wirklich einmal hübsch gewesen, dachte er. Es war schon eine Weile her. Im Grunde war er zu spät gekommen. Aber nicht zu spät, um ihr das Leben zu retten.

Sie verzog den Mund zu so etwas wie einem Lächeln. Mit einem Mal zitterten ihre Lippen. In ihren Augenwinkeln begannen Tränen zu glänzen. Sie fragte: «Wie heißt du?»

«Jack», sagte er. Es war das Erste, was ihm einfiel.

Sie schniefte. «Wenn man jemandem etwas verspricht, sollte man wissen, wie er heißt, nicht wahr?»

Er nickte. «Kann schon sein», sagte er.

Endlich gelang ihr ein Lächeln. Mit dem Ärmel wischte sie sich über das Gesicht. Er war aufgerissen bis fast zur Achsel und hinterließ eine schmutzige Spur. Schließlich atmete sie durch und nahm die Geldbörse. Stellte sich auf die Zehenspitzen, um ihm einen Kuss zu geben. Hakala erwiderte den Kuss. Er dauerte lange. Und je länger er dauerte, umso inniger wurde er.

«Also dann», sagte er.

Sie sagte nichts mehr, drehte sich um und ging die Dorset Street hinunter. Eine Weile noch hörte er ihre Absätze auf dem Pflaster. Dann schlugen der Straßenlärm und das Murmeln der

Menge über Mary Kellys Schritten zusammen. Hakala nahm die Zeitung aus der Tasche, faltete sie, bis sie ein langer Streifen geworden war, und zündete sie an. Er sah dem Wind dabei zu, wie er die Asche fortblies. Nachdem er das letzte Stück glimmendes Papier auf den Boden hatte fallen lassen, zog er sich die Mütze tiefer über die Ohren. Er musste zurück in den Miller's Court. Plötzlich stand Mary wieder vor ihm.

«Bringst du mich hin?», fragte sie.

Hakala antwortete nicht sofort. Er hörte die Schläge einer Kirchturmglocke. Es war acht Uhr. Noch reichlich Zeit, bis der Ripper kam.

«Du willst, dass ich dich zum Hafen bringe?» Mit einem Mal wurde ihm warm, warm und wohl wie nach einem guten Schluck.

«Ja, Jack», sagte sie. «Ich möchte, dass du mich bringst und mir zuwinkst vom Pier.» Sie nahm seinen Arm. «Denn wenn man einander das Herz bricht, sollte man das anständig tun. So, wie es sich gehört.»

«Kann schon sein, ja.» Er nahm ihren Arm und drückte ihn an sich. So gingen sie nebeneinander, ein schäbiges Paar, das für einen kurzen Augenblick von der großen Liebe träumte.

* * *

«Elf Uhr», sagte Matthieu nervös. «Wo zum Teufel bleibt Hakala?»

Ondina saß neben ihm auf dem Bett und spielte mit den Fransen einer Decke.

«Was denkt der verdammte Idiot sich eigentlich?» Er schlug mit seinem Stock auf den Boden.

«Sie ist ihrem Mörder auf der Straße begegnet», sagte sie bedächtig. «Wenn ich nicht hinausgehe, kommt er vermutlich gar nicht hierher.»

Savary dachte an ihren Plan, der vorsah, dass Ondina die Plätze abging, an denen auch Mary in dieser Nacht von ihren Nachbarn gesehen worden war. Sie sollte sich ansprechen lassen und den Ripper mit nach Hause nehmen, immer von Hakala beschattet und von ihm selbst erwartet.

«Ich werde dichter an ihr dran sein als der Londoner Nebel», hatte der Finne versprochen. Schön und gut. Aber was war, wenn sie sich irrten und der Ripper kein spontaner Laufkunde von Mary gewesen war? Für Whitehaller Verhältnisse war Mary Kelly eine auffallende Erscheinung. Hübsch, mit leuchtenden Haaren. Was, wenn er sie schon auf seinen früheren Streifzügen gesehen und dabei auf seine Todesliste gesetzt hatte? Es musste einen Grund dafür geben, dass sie als Einzige in ihrem Zimmer getötet worden war. Gut möglich, dass er bereits wusste, wo sie wohnte.

«Soll ich Feuer machen?», bot Matthieu an. Er wollte Ondina nicht mit seinen Sorgen beunruhigen.

«Das wäre schön», erwiderte sie und legte die Decke um ihre Schultern.

«Hakala kommt bestimmt», sagte Matthieu. Mit dem Schürhaken stocherte er in der glühenden Asche herum und versuchte, den Rost frei zu bekommen, damit der Kamin besser durchzog. Das Eisen lag gut in seiner Hand. Im Notfall eine Waffe, dachte er.

«Was war das?» Ondina richtete sich auf.

Er hielt in seiner Beschäftigung inne. Da waren Schritte. «Das kommt von der anderen Seite der Wand.» Unwillkürlich flüsterte er: «Die Wohnung dahinter ist nur mit Brettern von dieser abgetrennt.» Gemeinsam schwiegen sie und lauschten auf die Geräusche aus der Nachbarwohnung. Schritte, Scharren, ein Stuhl, der verschoben wurde. Signale eines Alltags, der beinahe tröstlich erschien. Matthieu wandte sich wieder dem Kamin zu und brachte eine ordentliche Flamme zustande, deren orangefarbenes Licht auf den Wänden flackerte.

Ondina setzte sich im Schneidersitz auf das Bett und massierte ihre Füße. «Stand in den Akten nicht etwas davon, dass sie gesungen hätte?», fragte sie.

Er richtete sich auf. «Ja, ein Volkslied. Irgendwas mit Veilchen, die sie pflückt.»

«‹Auf dem Grab meiner Mutter› heißt es», ergänzte Ondina und lachte leise. «Keine Sorge, ich habe kein Problem mit ein wenig Morbidität.» Sie versuchte, sich an das Lied zu erinnern. Hannah hatte ihnen eine Aufnahme davon vorgespielt. Schließlich begann sie, die ersten Takte anzustimmen.

«Das klingt hübsch.» Er kroch zu ihr und legte seinen Mantel um sie.

Als sie die Strophe zu Ende gebracht hatte, sagte sie: «Nimm doch das Ding ab.» Sie griff nach seinem Filzbowler.

«Der wärmt aber», protestierte er. In dem flackernden Licht betrachteten sie einander eine Weile ernsthaft und verliebt. «Du siehst müde aus», sagte er. «Willst du dich ein bisschen hinlegen? Keine Sorge», fügte er hinzu. «Ich passe auf, bis Hakala wieder da ist.»

«Ich weiß nicht», sagte sie. Aber sie rekelte sich schon und gähnte.

«Wir haben noch über drei Stunden.» Er nahm seinen Mantel und deckte sie damit zu. «Ich setze mich direkt vor den Kamin. Dann wird mir nicht kalt.»

Sie lächelte ihm zu und schloss die Augen.

Matthieu rückte sich den Stuhl vor den Kamin. Die Wärme drang wohltuend unter seine Haut. Er nahm den Schürhaken mit beiden Händen und ließ ihn übers Knie baumeln. Den würde er nicht aus der Hand legen, bis Hakala endlich kam. Hoffentlich hatte er keinen Ärger mit der Frau. Savary versuchte, im Geiste die möglichen Szenarien durchzuspielen, die den Finnen davon abhalten mochten, zu ihnen zu kommen. Es waren zu viele. Unmöglich, das abzuschätzen. Wenn er bis zwei nicht auftauchte, dann würde er Ondina wecken und mit ihr von hier verschwinden. Aber jetzt noch nicht. Sie hatte sich die Pause verdient. Das Holz im Kamin knackte. Ein Funken sprang. Auf dem Hof wurden Schritte hörbar, schnell und energisch. Männerschritte. Hakala, na endlich. Savary sprang auf, als das Schloss an der Tür schnappte. Er war bereit, dem Finnen verdammt noch mal die Meinung zu sagen. Aber leise. Ondina sollte schlafen. Da überkam ihn plötzlich ein Schwindelanfall. Er griff nach dem Kaminsims. Verdammt, warum ausgerechnet jetzt? Hakala war der Letzte, vor dem er mitleiderregend wirken wollte. Er spürte die Hitze des Feuers, als er nach seinen Medikamenten kramte. Blöde, altmodische Kleider. Er musste ... Endlich hatte er das Fläschchen ertastet. Sein Blickfeld wurde an den Rändern dunkel. In der Mitte glühte orangefarben seine Wut. Das Feuer bewegte sich im Zugwind, als die Tür aufging. Savary nahm eine Pille, schluckte sie mit einer schnellen Bewegung, zählte bis drei. Dann wandte er sich um. Hakala, wollte er sagen. Doch der Raum schwankte. Tisch und Bett flackerten, die Schatten grinsten. Der Mann vor ihm war nicht Hakala, so viel begriff er. Der Mann vor ihm hatte ein Messer in der Hand. Savary öffnete den Mund. Er wollte schreien, rufen. Heraus kam nur eine erstaunte Frage.

«Finlay?»

Ondina Conti erwachte noch einmal, ein letztes Mal. Über sich sah sie ein Gesicht, das sie nur zu gut kannte. «Mörder!», brachte sie heraus. Sie konnte die Scheinwerfer hinter seinem Gesicht erkennen, ihren toten Assistenten, den Hörsaal. Sie wusste, dort lagen Leichen. Sie wusste alles.

Er sagte nichts. Stattdessen zog er einen langen Schnitt durch ihre Kehle.

18.

Da waren Schläge. Wie durch einen Nebel drang zu ihm durch, dass ihm jemand ins Gesicht schlug. Mit jedem Schlag verschwand der Nebel ein bisschen mehr. Als seine Reflexe wieder funktionierten, schoss sein Arm nach oben. Der Schürhaken, er brauchte dieses verdammte Eisen, sofort. Wo war es bloß? Panisch tastete er danach.

«Sachte, sachte.» Hakala blickte von oben auf Savary hinunter.

«Was ...?», begann Savary, doch ein plötzlicher Schmerz durchzuckte seinen Kopf. Jetzt bemerkte er, dass er auf dem linken Auge blind war. Instinktiv fasste er dorthin, um vor Schmerz aufzuschreien.

«Vorsicht, nicht hinlangen!», warnte Hakala zu spät. «Du hast ganz schön was abgekommen. Komm. Versuch, aufzustehen.» Er half ihm auf und führte Savary zur Tür.

Matthieu war, als würde ihm der Kopf explodieren. Der Schlag. Er erinnerte sich an einen Schlag. Danach war es dunkel geworden. Aber wer? Aber was? «Meine Tabletten!», rief er.

Hakala ging zurück in den Raum. Als er wiederkam, hatte er das Fläschchen dabei. Schnell griff er nach Savary, der zu Boden zu sinken drohte. «Hier, nimm», er drückte ihm die Tabletten in die Hand. «Und pass auf die Türschwelle auf.»

Savary ließ sich nur widerwillig führen. Er hatte etwas vergessen. Da war er sich sicher. Er kam nur nicht darauf, was es war.

«So, und jetzt raus hier.» Hakala schob ihn in Richtung Miller's Court.

War es die kalte Nachtluft? Oder lag es an der Katze, die vor seinen Füßen vorbeiflitzte? Mit einem Mal fiel Savary wieder ein, woran er sich so krampfhaft zu erinnern versucht hatte. «Ondina!»

«Schau nicht hin!» Mit einem kräftigen Stoß katapultierte Hakala ihn hinaus in die Dunkelheit. Aber sein Rat kam zu spät. Im letzten Moment, noch bevor Hakala die Tür hatte schließen können, wandte Savary sich um. Mit einem Mal war das Zimmer lichtdurchflutet, viel heller als vorhin. Im Kamin loderte ein Feuer, dessen Licht sich durch Berge von Textilien fraß, laut und grell. Und in diesem Licht sah er seine Geliebte.

«Ondina!» Er brüllte wie ein Tier. Wehrte sich mit aller Kraft gegen den Griff des Finnen.

Hakala zerrte an ihm. «Sei still, verdammt! Man hört uns noch.»

«Ondina! Nein!»

«Jetzt sei endlich still. Er könnte noch in der Nähe sein.» Hakala zog so fest an ihm, dass Savarys Kleidung zerriss, aber er wehrte sich weiter, wollte zu ihr. Hakala versetzte ihm einen Faustschlag gegen das Kinn. Savary ging zu Boden wie ein nasser Sack. Der Finne lud ihn sich auf die Schulter. Dann lief er über den Hof und die Straße hinunter. Sie mussten schnellstens zurück in die Middlesex Street, zurück zu ihrer Wohnung. Hakala fluchte. Auch er hatte Ondina Conti gesehen. Oder das, was von ihr übrig war. Ihre Perücke hatte er ins Feuer geworfen. Ihre eigenen Haare waren vom Blut durchtränkt gewesen. Hakala schloss für einen Moment die Augen. Hinter seinen Lidern sah er das Weiß ihres sauber abgeschälten Oberschenkelknochens. Ihre Gedärme hatten auf dem Tisch gelegen. Es hatte so penetrant nach Blut gestunken, dass er Mühe gehabt hatte, sich nicht zu übergeben. Das Einzige, was noch heil geblieben war: Ondinas linker Arm, der nackt, blass und in einer unschuldig anmutenden Geste auf ihrem Leib gelegen hatte. Diesem Leib, der keiner mehr war. «Herrgottverfluchte Scheiße!» Hakala trat mit dem Fuß gegen einen Eckstein. Wieso war Ondina tot? Er begriff es nicht. Die Kirchturmuhren hatten noch nicht einmal zwei geschlagen. Hatten sie sich zu sehr auf ihr

Aktenstudium verlassen? Oder war es zu einem Zeitparadox gekommen in dem Moment, in dem er Mary untergehakt und zum Hafen geführt hatte?

Von Savary kam ein würgendes Geräusch. Hakala hielt inne, um ihn abzusetzen. Der Franzose kam zu Bewusstsein und übergab sich. «Die Tabletten», würgte er.

Hakala suchte in Savarys Taschen und holte das Fläschchen heraus. Er hielt es ins Licht einer in der Nähe befindlichen Gaslaterne. Was nahm Savary da eigentlich? Die Aufschrift des Etiketts gab ihm Rätsel auf. Egal, wenn er eine von den Pillen wollte, dann kriegte er sie. Ungeduldig stopfte er sie Savary in den Mund. Der Mann stank. Aber das war jetzt zweitrangig. Alles war schiefgegangen. Sie mussten weg von hier.

«Undina.»

Verdammt, Savary kam tatsächlich wieder zu sich. Hakala schlang ihm die Arme um Schultern und Hüften. So mochten sie für ein Pärchen von Trinkern durchgehen, die durch die Gassen des East End wankten. Sie waren nicht die Einzigen. Hinter ihnen wurden Schritte laut. Hakala hielt inne und starrte in die Dunkelheit. Seine Rechte ließ Savarys Schultern los und wanderte zu seinem Messer. Als die Umrisse des Mannes an der Ecke sichtbar wurden, entspannte er sich. Es war ein Polizist. «Sir!» Hakala grüßte und bemühte sich, wie ein betrunkener, aber nicht zu betrunkener Seemann zu wirken.

Der Beamte musterte sie einen Moment, kam dann aber wohl zu dem Schluss, dass es nicht nötig war, sie in eine Ausnüchterungszelle zu verfrachten. «Wo wollen Sie beide denn hin?»

«Middlesex Street, Sir. Mein Bekannter wohnt dort bei einer Witwe.»

«Finlay», murmelte Savary.

«Die Witwe Finlay, genau», fiel Hakala ein.

Der Bobby nickte. «Weitergehen.»

Zum Gruß hob Hakala zwei Finger an den Mützenrand und packte Savary mit festem Griff. «Weiter geht's, Freund. Bald liegst du in einem schönen, warmen Bett.»

Einen Moment noch hielt er inne, als er glaubte, den Polizisten zurückkehren zu hören. Doch er hatte sich wohl geirrt, alles blieb still. Der Mond kam hinter den Wolken hervor und beschien das Pflaster, auf dem Blut und Federn klebten. Der Anblick erinnerte Hakala an das, woran er nicht erinnert werden wollte. «Weiter.» Er sagte es mehr zu sich selbst. Hakala entschied sich für die belebtere Goulston Street. Einige Clubs und Pubs waren hier noch geöffnet. Sie begegneten zwei Soldaten, die sich in Begleitung einer Hure befanden, einer Patrouille der Nachbarschaftswache und einer Frau, die ihren Schal eng um sich gezogen hatte und schnell an ihren vorbeiging. Ihre Schritte waren aus der Dunkelheit gekommen, lange ehe man sie sah. Und sie hallten nach, lange nachdem sie aus Hakalas Blickfeld verschwunden waren. Hin und wieder raschelte es. Ratten, die sich in den Rinnsteinen tummelten. Einmal trat er auf etwas Weiches. Als Savary heftig stolperte, lehnte er ihn an eine Hauswand. Hakala wurde unwohl, als er sah, dass es der Eingang des Hauses war, in dem man vor etwas über einem Monat den blutigen Abriss von Catherine Eddowes Schürze gefunden hatte. Sie befanden sich tief im Territorium des Rippers und waren noch lange nicht in Sicherheit.

«Geht's wieder?», erkundigte er sich bei Savary.

«Es war Finlay.» Diesmal war Savarys Stimme deutlicher.

«Was? Bist du wahnsinnig?»

«Nein, bin ich nicht. Ich habe ihn gesehen. Es war Finlay.»

«Du hast einen Schlag auf den Kopf bekommen. Du warst weg. Du musst dir das zusammengeträumt haben. Wie zum Teufel sollte Finlay der Ripper sein? Das ist völlig unlogisch.» Er spürte die Wut in sich aufsteigen.

Savary, die Augen immer noch geschlossen und den Kopf auf die Brust gesenkt, stammelte weiter: «Ich habe ihn gesehen.»

Ein Fensterladen klappte zu. Hakala fuhr herum. «Finlay ist nicht hier», sagte er. Genau genommen stimmte das nicht. Finlay war über einen Monat von ihnen entfernt. Er mochte durch dieselben Gassen laufen wie sie, aber nicht im Jetzt. Er war von ihnen getrennt durch den Fluss der Zeit. Gegenüber öffnete sich die Tür eines Pubs und spuckte Lärm aus, Licht, ein Grüppchen Menschen und Wärme, die kaum bis zu ihnen drang. Nieselregen hatte eingesetzt. «Können wir endlich weiter?», drängte er den Franzosen. «Nur noch eine Querstraße.» Erneut legte er Savarys Arm um seinen Hals. Während sie voranstolperten, lallte Savary leise vor sich hin. Hakala konnte nicht verstehen, was er sagte. Es waren Satzfetzen, Schatten von Gedanken. Sie kamen an eine Ecke. Dort, schräg gegenüber, musste außerhalb des letzten Lampenkreises ihre Haustür sein. Hakala atmete auf. «Hast du den Schlüssel noch?»

«Wenn es nicht Finlay war ...»

«Gib den Schlüssel her, Mann. Wir sind gleich da.»

«... dann war es, dann war es ...»

«Hey!» Eine Gestalt blockierte den Weg. Für einen Moment glaubte Hakala, es wäre wieder der Constable von vorhin. Oder einer von der Nachbarschaftswache, der sich wichtigmachen wollte. Aber er kannte den Mann, der sich nun vor ihnen aufbaute. Er war nicht groß, sein Hut schäbig. Doch in seiner ganzen Haltung und in seiner Stimme lag eine Aggressivität, die Hakala alarmierte.

«Mister Mann.» Hakala bemühte sich, ruhig und sicher zu klingen. Er gab Savarys Gewicht an den eisernen Handlauf eines Treppengeländers ab und führte seine Hand unauffällig zu seinem Messer, das an seinem Gürtel steckte.

«Glauben Sie, ich bin ein Idiot, hä? Aber das bin ich nicht.» Die schmächtige Gestalt kam näher. «Ich habe das blaue Licht gesehen. Ja, das habe ich.»

«Hakala?» Savary klang, als hätte er Schmerzen.

Der Finne wandte ihm nur halb das Gesicht zu. «Gleich.»

«Ihr seid keine Engländer. Nein, das seid ihr nicht.» Robert Mann legte den Kopf schräg. «Aber was seid ihr dann?»

«Ich weiß nicht, was Sie meinen, Sir. Im Moment bin ich müde und will nach Hause.»

«Seid ihr Außerirdische, hä? Habt ihr außerirdische Waffen und erforscht uns? Ich habe einen Freund, der schreibt so Geschichten. Der weiß das.»

Hakala war erleichtert. Der Mann war ein Idiot. Und vermutlich krank. Laut sagte er: «Langsam kriege ich schlechte Laune.»

«Ich werde allen davon erzählen, das werde ich, ja!»

«Den Teufel wirst du», knurrte Hakala und machte einen Schritt nach vorne.

«Ich weiß, was ich gesehen habe. Und es war etwas, das nicht von dieser Welt ist.»

«Ich werde dich ...» Der Finne hatte die Faust geballt.

«Nein, Hakala, der Mann hat ganz recht.» Savary trat aus dem Schatten. Man sah ihm an, dass er Mühe hatte, sich aufrecht zu halten. «Gratuliere, Mister Mann», sagte er. «Sie haben uns enttarnt.»

Der Leichenwäscher machte große Augen. «Außerirdische?», fragte er.

«So etwas Ähnliches.» Savary ließ es düster klingen. «Wir kommen aus der Zukunft, die schrecklich sein wird. Die Menschen dort sind krank, Mister Mann. Sehr krank.»

«Savary, bist du übergeschnappt? Hör sofort auf damit!»

«Nicht doch, dieser Mensch wird uns helfen», wandte sich Savary an Hakala. Er machte einen weiteren Schritt auf Robert Mann zu. «Nicht wahr?» Mann leckte sich nervös die Lippen. Machte keinerlei Anstalten, beiseitezutreten. «Dieser Mensch hier wird mich heilen.» Savary tippte ihm auf die Brust.

«Heilen?» Manns Stimme überschlug sich. «Wie denn?»

«Organe, Mister Mann. Es geht um Organe. Die Menschen aus der Zukunft brauchen gesunde Organe, damit sie weiterleben können. *Ihre* Organe.»

Selbst im gelblichen Gaslicht der Laterne, unter der sie standen, sah man, dass Robert Manns Gesicht die Farbe gewechselt hatte. Seine Augen waren schreckgeweitet. Wieder und wieder leckte er sich über die Lippen. Einen Moment lang sah es so aus, als wollte er etwas erwidern, dann aber drehte er sich um und rannte, als wäre der Leibhaftige hinter ihm her.

«Was, bitte schön, sollte das?» Hakala wartete nicht ab, bis die Schritte des Männchens verklungen waren. Er war wütend. Und er war laut. «Laufen wir jetzt herum und erzählen jedem, was es mit uns auf sich hat?» Er ballte die Faust. Als Savary nicht gleich antwortete, hieb er mehrmals gegen den gusseisernen Laternenpfahl. Das Licht begann zu flackern. «Was für ein Scheiß! Ich fass es nicht.» Hakala brüllte beinahe. «Von wegen Zeitreise-Bibel und keine Eingriffe in die Vergangenheit und sich unauffällig bewegen. Und das soll es jetzt sein, ja? So machen wir das neuerdings? So?» Bei jeder Frage hieb er gegen die Laterne.

«Jedenfalls werden wir niemanden mehr umbringen», sagte Savary leise.

Der Finne stand vor ihm, er sah aus wie ein Boxer nach dem Kampf. «Wir werden nie wieder hierherkommen, nach allem, was geschehen ist», sagte er und wandte den Kopf, als wollte er mit seinen Blicken alles umfassen: die Laterne, die Backsteinfassade, das regennasse Pflaster, ganz London. «Wir werden nie erfahren, was wir unbedingt wissen wollten: Die Identität des Rippers wird ungeklärt bleiben.»

«Ich weiß», sprach Savary. Er klang müde und enttäuscht. «Ondina ist tot. Und der Mann, der sie getötet hat, sah aus wie Finlay. Ich weiß es.» Damit wandte er sich zum Gehen. Mühsam setzte er einen Fuß vor den anderen.

Was die beiden nicht sahen, war der Mann, der hinter ihnen aus dem Schatten trat. Er trug einen dunklen Mantel und eine Melone. Ohne ein Wort blickte er den beiden abgerissenen Gestalten nach, wie sie zu ihrer Haustür wankten, aufschlossen und im Inneren des Mietshauses verschwanden. Ihm entging auch nicht, in welchen Fenstern kurz darauf das Licht anging, erst orangefarben und flackernd, dann in einer bemerkenswert gleißenden Helligkeit. «Interessant», murmelte der Mann, den die Nacht so vollkommen umgab.

19.

Finlay ließ die Zeitung sinken, blickte in das Kaminfeuer und griff nach seinem Whisky. Er nahm einen Schluck und lachte.

«Was ist so komisch?», fragte Flechter, die mit dem Rücken zu ihm am Schreibtisch saß.

Finlay raschelte mit dem Journal. «Hören Sie sich das an», sagte er. «Was für ein Geist, bei Gott.» Er räusperte sich, dann las er vor: «‹Während wir, die konventionellen Sozialdemokraten, unsere Zeit an Erziehung, Agitation und Organisation *verschwenden*› ...» Er hielt inne, um sich Karoline Freitag zuzuneigen, die ebenfalls vor dem Kamin saß. «Sie und Ihre Miss Marx. Da sehen Sie mal, wie viel Sie erreicht haben nach 150 Jahren vergeblichen Engagements.»

Karoline reagierte nicht. Sie starrte in die Flammen, hatte die Arme verschränkt und die Finger um den Saum ihres Pullovers geklammert. Das Feuer prasselte, die Scheite knackten. So wird es in Oxford sein, dachte sie. So gemütlich, so stilvoll und geistreich.

«Während also wir Normalsterblichen uns umsonst abrackern, die Lage der Menschheit zu verbessern», wiederholte Finlay in eigenen Worten, «und jetzt kommt es: Währenddessen also, ich zitiere, ‹hat ein unabhängiges Genie die Sache in die Hand genommen. Es tötete einfach vier Frauen und weidete diese auf bestialische Weise aus. So wurde die das Privateigentum vertretende Presse zum Kommunismus bekehrt.›» Er legte das Blatt in seinen Schoß und lachte wieder auf. «Ein unabhängiges Genie! Der Ripper kann sich wahrhaftig nicht über seine Kritiken beklagen.»

Fletcher sah kurz auf von ihren Schriftstücken und sagte: «Solche Kritiken hätten Sie wohl selbst gerne gehabt.»

Finlay tat beleidigt. «Ich hatte meinen Teil zu meiner Zeit. Das können Sie mir glauben.»

«War das wieder Oscar Wilde?», fragte Karoline.

«Meine Liebe, der unverwechselbare Ausdruck dieser messerscharfen, zutiefst unabhängigen Intelligenz gehört eindeutig George Bernard Shaw», klärte Finlay sie väterlich auf. «Es wird mir ein Vergnügen sein, Sie mit ihm bekannt zu machen. Bei Gelegenheit.»

«Ich kann es kaum erwarten», erwiderte Karoline in einem Anflug von Ironie. Das sollte nicht sein, dachte sie. Sie sollte ganz wild darauf sein, Shaw kennenzulernen. Und Shakespeare, wenn sie schon dabei war. Und natürlich Alexander den Großen. Und, jawohl, auch Adolf Hitler. Sie hatte ungeahnte Möglichkeiten. Sie sollte sich freuen. «Gern», sagte sie matt.

«Ein unabhängiges Genie, weiß Gott.»

«Sie sind widerlich.» Die Aussage kam von Fletcher. Aber sie klang eher versöhnlich. «So.» Mit diesen Worten legte sie das Schriftstück beiseite. Dann gab sie ihrem Drehstuhl einen Stoß, sodass sie nun zu Finlay und Freitag sah.

Finlay betrachtete sie durch den Kneifer, den er normalerweise nur auf seinen Zeitreisen zu tragen pflegte. In den letzten Tagen hatte man ihn allerdings des Öfteren mit diesem Requisit antreffen können. «Und?», fragte er. «Ist man zufrieden mit uns?»

«Da wir dank Ihres Einsatzes nun ein zeitgenössisches Beweisstück haben, das eindeutig belegt, dass der Prinz nicht der Ripper ist: ja. Man ist sogar äußerst zufrieden.» Bedachtsam strich sie über den Schal, das Corpus Delicti, das nach Finlays Zeitreise erneut in eine transparente Plastikhülle eingeschweißt worden war.

Mit einem gönnerhaften Kopfnicken nahm Finlay das Lob zur Kenntnis. Karoline Freitag hörte sich zu ihrer Überraschung sagen: «Millionen von Euro dafür, das Sperma eines wahnsinnigen

Friseurs einzusammeln. Nun ja, was soll's.» Sie zuckte mit den Schultern.

«Sie sollten sagen: das Sperma eines jüdisch-polnischen Friseurs. Das macht die Sache noch etwas deprimierender.» Finlay nahm wieder seine Zeitung zur Hand und fuhr mit seiner Lektüre fort. Auch Fletcher kehrte zum Studium ihrer Unterlagen zurück. Nach einer Weile rutschte sie unruhig auf ihrem Stuhl herum. «Eine Damenperücke», murmelte sie. «Haben Sie das bestellt, Freitag?»

Karoline schüttelte den Kopf.

«Und eine Schiffspassage? London–New York?» Fletcher versagte regelrecht die Stimme. Mit gerunzelter Stirn ging sie das Protokoll von Hannah Rüthlis jüngsten Aktivitäten durch. Mit dem Ausruf «Das gibt es doch nicht!» sprang sie schließlich auf und eilte im Sturmschritt aus dem Zimmer.

Karoline starrte in die Flammen. Als sie endlich aufschaute, begegnete sie Finlays forschendem Blick, den sie kalt erwiderte. «Sie haben das Haar des Prinzen gar nicht verloren, nicht wahr?», sagte sie. «Sie haben dafür gesorgt, dass es verschwindet. Auf ihren Befehl hin.» Sie sprach Fletchers Namen nicht aus. Es war auch gar nicht nötig.

Finlay seufzte. «Falls Sie damit sagen wollen, dass wir auf derselben Seite stehen, stimme ich Ihnen zu. Wir beide tun, was unser Arbeitgeber uns aufträgt.»

Karoline, die den Gedanken nur schwer ertrug, dass er recht hatte, stand auf. Die plötzliche Rückkehr Fletchers verhinderte, dass sie etwas sagen konnte.

«Rüthli!», rief die Agentin. «Sie ist nicht auf ihrem Zimmer.»

Langsam kam Leben in Finlay. «Hat die Dame sich etwa abgesetzt?»

Fletcher hatte schon zum Telefonhörer gegriffen, zögerte aber noch. «Ich werde mit Savary reden.» Als sie ein zweites Mal hinausrauschte, folgten ihr Finlay und Freitag. Zu dritt standen sie vor der Tür des Franzosen. Doch niemand öffnete ihnen. Fletcher verzichtete auf jede Rücksichtnahme, zog vor den Augen der anderen ihren Bund mit Zweitschlüsseln hervor und schloss die Tür auf. «Auch weg!», sagte sie. Auf dem Bett lagen Kleidungsstücke. «Das hat Savary heute Morgen noch getragen.» Ohne sich umzuwenden, sagte sie: «Finlay, sehen Sie nach, ob die Conti da ist. Gehen Sie auch ins Labor», rief sie ihm nach, als er schon an der Tür war. Mit routinierten Bewegungen durchsuchte sie das Zimmer, beobachtet von der stummen Karoline Freitag. Als Finlay zurückkam, standen die beiden Frauen bereits auf dem Flur.

«Ausgeflogen», stellte er fest.

Fletcher zögerte einen Moment. Dann lief sie los. Finlay und Freitag folgten ihr.

Als Sukov sie kommen sah, stand er auf.

«Wo sind sie?», wandte sich Fletcher in scharfem Ton an ihn.

Er öffnete den Mund, doch plötzlich ertönte ein Signal. Der Russe lief zur zentralen Steuerungseinheit und prüfte die Bildschirme. «Sie kommen», sagte er. Seiner Stimme war eine leise, ganz untypische Aufregung anzuhören. «Am besten, Sie reden selbst mit ihnen.»

«Worauf Sie sich verlassen können.» Fletcher war blass vor Ärger. «Und nicht nur mit den Vieren.»

«Vier?», fragte Sukov erstaunt.

«Wie viele sind es denn?»

«Rüthli schläft dort vorne auf dem Sofa. Sie müssten eigentlich an ihr vorbeigekommen sein.»

«Also Hakala, Savary und Conti, ja?»

Statt zu antworten, richtete Sukov den Blick auf die Monitore. Der Hauptbildschirm zeigte das Innere von TAYLOR, einer riesigen, mit Abertausenden Detektoren gekachelten Röhre. In der

Mitte befand sich das Schwarze Loch. Eine schwerelose, tennisballgroße schwarze Kugel. Auf den nebenstehenden Bildschirmen konnte man vergrößerte Ansichten des schwebenden Zeittores aus verschiedenen Perspektiven erkennen. Plötzlich begann sich die Hülle der Kugel zu bewegen; in wabernden Bewegungen, die immer stärker wurden, schien der kleine Ball explodieren zu wollen. Dann sprangen mit einem Mal weiße Blitze aus der Kugel. Die Monitore wurden immer heller. Als innerhalb weniger Sekunden alles zu Licht und Helligkeit geworden war, drehten sich die Zuschauer unwillkürlich zur Seite und schlossen ihre Augen. Als sie sie wieder öffneten, erblickten sie zwei Personen in Schutzanzügen.

«Sukov! Wie viele sind es denn nun? Zwei oder drei?» Fletcher war alarmiert.

Sukov widmete sich wieder seinen Reglern. Er schüttelte den Kopf. «Es ist niemand mehr unterwegs», antwortete er. «Eigentlich müssten sie zu dritt sein.»

Fletcher hörte ihn schon nicht mehr. Sie hatte den Raum verlassen, um die Sektion zu erreichen, in der die Zeitreisenden für gewöhnlich eintrafen. Dem Ersten, auf den sie stieß, zerrte sie den Schutzhelm vom Kopf. Es war Savary. Sein Gesicht war bis zur Unkenntlichkeit mit geronnenem Blut und Dreck verschmiert. Sein Blick schaffte es nicht, sie zu fixieren. Er schnappte nach Luft wie ein Ertrinkender. Doch anstatt zu sich zu kommen, sank er ihr in die Arme. Im nächsten Moment waren Finlay und Freitag zur Stelle. Sie nahmen ihr Savary ab. «Bringen Sie ihn in den Gemeinschaftsraum, und versorgen Sie ihn», befahl Fletcher. Nachdem die beiden Savary aus dem Schutzanzug befreit hatten, nahmen sie ihn unter den Achseln und geleiteten ihn vorsichtig in Richtung des Tunnels, wo die Fahrzeuge bereitstanden, die zum Keller des Haupthauses fuhren. Fletcher wandte sich dem zweiten Reisenden zu. Der Mann hatte sich inzwischen selber weitgehend aus seinen Schutzhüllen geschält. Es war Hakala. Sie starrte ihn an, stumm vor Sorge, Wut und Enttäuschung.

Hakala versuchte, ihrem Blick standzuhalten. Sein Adamsapfel arbeitete. An seinen Händen, die sich an der Metallbeschichtung des Reiseanzuges festhielten, war ebenfalls Blut.

«Wo ist Conti?», fragte Fletcher. Hakala schüttelte den Kopf. «Was ist passiert?» Sie hatte zu brüllen begonnen. Der Finne gab einen seltsamen Laut von sich. Dann schlug er die Hände vors Gesicht. «Nehmen Sie gefälligst Haltung an, Hakala!», rief Fletcher.

Hakala straffte sich, nahm die Hände herunter und wich Fletchers Blick aus. «Sie ist tot.»

«Wie bitte? Können Sie das wiederholen?»

«Ondina Conti ist tot. Der Ripper hat sie getötet.»

«Einen Moment! Wie kann das sein?»

Hakala sprach weiter: «Der Plan, also, Savarys Plan, sah vor, dass Conti die Rolle der Mary Kelly spielt. Sie sollte den Ripper in Kellys Wohnung locken. Dann wollten wir uns den Kerl ansehen. Wirklich nur ansehen. Und wäre es nicht der Prinz gewesen, hätte Savary auch voll kooperiert. Das hat er deutlich gesagt. Es war ihm nur daran gelegen, Gewissheit zu haben. Doch dann …»

Fletcher schnitt ihm mit einer Handbewegung das Wort ab. «Gewissheit!», fauchte sie. «Sie haben also Ihre Befehle missachtet und mich hintergangen, um *Gewissheit* zu bekommen? War das Ihr Job, Hakala? Habe ich Ihnen befohlen, einen wahnsinnigen Alleingang zu unternehmen, der gegen alle Regeln und Vorschriften verstößt und am Ende noch ein Todesopfer fordert? Antworten Sie! War das Ihr Job?» Sie wurde noch ein wenig lauter. «Wenn ich mit Ihnen fertig bin, Hakala, dann werden Sie auf unbestimmte Zeit in einem geheimen Gefängnis des MI5 sitzen, haben wir uns verstanden? Gewissheit!» Einen Augenblick lang hielt sie inne. «Wie ist sie denn …?», begann sie.

Hakala nickte. «Genauso wie Mary Kelly.»

Fletcher machte einen Schritt zur Seite und legte eine Hand gegen eine Wand, so als müsse sie sich abstützen.

«Savary war dabei.»

Fletcher biss die Zähne zusammen. «Und die echte Kelly? Was ist mit ihr?»

«Ich hab sie auf ein Schiff nach Amerika gebracht.»

«Sie sind ein fürchterlicher Dilettant, Hakala. Sie und die anderen. Nie hätte ich mit solch einem Team arbeiten dürfen. Amateure und Laien. Pah! Hauen Sie ab!» Sie deutete auf die Tür, die zu den Fahrzeugen führte. Als er verschwunden war, setzte sie sich auf den blanken Boden. Sie dachte an ihre Zukunft, an die Mission, die ihr unter den Händen zerbrochen war.

Den Signalton, der nun ertönte, bemerkte sie nicht. Auf einem Monitor in ihrem Rücken begann das Schwarze Loch langsam zu vibrieren.

20.

Fletcher telefonierte. Savary lag bewusstlos auf einem Sofa. Freitag hielt seinen Kopf in ihrem Schoß und weinte. «Es ist meine Schuld. Es ist alles meine Schuld», jammerte sie.

«Schaffen Sie Doktor Reber her, sofort», sprach Fletcher in den Telefonhörer. «Es ist mir egal, auf welchem Kongress er gerade ist. Nehmen Sie einen Helikopter.»

Hannah Rüthli strich sich die zerzausten Haare aus dem Gesicht und raffte das blutgetränkte Material zusammen, mit dessen Hilfe sie Savarys Kopfverletzung gereinigt und versorgt hatte.

Fletcher beendete ihr Telefonat. «Wie sieht es nun aus? Mary Kelly lebt. Jemand anderes ist an ihrer Statt gestorben. Was bedeutet das für uns heute?»

Finlay, am Rande des Geschehens, ging hinüber zu den Flaschen, die praktischerweise neben dem Medikamentenschränkchen standen. «Scotch gibt es Gott sei Dank noch», stellte er fest und schenkte sich ein. «Aber Eis ist knapp geworden.»

«Sie verdammter Spötter!», fauchte Karoline.

«Mädchen, nur weil Sie ein schlechtes Gewissen schieben, müssen Sie nicht auf mich losgehen.»

Hannah mischte sich ein: «An unseren Unterlagen hat sich nichts geändert, wie es aussieht.» Sie ging hinüber zu den Stellwänden mit dem Fahndungsmaterial. «Da steht es, Mary Kelly, gestorben am Freitag, den 9.11.» Sie drehte sich um zu den anderen. «Sieht so aus, als gäbe es kein Paradoxon. Man hält Ondina Conti für Mary Kelly. Ist ja auch irgendwie logisch. So, wie die Leiche zugerichtet wurde …»

«Wenn man davon absieht, dass irgendwo in den USA eine Mary Kelly fröhlich vor sich hin gelebt hat, was sie nicht sollte, vielleicht Kinder in die Welt gesetzt hat, was nicht hätte passieren dürfen, und jetzt ein verdammtes Problem für uns darstellt. Hakala!»

«Nein», sagte der Finne. «Ich werde dieses Problem nicht beseitigen. Denn es ist keines. Es ist genau so, wie Hannah sagt. Für die Menschen der Vergangenheit ist Ondina Conti die Kelly. Kein Paradoxon, keine unvorhersehbaren Folgen für die Gegenwart.»

So laut es eben noch gewesen war, so still wurde es mit einem Mal. Man konnte das Surren der Leitungen hören. Timofej Sukov war der Erste, der wieder etwas sagte. «Sieht so aus, als wäre das Universum nicht in die Luft geflogen.»

Sie alle waren erschöpft. Es war einfach zu viel geschehen. Finlay hatte in dem kleinen Kühlschrank Eiswürfel aufgetrieben und in sein Glas geworfen. Jetzt ließ er sie mit leisem Klirren kreisen. Hakala wünschte, er hätte ebenfalls einen Drink. Doch er wagte nicht, sich einen zu machen. Savary lag in ihrer Mitte, noch immer ohne Bewusstsein. Wenigstens atmete er. Sein Gesicht, das inzwischen von Schmutz und Blut befreit war, war allerdings stark gerötet, so als hätte er Fieber. Seine Augen lagen tief in dunklen Rinnen. Er war unruhig, sein Körper zuckte, und aus seinem Mund kam immer wieder ein unverständliches Murmeln.

Hannah war zu einem Computer gegangen. Von Zeit zu Zeit nickte sie, wenn sie auf eine Information traf, die Sukovs Feststellung bestätigte: Die Welt war noch die alte. Dann plötzlich erstarrte sie. «Ich habe etwas gefunden», sagte sie. «Die SS Erin ist im November 1888 auf ihrer Fahrt von London nach Amerika vor der Küste von Island gesunken.» Sie las den Bericht vor. Langsam, Buchstabe für Buchstabe.

«Und das war vorher nicht so? Ist dieses Schiff vor eurem Eingreifen in New York unbeschadet angekommen?», fragte Fletcher.

«Ich weiß es nicht. Ich habe mich vorher nicht um dieses Schiff gekümmert», sagte Hannah kleinlaut.

«Sie wissen es also nicht! Möglicherweise ist dieses Schiff aufgrund eines Zeitparadoxons gesunken, vielleicht aber auch nicht. Über 1000 Menschen, die durch euer dilettantisches Handeln ihr Leben verloren haben könnten. Kein neues Leben in den USA, keine Nachkommen, Veränderungen bis in die Gegenwart hinein und darüber hinaus», schimpfte Fletcher.

«Aber was ändert das?», warf Sukov ein. «Wir können nichts tun. Was geschehen ist, ist geschehen.»

«Eben nicht», kommentierte Fletcher.

«Und dennoch ist die Situation so, wie sie ist», sagte Finlay, bevor er sein Glas Scotch leerte.

Nach einer Weile fragte Fletcher: «Habt ihr bei eurem Schurkenstück wenigstens herausgefunden, wer der Ripper ist?»

Hakala senkte den Kopf.

«Sagten Sie nicht, Sie hätten Contis Tod gesehen?»

Es ging ein lautloser Ruck durch die Gruppe. Keiner wagte es, zu den Tatortfotos auf den Flipcharts zu blicken.

«Er hat es mitbekommen.» Hakala wies mit dem Kinn auf Savary. «Aber der Ripper hat ihn niedergeschlagen, bevor er ...»

«Und was hat Savary gesagt? Wie sah er aus, der Ripper?»

Hakala schwieg.

«Sprechen Sie mit mir, Hakala!»

«Unsinniges Zeug. Er hat deliriert.»

«Raus mit der Sprache!»

«Er hat behauptet, Finlay wäre der Ripper.»

Alle schauten den Schotten an, der gerade dabei war, sich ein zweites Glas Scotch einzuschenken. «Was ist?», begann er. «Ich soll der Ripper sein? Meine Güte, das ist selbst für mich zu viel der Ehre, auch wenn das Monster allgemeinhin meine beste Rolle ist.» Er hob sein Glas und prostete den anderen zu: «Cheers, Freunde. Auf unabhängige Genies.»

«Aber», begann Freitag nach einer Weile, «wenn es nicht Finlay war, den er gesehen hat, dann muss es ... Um Himmels willen! Wir müssen ihn aufhalten!»

In diesem Moment ging das Licht aus.

«Interessant», sagte eine Stimme.

Melville Macnaghten hatte in Indien viel erlebt. Unglaubliche Paläste hatte er besucht und Tempel, in denen Ratten verehrt wurden. Er hatte Tiger gesehen, die zu Menschenfressern geworden waren. Hatte in die Augen des Mobs geblickt, der ihn hatte töten wollen. Dann, in London, hatte er dampfbetriebene Maschinen bestaunt und die inneren Organe des Menschen studiert. Und gerade eben, als er diesen Anzug aus diesem seltsam glänzenden Material übergestreift hatte und in den Kamin gestiegen war, hatte er das gesamte Universum erblickt. Er war zu dem Schluss gekommen, dass es nicht groß genug für ihn war.

Alles um ihn herum sagte ihm, dass es stimmte: Er war tatsächlich in der Zeit gereist. Es wunderte ihn kaum noch, dass sich Licht inzwischen mit nur einem Knopfdruck an- und ausschalten ließ. Und der letzte Satz, der in der Runde gesprochen worden war, bestärkte ihn in der Entscheidung, die er getroffen hatte: Es war notwendig gewesen herzukommen. Er musste für seine Sicherheit sorgen. Und am Ende: Was für Möglichkeiten! Der Erste, den er angriff, war der Mann mit der Matrosenmütze. Schon in London hatte es ihn gejuckt, ihm eins überzuziehen, als er und sein verkrüppelter Gefährte ihm durch die Gassen gefolgt waren. Macnaghten war schnell. Seine Augen waren an die Dunkelheit gewöhnt. Macnaghten, Naghten – die Nacht. Sie war sein ureigenstes Element. Wie gut, dachte er, dass er seine Pistole mitgenommen hatte. Als er dem Mann, den diese Leute «Hakala» nannten, das Messer in den Rücken trieb, vernahm er schon die Schritte einer Frau. Es war diese Tamilin, der Chef der Bande. Er konnte es riechen, wie sie sich ihm näherte. Sie trug Hosen und hatte keinen Funken Demut in ihrer Haltung. So etwas wie diese Person hatte er in Indien mehr als einmal auspeitschen lassen. Er wartete, bis sie nahe genug war, gab dann dem zusammensinkenden Finnen einen Stoß, sodass er gegen sie fiel. In Windeseile zog er seine Pistole und schoss.

Jemand rannte. Eine Frau, er hörte es am Schritt. Wie er es liebte, wenn sie davonrannten. In dem irrigen Glauben, sie könnten entkommen. Das Biest hatte es fast zur Tür geschafft.

Dann allerdings überraschte sie ihn. Sie floh nicht, sondern drückte auf diesen Schalter, der das Licht an und aus machte.

Hannah drehte sich sofort um. Sie war bereit, sich zu wehren. Rechts von ihr auf dem Boden lagen Hakala und Fletcher in einer Blutlache. Finlay und Sukov waren verschwunden.

Vor ihr stand ein Mann, der aussah wie Finlay, aber nicht Finlay sein konnte. Zu seinen Füßen lag eine Waffe, die rauchte. Er hatte Karoline Freitag. An ihren Hals hielt er ein Messer. Hannah erinnerte sich an all die Schnitte, die sie kannte: von einem Ohr zum anderen. Schnell gesetzt und so tief, dass sie erst an der Wirbelsäule haltmachten. Es würde ihn nur ein Zucken kosten, und für Karoline gäbe es keine Rettung mehr.

Hannah rührte sich nicht.

«So ist es gut», sagte Macnaghten. «Am Ende parieren sie alle.»

Stumm ballte Hannah die Fäuste. Plötzlich fiel ihr ein, woher sie diesen Mann, der Finlay so ähnlich sah, kannte. Die Akten, dachte sie. Wenige schlechte Stiche und Fotografien: das feiste Kinn, der Schnauzer und diese müden, unglaublich arrogant dreinblickenden Augen. «Sie sind der Polizeibeamte», sagte sie.

Er lächelte. All seine Zähne blitzten auf. «Ist das nicht grandios?», sagte er. «Die Idioten suchen alle nach dem Ripper, und am Ende werden sie mich zu ihrem Chef machen.»

«Wenn Ihre Rechnung aufgeht», sagte Hannah. «Falls nicht …» Sie sah, wie sein Gesichtsausdruck sich veränderte. «Wissen Sie, was Sie sind?», sagte sie. «Sie sind ein frustrierter Spießer, der einfach nicht damit klarkommt, dass man ihm einen Posten verweigert hat.»

«Du kleine Nutte!», schrie er und drückte sein Messer stärker gegen Karolines Hals. Blut fing an zu tropfen.

Hannah erschrak. Sie durfte es nicht übertreiben, durfte ihn nicht zu sehr reizen. Aber im Moment waren Worte ihre einzige Waffe. Unauffällig suchte sie die Umgebung ab.

Mit einem Mal hörte sie etwas, ein leises Klingeln, wie von Eis gegen Glas. «Warten Sie», sagte sie schnell, um den Klang zu übertönen. Sie wusste selbst: Es klang zu eifrig und zu laut. «Tun Sie ihr nichts.» Sie überlegte. «Ich kann Ihnen helfen. Ich …, ich …, ich weiß alles über die Zukunft. Ich könnte Ihnen nützlich sein.» Ihr fiel nichts weiter ein.

In einer ekelhaften Geste befeuchtete sich Macnaghten mit seiner Zunge die Lippen. «So ist es schön», säuselte er. «Wie ich diese Sätze liebe. ‹Komm nur, mein Süßer, ich mache es dir schon recht.› – ‹Bei mir wirst du dich wohlfühlen, Liebling.› Sie können es gar nicht erwarten zu kriechen. Alle!» Er spuckte aus. Hannah wurde heiß. «Und weißt du, wer am diensteifrigsten war? Deine kleine Freundin aus dem Miller's Court.»

«Du!» Mehr brachte Hannah nicht heraus. Inzwischen war sie bereit, sich ohne jede Waffe auf den Mann zu stürzen. Sicher, sie beherrschte einige fernöstliche Kampftechniken, sie war es gewohnt, sich zu verteidigen. Aber das würde nicht genügen. Hannah wollte töten. Sie wollte diesen widerlichen Mann und Mörder, der vor ihr stand, töten. Aus ihrer anfänglichen Wut war abgrundtiefer Hass geworden.

Macnaghten schien erstaunt über ihre Reaktion. Für einen Moment ließ er das Messer an Karolines Hals ein Stückchen nach unten sinken. Im nächsten traf ihn etwas am Rücken, und er riss das Messer wieder nach oben.

Karoline spürte, wie die Klinge durch ihre Haut drang. Dann fiel sie nach vorne auf die Knie. Aus ihrem Hals tropfte es. Ein roter Vorhang, der über ihre ausgestreckten Finger floss. Das Blut floss, aber es spritzte nicht. Er hatte ihre Schlagader verfehlt. Sie stieß einen Laut aus, etwas zwischen Brummen und einem Seufzer: Sie begriff, dass sie am Leben war. Noch. Neben ihr kniete Hannah. Sie war dabei, ein Tuch um die Wunde unter Karolines Kinn zu legen.

«Alles gut», sagte sie ruhig. «Alles gut.»

Wie kommt sie darauf?, dachte Karoline. Das Letzte, was sie sah, war Timofej Sukov.

«Wozu ein Drahtschneider alles gut sein kann», sagte er ruhig und legte das eiserne Werkzeug, mit dem er Macnaghten gerade den Schädel eingeschlagen hatte, beiseite.

Hannah brachte Karoline in die stabile Seitenlage. Stand auf, um nach Hakala und Fletcher zu sehen. Der Finne atmete, was ihr ein wenig Hoffnung machte. Fletcher hatte einen Schuss in den Oberschenkel abbekommen und war mit ein wenig Hilfe imstande, sich auf ein Sofa zu hieven, wo sie vom Stöhnen zum Fluchen überging.

Hannah ging hinüber zur Tür und entriegelte sie, damit die Rettungsmannschaften zu ihnen durchkommen konnten. Als sie zurückschaute, fiel ihr Blick auf Macnaghten, den Mann, der aus gekränkter Eitelkeit zum Mörder geworden war. Jetzt war er selbst tot. Am falschen Ort, zur falschen Zeit.

«Wir haben ein Problem», sagte Fletcher, die aufgehört hatte zu fluchen. «Wo zum Teufel ist Finlay?»

21.

Der Rollstuhl holperte über den Flur. Alte Häuser und ihre Böden, dachte Savary flüchtig. Darüber hinaus hatte Fletchers Team ganze Arbeit geleistet. Er war noch nicht aus dem Krankenbett heraus, da wurden bereits an allen Ecken und Enden Lifte installiert, damit er mit seinem neuen Gefährt alle Teile des Hauses erreichen konnte. Dabei hatte es Savary nie weniger danach verlangt, irgendwo hinzukommen. Der Ausflug heute war sein erster.

«Kann ich helfen?», fragte Hannah, die gerade aus ihrer Tür getreten war. «Wo wollen Sie denn hin?»

«Dasselbe könnte ich Sie fragen», gab Savary zurück. Die Schweizerin war ungewöhnlich gekleidet, selbst für ihre Verhältnisse. Sie trug ein schwarzes Kleid, schwarze Stiefel und einen Mantel, ebenfalls schwarz. Dazu Hut und Handschuhe.

Sie schaute an sich hinunter. «Heute ist die Beerdigung meines Sohnes», sagte sie in Richtung des Teppichs.

«Sebastian», sagte Savary langsam. Er hatte den Jungen vollkommen vergessen. Hatte in den letzten Wochen alles vergessen. Alles bis auf eines. «Begleitet Sie denn jemand?», fragte er.

«Karoline kommt mit.» Sie schwieg einen Moment. «Hakala darf nicht», fuhr sie dann fort. «Er soll noch einmal kurz nach London, um unsere Sachen zu holen. Unter Aufsicht. Das Zimmer in der Middlesex Street leerräumen.»

Savary nickte.

«Eigentlich dachte ich», sagte Hannah, «dass *Sie*, ich meine ...»

Savary hob den Kopf. «Ich bin wohl kaum die richtige Aufsichtsperson für Hakala, oder?»

«Wollen Sie denn nicht auf Ondinas Beerdigung?»

Mary Kelly wurde am 19.11.1888 auf dem römisch-katholischen Friedhof St. Patrick in Leytonstone beerdigt. Reihe 66, Grab 66. Die Massen, die ihrem Sarg gefolgt waren, drängten sich in den Straßen, drinnen befanden sich nur der Priester, zwei Messdiener und ein Kreuzträger, ihr Exfreund, ihr Vermieter und einige ihrer Freundinnen und Nachbarinnen. Die Frauen knieten, hatte Savary gelesen, die Männer hielten zweifellos ihre Hüte in den Händen.

Ob in einer der Kutschen noch Platz für ihn wäre? In Enge und Gestank, die misstrauischen Blicke der anderen auf sich gerichtet, die sich fragen würden, wer er war? Vor den Fenstern die Menschenmassen, die weinten und «Gott vergib ihr» riefen. Würde er ihnen sagen, dass Ondina Conti keine Vergebung nötig hatte?

Hannah Rüthli zuckte mit den Schultern. «Ich muss dann los», sagte sie.

«Sicher», erwiderte er.

Energisch rollte Savary zum Aufzug, dann durch die Halle und zu dem neuen Lift, der ihm die Freitreppe ersparte. Er brauchte frische Luft. Er brauchte grünes Weidegras, das sich im Wind wiegte. Und das Geräusch der See. Als er an der Klippe ankam, die er schon einmal nachts besucht hatte, atmete er auf. Der Weg war anstrengend gewesen. Für einen Moment schloss Savary die Augen. Er spürte das Salz in der Luft, die Sonne, die blass und silbern war und doch ein wenig wärmte unter dem Wind. Nichts davon berührte ihn.

Wie von selbst packten seine Hände die Räder. Nur noch fünf Meter, nur noch ein letzter Buckel.

Eine fremde Hand zog die Bremse seines Rollstuhls an.

Savary roch den Zigarettenduft. «Glauben Sie, Sie können mich mein Leben lang einsperren, Fletcher?»

Sie sog hörbar an ihrer Zigarette. «Könnte ich», sagte sie. Endlich kam sie um den Stuhl herum und stellte sich neben ihn, ein wenig abseits, so wie damals, als sie nachts hier miteinander gesprochen hatten.

«Sie haben sie nicht getötet, Matthieu», sagte sie.

Er schnaubte.

«Und das wissen Sie auch.»

Schließlich wandte er sich ihr zu. Scheinbar gelassen stand sie da, die Arme locker ineinander verschränkt, die Zigarette so in der Hand, dass der Wind die Glut nicht anfachte. Aus ihrem strengen Zopf hatte sich eine Haarsträhne gelöst und wehte um ihr Gesicht. Ein Hauch von Gauguin zu dem Businesskostüm, das sie trug. Savary mahnte sich zur Besonnenheit. Er durfte nicht vergessen, wer sie war. «Haben Sie je meine Medikamente manipuliert?», fragte er.

«Hat Ondina das vermutet?» Fletcher schüttelte den Kopf. «Ich bin eine Frau, die ihre Ziele hat, Savary. Aber keine Mörderin.» Sie schaute aufs Meer hinaus. «Ich habe Sie weder abgehört noch überwacht über die Maßnahmen hinaus, die Ihnen bekannt waren. Ich halte nichts davon, ein doppeltes Spiel zu spielen. Ich dachte ...» Sie hielt inne. «Ich dachte, wir sind ein Team.»

«Das Sie belogen und manipuliert haben.»

«Über die Natur der Proben war ich informiert, zugegeben.»

«Und Sie wollen mir erzählen, dass Sie Prinzipien haben?», fragte Savary bissig.

«Finden Sie das lächerlich, Matthieu?»

Er wünschte, sie würde ihn nicht mit dem Vornamen ansprechen. Er warf ihr einen bösen Blick zu. «Sie machen das sehr gut», sagte er. Er deutete auf ihr Gesicht. «So mit der leisen Traurigkeit um die Augen. Perfekt.»

«Sie hätten mit mir reden können. Das ist alles, was ich meine.»

«Sie hätten unser Vorhaben verhindert.»

«Ihr Vorhaben, sich einem Serienmörder in die Arme zu werfen? Ein Todkranker und eine Frau, die unter einer posttraumatischen Belastungsstörung leidet? Ja, sicher hätte ich alles darangesetzt, dies zu verhindern. Wir hätten einen anderen Weg gefunden.»

Savary schloss die Augen und sah Ondina vor sich, ihre Sirenen-Augen, ihre weiße Haut, ihre Zärtlichkeit und ihre verführerische, anschmiegsame … Angst. «Gehen Sie weg», flüsterte er. Über seine Wangen liefen Tränen.

«Hannah ist bei der Beerdigung ihres Sohnes», wechselte Fletcher plötzlich das Thema.

Savary kämpfte mit den Tränen. «Ich weiß.»

«Hakala», fuhr sie fort, «wird noch einmal rübergehen, um klar Schiff zu machen. Ich habe mit ihm über die Kelly-Angelegenheit geredet. Ich denke, er wird keine Alleingänge mehr unternehmen.»

Savary nickte verkrampft. «Er war verliebt», stieß er hervor.

«Das entschuldigt manches, nicht wahr?» Fletcher ließ offen, was genau sie meinte. Sie seufzte. «Ich hoffe nur, Finlay macht keine Dummheiten.»

Jetzt hob Savary den Kopf. «Was sagen die Quellen?», fragte er.

Ihre Stimme wurde sofort munterer. «Freitag konnte bisher keine Veränderung von Macnaghtens Vita feststellen. Wie es aussieht, hat er sogar daran gedacht, dass er noch eine Tochter zeugen muss.»

Savary versteckte sein Lachen hinter einem Hustenanfall. «Braver Finlay.» Er holte tief Luft. «Im Ernst, ich konnte den Kerl nie ausstehen. Soll er doch für immer in der Vergangenheit bleiben und als Macnaghten das Leben eines Bonvivants führen.» Er schaute sie an. «Kann ich eine Zigarette haben?»

Sie hob die Brauen.

«Ich bin so gut wie tot. Soll ich mich jetzt etwa noch vor Lungenkrebs fürchten?» Er streckte die Hand aus.

«Doktor Reber sagt, die Prognosen sind hervorragend.»

«Noch so ein Lügner.»

«Wir reden von Jahren, Savary.»

Seine Hand blieb, wo sie war. Sie seufzte. Endlich reichte sie ihm eine Zigarette. Als sie bemerkte, dass er kein Feuer hatte, nahm sie sie zurück und zündete sie für ihn an. Als er sie entgegennahm, bemerkte er, dass Fletcher eine Umhängetasche bei sich trug, aus der ein Hefter mit kyrillischen Buchstaben hervorschaute. «Was gibt's Neues von Timofej?»

Fletcher lächelte. «Ich habe das letzte Spiel gegen ihn verloren. Er ist nach Sachalin abgereist. Was soll ich machen?» Sie wirkte nicht wirklich besorgt.

«Sie mögen ihn», stellte Savary fest.

Sie wandte sich ihm zu. «Noch besser: Ich vertraue ihm. Und er mir, ganz nebenbei bemerkt. Das ist eines der wenigen Dinge, auf die ich stolz bin. Das hier hat er mir für Sie mitgegeben.» Sie klopfte auf den Ordner. Savary schwieg. «Wollen Sie immer noch über die Klippe?» Als er keine Anstalten machte, ihr zu antworten, fuhr sie fort: «Dann würde ich das hier nämlich behalten, es wäre ein Jammer, wenn es mit Ihnen im Atlantik landen würde. Ich glaube wirklich, dass wir damit das Zeitreisen ein ganzes Stück voranbringen werden.»

«Als ob Sie davon auch nur das Geringste verstehen würden.»

«Ihnen passt es doch bloß nicht, dass ein anderer eine Schwachstelle in *Ihrem* Entwurf gefunden haben könnte.»

«Dass mein Entwurf noch nicht zu hundert Prozent ausgereift ist, weiß ich selber», erwiderte Savary. «Learning by doing, Sie erinnern sich?»

«Ja, aber Timofej meinte, es gäbe noch ein paar andere Verbesserungsmöglichkeiten. Er bezieht sich da auf einen russischen Forscher aus den Sechzigern ...»

«Unfug!» Savary hielt es nicht mehr aus. «Nun geben Sie schon her!»

«Sukov wird in drei Monaten wieder unter uns sein», sagte sie. «Er hat Blut geleckt. Wie alle, die mit der Sache zu tun haben. Trotz Ondinas Tod. Trotz Macnaghten.» Fletcher drückte Savary das Manuskript in die Hand. «Wir hätten auch einen neuen Auftrag.»

«Ach, tatsächlich?» Savary war bereits in Sukovs Erläuterungen versunken, die der Russe freundlicherweise in Teilen in lateinischen Buchstaben notiert hatte. Am interessantesten waren ohnehin die Formeln. So viel theoretischen Ideenreichtum hätte er dem Mann mit dem Drahtschneider gar nicht zugetraut. «Was will der Geheimdienst Ihrer Majestät denn diesmal?»

«Es handelt sich um einen Privatkunden.»

Als er kurz aufsah, nutzte Fletcher die Chance, beugte sich vor und flüsterte ihm einen Namen ins Ohr.

Savary lachte auf.

Einen Moment blieb sie nahe bei ihm, ehe sie sich wieder aufrichtete. «Wollen Sie denn nicht mehr wissen?», fragte sie.

«Wissen», echote er. Wissen war alles, wonach er je gestrebt hatte. Die Weiten des Alls waren nicht groß genug gewesen für ihn. Alles, alles hatte er erfahren wollen. «Was ich wirklich gerne wüsste, ist, ob tatsächlich ich es war, der damals in Sidney den Unfall von Jonathan Silver verursacht hat.»

«Wenn wir weitermachen, werden wir auch das eines Tages herausfinden.»

«Hm.» Savarys Finger ruhten auf den Seiten, in denen der Seewind raschelte.

Sanft legte Fletcher ihm eine Hand auf die Schulter. «Es regnet gleich. Lassen Sie uns reingehen, Matthieu.»

FSC
www.fsc.org
MIX
Papier aus verantwortungsvollen Quellen
FSC® C083411

Das für dieses Buch verwendete FSC®-zertifizierte Papier *Holmen Book Cream* liefert Holmen, Schweden.